Sous protection

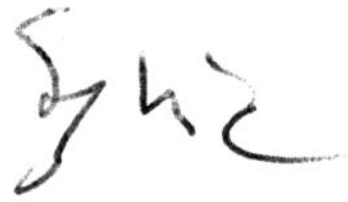

Viveca Sten

Sous protection

ROMAN

Traduit du suédois
par Rémi Cassaigne

Albin Michel

Édition originale suédoise parue sous le titre :
I FEL SÄLLSKAP
chez Forum Bokförlag, Suède

Publié avec l'accord de Nordin Agency AB, Suède

À Tamara,
qui a survécu à la Shoah et a refait sa vie en Suède

LUNDI 28 MARS 2016

1.

Mina Kovač examina le plan de travail. Il avait beau briller, elle passa encore quelques coups de torchon, pour être sûre. Elle avait récuré tous les sols et passé l'aspirateur de fond en comble, en utilisant tous les embouts pour accéder aux moindres recoins et qu'il ne reste plus un grain de poussière. La salle de bain sentait le citron.

Le petit avait dormi tard, Dieu merci, ce qui lui avait permis de faire le ménage bien tranquillement. Elle jeta un coup d'œil par la fenêtre. Dino ne ramenait jamais Andreis avant dix-neuf heures, mais elle voulait en avoir le cœur net.

Le repas devait être prêt quand il ouvrait la porte. Elle avait préparé l'essentiel, deux beaux biftecks et de grosses pommes de terre au four. De la sauce béarnaise, une salade verte.

Son menu préféré.

Ces derniers temps, Andreis avait été plus imprévisible qu'à l'ordinaire. Elle s'efforçait de ne pas l'énerver, parfois elle ne savait même pas pourquoi il se fâchait. Elle restait en retrait, essayant de prendre le moins de place possible. Quand Lukas se réveillait, elle le prenait dans ses bras pour que ses cris ne dérangent pas son père.

Il y avait beaucoup de réunions et de coups de téléphone tard le soir, parfois Andreis filait en pleine nuit avec Dino, sans donner d'explication.

Elle n'osait pas demander ce qui se passait.

Mina gagna le séjour et se pencha sur le vieux berceau que son père avait descendu du grenier et rafraîchi. Lukas ronronnait sur le dos comme elle avait dû le faire elle-même jadis. Ses mains incroyablement petites reposaient sur le drap, les doigts écartés, avec leurs ongles translucides. Son nouveau doudou, un lapin en peluche bleu clair, attendait dans un coin.

Elle aurait aimé avoir le temps de prendre son fils, de poser ses lèvres sur sa tête duveteuse et de s'installer à l'aise dans le fauteuil pour le nourrir. Mais il valait mieux le laisser dormir, pour avoir le temps de s'occuper des toilettes des invités avant le retour d'Andreis.

Un bruit à la porte d'entrée fit sursauter Mina. Déjà ? Il n'était que dix-huit heures. Elle se dépêcha d'aller ouvrir. Soulagement : c'était son père.

« Qu'est-ce que tu fais là ?

– J'avais une course dans le coin. Je peux entrer ? »

Mina hésita.

« Il est à la maison ? »

Elle n'avait pas besoin de s'expliquer, pas avec lui. Mais elle avait honte que ce soit si évident.

« Il sera là d'ici une heure, répondit-elle sans le regarder dans les yeux.

– Je voulais juste voir Lukas, ça fait longtemps. Je ne reste que quelques minutes, je serai reparti avant le retour d'Andreis. »

Mina hocha la tête.

« Entre. Il est dans le séjour. Il dort depuis plusieurs heures, le petit bonhomme. »

Son père se faufila devant elle. Mina aurait voulu lui offrir un café, bavarder un moment, mais c'était une mauvaise idée. Le temps manquait.

« Il est vraiment mignon, dit son père en revenant. Il a tes yeux et ta bouche. Tu crois qu'il sera aussi blond ? »

Mina sourit faiblement. Elle trouvait aussi que son fils tenait d'elle, contrairement à Andreis qui persistait à affirmer que Lukas ressemblait à son propre père.

« On verra bien, dit-elle. Bonjour à maman. »

Elle s'efforçait de paraître naturelle, de ne pas avoir l'air pressée de le mettre dehors.

Son père lui tapota la joue et ouvrit la porte. Il s'arrêta sur le seuil et se retourna avec comme une prière dans le regard.

« Tu ne pourrais pas venir t'installer chez nous pendant quelques semaines ? Andreis a sûrement beaucoup à faire en ce moment. Ce serait peut-être plus calme pour Lukas et toi ? »

Mina savait que ses parents s'inquiétaient pour elle. Les choses empiraient, les bleus devenaient impossibles à cacher.

« Maman et moi... on pense tout le temps à toi. »

Quand Andreis était en prison, ils avaient aussi essayé de la faire venir habiter chez eux, mais elle savait qu'il y aurait vu une trahison. Elle l'aurait payé cher à sa sortie.

L'espoir dans les yeux de son père la mettait mal à l'aise. Elle ne pouvait s'empêcher de guetter dans la rue derrière lui, mais Dieu merci, il n'y avait encore personne.

« On en parlera une autre fois, dit-elle.

– Andreis n'est pas bien pour toi, et tu le sais ! »

Il avait haussé la voix. Mais Mina ne pouvait pas, n'avait pas le *courage* de le rassurer lui aussi. Toute son énergie lui servait à protéger Lukas. Et elle-même.

« Sois gentil, papa. Pas maintenant. J'ai beaucoup à faire. »

Son père se passa la main sur le front. Ses traits avaient changé ces dernières années. Et dire qu'il n'avait pas plus de cinquante-cinq ans.

Ses cheveux gris auraient eu besoin d'être coupés.

« Maman ne va pas bien », lâcha-t-il avec réticence.

Le sang de Mina se glaça.

« Comment ça ?

– Un problème au cœur.

– Oh non, pas maman ! »

Les mots lui avaient échappé. Il fallait que maman soit là. Pour toujours. Même s'il était difficile et parfois même impossible de se voir, c'était son dernier rempart. Que maman et papa soient là, quoi qu'il arrive.

Qu'elle puisse rentrer à la maison.

« Tu ne l'as sans doute pas remarqué, mais elle s'essouffle facilement, dit son père. Ça a empiré ces derniers temps. Elle a un rendez-vous à l'hôpital Sud dans une semaine. »

Mina aurait voulu pleurer. Si seulement elle pouvait prendre Lukas et rentrer avec son père chez eux, à Skuru. Au fond, c'était ce qu'elle souhaitait le plus au monde. Mais c'était impossible, pourquoi ne le comprenait-il pas ?

« Je vais l'appeler bientôt, dit-elle en enfonçant les ongles dans les paumes de ses mains pour rester maîtresse d'elle-même.

– Tu ne pourrais pas plutôt passer nous voir ? Elle serait si heureuse que tu viennes avec Lukas. Demain, peut-être, ou mercredi ? »

L'espoir dans la voix de son père ne faisait qu'empirer les choses.

Mina tenta de ne pas montrer son stress. Lukas allait bientôt se réveiller. Avant ça, il fallait enfourner les pommes de terre et mettre les biftecks à mariner. Et elle n'avait pas encore mis le couvert.

« Je vais essayer, dit-elle, tout en sachant que ça n'aurait pas lieu. Au revoir, papa. Roule prudemment. Là, j'ai vraiment à faire. »

Elle l'embrassa sur la joue et referma la porte.

Lukas geignait dans le berceau. Mina se dépêcha de prendre le spray et une éponge pour s'occuper des toilettes. Si seulement Lukas pouvait se rendormir un petit moment, qu'elle ait le temps d'être prête.

2.

Thomas versa les boulettes dans la poêle. Elles étaient périmées de la veille, mais il n'avait pas eu le temps d'aller faire les courses.

L'huile se mit à grésiller. Thomas étouffa un juron en recevant une éclaboussure sur la main.

Il avait eu une mauvaise journée au boulot. La réorganisation de la police, qui n'en finissait pas, chassait un collègue après l'autre. Aujourd'hui, il avait appris que Kalle Lidwall, une des personnes avec qui il avait travaillé le plus longtemps, avait décidé de les quitter pour intégrer une société de sécurité privée. Leur assistante depuis des années, Karin Ek, avait elle aussi démissionné quand le département investigation de Nacka avait fusionné avec le secteur criminalité de Flemingsberg. Elle n'avait pas la force de perdre autant de temps dans les transports, avait-elle expliqué.

Sur le canapé, Elin regardait la télé, des enfants joyeux qui se baignaient autour d'un ponton ensoleillé. Thomas essaya d'ignorer le son, pas besoin qu'on lui rappelle que ce serait le premier été d'Elin à Harö sans sa mère.

Il ouvrit le frigo et y prit une canette de bière légère. Il fallait qu'il parle de l'été avec Pernilla : comment ils partageraient le temps, quelles semaines chacun aurait Elin. Il avait déjà envoyé plusieurs sms, proposé plusieurs options, mais elle lui avait juste vaguement promis de s'en occuper, sans donner de réponse concrète.

Son portable sonna. Le numéro de Pernilla s'afficha.

« Salut, c'est moi. »

Elle avait l'air enrhumée, mais égale à elle-même. Il la connaissait si bien, et pourtant pas du tout. Il ne comprenait toujours pas comment ils en étaient arrivés là.

« Je voulais simplement dire bonne nuit à Elin. »

Elle marqua une petite pause. Demain, c'était au tour de Pernilla d'avoir Elin. D'habitude, ils faisaient l'échange le lundi, mais Thomas et Elin étaient partis ensemble pendant toutes les vacances de Pâques.

« Il faut bien que je l'appelle sur ton portable, puisqu'elle n'a pas le sien », ajouta-t-elle.

Thomas réfréna un petit soupir. Le téléphone était un sujet de plus sur lequel ils n'avaient pas trouvé d'accord. Pernilla voulait en donner un à Elin, tandis que Thomas estimait qu'une enfant de huit ans était beaucoup trop jeune pour ça.

Ce n'était pas pratique de ne pas pouvoir la joindre directement, avait argumenté Pernilla mais, aux yeux de Thomas, ce n'était qu'une excuse, une façon d'éviter d'avouer qu'elle était souvent retenue au bureau. Si elle apprenait à être à l'heure, leur fille n'aurait pas besoin de portable, ce n'était pas plus compliqué que ça.

« Comment fait-on pour Elin, cet été ? demanda-t-il d'un ton beaucoup plus brusque qu'il n'aurait voulu.

– Qu'est-ce que tu veux dire ?

– J'ai besoin d'organiser mes vacances, tu n'as pas eu mes messages ?

– Il faut qu'on en parle maintenant ?

– Le service du personnel m'a adressé plusieurs rappels. Je dois leur répondre.

– Thomas, je ne sais pas encore comment ça va se présenter. »

Elle fut interrompue par une quinte de toux. Puis se moucha bruyamment.

« C'est difficile de prévoir les vacances pour l'instant,

finit-elle par dire. C'est tellement chargé au boulot en ce moment. »

Ce fut comme si elle avait appuyé sur un bouton. Thomas ne put se retenir.

« C'est toujours difficile de prévoir, pour toi. Mais moi aussi, j'ai un travail qui exige de s'y prendre à l'avance.

– Je ne veux pas me disputer là-dessus, dit Pernilla. Mais je ne peux vraiment rien dire avant mi-mai. Nous avons un lancement super important juste après l'été. Je ne sais pas encore comment ça va se présenter. »

Thomas serra si fort sa canette que le métal se bossela. Elin leva le nez de la télé, et Thomas lui adressa un sourire pour la rassurer.

« Tu ne peux pas être un peu compréhensif, pour une fois ? » dit Pernilla, comme si c'était lui qui faisait des difficultés.

Le silence se prolongea, chargé de ressentiment et d'irritation.

« Bon, voilà ce qu'on va faire », finit par lâcher Thomas.

Il s'efforça de garder un ton le plus neutre possible, malgré sa colère qui montait.

« Je vais poser mes congés au premier juillet pour qu'Elin ait quelques belles semaines d'été sur Harö. Comme ça, au moins, elle verra ses grands-parents pendant les vacances. »

Le message était clair : même si sa mère n'est pas là.

« Tu ne peux pas faire ça », protesta Pernilla.

À présent, elle semblait fâchée elle aussi, mais tant pis : il avait essayé de trouver une façon souple de résoudre ce problème, et ce n'était pas sa faute si elle n'arrivait pas à organiser sa vie. Parfois, il faut prendre des décisions, on ne peut pas tergiverser indéfiniment.

« Tu ne me donnes pas le choix, dit-il.

– Ce n'est pas à toi de tout décider !

– Ça fait au moins un mois que j'essaie de me mettre d'accord avec toi. Dis-moi ce que je peux faire ?

– Mon Dieu, lâcha Pernilla. Tu es adulte, mais tu te comportes comme un enfant. Ressaisis-toi, Thomas. »

Il ne pouvait pas lui parler plus longtemps. Impossible. Il en viendrait à dire des choses qu'il regretterait.

Il gagna le canapé, où Elin était scotchée à l'écran de la télé. Elle éclata de rire en voyant un personnage de dessin animé faire la même gaffe pour la centième fois.

« Je te passe Elin, fit-il en tendant le téléphone à sa fille sans dire au revoir à Pernilla. C'est maman. Elle veut te dire bonne nuit. »

Elin prit le téléphone et continua à regarder la télé tout en parlant à sa mère. Elle n'avait pas l'air d'avoir remarqué l'ambiance détestable ni la conversation tendue entre ses parents.

Du moins l'espérait-il, submergé par la mauvaise conscience. Il ne voulait pas qu'Elin les entende se disputer.

Thomas regagna la cuisine. Il versa la bière dans un verre et jeta la canette bosselée. Il était tellement las de leurs prises de bec, qu'ils soient toujours à se braquer l'un contre l'autre. Toutes leurs conversations finissaient de la même façon.

Le seul moyen de communication qui semblait marcher était désormais le sms. En s'envoyant de courts messages, ils arrivaient à peu près à se mettre d'accord. Mais dès qu'ils se parlaient au téléphone, il y avait des malentendus.

Il y était allé un peu fort, il le savait, mais était-elle obligée de lui rendre chaque fois la monnaie de sa pièce ? Pourquoi était-ce toujours la même chose ?

Il versa l'eau des pâtes si violemment qu'elle l'éclaboussa et lui brûla le pied.

« Et merde ! »

Cette fois, il ne put retenir son juron.

3.

Mina se permit de souffler. Le ménage était terminé. Le dîner prêt. Rien qui puisse susciter l'irritation d'Andreis à son retour.

Elle s'installa dans le salon pour donner le biberon à Lukas. Il buvait avidement, ses petites lèvres serrées fort autour de la tétine. Ils allaient passer ensemble une soirée agréable, se promit-elle. Andreis serait de bonne humeur en trouvant la maison si bien rangée et le bon dîner qu'elle avait préparé. Il la dévisagerait avec la même expression aimante qu'à l'époque de leur rencontre. Quand ils étaient si amoureux qu'ils ne pouvaient s'empêcher de se toucher.

Ils bavarderaient autour de la table comme n'importe quelle famille. Après le repas, il câlinerait Lukas pendant qu'elle rangerait la cuisine. Une fois Lukas endormi, ils regarderaient un film, avec une tasse de café ou un dernier verre de vin.

Elle allait soulever Lukas pour lui faire faire son rot quand la clé tourna dans la serrure de la porte d'entrée. Son ventre se serra automatiquement, mais elle refoula ses mauvais pressentiments et essaya de respirer calmement. Il n'y avait aucune raison de craindre le pire. Ça allait bien se passer, il fallait oser y croire.

Puis son sang se glaça.

L'aspirateur traînait encore sur le sol de la cuisine. Lukas avait pleuré au moment où elle allait le ranger, et elle était accourue dans le salon.

Comment avait-elle pu être aussi bête ?

Mina guetta des bruits de pas. Arriverait-elle à la cuisine avant Andreis ?

Elle n'osait pas bouger, encore moins appeler. Ses pensées s'emballèrent. Il était peut-être directement monté à l'étage. Parfois, Andreis voulait prendre une douche à peine rentré du travail. Alors, elle aurait le temps de corriger son erreur sans qu'il ne remarque rien.

Son cœur tambourinait de plus en plus fort, tandis qu'elle guettait ses pas dans l'escalier.

MARDI

4.

Nora Linde ouvrit du coude la porte de la salle de conférence puis posa la pile de documents sur la longue table. Dans quelques minutes allait commencer la réunion hebdomadaire de la Seconde Chambre financière. Il fallait vraiment qu'elle se concentre sur ses affaires maintenant que tout reprenait après les vacances de Pâques, mais elle avait mal dormi, et sa pile de dossiers la stressait.

La porte s'ouvrit, et le procureur principal Jonathan Sandelin apparut sur le seuil, un pansement au menton. Trop pressé ce matin, son chef devait s'être coupé en se rasant.

« Salut, dit-il en tirant un fauteuil. Passé de bonnes vacances ? »

La question était rhétorique. Nora hocha légèrement la tête tandis que d'autres collègues emplissaient la pièce. Une personne matinale avait dessiné une fleur sur le tableau blanc, avec la légende : *Bienvenue !*

Leila Kacim, l'inspectrice avec qui Nora travaillait souvent, entra et s'installa de l'autre côté de la table.

Jonathan Sandelin consacra quelques minutes à mettre tout le monde au courant des questions d'actualité et des sujets abordés en réunion de direction, avant d'énumérer les affaires en cours. Les nouveaux dossiers étaient répartis entre les différentes chambres de l'Agence de lutte contre la criminalité financière – l'ALCF. Pendant les vacances de Pâques leur était entre autres échue l'affaire d'un député d'un parti xénophobe qui avait détourné la caisse locale de son mouvement. Et celle d'une société de construction qui avait sous-traité à des entrepreneurs qui n'étaient pas à jour de leur TVA ni de leurs charges sociales.

Quand Jonathan eut fini, ils firent un tour de table pour permettre à chacun de rendre compte de l'avancement des enquêtes en cours.

Le tour de Nora arriva.

« On en est où de cette fraude fiscale chez les trafiquants de drogue ? demanda Jonathan. On approche de la mise en examen ? »

Nora ouvrit le dossier sur le haut de la pile.

Les Stups surveillaient depuis longtemps Andreis Kovač. De fortes présomptions de trafic de drogue pesaient sur lui, mais sans les preuves concrètes nécessaires à une action en justice.

Puis un tuyau anonyme était arrivé au fisc, avec des documents et des preuves donnant à l'ALCF la possibilité de mettre en examen Andreis Kovač pour fraude fiscale aggravée. Nora et Leila avaient passé sur cette affaire le plus clair de leur temps ce printemps.

Nora était sur le point de réussir un dossier à la Al Capone : faire tomber un représentant du crime organisé pour des irrégularités financières, à défaut de pouvoir le faire condamner pour ses activités criminelles ordinaires.

« L'enquête préliminaire contre Andreis Kovač est presque terminée, confirma-t-elle. Je dois le soumettre à un dernier interrogatoire complémentaire cette semaine. Mais j'espère une condamnation. »

Cette précision était inutile. Autour de la table, tous savaient qu'une mise en examen ne pouvait être prononcée que si le procureur avait des raisons objectives de compter sur une condamnation. Autrement, c'était une faute professionnelle.

« Au fait, il est toujours en détention ? » demanda Jonathan.

Cette question faisait mal, même si Nora s'efforçait de n'en rien laisser paraître. La déception avait été grande quand le tribunal avait décidé de ne pas prolonger sa détention et de remettre Kovač en liberté, en dépit des arguments de la procureure pour le priver de liberté jusqu'à son procès.

« Malheureusement non, dit-elle. Le tribunal a suspendu sa détention préventive au bout de quelques semaines. Il a été libéré pas plus tard qu'hier. Sa pauvre femme se porterait sans doute beaucoup mieux s'il était resté sous les verrous.

– Il lui est arrivé quelque chose ? interrogea Jonathan.

– Elle a été admise à l'hôpital Sud hier. »

Nora en avait été informée juste avant la réunion. Ç'avait été comme une claque.

Elle sortit sa tablette.

« Voilà, dit-elle en faisant glisser le texte. Mina Kovač a été hospitalisée hier soir. Deux côtes cassées, lèvre fendue, points de suture sur une arcade sourcilière.

– Est-on certain que c'est son mari qui l'a battue ?

– C'est très vraisemblable, répondit Nora. Ce n'est pas la première fois qu'elle est hospitalisée. »

Nora avait reçu une synthèse des précédentes hospitalisations de Mina. Le schéma était clair.

« Ont-ils des enfants, qui ont dû assister à ça ? demanda Jonathan.

– Un fils. Il a trois mois.

– Quel âge a sa mère ?

– Elle vient d'avoir vingt-cinq ans. »

Nora feuilleta ses papiers.

« Ils sont ensemble depuis quatre ans, ils se sont rencontrés quand elle avait vingt et un ans. À la différence d'Andreis, dont la famille a fui la guerre de Bosnie, Mina vient d'un milieu suédois ordinaire, elle a passé le bac, mais pas fait d'études supérieures et n'a pas été salariée ces dernières années. Ses parents, Stefan et Katrin Talevski, vivent à Skuru, dans la commune de Nacka. Son père est comptable et sa mère travaille à l'école maternelle.

– Quand prévois-tu l'audience principale ? » s'enquit Jonathan.

La mise en examen portait sur les chefs de fraude fiscale

aggravée, faux en écriture aggravé, et peut-être même blanchiment d'argent. Ajouter les coups et blessures à son acte d'accusation n'aurait rien gâché.

« J'espère obtenir une date de procès avant les vacances d'été, dit-elle.

– Et que comptes-tu requérir ? »

La peine la plus sévère pour la fraude fiscale était de six ans de prison, mais les tribunaux ne la prononçaient que rarement. Les peines avaient commencé à être durcies ces dernières années, mais ce n'était un secret pour personne que les peines de prison tombaient le plus souvent dans la fourchette basse.

« Quelque chose comme trois ou quatre ans, répondit Nora. Peut-être un peu plus, selon les sommes en jeu.

– Il collabore ? » demanda Jonathan.

Nora s'autorisa un sourire en coin.

« Pas le moins du monde. Kovač a chargé maître Ulrika Grönstedt d'assurer sa défense. Tu sais comme elle est. »

Nora échangea un regard de connivence avec Leila.

Ulrika Grönstedt était connue pour être une avocate de choc. Nora ne comprenait pas pourquoi elle s'évertuait à cultiver tous les clichés de l'avocate dure à cuire, mais elle était glaciale et pénible. Ulrika Grönstedt mettait un point d'honneur à toujours renâcler, même sur de purs points de procédure, comme si le moindre détail était un sujet de conflit potentiel.

« Qui s'occupe de l'enquête criminelle concernant les coups portés à sa femme ? » demanda un des autres procureurs.

Nora soupira.

« La question est de savoir s'il y aura des poursuites. Elle affirme avoir trébuché sur l'aspirateur qu'elle avait oublié à la cuisine. Son mari n'était pas à la maison quand cela s'est produit. C'est en tout cas ce qu'elle prétend.

– N'est-ce pas ? dit Leila en froissant en boule un papier qu'elle envoya avec précision dans la corbeille à papier.

– Elle n'a jamais porté plainte jusqu'ici, poursuivit Nora.

La police a arrêté Kovač hier soir, mais je m'attends à ce qu'il soit vite relâché. »

Sans le concours de Mina, il serait presque impossible de le faire condamner, si couverte de bleus fût-elle. Un rapport médical et la description des blessures ne servaient pas à grand-chose si la victime refusait de parler.

« Elle nous serait utile si nous pouvions la convaincre de coopérer, dit Jonathan. A-t-elle été entendue dans l'enquête en cours ?

– Très brièvement, répondit Nora. Pour nier avoir la moindre connaissance des affaires de son mari. »

Jonathan tripota son pansement au menton.

« Ça pourrait changer la donne si on arrivait à la convaincre d'adopter une autre attitude, et ainsi à relier les affaires. Va lui parler pour tâter le terrain. »

Nora nota.

« Je comptais justement aller la voir ce matin », dit-elle.

Bosnie, février 1992

Quand Andreis entra dans le séjour, maman et papa étaient en train de regarder la télé, alors que c'était le milieu de la journée. Papa avait une cigarette à la main, dont le bout de cendre était si long qu'il menaçait de tomber d'un instant à l'autre. Maman n'avait pas touché à sa tasse de café.

Andreis lui tira le bras pour attirer son attention.

« Je veux sortir jouer !

– Pas maintenant, mon grand.

– S'il te plaît ?

– Attends un peu. »

Maman dégagea son bras sans lâcher la télé des yeux.

Andreis ne comprenait pas ce qu'ils regardaient. Un tas de vieux en costume assis dans une grande salle avec plein de bancs. Ils avaient l'air sérieux et se coupaient la parole.

Un des plus vieux se leva et alla à un pupitre. Ses cheveux blancs étaient encore épais sur sa tête, mais il avait de grosses poches sous les yeux.

« Nous avons vécu dans une société multiculturelle pendant des siècles, commença-t-il. Croates, Serbes et Bosniaques côte à côte. Nous devons tout faire pour préserver la paix dans ce pays et continuer à vivre ensemble en harmonie et en bonne intelligence, sans guerre. »

Il marqua une pause, les mains crispées au bord du pupitre.

« La seule voie pour y parvenir est l'indépendance. »

Une forme de supplique se glissa dans sa voix.

« Nous devons organiser un référendum sur l'avenir de la Bosnie, continua-t-il. Nous devons proclamer notre indépendance et défendre notre société ouverte, sans quoi nous serons laminés. »

Il fut interrompu par des protestations et des insultes. Andreis n'avait jamais entendu autant de gros mots. En temps normal, maman lui aurait demandé de partir, mais elle ne semblait pas remarquer sa présence.

« La communauté internationale est de notre côté », acheva l'homme aux cheveux blancs.

Sa voix portait à peine sous tous les cris.

Quand il fut retourné s'asseoir, un homme s'avança. Il venait du groupe le plus bruyant et protestataire. Son visage était marqué de cicatrices et ses yeux brûlaient sous ses sourcils broussailleux.

« Il est serbe, dit papa. Regarde avec quel mépris son parti considère les autres députés. Les Serbes ne veulent pas de la paix. »

Maman passa la main sur son gros ventre et changea de position sur le canapé. Il y avait un bébé dedans, Andreis le savait. Il allait bientôt sortir.

Au pupitre, l'homme frappa du poing pour demander le silence.

« Il y aura la guerre si vous organisez un référendum », lança-t-il en serrant le poing d'un geste menaçant.

À présent, tout le monde hurlait dans tous les sens.

« Maman, geignit Andreis. Je veux sortir ! »

Papa le fit taire et monta encore le volume.

À l'écran, l'homme leva le poing.

« Les Bosniaques seront écrasés comme des fourmis entre la Serbie et la Croatie si vous votez pour l'indépendance. Je vous promets qu'alors ce sera la guerre ! »

5.

Nora eut honte en voyant dans quel état elle avait laissé son bureau. Il croulait sous les papiers et les dossiers : à la fin d'une instruction, les piles grandissaient. En général, elle était une personne assez ordonnée, mais en l'occurrence, elle aurait bien aimé disposer d'un deuxième bureau pour entreposer tous les actes.

Il fallait qu'elle contacte la police au sujet de l'enquête concernant les violences subies par Mina. Le plus simple était d'appeler Thomas. Il y avait une procédure officielle, mais c'était l'occasion de prendre de ses nouvelles.

Il avait eu un hiver difficile et ils ne s'étaient pas parlé depuis presque deux semaines. Thomas avait passé les vacances de Pâques en Espagne avec Elin et ses parents. La dernière fois qu'elle l'avait vu, il lui avait semblé bien déprimé.

Sa séparation d'avec Pernilla était encore relativement fraîche, quelques mois seulement. Jusqu'à nouvel ordre, Thomas restait dans son appartement de Söder, et Pernilla avait déménagé. « De toute façon, avec son travail, elle est toujours en déplacement », avait-il expliqué une des rares fois où il en avait parlé. Pernilla avait réussi à trouver un deux-pièces dans les environs, qu'elle sous-louait jusqu'à l'été.

Nora composa le numéro sur son portable.

« Andreasson, répondit une voix familière.

– L'inspecteur Andreasson ? » demanda-t-elle, comme si

Thomas n'avait pas immédiatement reconnu le numéro ou entendu que c'était elle.

Ils se connaissaient si bien, étaient amis depuis leur enfance ou presque. Dur de se dire qu'ils entraient à présent dans la maturité. Elle n'était pas tout à fait à l'aise avec l'idée.

« Ça dépend, dit-il. Est-ce un appel privé ou professionnel ? »

Nora mit le haut-parleur, pour avoir les mains libres.

« Tu peux choisir.

– Alors disons professionnel. » Sa voix s'adoucit. « Désolé, mais je dois partir à une réunion dans cinq minutes. De quoi s'agit-il ? »

Nora lui exposa la situation.

« Kovač est encore en garde à vue, lui confirma Thomas. Il a été interrogé à deux reprises, il nie toutes les accusations de violences sur sa femme et affirme que c'était un accident. Si aucune preuve supplémentaire n'est apportée, il sera relâché au plus tard jeudi.

– Aucun nouveau témoin ne s'est présenté ? demanda-t-elle. Des voisins, par exemple ? Quelqu'un doit quand même bien l'avoir entendue crier ?

– Pas forcément. »

Thomas tapait sur le clavier de son ordinateur tout en parlant.

« Ils habitent une zone pavillonnaire, expliqua-t-il. Leur jardin est assez grand. Il n'y avait que Kovač et sa femme à l'arrivée de l'ambulance. Une patrouille l'a pris en charge, et sa femme a été conduite à l'hôpital. Attends voir... il a été arrêté à huit heures et demie hier soir. »

Nora nota.

« A-t-on recueilli sa version à elle ?

– Très brièvement. Elle refuse de collaborer et répète que ce n'est pas la faute de son mari. Elle a juste trébuché. »

Rien de ce que lui disait Thomas ne la surprenait outre mesure.

« Et les preuves techniques ? tenta-t-elle. Il doit bien y avoir quelque chose qui le relie aux violences.

– Rien qui ne puisse aisément être expliqué par le fait

qu'il a essayé de lui porter secours. Le sang a taché ses vêtements quand il l'a aidée à se relever. »

Thomas ricana.

« Naturellement, il l'a battue. Ils étaient seuls à la maison, à part leur fils dans son berceau. Mais avec un bon avocat, Kovač réussira à se dédouaner de A à Z, tant que sa femme ne le contredit pas. »

Thomas n'avait pas montré un tel cynisme depuis des années. Mais la grande réorganisation l'avait beaucoup perturbé, comme ses collègues. Il ne cachait pas que les multiples changements d'orientation et l'absence de leadership rendaient son travail plus difficile que jamais. Nombre d'enquêteurs chevronnés avaient quitté la police par pure frustration, et la pénurie de bons techniciens n'arrangeait rien.

Il était désormais en poste tout au sud de Stockholm, dans le nouveau complexe de Flemingsberg, où l'on s'occupait des crimes de toute la zone de Nacka, Värmdö, Södertälje, jusqu'à l'archipel.

Son travail allait-il finir par l'user ? Ou bien était-ce le contrecoup de ses soucis privés ?

Quelqu'un l'appela par son prénom.

« Écoute, il faut que je file.

– Merci pour ton aide. Ah, au fait, qui a été nommé procureur dans cette affaire ?

– Un certain Erik Sandberg. »

Nora ne connaissait pas ce nom, mais les procureurs étaient nombreux à Stockholm.

« Il faut qu'on se voie bientôt, dit-elle.

– Sûr. »

Thomas semblait stressé, comme s'il avait déjà l'esprit ailleurs.

Nora raccrocha. Si elle réussissait à convaincre Mina de collaborer à l'enquête sur les violences qu'elle avait subies, ça augmenterait la pression sur Kovač. Il aurait alors à faire face à deux enquêtes criminelles. Il deviendrait plus difficile pour Ulrika Grönstedt de présenter son client comme un honnête citoyen.

Ça valait le coup d'essayer.

Il fallait qu'elle parle à Erik Sandberg pour coordonner les enquêtes. Le mieux serait qu'elle s'occupe aussi des violences conjugales, avec l'accord de son confrère et éventuellement son assistance.

Si elle pouvait en plus proposer à Mina une solution de relogement qui puisse la mettre en sécurité, elle pourrait peut-être alors l'amener à faire suffisamment confiance aux autorités pour coopérer.

Il y avait sur l'île de Runmarö un foyer protégé qui serait parfaitement adapté : Friggagården.

Nora saisit la souris et alla sur le Net chercher un contact au Groupe de protection des personnes, pour qu'ils attribuent une place à Mina et préparent son arrivée.

6.

Anna-Maria Pertersén reposa le combiné téléphonique et ferma les yeux.

Ça ne finirait donc jamais.

Toutes ces femmes lentement mais sûrement brisées par la haine et la violence, qui devaient se cacher pour échapper à leurs maris brutaux. Elle venait juste de recevoir une énième victime à Friggagården. Elle en avait perdu le compte.

Son regard glissa vers la fenêtre. De son bureau, elle avait vue sur la pelouse et les plates-bandes et, au loin, on apercevait l'eau bleue entre les pins épars. Friggagården était situé dans un endroit idyllique de Runmarö. Ça évoquait davantage une belle maison de vacances qu'un foyer protégé, et c'était précisément le but. L'idée était de se fondre dans le paysage.

Malin, son seul enfant, lui souriait depuis la photo sur son bureau. Ses yeux pétillaient.

Anna-Maria caressa le portrait pour puiser des forces et se souvenir de temps plus lumineux. Sa petite fille bien-aimée.

Elle retira sa main. Il fallait qu'elle garde la foi, qu'elle continue à croire que ce à quoi elle se consacrait servait à quelque chose. Si elle n'en avait pas le courage, qui l'aurait ? Elle ne devait pas lâcher la bride à ses idées noires, ça n'arrangerait rien.

À travers sa porte close, on entendait les enfants jouer dans la salle commune. Cette semaine, le foyer accueillait neuf femmes et deux enfants. Les rires des petits, il n'y avait pas mieux pour lui faire oublier ses propres chagrins. Les enfants vivaient dans l'instant présent. Tout comme eux, elle aurait dû apprécier les bons moments plutôt que de s'inquiéter des finances de l'établissement et des besoins qui semblaient toujours devoir excéder les ressources. De se demander où les femmes pourraient aller, quand Friggagården ne pourrait plus les accueillir.

Ce sentiment de ne jamais être à la hauteur.

On frappa à la porte. Beyan Rezazi, une des permanentes du foyer, glissa la tête.

« Pardon, mais l'inspectrice du Bureau d'aide sociale est arrivée. »

Anna-Maria se leva avec un soupir. Les signaux annonçant des coupes budgétaires étaient de plus en plus insistants. La commune devait faire des économies, comme tout le monde.

Elle tendit la main à une femme en tailleur-pantalon bleu.

« Entrez, soyez la bienvenue, dit-elle. Puis-je vous offrir un café ?

– Non merci, ça ira, dit la visiteuse, qui se présenta comme Birgitta Svanberg. Je n'ai pas beaucoup de temps. »

Elle s'assit, son manteau sur le bras.

Anna-Maria ne la connaissait pas, elle devait être nouvelle à la commune. Le personnel changeait souvent, surtout dans le secteur social. Chaque fois, les inspecteurs semblaient plus stressés.

« Je pourrais peut-être commencer par vous présenter nos activités, dit Anna-Maria en lissant sa queue-de-cheval poivre et sel. Friggagården existe sur l'île de Runmarö depuis une dizaine d'années. Le foyer a été fondé par un collectif constitué en association à but non lucratif. Nous offrons un hébergement protégé, et celles qui viennent ici ont une chambre individuelle. Notre personnel est qualifié et expérimenté, toutes nos pensionnaires reçoivent un soutien personnalisé. »

Elle en faisait trop. Elle débitait son boniment comme une brochure publicitaire. Et pourtant, impossible de s'arrêter.

« Les femmes placées chez nous se voient attribuer un interlocuteur référent qui peut leur proposer des entretiens structurés. L'idée de ces entretiens est de renforcer la confiance en soi et de surmonter les traumatismes. Les enfants qui le souhaitent bénéficient aussi de ce dispositif, s'ils ne sont pas trop petits, bien entendu. »

Birgitta Svanberg ne montrait aucune réaction à ce flot de paroles. Anna-Maria n'en était que plus nerveuse.

« Nous avons également des réunions de suivi avec les autorités qui ordonnent le placement, et d'autres administrations importantes pour les femmes, continua-t-elle. Nous essayons d'organiser des activités communes ou individuelles, et conduisons différents projets. Le but recherché est que celle qui vient ici mène la vie la plus normale possible. Toutes s'occupent des tâches quotidiennes, par exemple préparer ses repas et faire sa vaisselle. »

Toujours aucune réaction visible. Quel était son problème, à cette personne ? Était-elle forcée de rester assise là comme une statue en pierre ?

Anna-Maria s'efforça de parler plus lentement, avec plus d'autorité et de pondération. Sans la subvention communale, il faudrait mettre la clé sous la porte.

« L'objectif est que la femme, après son séjour ici, puisse retrouver une vie autonome, avec un logement et une activité », dit-elle.

Tout visait à renforcer la confiance en soi des femmes, à leur faire comprendre qu'elles avaient voix au chapitre. Le manque d'assurance des nouvelles était parfois à pleurer, tellement elles étaient habituées à ce que leur avis ne compte pas. À ne pas décider de leur propre vie.

« Nous avons de très bons résultats, dit Anna-Maria. Et nous changeons les choses pour les femmes qui s'adressent à nous.

– Avez-vous des statistiques sur les cas de récidive ? » demanda Birgitta Svanberg.

On aurait dit qu'elle parlait de criminelles dans une maison d'arrêt. Anna-Maria hésita.

« Comment ça ?

– Combien de femmes retournent auprès de leur mari, malgré leur séjour chez vous ? Quel est le tableau, au bout d'un an ?

– Nous ne tenons pas les comptes de cette façon.

– Comment savez-vous alors que vous avez de très bons résultats ? »

La gorge d'Anna-Maria était sèche.

« Nous proposons des entretiens de suivi pour celles qui le souhaitent, dit-elle en entendant elle-même l'indigence de sa réponse.

– Je comprends », dit la femme en face d'elle, qui ne semblait pas comprendre quoi que ce soit.

C'était une bureaucrate, une fonctionnaire communale qui se fichait comme d'une guigne de ce que traversaient les femmes recueillies chez Anna-Maria. Pour elle, il s'agissait juste d'une tâche à exécuter. Il fallait boucler un budget, c'était tout ce qui comptait.

Birgitta Svanberg écrivit quelque chose dans son carnet.

« Comme je vous l'ai dit au téléphone, nous sommes en train d'évaluer différentes alternatives au sein de la commune, expliqua-t-elle. Il est possible que nous soyons amenés à concentrer l'activité plus que ce n'est le cas aujourd'hui. »

Anna-Maria savait ce que cela signifiait. *Concentrer* était le mot de code communal pour *démanteler*. La commune voulait supprimer des foyers sûrs qui fonctionnaient bien jusqu'à ce qu'il ne reste plus que de rares lieux de placement pour les femmes les plus menacées. C'était le niveau minimal d'intervention exigé par la loi.

Sous peu, un nouvel appel d'offres serait lancé, où le facteur essentiel serait l'argent, au centime près. Celui qui proposerait de s'occuper des femmes cabossées au moindre coût remporterait le marché.

Ça rappelait à Anna-Maria les placements à l'encan d'autrefois : quand les orphelins étaient confiés aux paysans qui demandaient le moins pour leur entretien.

« Nous aurons à effectuer un audit de votre activité, dit Birgitta Svanberg. Vous recevrez un questionnaire en ligne. Il devrait être publié d'ici une semaine. »

Elle se leva.

« Malheureusement, je dois vous quitter maintenant si je ne veux pas rater le ferry. »

Elle était restée au plus quinze minutes. Pourquoi était-elle seulement venue, si visiter le foyer ne l'intéressait pas ?

Parce que Anna-Maria avait insisté pour un rendez-vous quand elles s'étaient parlé au téléphone, lui chuchota une voix intérieure. C'était elle qui avait voulu la rencontrer en face.

Qu'imaginait-elle ? Que le seul fait de voir le foyer allait convaincre la fonctionnaire communale d'épargner les coupes budgétaires à Friggagården ?

« Vous ne voulez pas que je vous fasse d'abord visiter ? demanda Anna-Maria en se levant elle aussi. Les enfants adorent être chez nous. Même ceux qui ont vécu des choses affreuses vont mieux après quelques jours ici. Il y a quelque chose dans l'air de l'archipel qui soigne les âmes abîmées. »

Birgitta Svanberg restait impassible.

Anna-Maria se pencha au-dessus du bureau.

« Je ne saurais trop souligner combien un milieu chaleureux et rassurant est capital pour les mamans et les enfants victimes d'événements traumatisants. Chez nous, les femmes peuvent séjourner aussi longtemps qu'elles le veulent et les enfants peuvent aller à l'école en toute sérénité. Ils guérissent dans ce milieu, c'est un fait.

– Je n'ai malheureusement pas le temps de visiter aujourd'hui, dit Birgitta Svanberg. Ce sera pour une autre fois. »

Anna-Maria hocha la tête, alors qu'elle aurait voulu crier à cette bonne femme de disparaître avec ses questions idiotes. Au lieu de quoi elle la raccompagna et lui fit poliment ses adieux, avant de regagner son bureau et de s'effondrer dans son fauteuil.

À chaque nouveau récit de violences conjugales, le découragement et le sentiment que le monde était mauvais étaient déjà assez difficiles à supporter. Devoir dans le même temps lutter contre les politiciens et leurs coupes budgétaires, ça l'achevait presque.

Anna-Maria se frotta les yeux, sentant la fatigue derrière ses tempes. Parfois, elle se demandait si elle allait tenir un seul jour de plus.

7.

Le portable vibra sur la table de nuit, au chevet du lit d'hôpital.

Mina n'avait pas besoin de regarder l'écran pour savoir que c'était Andreis. Il avait déjà appelé trois fois. Elle avait mis le téléphone sur vibreur après les deux premiers appels, mais ne voulait pas l'éteindre complètement, vu ce que papa avait dit au sujet du cœur de maman.

Le portable cessa de vibrer en basculant sur le répondeur.

Pourquoi Andreis ne la laissait-il pas en paix ? Elle était encore incapable de lui parler.

Ça faisait trop mal, dans tous les sens du terme.

Si seulement elle pouvait se cacher sous la couverture et rester à l'hôpital, sans plus jamais en sortir. Ici, elle n'avait pas à songer à l'avenir ni à prendre de décisions capitales.

Comment pourrait-elle continuer à vivre avec Andreis après ce qui s'était passé ? Revenir à la maison de Trastvägen ? Mais en même temps, comment le quitter ?

La pluie crépitait contre la vitre. Un orage était arrivé sur Stockholm au cours de l'après-midi et le ciel gris-noir avait ouvert les vannes. Elle aurait dû allumer sa lampe de chevet, mais restait étendue dans la pénombre. Même presser l'interrupteur était au-dessus de ses forces.

Le portable bipa. Andreis avait probablement laissé un message.

Elle l'imaginait avec son téléphone, à la maison d'arrêt.

Elle savait que la police l'avait arrêté après son départ pour l'hôpital.

Mina attrapa son portable. Au fond d'elle-même, elle ne voulait pas écouter son message ni entendre sa voix, et pourtant elle ne put s'empêcher de composer le numéro de son répondeur.

La voix d'Andreis éveillait bien trop d'émotions. Il soufflait le chaud et le froid.

« Pardon, ma chérie », chuchotait sa voix enregistrée.

Il n'avait pas du tout le même ton que la veille, quand ses pupilles la clouaient sur place et qu'elle se recroquevillait sous ses poings levés.

Là, sa voix ressemblait à celui qu'il était vraiment, l'homme dont elle était jadis tombée amoureuse.

Le père de Lukas.

« Je regrette tellement, poursuivait-il d'une voix pâteuse. Je t'aime, tu ne peux pas comprendre à quel point. Tu es toute ma vie. Laisse-moi au moins te parler ! »

Le portable lui brûlait la main. Les larmes coulaient sur ses joues.

« Est-ce que tu ne pourrais pas juste répondre quand j'appelle et… »

Le message se coupait d'un coup.

Mina lâcha le téléphone sur la couverture.

Que faire ? Tout était si confus et elle était si lasse.

Le portable sonna. Andreis. Encore.

Comme si quelqu'un d'autre la dirigeait, Mina décrocha à la quatrième sonnerie.

« Mina, mon amour ! »

Andreis pleurait à son oreille.

« Est-ce que tu peux me pardonner ? »

Il sanglotait fort dans le téléphone.

« Comment tu vas ? Et Lukas ? Où êtes-vous ?

– À l'hôpital Sud.

– Je le jure, je ne voulais pas ça. Tout est devenu noir, comme si j'étais un autre. Je ne comprends pas moi-même. »

Il n'avait jamais pleuré ainsi, en se montrant si nu et vulnérable.

« Je ne peux pas te parler », murmura-t-elle.

Lukas avait perdu sa tétine et gigotait dans le lit de bébé voisin. Mina tendit la main et la lui remit dans la bouche. La douleur de ses côtes cassées lui coupa le souffle.

« Ça ne peut plus continuer comme ça. »

Chaque mot qui passait ses lèvres tuméfiées lui demandait un effort.

« Ne me quitte pas. Je te promets que ça n'arrivera plus jamais. »

Elle avait tant de fois entendu ça. Ses promesses. Chaque fois, elle l'avait cru.

« Il faut que tu te fasses aider, murmura-t-elle.

– Je ne peux pas vivre sans toi, tu le sais. »

Andreis semblait tellement désemparé, désespéré.

« On m'a enfermé dans une cellule, reprit-il. Je suis à la police de Nacka. Je n'en peux plus, tu sais que je ne supporte pas ça. »

Andreis détestait être enfermé. Les espaces exigus le faisaient paniquer. Mina ferma les yeux.

« Vous êtes les personnes qui comptent le plus dans ma vie, toi et Lukas. Tu ne peux pas me pardonner ? »

La pluie tombait plus dru, elle fouettait la vitre.

« Je te pardonne », murmura Mina.

8.

Nora regarda l'heure. Il était temps de rentrer si elle voulait faire dîner les jeunes à une heure décente. L'administration était en train de se vider pour la soirée, mais elle avait encore tant de dossiers à parcourir. Et elle devait en plus trouver une fenêtre pour rencontrer Mina Kovač et se plonger dans l'enquête sur les violences dont elle était victime.

Encore une demi-heure au maximum, se promit-elle. Après, elle se dépêcherait de rentrer à Saltsjöbaden.

« Tu es encore là toi aussi ? »

Leila était sur le seuil de sa porte avec à la main une banane jaune foncé tachetée de brun qui avait connu des jours meilleurs.

« Tu as parlé avec Stockholm Sud à propos de la femme de Kovač ? continua-t-elle.

– Oui, on reprend aussi l'enquête sur les violences conjugales. C'est plus simple comme ça. »

Le procureur Erik Sandberg n'avait pas semblé particulièrement chagriné par sa proposition. Tout le monde avait trop à faire.

Leila s'assit en face d'elle et mordit dans sa banane.

« Tu ne devrais pas rentrer chez toi ? Jonas n'était pas absent toute la semaine ? »

Nora montra sans un mot les dossiers et les documents épars qui jonchaient son bureau.

À la réunion du matin, elle avait promis à Jonathan que la mise en examen de Kovač serait déposée la semaine suivante. Elle espérait pouvoir s'y tenir. Mais c'était une enquête vaste et complexe. Les dossiers s'accumulaient, retraçant les mouvements de fonds sur les nombreux comptes de Kovač qui avaient fait de lui un homme riche.

Les collègues des Stups leur avaient fourni assez de chiffres et d'informations sur les volumes des saisies pour qu'ils puissent calculer les revenus générés par les trafics de Kovač, la vente de cocaïne, d'amphétamines et d'ecstasy. On pouvait estimer les recettes et les frais, le *cashflow*, comme dans n'importe quel business.

Kovač gagnait des millions.

« Une chance pour nous que même les réseaux criminels ne puissent pas se contenter du liquide pour gérer leurs affaires, dit Leila. Sinon, on n'aurait jamais pu le coincer. »

Elle prit une autre bouchée avant de jeter avec une grimace la banane trop mûre dans la corbeille de Nora.

« La société numérique change aussi la donne pour les criminels, ajouta-t-elle.

– Aujourd'hui, ils se sont tous adaptés », dit Nora.

Sans le tuyau anonyme qu'ils avaient reçu, ils n'auraient jamais pu échafauder tout ça. Kovač disposait d'un flux régulier de liquidités produites par le commerce illégal de drogue. Le montant des gains dépendait de la position occupée dans la hiérarchie du trafic, et celle de Kovač était très élevée. Un kilo de cocaïne coûtait à peine quatre cent mille couronnes à l'achat, mais pouvait se revendre le double, voire plus, dans la rue, où l'unité de compte la plus courante était le gramme. Une fois retranchés le prix d'achat et les parts des subordonnés dans la chaîne de vente, il restait un substantiel bénéfice – en liquide.

Le problème était d'injecter cet argent dans le système financier sans que les banques réagissent et le signalent aux autorités. En effet, si d'importantes sommes en liquide étaient régulièrement déposées sur un compte, les sonnettes d'alarme se déclenchaient. Après la crise financière de 2008, les législations nationales avaient accumulé les mécanismes de contrôle. L'UE n'était pas demeurée en reste, durcissant la réglementation par des directives spécifiques.

« Regarde ce que viennent de me donner les gars du service informatique, dit Nora. Ils ont fait un diagramme. »

Nora déplia un schéma format A3 qu'elle n'avait pas encore eu le temps de montrer à Leila. Des flèches de différentes couleurs illustraient toutes les transactions dans lesquelles Kovač était impliqué d'une façon ou d'une autre, comme détenteur ou ayant droit d'un compte bancaire ou d'une entreprise. Le papier couvrait la moitié du bureau et offrait une impressionnante vue d'ensemble de ses affaires.

« Explique-moi les couleurs, demanda l'inspectrice en examinant le diagramme.

– La couleur rouge correspond aux entreprises qu'il possède totalement, détailla Nora. Le bleu, les sociétés dont il détient des parts, et le jaune les transferts d'argent. »

Quand Nora et son équipe avaient commencé à fouiller dans les affaires de Kovač, il s'était avéré propriétaire de tout un complexe de sociétés. À travers elles, il pouvait faire circuler l'argent jusqu'à ce qu'il devienne impossible de repérer les bénéfices provenant d'activités criminelles. Le liquide noir était blanchi en revenus légaux, ni vu ni connu.

« C'est un véritable empire, constata Leila. Ce type est malin, il faut le lui accorder. Il aurait sûrement fait une belle carrière dans la finance, s'il avait plutôt misé sur les études. Surtout avec son physique. »

Le profil bien léché de Kovač importait peu à Nora, mais elle était d'accord avec l'analyse de sa collègue. Il avait bâti une vaste organisation lucrative pour gérer les revenus illégaux du trafic de stupéfiants.

« C'est une véritable activité industrielle », admit-elle.

Il était évident que Kovač avait été aidé pour mettre sur pied cette structure. Un montage financier de ce calibre exigeait des connaissances approfondies en droit des sociétés et en gestion.

« Tu crois qu'Ulrika Grönstedt se cache derrière tout ça ? » demanda Leila.

Maître Grönstedt était certes une des plus habiles avocates du pays, mais le montage financier de Kovač nécessitait des compétences d'une autre sorte.

« Je ne crois pas qu'elle en soit capable, dit Nora. Grönstedt est brillante, mais pour ça, il faut des économistes et des comptables. Il faut des gens qui assurent le suivi des transactions, les achats et ventes de sociétés, les décisions administratives et toute la documentation juridique indispensable. »

Elle suivit du doigt une des flèches.

« En revanche, je ne serais pas étonnée que son cabinet soit impliqué.

– Ils offrent sûrement toute une palette de services à leurs clients », ironisa Leila en continuant d'étudier le schéma.

Quand l'équipe avait analysé tous les flux monétaires, une image précise s'était cristallisée. L'ensemble du montage était basé sur de multiples participations de Kovač dans diverses entreprises générant d'importantes quantités de liquide : commerces ambulants, restaurants, sociétés de taxi et entreprises de construction. Assez pour expliquer l'afflux constant de liquidités. Cet argent liquide était confié à des bureaux de change ou des sociétés de transfert de fonds peu regardants qui le versaient à leur tour sur des comptes répartis dans un grand nombre de banques. L'argent était dès lors réinjecté dans le système bancaire, et pouvait circuler sur un simple clic.

« Que veulent dire les lignes barrées ? demanda Leila.

– Ce sont les entreprises qu'il a possédées un certain temps, avant de s'en séparer. »

Car Kovač avait aussi mis en place un système de revente de sociétés. Cela permettait de générer des plus-values absolument inattaquables. Qui pouvaient à leur tour tout à fait légitimement être envoyées au holding de Kovač, enregistré en Bosnie-Herzégovine.

La Bosnie-Herzégovine figurait cependant sur la liste noire de la Commission européenne des pays où la lutte contre le blanchiment était la plus défaillante. Le seul fait que les affaires de Kovač soient liées à ce pays suffisait à éveiller les soupçons. L'Afghanistan, l'Irak et la Syrie faisaient aussi partie de cette liste.

Mais ce n'était pas pour autant illégal.

« Sacré travail. »

Leila semblait presque impressionnée. Impossible de dire si elle se référait au schéma ou à l'habileté de Kovač.

« Et après ça, il essaie de nous vendre qu'il joue au tiercé », ricana-t-elle.

À la question directe sur son train de vie, sa grande maison, sa Rolex et ses voitures, il avait en effet prétendu qu'il avait gagné aux courses de chevaux. Ses gains lui avaient constitué un capital de départ.

Nora imaginait très bien comment Ulrika Grönstedt lui avait mis les mots dans la bouche.

« Voilà où on en est, dit-elle. Le principal, c'est que l'acte d'accusation tienne la route.

– Fraude fiscale aggravée alors ? C'est ce que tu as décidé ?

– Oui, on part là-dessus. »

Nora ne doutait pas que Kovač était également coupable de blanchiment aggravé, mais de ce côté-là, les éléments de preuve n'étaient pas bons. Après mûre réflexion et concertation, elle avait conclu qu'il n'y avait pas assez de preuves pour remonter toute la chaîne. Il serait beaucoup trop difficile de faire condamner Kovač pour blanchiment.

En d'autres termes, elle était dans la même galère que les Stups, qui ne parvenaient pas à établir l'implication de Kovač dans une part significative du trafic de drogue dans les banlieues de Stockholm.

« Mieux vaut se concentrer sur une question où je peux espérer une condamnation que d'avoir les yeux plus gros que le ventre, dit-elle en massant sa nuque raide.

– Mieux vaut une condamnation dans la poche qu'une mauvaise pioche au tribunal. »

Leila sourit. Avec un peu de chance, ça suffirait pour envoyer Kovač faire un long séjour en prison.

Le portable de Nora sonna. C'était Julia.

« Salut, ma chérie.

– Tu rentres quand ? »

La mauvaise conscience se rappela aussitôt à son souvenir.

« Je suis en route », mentit-elle en articulant sans bruit « Julia » à Leila.

Nora rassembla ses papiers d'une main. Il allait être six heures et demie, il lui faudrait presque une heure pour rentrer. Bien trop tard pour se mettre à préparer le dîner de Julia, censée se coucher à huit heures.

Leila se leva.

« À demain », lança-t-elle en quittant la pièce.

9.

On frappa doucement à la porte de la chambre de Mina à l'hôpital.

« Entrez. »

Mina somnolait, mais elle se redressa sur les coudes quand la porte s'ouvrit. Elle ne connaissait pas la femme d'un certain âge qui s'avança de quelques pas. Difficile de distinguer les traits de son visage dans la pénombre, mais elle portait sur son pull un badge de la Croix-Rouge.

« Bonjour, je m'appelle Irene. Je suis volontaire à l'hôpital. Je voulais juste voir si je pouvais faire quelque chose pour vous. »

Mina hésita. Que voulait-elle dire ?

« Nous pouvons parler un peu, si vous voulez, continua Irene, ou alors je peux simplement rester un moment là, avec vous, au cas où vous vous sentiriez seule ? »

À son propre étonnement, Mina acquiesça du chef, alors même que cette femme était une parfaite inconnue.

Irene jeta un coup d'œil à Lukas, dans son lit de bébé. Il était sur le dos, repu et satisfait, entièrement absorbé par un mobile qu'une infirmière avait accroché au-dessus de lui.

« Comme il est mignon, fit-elle. Quel âge a-t-il ?

– Trois mois.

– Il a l'air de bien se porter. »

Mina ne put se retenir de sourire avec fierté.

« Et vous, alors ? s'enquit Irene. Est-ce que ça va ? »

Le sourire de Mina s'éteignit.

« Pas vraiment », murmura-t-elle, aussitôt honteuse de l'air qu'elle avait, qu'il soit aussi évident qu'elle avait été battue.

Irene ne paraissait pas se soucier de sa gêne.

« Je vous écoute volontiers si vous voulez parler, dit-elle. Je ne suis pas pressée, et parfois ça fait du bien de ne pas rester seule avec ses pensées. »

Elle approcha une chaise et s'assit à son chevet.

Quelque chose chez Irene apaisait Mina. Ses cheveux blancs étaient attachés sur la nuque par une barrette. Elle lui rappelait une vieille institutrice de primaire qu'elle aimait bien.

Irene portait à l'annulaire gauche une belle bague en or aux motifs floraux chantournés.

« Quelle jolie bague, dit Mina.

– Merci. Je la porte toujours, même pour dormir. Mon mari me l'a offerte avant de disparaître.

– Oh, lâcha Mina. Désolée.

– Ne vous inquiétez pas. Il est décédé il y a des années. C'est comme ça. »

Le silence se fit, mais Irene gardait aux lèvres le même petit sourire bienveillant, comme si cela ne la dérangeait pas.

« Il vous manque ? demanda Mina au bout d'un moment.

– Tous les jours. Mais il était très malade à la fin, alors ç'a été aussi un soulagement. »

Irene le dit d'une façon qui encouragea Mina à oser continuer ses questions.

« Vous vous aimiez ? »

Irene eut un petit sourire.

« Beaucoup. Nous avons été mariés presque cinquante ans. Nous nous sommes rencontrés quand j'avais vingt et un ans, et nous sommes tout de suite tombés amoureux.

– Moi aussi, j'avais vingt et un ans quand j'ai rencontré Andreis, murmura Mina. Nous sommes tout de suite tombés amoureux nous aussi.

– Comment vous êtes-vous rencontrés ?

– Dans un pub de Söder. Je l'ai vu en entrant. »

Andreis était accoudé au bar une bière à la main quand elle était entrée avec une copine. Ses yeux sombres l'avaient captivée, ainsi que ses bras musclés sortant de son tee-shirt noir. Elle ne pouvait s'empêcher d'imaginer leur étreinte. C'était le plus beau garçon qu'elle ait jamais vu.

Aucun doute, il était le centre de sa bande de copains. Quand il lâchait une plaisanterie, tout le monde riait. Ils semblaient tous se disputer son attention, il allait de soi que tout tournait autour de lui.

Lorsqu'ils s'étaient retrouvés ensemble, elle avait aimé son assurance, cette certitude que le monde se pliait à sa volonté.

« Quel âge avez-vous à présent ? demanda Irene.

– Vingt-cinq ans.

– Vous êtes si jeune. »

Irene lui tapota la main. Elle ne savait pas combien elle avait tort. Mina ne s'était jamais sentie aussi vieille. Où était passée la jeune fille aux longs cheveux blonds ? Celle qui était si amoureuse d'Andreis qu'elle tremblait de bonheur chaque fois qu'il la touchait ?

« Vous ne vous disputiez jamais ? demanda Mina sans pouvoir s'empêcher de tripoter le pansement au-dessus de son sourcil.

– Dans un long mariage, on ne peut pas être toujours d'accord, mais le plus souvent, nous étions en bonne intelligence.

– Nous non plus, on ne se disputait pas, pas au début.

– Voulez-vous parler de votre mari ? » demanda Irene en entrecroisant les doigts, si bien que son anneau étincela.

Mina tourna les yeux vers la fenêtre. Dehors, la nuit était impénétrable, le secteur se trouvait tout en haut du bâtiment. Plus tôt dans la journée, elle s'était appuyée au rebord de la fenêtre en songeant que la mort serait instantanée si on se penchait trop et qu'on tombait sur l'asphalte.

« Les premiers temps, c'était comme un conte de fées, dit-elle sans croiser le regard d'Irène. Nous avons emménagé ensemble après quelques mois seulement, et nous nous sommes mariés six mois plus tard. »

Elle avait été folle de joie quand Andreis avait fait sa demande, puis avait passé le jour du mariage sur un petit nuage. Ça n'avait pas été un sacrifice d'abandonner ses anciennes amies et le contact presque quotidien avec ses parents. C'était merveilleux qu'Andreis veuille n'être qu'avec elle chaque fois qu'il était libre.

Ils faisaient tout ensemble, enfermés dans leur bulle.

« Nous étions vraiment heureux, murmura Mina. En tout cas les premiers temps. Andreis me gâtait, il rentrait souvent avec de jolis cadeaux et de belles choses. Ça fait peut-être cliché, mais j'avais tout ce qui me faisait envie.

– Ça devait être bien.

– Oui, c'était… c'est… bien. »

Personne n'était plus attentif qu'Andreis à la faire se sentir aimée. Personne n'avait un sourire aussi irrésistible.

« Ce qui s'est passé hier, ce n'était pas lui, marmonna la jeune femme. Il ne voulait pas me faire du mal comme ça. » Elle se passa la main sur le front. « Il m'aime, je le sais.

– Et vous, est-ce que *vous* l'aimez encore ? » demanda Irene.

Son visage était empreint de sympathie, il était clair qu'elle ne portait aucun jugement par ses paroles.

Mina osait à peine se poser la question, car elle n'osait pas entendre la réponse.

Elle apercevait son propre reflet dans la vitre, sa joue gonflée et sa lèvre fendue. Tout lui faisait mal au moindre mouvement.

Lukas gargouilla dans son lit de bébé.

« Je ne sais pas », chuchota-t-elle.

Bosnie, mars 1992

Andreis fut réveillé par quelqu'un qui le secouait doucement. En ouvrant les yeux, il vit tante Blanka à son chevet. C'était la meilleure amie de maman, mariée au cousin de papa, une grande femme bien en chair qui habitait la maison voisine.

« Réveille-toi, Andreis, sourit-elle. Une bonne nouvelle. »

Andreis papillota des yeux. Il aurait préféré continuer à dormir dans son lit chaud et douillet.

« Tu as un petit frère », dit Blanka.

Andreis savait que le bébé voulait sortir du ventre de sa mère. Une semaine plus tôt, on avait installé un lit à barreaux dans sa chambre, qui était déjà si petite. Il ne restait plus qu'un passage étroit entre les deux lits. Mais maman lui avait expliqué qu'il devrait désormais partager la chambre avec le nouveau bébé.

« Viens avec moi », dit Blanka en lui prenant la main.

Andreis la suivit dans la cuisine. Maman était sur une des quatre chaises, un balluchon dans les bras. Ça geignait, un peu comme un chiot nouveau-né. En s'approchant, il découvrit un minuscule visage qui émergeait de la couverture. Le bébé avait des rougeurs au front et quelques boutons sur les joues.

« Viens dire bonjour à ton petit frère », dit maman.

Elle semblait fatiguée, mais sourit à Andreis. Elle souleva le bébé pour qu'il le voie mieux.

Andreis ne savait pas trop ce qu'elle attendait de lui. Mais il approcha de quelques pas.

« Viens, dit maman. Il ne mord pas. Tu peux lui faire un petit câlin si tu veux. »

Andreis tendit la main et caressa précautionneusement la tête du bébé. Il avait des cheveux noirs ébouriffés, exactement comme papa, mais comme il avait les yeux fermés, on ne pouvait pas voir de quelle couleur ils étaient.

« À partir de maintenant, tu dois veiller sur lui, dit maman. Les grands frères s'occupent toujours de leurs petits frères.

– Il s'appelle comment ? demanda Andreis.

– Emir, il s'appellera Emir. »

La porte d'entrée s'ouvrit et papa entra dans la cuisine.

« Tu as vu ton petit frère ? » demanda-t-il en souriant fièrement.

Il tenait une bouteille à demi pleine et alla se remplir un verre à ras bord.

« À la santé de mon fils ! » s'exclama-t-il en le vidant d'un trait.

Quelque chose de dur passa sur les lèvres de maman. Elle regarda Blanka.

« Zlatko, dit cette dernière. Je crois que Selma a besoin de se reposer un peu. »

Papa n'avait pas l'air d'entendre. Il s'était déjà resservi à boire et se tourna vers Andreis avec un rire ravi.

« Allez, on va fêter ça ! »

MERCREDI

10.

La fatigue s'empara insidieusement de Thomas au moment où il faisait glisser son passe dans le lecteur pour entrer dans le grand hôtel de police de Flemingsberg. Il prit l'escalier jusqu'au septième étage, où étaient les locaux de la section grande criminalité.

Il aurait préféré être à bord d'un bateau dans l'archipel plutôt qu'enfermé entre quatre murs.

Avant d'intégrer la section investigation de la police de Nacka, il avait travaillé dans la police maritime. À bien des égards la meilleure partie de sa carrière. En mer, il se sentait en confiance, trouvait instinctivement les bonnes solutions. Même lors des missions pénibles, corps à repêcher ou interventions sur des collisions graves, il n'avait aucun mal à rester concentré.

Il souffrait rarement d'insomnie, comme cela lui arrivait souvent désormais. Les idées noires étaient comme balayées lorsqu'il mettait le cap sur son port d'attache. Même quand il avait le moral au plus bas, l'archipel avait toujours été un réconfort. Il y respirait mieux. Sans Elin, il aurait sérieusement envisagé de s'installer toute l'année sur l'île d'Harö.

Thomas passa les mains dans ses cheveux humides et ouvrit la porte de son bureau. Hier il avait fait un temps magnifique à Stockholm, aujourd'hui il pleuvait : une météo typique d'avril.

À quoi bon se complaire dans les vieux souvenirs ?

Il pendit sa veste et alla chercher sa dose de caféine. Pour être à Flemingsberg avant huit heures, il devait se lever au plus tard à six heures. Cette nuit, il ne s'était pas endormi avant deux heures du matin. Il avait passé tout son temps à ruminer au lit.

Aram Goris, son partenaire depuis des années, s'était déjà servi sa première tasse de la journée. Il était en train de feuilleter le classeur des nouveaux règlements, mais fit un salut de la main en voyant Thomas.

Comparé à Thomas, Aram semblait en forme, reposé, et même un brin bronzé.

Thomas appuya sur le bouton XL du distributeur de café. Bien fort, même si au fond il préférait le thé.

Margit Granqvist arrivait, la machine à café dans le collimateur. Encore une qui était en train de perdre le feu sacré.

Margit était chef par intérim depuis presque deux ans, alors qu'il était évident que c'était elle la plus qualifiée pour le poste de chef de la section criminelle dans la nouvelle organisation de la police. Si elle n'obtenait pas bientôt cette nomination, elle allait probablement démissionner par pure frustration.

Elle ne serait pas la première.

« J'ai entendu dire que ta copine de Sandhamn Nora Linde a repris une affaire du procureur Sandberg », dit-elle en pressant la touche « café extra-fort ».

Tout se savait, ici.

Thomas résuma à Margit sa conversation téléphonique de la veille.

« N'oublie pas de consigner d'éventuels entretiens concernant cette affaire », lui conseilla-t-elle en récupérant son gobelet.

Thomas la regarda. Pour qui le prenait-elle ?

Puis il se fit la réflexion qu'elle était juste prévenante. Dans la nouvelle organisation de la police, tout le monde était surveillé. Et plus tatillon sur les formalités. Dans une administration inquiète et sous tension, on se crispait sur le règlement, même si l'atmosphère négative s'en trouvait renforcée. La défiance envers la hiérarchie grandissait chaque jour, tandis que les journaux trompettaient la perte de confiance du public envers la police.

« Merci de me le rappeler », dit-il sans la moindre ironie, avant de regagner son bureau.

Aujourd'hui, il devait appeler Pernilla pour tenter une dernière fois de s'accorder avec elle sur les vacances, il repoussait le problème depuis trop longtemps. Cette perspective ne le mettait pas de meilleure humeur.

11.

Quand Nora arriva à l'hôpital Sud, Leila l'attendait déjà à l'accueil. Sa longue tresse noire pendait sur une de ses épaules, son jean moulant était fourré dans ses bottes de cuir.

Elle fit signe à Nora.

« On va au secteur cinquante-cinq. »

Elle se dirigea d'un pas rapide vers l'ascenseur. Ses talons claquaient sur les dalles.

« J'espère que tu as compris qu'elle n'a aucune intention de coopérer avec nous, dit-elle en arrivant devant les ascenseurs. Elle ne va ni porter plainte ni le quitter. C'est du temps perdu. »

Leila faisait rarement autant de vagues, mais Nora décida de ne pas relever.

Une infirmière stressée leur indiqua la chambre de Mina.

« Elle est en chambre individuelle, dit-elle. À cause de son fils. »

Nora ouvrit la porte d'une chambre aux murs blancs et au sol plastique d'un gris déprimant.

Mina était couchée sur le dos, les yeux clos.

Nora retint son souffle en voyant son visage démoli, ses lèvres bleues et gonflées. Un bandage blanc couvrait une joue et un goutte-à-goutte était branché au chevet du lit.

J'aurais pu empêcher ça, pensa-t-elle.

De l'autre côté du lit étaient assis un homme aux cheveux

gris et une femme au front profondément ridé d'inquiétude. Il devait s'agir des parents de Mina, Stefan et Katrin. La ressemblance avec la mère ne faisait aucun doute, malgré les blessures de Mina.

Un petit lit de bébé sur roulettes était placé à côté de Mina. Sous une couverture jaune clair dormait un nourrisson.

Nora se présenta, avec Leila, et exposa les raisons de leur présence. Qu'elles venaient de l'Agence de lutte contre la criminalité financière, mais étaient également chargées de l'enquête sur les violences subies par Mina, et avaient à ce titre besoin de lui poser quelques questions.

« Comment allez-vous ? lui demanda-t-elle. Avez-vous la force de nous parler un petit moment ? »

La jeune femme ne répondit pas.

« Qui vous a brutalisée comme ça ? » l'interrogea Leila.

Mina se contenta de secouer la tête.

Il semblait incompréhensible qu'elle continue à couvrir son mari, mais Nora savait qu'elle n'était pas la seule. Elle réagissait exactement comme beaucoup d'autres femmes dans la même situation. Probablement demanderait-elle bientôt à rentrer à la maison, et en route se persuaderait elle-même que ce qui s'était passé n'était pas si grave. Que c'était la dernière fois que son mari la battait. Que désormais, tout irait bien.

Stefan posa la main sur le bras de Mina.

« Il faut que tu parles à la police, ma chérie, dit-il.

– Je t'en prie, renchérit Katrin. Tu ne peux plus rester avec Andreis.

– Nous pouvons vous aider, dit Nora. Nous pouvons vous mettre à l'abri dans un foyer protégé où il ne pourra pas vous atteindre. »

Mina détourna le visage. Nora savait qu'il fallait lui laisser le temps, qu'il ne serait pas facile de la convaincre. Mais sans sa coopération, il serait vain de demander l'incarcération d'Andreis, et il ne pouvait être retenu en garde à vue que trois jours au plus.

« Andreis sera relâché dès demain si vous ne modifiez

pas votre témoignage, reprit-elle. Dans vingt-quatre heures, il sera rentré, et tout recommencera. »

Mina avait-elle pâli ? Difficile à dire sous tous ces bleus et bandages.

« Pense à Lukas, la supplia Katrin. Ça ne peut plus durer.

– J'ai trébuché, murmura Mina. Je suis tellement maladroite. »

Nora s'efforça de contenir sa frustration qui déferlait malgré la mise en garde de Leila.

Il fallait convaincre Mina avant que Kovač ne soit relâché. Dès qu'il serait libre, il viendrait la voir, lui demanderait pardon et essaierait de tout arranger. Peut-être lui avait-il déjà téléphoné ?

Nora ne doutait pas que Mina marcherait si Kovač lui promettait de ne plus jamais porter la main sur elle. Elle se persuaderait elle-même de le croire, puis les choses iraient mieux un temps jusqu'à ce que tout recommence.

Ça recommençait toujours.

« Je suis tombée, répéta Mina.

– Vous comprenez bien qu'il finira par vous tuer ? » dit Leila.

Les yeux de Mina s'emplirent de larmes, elle joignit les mains sur la couverture.

« Je ne peux pas vous parler, chuchota-t-elle. S'il vous plaît, allez-vous-en. Laissez-moi tranquille.

– Vous devez nous écouter. Pour votre propre bien. »

Leila s'approcha du lit.

« Vous pensez qu'il va regretter ce qu'il a fait ? dit-elle. Que, tout au fond, il vous aime vraiment ? Ce n'est pas ce que vous pensez ? Qu'il ne pensait pas à mal, pas vraiment. Vous avez tant d'excuses pour ce qu'il vous a fait. Qu'il est sous pression à cause de cette menace de procès, traumatisé par sa fuite de Bosnie quand il était enfant, par tous les souvenirs affreux qu'il porte en lui. »

Mina essaya de se redresser mais grimaça de douleur.

« Et puis, il y a tellement de choses qui sont de votre faute, pas vrai ? continua Leila. Si vous vous donniez un peu plus de mal, il n'aurait pas à se fâcher. Si vous ne l'énerviez pas tout le temps, si vous ne faisiez pas tant d'erreurs, si vous l'aimiez un peu plus, tout irait bien. Mais les hommes qui aiment leur femme ne la frappent pas. Ça ne marche pas comme ça. »

Nora ne connaissait pas très bien Leila, même si elles avaient beaucoup travaillé ensemble ces dernières années. Leila n'était pas très ouverte sur sa vie privée, mais Nora savait que sa famille avait fui l'Iran à la fin des années quatre-vingt, et qu'elle était arrivée en Suède âgée de seulement quatre ans. Les détails n'étaient pas clairs, ses parents s'étaient séparés quelques années plus tard. Le seul objet personnel sur son bureau était la photo d'un chien, un terre-neuve prénommé Bamse. La prunelle des yeux de Leila, soixante-dix kilos.

« La prochaine fois, il vous tuera, dit-elle d'un ton plus doux. Vous devez comprendre ça, pour votre bien. »

Les larmes de Mina coulaient à flots.

« Écoute-la, dit Stefan d'une voix rauque. Elle est policière, elle sait de quoi elle parle. »

Il se tourna vers Leila et Nora.

« Pouvez-vous la protéger ? Andreis est une personne terrible. Il est dangereux, sans scrupules. »

Mina fit mine de protester mais Stefan ne se laissa pas interrompre.

« Tu sais que c'est vrai. Ne prends pas sa défense ! »

Il frappa fort la paume de sa main sur son genou.

« Mon Dieu, il n'y a qu'à te voir ! Tu ne comprends pas qu'elle a raison ? Il te tuera la prochaine fois. »

Katrin haletait.

« S'il vous plaît ! Ne vous mettez pas à vous disputer vous aussi. »

Nora leva une main. La situation était en train de dégénérer.

Si seulement ils pouvaient placer Mina dans un endroit où Kovač ne pourrait plus l'atteindre, elle se sentirait peut-être davantage en confiance. Et oserait coopérer.

« Nous pouvons faire en sorte que votre fils et vous soyez accueillis dans un foyer protégé, dit-elle. Personne ne saura où. J'ai contacté un endroit de ce genre dans l'archipel. Ils peuvent vous recevoir dès demain. C'est très joli, on dirait presque une maison de vacances. Vous pourrez vous y sentir chez vous. »

Leila posa la main sur l'épaule de Mina.

« N'ayez pas peur que votre mari vienne vous y importuner. Nous l'en empêcherons, je vous le promets.

– Si vous voulez, Leila pourra vous escorter jusqu'à ce foyer », ajouta Nora.

Quelques secondes passèrent. Ses deux parents suppliaient Mina du regard.

Katrin poussa un sanglot et commença à avoir le souffle court. C'est peut-être cette réaction de sa mère qui la décida.

« D'accord, murmura Mina. J'y vais. »

12.

Nora éteignit sa lampe de chevet et redressa l'oreiller. Il était beaucoup trop tard, alors qu'elle s'était promis de se coucher tôt. Mais il y avait toujours tant à faire quand elle rentrait à la maison, des piles de lessive à la buanderie et dans le réfrigérateur un tiroir à légumes qui menaçait de filer à quatre pattes.

Il n'y avait qu'elle et Julia à la maison. Simon était chez Henrik cette semaine et Adam chez sa petite amie Freja. Il avait passé son bac l'année dernière, impossible désormais de décider où il devait habiter. Tant qu'il s'acquittait de son travail de serveur dans un restaurant de Söder, elle n'avait pas son mot à dire.

Jonas serait absent toute la semaine. Il avait un vol long-courrier, ce qui signifiait qu'il ne rentrerait que samedi.

Il était onze heures du soir. Il fallait vraiment qu'elle se défasse de toutes les pensées qui tournaient en boucle dans sa tête : le visage amoché de Mina et l'insidieux pressentiment que Kovač ne plongerait ni pour fraude fiscale ni pour violences. Impossible de se détendre. Son cœur tambourinait à son oreille, malgré ses efforts pour respirer profondément, comme elle l'avait appris au yoga.

Yoga où elle avait été trop souvent absente par manque de temps.

Si seulement Kovač était resté en préventive, elle se serait sentie bien mieux. Alors, il n'aurait pas pu s'en prendre à nouveau à sa femme. Mais Ulrika Grönstedt avait habilement argumenté au tribunal et réussi à le faire sortir au bout de quelques semaines malgré les efforts de Nora pour convaincre la cour du contraire. Cette défaite était encore cuisante.

Kovač aurait dû rester sous les verrous jusqu'au procès. Mais Nora n'avait jamais eu maille à partir avec un avocat de la défense du calibre de Grönstedt. La plupart des affaires qu'elle avait traitées étaient beaucoup plus modestes, de petits escrocs qui se contentaient du défenseur commis d'office. Jamais de professionnel de haut vol comme Ulrika Grönstedt.

Jonathan ne l'avait pas dit ouvertement, mais elle se doutait de ce qu'il pensait de la situation : elle aurait dû mieux faire valoir ses arguments pour qu'il soit maintenu en détention. Au lieu de quoi elle s'était laissé piétiner par Grönstedt.

Nora fixa le plafond. La mauvaise conscience l'avait submergée dès qu'elle avait vu le visage tuméfié de Mina à l'hôpital. Si elle était morte ce lundi soir, cela aurait été de sa faute.

Objectivement, elle savait qu'on ne pouvait pas raisonner ainsi, mais elle ne pouvait pas s'en empêcher.

Un jour, Henrik avait dérapé lors d'une dispute sur leur ponton à Sandhamn : il l'avait giflée. La lèvre de Nora s'était mise à saigner, elle avait été tellement choquée qu'elle n'arrivait plus à bouger un seul muscle. Henrik avait été presque aussi secoué. Il lui avait mille fois demandé pardon, mais ç'avait été le coup de grâce pour leur couple. Après ça, il n'avait plus été possible de sauver leur mariage.

Nora jeta un coup d'œil au réveil sur la table de nuit. Demain, elle allait interroger Kovač. Le jour était fixé depuis longtemps, mais l'interrogatoire déplacé à Flemingsberg, puisqu'il y était détenu dans le cadre de sa garde à vue pour violences conjugales. Il fallait qu'elle soit en forme.

Mais le sommeil refusait de venir.

JEUDI

13.

Quand Nora et Leila entrèrent dans la salle d'interrogatoire à Nacka, Andreis Kovač était déjà installé devant la table carrée en compagnie d'Ulrika Grönstedt. Il était entièrement vêtu de noir et dégageait une sorte de masculinité brute. Les jambes étendues devant lui, Kovač était grand et costaud. La simple différence physique entre lui et Mina devait lui avoir permis de la soumettre.

Il ne semblait pas le moins du monde troublé par la situation. S'il s'inquiétait pour sa femme à l'hôpital, il ne le montrait pas.

Maître Grönstedt était assise à côté de son client, en classique tailleur bleu et escarpins. Son sac à main Chanel était accroché au dossier de sa chaise.

« Cet interrogatoire supplémentaire était-il vraiment nécessaire ? attaqua-t-elle sans laisser à Nora le temps de s'asseoir. Mon client a déjà dû en subir beaucoup trop. Combien de fois va-t-il falloir ressasser tout ça pour que vous compreniez enfin qu'il ne s'est rendu coupable d'aucun délit ? »

Nora n'avait pas l'intention de se laisser provoquer. Elle prépara deux verres d'eau, pour Leila et elle-même, en prenant tout son temps.

« Nous procéderons à autant d'interrogatoires que je le jugerai nécessaire, dit-elle en gardant une voix neutre. Votre client a-t-il un sujet d'inquiétude ?

– S'il ne se plaît pas en garde à vue, il n'a à s'en prendre qu'à lui-même, intervint Leila. Il aurait dû y penser avant de brutaliser sa femme. »

Kovač échangea un regard avec Grönstedt.

« Comme je l'ai indiqué précédemment, mon client réfutera tous les chefs d'accusation en matière fiscale, dit Ulrika Grönstedt. En ce qui concerne ces prétendues violences conjugales, je ne comprends pas le rapport avec l'interrogatoire du jour. »

Elle ouvrit un élégant étui et chaussa une paire de lunettes.

« Andreis n'a omis de payer aucun impôt, continua-t-elle. Il n'a jamais commis de délit de la catégorie que vous lui imputez, et ne dispose pas par ailleurs de revenus approchant ce dont vous parlez. »

Leila lâcha un sourire acide.

« Je suppose qu'il doit sa grande villa à un gain au loto et que sa femme gravement battue s'est juste cognée contre une porte l'autre soir ? dit-elle. Pour nous en tenir aux faits.

– Mina n'a rien à voir avec tout ça », marmonna Kovač en changeant de position sur sa chaise.

Nora se pencha vers lui.

« Je comptais justement vous parler de Mina, dit-elle. Votre femme se trouve à l'hôpital après avoir été gravement brutalisée. Comment est-ce possible ? »

C'était une chose de lire le rapport sec des agissements de Kovač, ce qu'il avait fait à Mina. C'en était une tout autre d'être assise en face de lui à moins d'un mètre.

Elle ne pouvait s'empêcher de regarder à la dérobée ses mains, qui devaient avoir été tachées du sang de Mina. Mais ses longs doigts ne portaient aucune trace de violence. Ses ongles étaient soignés, ses phalanges intactes. Seule la peau de Mina avait éclaté.

« Mina a trébuché sur un aspirateur, dit Kovač. Ça avait déjà eu lieu quand je suis arrivé à la maison. Ce n'est pas ma faute si elle est à l'hôpital. Mais je suis vraiment désolé qu'elle se soit fait mal. J'aime ma femme. »

Kovač réussit à donner à sa tirade un air de normalité,

comme s'il était sincèrement préoccupé par l'état de sa femme, alors que toutes les personnes présentes dans la pièce savaient à quoi s'en tenir.

Leila réagit avec un rire de mépris.

« Est-ce que vous y croyez vous-même ? »

Son ton était si âpre que Nora s'inquiéta. Il fallait que Leila puisse rester objective pendant l'interrogatoire.

« Vous lui avez cassé la gueule et maintenant vous avez la trouille qu'elle vous envoie au trou.

– Mon épouse ne témoignera jamais contre moi.

– On verra bien. Ça m'étonnerait que ça fasse du bien à votre fils de grandir avec un père qui bat sa mère.

– Laissez mon fils en dehors de tout ça, putain, sinon... »

Ulrika Grönstedt le coupa.

« Mon client n'avait pas l'intention d'être menaçant. »

Elle posa une main sur son bras. Ses ongles étaient d'un rouge élégant, leur vernis brillait.

« Mon client ne menacerait jamais un policier ou un procureur, continua-t-elle. Qu'il n'y ait pas de malentendu entre nous. »

Leila secoua la tête, sans quitter Kovač des yeux.

« Ça doit être bien d'avoir une avocate comme nounou, dit-elle. Dommage qu'elle n'ait pas été là quand vous avez complètement démoli Mina. Puisque vous n'arrivez pas à vous maîtriser, je veux dire. »

Nora se racla la gorge. Assez de bisbilles, il fallait en venir à l'interrogatoire proprement dit.

« J'ai l'intention de prononcer une mise en examen d'ici une semaine, dit-elle à maître Grönstedt. Mais j'ai encore quelques questions complémentaires. Plus vite votre client y répondra, plus tôt nous en aurons fini pour aujourd'hui. »

Elle feuilleta les documents qui concernaient une des dernières sociétés vendues.

« C'est au sujet de ce point de comptabilité dans... »

Grönstedt l'interrompit aussitôt.

« Ce n'est pas la faute de mon client si tous les fichiers

ont été accidentellement détruits quand ils ont changé de fournisseur informatique. Ce n'est pas un délit. »

Nora décida de frapper du poing sur la table.

« Je suggère que vous me laissiez parler jusqu'au bout. Sinon nous y serons encore demain. »

14.

Dans sa nouvelle chambre, Mina fixait le plafond blanc craquelé en plusieurs endroits. Elle avait dormi quelques heures, il allait être neuf heures du soir.

Jamais Andreis ne la trouverait ici, à Friggagården : la policière, Leila, le lui avait assuré en la conduisant avec Lukas vers Stavsnäs pour prendre le ferry. Ici, elle serait à l'abri d'Andreis. Sur l'île de Runmarö, il n'y avait pas de rues ni de noms de chemins, aucun numéro non plus. C'était impossible à trouver sans indications d'itinéraire si on n'était pas du coin.

La traversée n'avait pris que cinq minutes, on les attendait au ponton.

Friggagården, un drôle de nom. Frigga était la déesse-mère protectrice dans la mythologie nordique, avait expliqué la directrice. Les anciens dieux allaient-ils veiller sur elle ? Mina avait du mal à le croire. Cela faisait longtemps qu'elle n'avait pas senti de main protectrice au-dessus de sa vie.

Les points de suture au-dessus de son sourcil l'élançaient. Si seulement elle n'était jamais entrée dans ce pub de Söder ce soir-là. Si seulement elle était plutôt restée à la maison devant la télé. Si seulement elle n'avait pas ri au compliment d'Andreis et n'avait pas accepté de prendre un verre avec lui…

Mina y avait songé tant de fois. Si elle n'avait jamais rencontré Andreis, à quoi aurait ressemblé sa vie ?

Elle se tourna sur le flanc, malgré la douleur dans ses

côtes au moindre mouvement. Lukas dormait dans son lit à barreaux juste en face, joues roses et bouche serrée.

La réponse vint d'elle-même : elle n'aurait pas eu Lukas.

La chambre était dans le noir. Elle était décorée de couleurs douces, avec deux fauteuils près de la fenêtre. Deux géraniums à fleurs roses agrémentaient son rebord, et quelqu'un avait posé une nappe brodée sur la petite table basse. Un vieux poêle en faïence occupait le coin opposé, avec une pancarte manuscrite : « NE PAS UTILISER ».

Ça ressemblait à une auberge de jeunesse un peu au-dessus de la moyenne, accueillante mais décrépite ici et là.

Mina tourna un peu plus la tête : de l'autre côté de la vitre, l'eau scintillait au loin près du rivage. En arrivant, vers l'heure du déjeuner, elle avait aussitôt pensé à la maison de vacances de ses grands-parents maternels à Roslagen. Leur maison en bois aux encadrements blancs, les pelouses entourées de haies de lilas.

Ils avaient été heureux, ces étés passés chez eux. Aujourd'hui, elle se rappelait à peine ce que c'était de ne pas avoir peur en permanence.

Son portable bipa. Le numéro d'Andreis s'afficha.

Bonjour, ma chérie. On te laisse rentrer demain ?

Mina retint son souffle. Il ne savait pas qu'elle avait déjà quitté l'hôpital.

Dans plusieurs sms, il lui avait certifié qu'il allait s'améliorer, changer. Tout irait bien à partir de maintenant.

Le dernier était arrivé dans la matinée, juste avant son départ pour Friggagården. Elle avait alors failli changer d'avis, décider qu'il vaudrait mieux rentrer à la maison. Pour Lukas, pour qu'il puisse grandir avec son papa et sa maman. Andreis avait vraiment l'air sincère. Il ne la battrait plus. Plus jamais.

À ce moment précis, Leila avait frappé à sa porte. Elle lui avait assuré qu'elle prenait la bonne décision en choisissant Runmarö et rappelé l'inquiétude de ses parents. Mina n'avait pas osé protester en voyant la policière rassembler ses affaires et se diriger vers la sortie. Elle avait alors rapidement répondu à Andreis qu'elle allait rester au moins un jour de plus et avait prétexté des examens médicaux pour éviter sa visite.

Mina fixa son portable dans le noir.

Andreis croyait que tout allait bien entre eux. Il ne comprendrait pas qu'elle puisse lui pardonner au téléphone mais choisir malgré tout de ne pas revenir à la maison.

En apprenant la vérité, il y verrait une trahison. Elle était sa femme, la famille était tout pour lui. Il en parlait souvent : on reste ensemble, quoi qu'il arrive. Il vénérait sa mère et lui parlait presque tous les jours au téléphone. Personne n'avait le droit de dire du mal de Selma et Zlatko, pas même son petit frère Emir, à qui par ailleurs il passait tout.

Et voilà qu'elle l'avait trahi de la pire des façons.

Son cœur se serra. Quand il comprendrait la vérité, il viendrait les chercher, elle et Lukas. D'une manière ou d'une autre, il apprendrait où elle était passée, Andreis obtenait toujours ce qu'il voulait.

Ça avait l'air si simple quand Leila affirmait qu'elle était en sécurité ici, mais elle ne connaissait pas Andreis. Elle n'avait jamais vu ses yeux noircir quand son humeur changeait et qu'il devenait quelqu'un d'autre. Quand les veines de son front gonflaient et qu'il saisissait le cou de Mina comme s'il lui fallait anéantir sa vie pour sauver la sienne.

Comment pourrait-elle jamais se sentir à nouveau en sécurité ?

Lukas gémit dans son lit.

Le portable bipa de nouveau quand le même message s'afficha :

Bonjour, ma chérie. On te laisse rentrer demain ?

Mina répondit, les doigts tremblants :

J'espère.

La réponse arriva aussitôt.

Alors je passe te prendre après le déjeuner.

Mina hésita. Puis écrivit :

Merci, chéri. Bonne nuit.

VENDREDI

15.

Maître Ulrika Grönstedt ouvrit la porte de la salle de réunion où sa secrétaire venait de faire entrer Andreis Kovač.

Il avait été libéré de sa garde à vue hier, comme elle le lui avait promis. Ulrika sourit avec satisfaction : elle aimait avoir raison. Et impressionner ses clients.

Ulrika avait bloqué une heure pour ce rendez-vous, en espérant que ça suffirait. Elle devait aller au tribunal dans l'après-midi pour une autre affaire, et il lui restait pas mal de dossiers à lire. Il y aurait probablement la presse, ce qui était toujours un aiguillon supplémentaire.

« C'était quoi, ces conneries de la proc, à propos de ma mise en examen pour fraude fiscale ? » s'exclama Kovač dès qu'il l'aperçut sur le pas de la porte.

Il n'avait pas touché au café apporté par sa secrétaire, mais s'était servi dans le bol de bonbons. Quelques papiers étaient en boule sur la table.

Ulrika aussi était inquiète, même si elle n'avait pas l'intention de le montrer à son client.

Quand Kovač avait été convoqué à son premier interrogatoire, elle n'avait pas eu trop d'inquiétudes. Le dispositif de ses sociétés enchevêtrées devait être étanche. Elle n'y était pas impliquée personnellement, mais ses conseillers n'étaient pas des amateurs. Ils connaissaient leur partie et se faisaient grassement payer pour. Aucune chance que la procureure ait grand-chose sous le coude contre lui.

Puis il avait été écroué. Ç'avait été une erreur. Nora Linde l'avait fait incarcérer pour risque de collusion, afin d'éviter qu'il fasse disparaître des preuves et complique ainsi l'enquête.

Certes, la cour ne lui avait accordé que quelques semaines, mais le mal était fait. Kovač en était sorti furieux.

Elle ne comprenait pas où Nora Linde avait déniché autant d'informations. Les questions qu'elle avait posées hier étaient préoccupantes, elles montraient que la procureure disposait d'une vision bien trop précise. Que l'argent qui entrait ne correspondait pas à ce qui apparaissait dans les comptes, et qu'elle pouvait le prouver. L'équation montrait qu'il manquait forcément de grosses sommes en impôts et TVA. Assez pour caractériser une fraude fiscale aggravée, et probablement aussi un blanchiment aggravé. Avec pour Kovač des années de prison à la clé.

« Vous m'aviez promis qu'on n'irait pas jusqu'à la mise en examen, reprit-il en tambourinant des doigts sur la table ovale en chêne.

– Quelqu'un de chez vous a dû faire fuiter des informations aux autorités », contra Ulrika en s'installant en face de lui.

Elle n'avait pas l'intention de porter le chapeau. Déjà qu'elle allait devoir faire tout son possible pour le faire acquitter, une fois la mise en examen prononcée.

« Impossible qu'ils aient trouvé tout ça tout seuls, continua-t-elle. Quelqu'un de l'intérieur est forcément allé parler à la police. »

Kovač fronça les sourcils.

« Mes gars ne sont pas des balances.

– Linde dispose de trop de faits, insista Ulrika. Cette matière a dû lui être fournie par quelqu'un qui a accès de l'intérieur à vos affaires. Sans ça, elle ne pourrait pas poser des questions aussi détaillées. »

Elle tendit le bras vers le thermos et servit deux tasses

de café. À la lumière de la fenêtre, elle constata qu'une manucure s'imposait. Ses ongles commençaient à avoir l'air un peu abîmés. Il faudrait qu'elle demande à sa secrétaire de lui réserver une séance pour demain.

« Avant que Linde ne prononce une mise en examen, je n'ai accès à rien de ce qu'elle a contre vous, expliqua-t-elle. Je ne peux pas savoir quels documents elle a à sa disposition. Mais ce que j'ai entendu pendant l'interrogatoire me suffit, sa façon de poser des questions. On dirait qu'ils sont assis sur des copies de votre comptabilité.

– Impossible », dit Kovač.

Jusqu'à présent, Ulrika l'avait laissé répéter la même chose en boucle : que sa comptabilité avait été effacée par erreur, et que tout ce qui lui était présenté durant les interrogatoires était inconnu au bataillon. C'était une excuse vieille comme le monde, elle en souriait presque.

Mais la situation était sérieuse.

Si le tribunal acceptait cette explication, Kovač serait acquitté ou, au pire, écoperait d'amendes. L'obligation de tenir une comptabilité correcte était indiscutable, mais c'était un délit moindre, sans peine de prison obligatoire. En revanche, si Linde avait mis la main sur les vrais documents, il pourrait être question de lourdes peines de prison.

« Aucun comportement suspect ? insista-t-elle. Un concurrent qui pourrait vouloir vous évincer de vos… activités ? »

Elle hésita avant ce dernier mot. Au fond, moins elle en savait, mieux elle se portait. Son travail était de défendre les intérêts d'Andreis Kovač au tribunal, rien d'autre.

Tout le monde a droit à un avocat. C'était le mantra qu'elle se répétait depuis ses débuts au barreau, vingt-cinq ans plus tôt. C'était ce que la loi prescrivait, et elle était fière de son rôle et de sa réputation, qui faisait d'elle l'avocate la plus demandée du pays.

Elle n'avait pas à avoir honte.

Andreis Kovač secoua la tête.

« Non, dit-il. Je sais à quoi m'en tenir avec mes gars. Arrêtez de rabâcher ça. »

Ulrika Grönstedt jeta un nouveau coup d'œil à ses ongles. Elle l'aurait aimé plus coopératif. Elle était de son côté, il n'avait pas l'air de s'en souvenir. Parfois, il faut rappeler ce genre de chose aux clients. Surtout quand, par déformation professionnelle, ils s'imaginent que le monde entier est contre eux.

« Vous savez ce que je vous ai expliqué, commença-t-elle. Pas de surprises. Vous n'avez pas à me dire davantage que ce que je vous demande, mais vous ne devez pas me mentir si vous voulez que je vous défende au tribunal. »

Kovač sortit des cigarettes qui ressemblaient à des Marlboro, mais avec la marque *Superdrina* sur le paquet. Il le rangea en voyant Ulrika hausser les sourcils.

« Est-ce que Mina pourrait être derrière tout ça ? » proposa-t-elle.

Andreis Kovač éclata de rire.

Quand il souriait, son charme commençait à agir. Kovač dégageait quelque chose de presque magnétique. Ulrika était persuadée qu'il s'en servait souvent pour obtenir ce qu'il voulait. Elle n'avait pas l'intention de tomber dans le panneau, mais ne put s'empêcher de sourire à son tour.

« Qu'en est-il de Mina ? répéta-t-elle d'un ton moins sec.

– Elle ne comprend pas mes activités. Mina peut être charmante, mais elle n'a aucun sens des affaires. »

Ulrika décida d'en rester là sur ce sujet.

« Il n'est pas très heureux que vous... »

Elle essaya de trouver une formulation convenable.

« ... que vous ayez un différend avec Mina en ce moment.

– C'est privé. »

Il ne comprenait vraiment pas, ou il ne voulait pas comprendre ?

Le tribunal était constitué d'un juge et de trois à cinq jurés, c'est-à-dire des profanes sans la moindre formation juridique. Les photos d'une femme salement amochée ne les mettraient sûrement pas dans de bonnes dispositions. Cela pouvait sensiblement dégrader la crédibilité de son client quand elle plaiderait son innocence.

Dans ce contexte, être une femme constituait pour une fois un avantage pour Ulrika, même si Kovač ne mesurait pas sa chance. Elle était une des rares femmes à être avocate de la défense à ce haut niveau. Dans sa profession, les hommes étaient surreprésentés, en particulier parmi ceux qui s'étaient fait connaître du grand public. Allez savoir pourquoi, les femmes dominaient dans les fonctions de procureur et de juge, alors que les hommes s'orientaient vers la défense, en particulier dans les grandes villes, où se concentrait la grande criminalité.

« Si Mina témoigne contre vous, ça n'arrangera pas nos affaires, dit-elle. Ça peut faire tache au tribunal. Vous pouvez être sûr que la procureure veillera dans ce cas à ce que les deux affaires soient cumulées. »

L'expression charmeuse disparut aussi vite qu'elle était née. Une ride se forma à la base du nez de Kovač.

« Ne parlez pas chinois.

– Elle va rattacher la mise en examen pour violences conjugales à la mise en examen pour fraude fiscale, tout sera présenté en même temps au tribunal.

– Mina ne témoignera jamais contre moi, dit Kovač, aussi sûr de lui que lors de l'interrogatoire de la veille.

– Vous en êtes vraiment certain ?

– Mina est ma femme. Elle connaît les règles dans la famille.

– Où est-elle, en ce moment ? Encore à l'hôpital ?

– Oui. Je compte aller la chercher quand nous aurons fini.

– La police va faire tout son possible pour qu'elle dise ce qui s'est vraiment passé.

– Je vais m'occuper de Mina. »

Que son client allait « s'occuper » de Mina, Ulrika n'en doutait pas. Le problème était qu'elle ne voulait pas servir sur un plateau à la procureure de nouvelles occasions de mise en examen. Dans l'absolu, le mieux serait que les époux se réconcilient, même si les photos qu'elle avait vues lui faisaient froid dans le dos. Il fallait qu'ils restent en bonne intelligence, au moins pendant toute la durée du procès.

« Ses blessures sont photographiées et documentées, dit-elle. Nous parlons ici de violences qui peuvent valoir des années derrière les barreaux. »

Kovač regarda l'heure sur une montre de plongée suisse au large bracelet métallique. Tape-à-l'œil, mais sûrement d'un prix attractif pour lui.

« On a bientôt fini ? demanda-t-il.

– En tant que votre avocate, je me dois de vous recommander de faire la paix avec votre épouse, insista-t-elle. Essayez de la faire revenir à vous. Cela faciliterait sensiblement votre défense.

– Ne vous inquiétez pas. Elle m'aime. »

Bosnie, avril 1992

Selma avait mis le couvert dans le jardin : elle aimait être dehors et regarder les fleurs. Elle cultivait des roses dont elle était très fière, rouges, roses et jaunes, qu'elle disposait dans des vases ou offrait aux voisins.

L'ombre du grand noyer les protégeait des rayons brûlants du soleil, sans quoi il ferait trop chaud pour rester dehors en milieu de journée.

Andreis engloutit son déjeuner pour pouvoir filer jouer.

Son premier-né avait autant d'énergie que son père : il était élégant mais aussi égoïste que colérique. Ils s'étaient séparés après quelques années seulement, alors qu'Andreis n'avait que dix mois.

À son grand soulagement, Ivan n'avait jamais exprimé aucune exigence concernant le garçon.

« Pourquoi Emir doit forcément dormir dans ma chambre ? se plaignit Andreis. Pourquoi il ne va pas plutôt chez papa et toi ? »

Andreis avait toujours appelé Zlatko « papa », il n'avait que deux ans quand ils s'étaient rencontrés.

Selma lui tapota la joue.

« Pourquoi cette question ? Tu n'aimes pas ton petit frère ? »

Andreis eut l'air honteux.

« Si, mais il crie tellement…

– Ça va bientôt lui passer. »

Selma rit en secouant ses longs cheveux noirs. Ils avaient toujours été sa fierté. Parfois, Andreis la peignait avec sa jolie brosse couverte de nacre. C'était un cadeau de sa mère à elle, qui habitait beaucoup trop loin. À Sarajevo, la ville que Selma avait quittée quand elle avait rencontré Zlatko et s'était installée avec lui de l'autre côté de la Bosnie.

« Bientôt, Emir aura grandi, il pourra marcher et parler, dit-elle. Alors, vous pourrez jouer ensemble. Ce sera rigolo, non ? »

Zlatko sortit dans le jardin par la porte de la cuisine. Il boitait plus que d'habitude, comme toujours sous le coup de l'émotion. Les séquelles d'un accident de moto qui ne passaient pas et l'empêchaient de marcher sur de longues distances.

Il ne rentrait jamais à la maison au milieu de la journée. L'inquiétude surgit aussitôt. Tout était si confus en ce moment.

« Qu'est-ce que tu fais ici ? lança Selma en se levant, Emir dans les bras. Il s'est passé quelque chose, au travail ?

– Ils ont fermé l'usine. Tout le monde a été renvoyé à la maison.

– Qu'est-ce que tu veux dire ?

– C'est la guerre. »

Ce fut comme une claque. Les genoux de Selma se dérobèrent et elle retomba sur sa chaise.

« Qu'est-ce que tu dis ? » murmura-t-elle.

Zlatko s'assit à table et alluma une cigarette.

« Sarajevo a été attaquée par les Serbes. La ville est en état de siège, les routes sont coupées. »

Maman et papa. Selma n'arrivait pas à respirer. Étaient-ils prisonniers ? Ou même blessés ? Qu'arriverait-il à tante Jasmina et oncle Adnan qui vivaient dans un petit village des environs de Sarajevo, mais plus près de la frontière serbe ?

« Ils peuvent faire ça ? » bégaya-t-elle en pressant ses lèvres contre le front d'Emir.

Rien ne devait arriver à ses enfants. Emir était un bébé, Andreis n'avait que cinq ans.

« Ne t'inquiète pas, dit Zlatko. L'ONU n'acceptera pas ça. Ils nous ont déjà reconnus comme une nation souveraine.

– Et si les Serbes venaient jusqu'ici ? murmura Selma. Qu'est-ce qu'on ferait ?

– La communauté internationale va intervenir. »

Quelques noix tombèrent et rebondirent dans l'herbe. Une poule tourna le coin de la maison en picorant.

Zlatko caressa les cheveux de Selma.

« Ça va s'arranger, tu verras. Avant l'été, ils auront trouvé une solution pacifique au conflit. C'est bientôt fini. »

16.

On frappa à la porte de la chambre de Mina. Anna-Maria, la directrice qui l'avait accueillie la veille, passa la tête, quelque chose dans les mains.

Son pull bleu était trop petit. Ses cheveux étaient poivre et sel.

« Bonjour, Mina, dit Anna-Maria d'un ton chaleureux. Comment allez-vous aujourd'hui ? Vous avez réussi à dormir un peu ?

– Quelle heure est-il ? marmonna Mina.

– Presque neuf heures.

– Oh là là ! »

Mina s'assit dans le lit. Elle devait s'être assoupie après avoir nourri Lukas vers six heures. Embarrassée sous le regard observateur d'Anna-Maria, elle tira sur le tee-shirt qu'elle avait utilisé comme chemise de nuit.

« Je n'ai pas bien dormi », murmura-t-elle sans entrer dans le détail des cauchemars qui l'avaient harcelée quand elle avait fini par sombrer.

Les mains qui lui serraient la gorge jusqu'à ce qu'elle suffoque.

Dans son rêve, elle fuyait la maison pour échapper à Andreis et courait déchaussée dans le noir, jusqu'à avoir les pieds en sang.

La terreur était encore là.

« C'est dur pour tout le monde au début, dit Anna-Maria.

S'habituer à la situation prend du temps. Ça va aller mieux, je vous le promets. »

Elle posa une trousse de toilette en nylon au pied du lit, avec une pile de sous-vêtements, deux jeans et un pull.

« Voici quelques petites choses dont vous pourriez avoir besoin. J'espère que ce sera la bonne taille, sinon dites-le-moi, nous avons une petite réserve. Vous n'avez pas dû emporter beaucoup d'affaires de chez vous ? »

Mina secoua la tête. Elle n'avait rien. Tout ce qu'elle possédait était resté dans la maison de Kolarängen, à part le sac que l'ambulancier avait pensé à emporter.

Elle remonta la couverture sur sa poitrine.

« C'est l'heure du petit déjeuner, reprit Anna-Maria. D'habitude, chacune s'occupe de ses repas, mais comme c'est votre premier jour, je vous ai préparé quelques tartines. Quand vous aurez mangé, je comptais vous faire visiter et passer en revue avec vous le fonctionnement de la maison.

– Je n'ai pas très faim.

– Il ne faut pas rester le ventre vide. »

Anna-Maria sourit à Lukas et rajusta délicatement la couverture d'hôpital qui avait suivi le bébé jusqu'ici.

« Il faut au moins que vous arriviez à vous occuper de ce petit bonhomme, dit-elle. Promettez-moi de prendre des forces. »

Mina ne savait pas comment lui dire. Elle ne voulait pas quitter la chambre pour aller à la cuisine rencontrer les autres femmes. Ne voulait pas être confrontée à leur curiosité ou à leur compassion silencieuse quand elles découvriraient à quoi elle ressemblait. Ce qu'Andreis lui avait fait.

Sur la route pour Runmarö, elle avait porté des lunettes de soleil et une casquette rabattue pour dissimuler au mieux son visage.

Anna-Maria ne pouvait-elle pas la laisser tranquille ?

« Au fait, une procureure a cherché à vous joindre, dit cette dernière. Elle vient juste de réessayer. »

Mina ne comprenait pas bien.

« Qui ça ? murmura-t-elle.

– La procureure Nora Linde. Vous ne vous souvenez pas ? Nous en avons parlé lors de votre inscription. »

Mina s'efforçait de suivre, mais son cerveau refusait de collaborer. Elle était si fatiguée à son arrivée qu'elle ne se rappelait pas la moitié du flot de paroles qu'on lui avait adressées. Elle s'était endormie aussitôt après avoir nourri Lukas, avait à peine eu le courage de lui changer sa couche. Leila avait elle aussi mentionné cette procureure, elle s'en souvenait à présent.

« Elle voulait que vous l'appeliez dès votre réveil. Il s'agit de l'enquête préliminaire contre votre mari. »

Anna-Maria resta là quelques secondes, puis se pencha en avant, la main tendue.

Mina se plaqua contre la cloison en protégeant son visage de ses bras.

Anna-Maria recula aussitôt.

« Pardon », murmura Mina.

Les joues d'Anna-Maria avaient rougi.

« Je voulais juste vous caresser les cheveux, j'aurais dû réfléchir », dit-elle en ouvrant la porte.

17.

Dino Herco leva la tête quand Andreis ouvrit la portière côté passager et s'assit sur le siège en cuir.

« On se barre d'ici, marmonna-t-il. Cette juriste cause trop. Elle prétend que quelqu'un de chez nous est allé nous balancer à la police. »

Dino regarda Andreis à la dérobée.

« Mais qui ? Tu soupçonnes quelqu'un ?

– Laisse tomber. »

Andreis alluma une cigarette. Il inspira impatiemment quelques bouffées avant de baisser la vitre et de souffler la fumée dehors. Elle disparut en volutes gris bleuté.

Andreis ne fumait que cette marque qu'il faisait spécialement importer des Balkans. Dino leur trouvait un goût dégueulasse, mais c'étaient apparemment celles que préférait son père. Pas besoin d'être grand mage pour comprendre pourquoi Andreis s'accrochait à cette tradition.

Un peu de cendre tomba au bord de la portière.

« Où veux-tu aller ? » demanda Dino.

Il passa la première et regarda dans le rétroviseur avant de quitter la place de stationnement. Personne ne semblait faire attention à eux, mais il veillait toujours à bien vérifier les environs. C'étaient les petits détails qui comptaient.

« À l'hôpital Sud. On va chercher Mina et Lukas. »

Andreis écrasa sa cigarette. Il grogna d'un ton satisfait :

« La dernière fois que je lui ai envoyé des messages, elle avait l'air pressée de rentrer à la maison. »

Dino se demanda qui il essayait de convaincre, mais se garda bien de rien objecter.

« Ma belle Mina, dit Andreis. Et mon magnifique fils. »

Dino se dirigea vers le pont de Skeppsbron pour gagner Söder. La circulation était modérée, malgré l'affluence du déjeuner. Ils arrivèrent à l'hôpital à peine quinze minutes plus tard. Une procession convergeait vers la porte vitrée. Jeunes et vieux, déambulateurs et poussettes passaient sous les lettres anguleuses « HÔPITAL SUD ».

Une femme d'âge mûr, cheveux sombres et châle autour de la tête, mendiait, accroupie devant l'entrée. Une boîte de conserve posée à terre pour recueillir les pièces, elle implorait en tendant la main. La plupart ne lui prêtaient pas attention, mais au moment où Dino passait, une vieille s'arrêta, appuyée sur sa canne. Elle cria quelque chose en la menaçant du poing. La femme ne réagit pas.

Putain, rester assise là, jour après jour… Les Suédois se gargarisaient de leur société généreuse et ouverte, mais ils ne valaient pas mieux que les autres. La société était froide et injuste, c'était chacun pour soi.

Il se concentra sur la recherche d'une place de parking. Il en trouva une et s'y glissa.

« Attends ici, lui lança Andreis en se dirigeant vers l'entrée. Je reviens dans un moment. »

Une voiture de police était garée juste devant, mais Andreis n'avait pas l'air de s'inquiéter de voir des flics dans le coin.

Dino coupa le moteur et sortit un journal du soir qu'il avait acheté plus tôt dans la matinée. Andreis pouvait le laisser attendre des heures, il n'avait aucune idée de combien de temps ça prendrait aujourd'hui. C'était égal, Dino était habitué à s'adapter aux lubies d'Andreis.

Avec un peu de chance, il serait de meilleure humeur après avoir revu son fils et sa femme. Peut-être voudrait-il après aller prendre quelques bières et une pizza dans son pub favori ?

Il tardait à Dino de retrouver le côté joyeux de son ami d'enfance. Ah, les soirées et les nuits qu'ils avaient passées ensemble quand les affaires commençaient à décoller et qu'Andreis voulait fêter ses succès ! Personne ne faisait la fête comme lui lorsqu'il était sur cette pente. Quand il pensait que le monde entier lui appartenait.

C'était à Stockholm que tout avait commencé. C'était là qu'ils s'étaient créé cette vie nouvelle, loin des quartiers pauvres de Nyköping où on les traitait de basanés.

La haute silhouette d'Andreis apparut devant le capot de la voiture. Il ne s'était écoulé que cinq minutes, et ni Mina ni Lukas n'étaient avec lui.

Dino tendit le bras pour ouvrir la portière passager.

Andreis s'affala sur le siège, sans un mot. Il regardait fixement son téléphone comme s'il voulait le forcer à délivrer un message.

Quelque chose clochait, mais Dino se gardait bien de déranger Andreis avec des questions quand il avait cette expression-là dans les yeux.

La voiture de police démarra et s'éloigna. Un taxi jaune se faufila aussitôt pour piquer la place libre. La mendiante se leva et entra d'un pas lourd dans le bâtiment. Elle en ressortit quelques minutes plus tard, un gobelet de café fumant entre ses doigts nus.

Dino attendait les instructions. Au bout d'un moment Andreis sortit un paquet de chewing-gums et se mit à mâcher frénétiquement. Il n'avait toujours pas dit un mot.

Une femme se pencha sur la boîte de conserve de la vieille pour y déposer quelques pièces. La mendiante sourit avec gratitude avant de baisser à nouveau les yeux.

À la fin, Dino n'y tint plus.

« Qu'est-ce qui s'est passé, là-dedans ?

– Mina n'est pas là.

– Quoi ?

– Tu es sourd ? Elle n'était plus à l'hôpital. Elle est sortie hier.

– Pour aller où ?

– Qu'est-ce que j'en sais ! Ils ont refusé de me le dire. Elle s'est juste barrée en emmenant Lukas. »

Andreis frappa du poing sur le tableau de bord.

« Elle ne peut pas m'enlever mon fils sans ma permission. »

18.

Anna-Maria entra dans son bureau, mais s'arrêta net. Qu'était-elle venue chercher ? La journée avait été tellement remplie d'appels téléphoniques et d'affaires diverses qu'elle l'avait oublié.

Distraitement, elle se frotta le nez du bout de l'index. Le foyer n'était plein qu'à moitié, et c'était pourtant comme si mille mouches bourdonnaient dans sa tête. Toute la journée, elle avait eu du mal à se concentrer et avait été sèche avec ses collègues.

Sa réunion ratée avec la fonctionnaire communale la tarabustait. Peut-être n'avait-elle accepté de venir que pour éviter toute critique après coup.

Le téléphone sonna. Anna-Maria reconnut le numéro. C'était Birgitta Svanberg. Quand on parle du loup...

« J'ai oublié de vous poser une question quand nous nous sommes vues la dernière fois, attaqua-t-elle sans perdre de temps en bavardages. Où en êtes-vous à Friggagården, en matière de système de vidéosurveillance ? »

Anna-Maria s'affala sur son fauteuil de bureau, le téléphone collé à l'oreille. Elle aurait aimé être dispensée de parler de ça.

Birgitta Svanberg attendait à l'autre bout du fil.

« Nous avons évoqué le sujet, finit par dire Anna-Maria.

– Évoqué le sujet ? »

Anna-Maria serra les dents. Cette femme faisait comme

si elle n'en croyait pas ses oreilles. Pourquoi faire autant de zèle ? Mettre des caméras extérieures revenait à afficher que c'était un foyer protégé. Il n'y en avait pas davantage à l'intérieur, à l'instar de beaucoup de foyers où on n'en avait pas installé pour respecter la vie privée.

Dans la bouche de Birgitta Svanberg, cela devenait une négligence.

« Nous n'en avons pas mis jusqu'à présent, dit Anna-Maria. Mais nous avons parlé de demander des devis pour voir ce que cela nous coûterait. »

Elle s'efforçait d'avoir l'air convaincante, même si elle ne disposait d'aucune marge de manœuvre budgétaire pour ce genre d'investissement. Elle ne savait absolument pas où elle trouverait l'argent si la commune revenait à la charge et exigeait ces caméras de surveillance.

« Je croyais qu'aujourd'hui cela faisait partie du cahier des charges standard dans les appels d'offres », dit Birgitta Svanberg.

Avant que la directrice ait le temps de répondre, Birgitta Svanberg raccrocha.

Anna-Maria resta à fixer le téléphone.

Quand Friggagården avait participé au dernier appel d'offres communal, ils avaient fait leur maximum pour présenter une offre concurrentielle. Le risque d'un refus était trop grand. Ils avaient économisé sur tout et réduit les coûts au maximum. Impossible d'en enlever davantage, les femmes et les enfants devaient être correctement nourris, et les frais fixes étaient ce qu'ils étaient.

Mais s'ils étaient refusés au prochain appel d'offres, il faudrait fermer le foyer. Il y aurait à peine assez d'argent pour un démantèlement ordonné. Tout son travail des quinze dernières années disparaîtrait.

Ça ne devait pas arriver.

Un sentiment de culpabilité l'envahit. Elle avait échoué à protéger sa propre fille. Échouerait-elle aussi à s'occuper des femmes de Friggagården ?

19.

Ulrika Grönstedt jeta un coup d'œil à sa montre. Il allait être l'heure de quitter le bureau. Le vendredi, elle essayait d'être rentrée tôt pour Fiona, mais y échouait bien trop souvent. Aujourd'hui, elle s'était juré de ne pas décevoir sa fille de dix ans. La semaine avait été intense et elle n'avait pas été disponible le soir.

Nico, un de ses assistants les plus ambitieux, glissa la tête par la porte.

« Je pensais filer, si ça va ? »

Il avait l'air de s'excuser, comme s'il était gêné de vouloir rentrer chez lui un vendredi à dix-huit heures. Nico était jeune et rêvait d'appartenir à l'élite des avocats du pays.

« C'est l'anniversaire de ma mère », expliqua-t-il.

Nico restait souvent le soir après Ulrika : pas le genre à se contenter de la semaine de quarante heures.

« Bien sûr. J'étais aussi sur le départ. »

Nico s'attarda sur le seuil. Nouveau costume, remarqua Ulrika. Un Paul Smith ? Nico avait eu droit à un gros bonus pour son engagement de l'année écoulée. Aucun assistant du cabinet n'avait abattu autant d'heures de travail que lui.

« Comment s'est passée la réunion avec Andreis Kovač ? » demanda-t-il.

Ulrika fit une grimace.

« Je ne crois pas qu'il comprenne la gravité de la situation, avec sa femme à l'hôpital. Le timing est vraiment malheureux. »

Bien sûr, Nora Linde n'avait pas attendu pour lui envoyer les photos de Mina à son admission à l'hôpital. Elles étaient affreuses, surtout celles de son visage tuméfié. Ulrika avait dû se blinder pour ne pas détourner les yeux ou condamner son client.

Mais elle ne pouvait pas se permettre de laisser Nora Linde porter ainsi l'affaire sur le terrain de la morale.

Jadis, Ulrika avait cherché à entrer dans un grand cabinet d'avocats d'affaires du centre-ville, où l'on soutirait de gros honoraires lors de juteuses cessions d'entreprises. Puis elle avait eu un poste de greffière au tribunal de Södertälje, où les grands procès criminels l'avaient fascinée. Le sentiment d'argumenter sur la vie et la mort. L'ivresse des endorphines quand on triomphe et que la presse parle de votre affaire le lendemain.

Depuis longtemps, elle avait appris à rester concentrée sur son client. Mina ne relevait pas de sa responsabilité.

« J'ai conseillé à Kovač de faire la paix avec sa femme, dit-elle. Au moins tant qu'il est mis en examen pour fraude fiscale. S'ajouter des chefs d'inculpation n'arrangera pas ses affaires.

– Tu crois qu'il va suivre ton conseil ? »

Ulrika prit sa serviette où elle plaça quelques dossiers qu'elle devait parcourir pendant le week-end.

« J'espère. Il paie bien. »

20.

Avant d'ouvrir la porte du deux-pièces où il habitait depuis deux ans, Dino Herco regarda autour de lui, une vieille habitude. La cage d'escalier sentait fort le graillon, vieille huile de friture et poisson grillé. Il ne savait pas pourquoi, cela lui rappelait le centre de réfugiés où ils avaient atterri à leur arrivée en Suède, l'hôtel des Trois Couronnes à Göteborg.

Son appartement était à Farsta Strand. Il ne connaissait aucun de ses voisins, entendait juste parfois leurs éclats de voix à travers les cloisons quand ils se disputaient. Cela lui convenait très bien de n'avoir aucun contact proche.

Quelques dépliants publicitaires traînaient devant la porte. Il enjamba le tas et gagna la cuisine pour prendre une bière au réfrigérateur.

La bouteille à la main, Dino alla s'affaler sur le canapé du séjour. Il attrapa la télécommande et zappa au hasard. Comme d'habitude, rien que de la merde. Il laissa Eurosport, un mauvais match de la Ligue anglaise. Probablement une rediffusion, mais qu'est-ce qu'il en avait à faire ?

La bière était fraîche, il en but une grande gorgée et se cala la nuque contre le dossier du canapé. La journée avait été longue. Il était presque huit heures.

Après l'hôpital, ils étaient allés dans un bar où Andreis avait consciencieusement englouti shot sur shot tout en s'échauffant au téléphone avec Emir. Puis Dino l'avait ramené à la maison de Trastvägen, en l'écoutant jurer de plus belle pendant tout le trajet. À leur arrivée, aucune lumière aux fenêtres. Il n'y avait personne, ça sautait aux yeux. Plus de vingt-quatre heures s'étaient écoulées depuis que Mina était sortie de l'hôpital et elle n'avait pas téléphoné à Andreis ni laissé aucun message.

Il lui était déjà arrivé de filer après une raclée, mais elle donnait alors de ses nouvelles au bout de quelques heures. Andreis réussissait toujours à la convaincre de lui donner une autre chance. Personne ne pouvait résister à Andreis quand il voulait quelque chose. Il avait voulu Mina dès qu'il l'avait vue. Elle était pour lui le trophée féminin ultime, avec ses yeux azur et ses beaux cheveux blonds.

Mais il n'y était encore jamais allé aussi fort avec elle. Sans l'intervention de la police et de l'ambulance, il l'aurait probablement tuée. Même si elle était la mère de son fils.

Dino savait instinctivement que, cette fois, Andreis n'aurait pas réussi à s'arrêter à temps.

Le match s'interrompit pour la publicité, une jeune fille qui essayait de convaincre les téléspectateurs que le summum du bonheur dépendait du choix de son déodorant.

Dino but une autre gorgée de bière.

Andreis avait toujours eu un tempérament violent, ce n'était pas nouveau. À la longue, Dino avait appris à parer ses sautes d'humeur. Il savait comment gérer Andreis quand la plupart des autres s'aplatissaient. Andreis était autant son chef qu'un membre de sa famille.

S'il fermait les yeux, Dino revoyait les collines verdoyantes autour de sa maison d'enfance. Son petit village, non loin de la maison d'Andreis en Bosnie. Là où ils auraient tous deux grandi si la guerre ne s'en était pas mêlée.

Les deux familles avaient fui à peu près en même temps et atterri à Nyköping, comme beaucoup de leurs compatriotes. Dino y avait fréquenté le même collège qu'Andreis et son petit frère Emir. Ses propres parents vivaient toujours dans cette ville, non loin de Selma, la mère d'Andreis, dans les mêmes appartements décrépits que la commune avait mis à leur disposition au moins vingt ans plus tôt.

Déjà à l'école, Andreis parlait d'une autre vie, d'une existence avec de l'argent, où on serait traité avec respect et dispensé de courbettes. Andreis n'avait jamais aimé Nyköping, il avait toujours voulu en partir, et Dino avait très tôt compris qu'il pourrait l'accompagner dans ce voyage. Une loyauté aveugle envers Andreis était le prix qu'il était prêt à payer sans réserve pour une vie nouvelle dans la grande ville.

Dino sortit le cran d'arrêt qu'il avait toujours sur lui pour curer une fine couche de crasse sous l'ongle de son pouce. Sa lame étincela dans la lumière.

Déjà à l'école, Andreis avait un tempérament colérique mais ces derniers temps, la moindre irritation créait des tensions. C'était à sa sortie de prison en février que quelque chose avait changé. Dino l'avait perçu dès l'instant où il était monté dans la voiture : son regard était différent, le stress à fleur de peau.

Avant la prison, il arrivait à Andreis d'être inutilement méfiant, mais désormais il voyait le mal partout. Il était persuadé que ses ennemis cherchaient à l'atteindre, ne faisait plus confiance à personne. Même plus à Dino.

La police l'avait tracassé par le passé, sans jamais avoir rien de concret contre lui. Ils n'avaient jamais réussi à le coincer, Andreis avait toujours volé en dessous des radars.

Combien de fois ne s'était-il pas amusé sur le dos des flics ? En les traitant d'idiots, incapables de trouver quoi que ce soit.

Cette nouvelle situation mettait Dino mal à l'aise. L'autre jour, Andreis avait cassé le nez à un type qui avait bâclé une livraison. Ce n'était pas bon pour le moral des troupes, pas bon pour les affaires. Personne n'était à l'abri de sa colère quand il se lâchait.

S'il ne pouvait plus se défouler sur Mina, à qui allait-il s'en prendre ?

21.

Thomas vit Nora dès qu'elle entra dans le pub au rez-de-chaussée de l'auberge de Sandhamn. C'était presque complet, mais il avait réussi à occuper deux places près d'une fenêtre.

Elle s'approcha et lui fit la bise.

« C'est sympa d'avoir appelé, dit-elle. Je ne savais pas que tu venais dans l'archipel ce week-end.

– C'est toi qui m'as donné mauvaise conscience. Au téléphone, l'autre jour. Tu avais tout à fait raison, ça faisait un bon moment qu'on ne s'était pas vus. »

Thomas indiqua la bière à côté de la sienne.

« Pour toi. Une blonde, comme tu les aimes. »

Nora hocha la tête, touchée par cette attention, accrocha sa veste au dos du siège et s'assit.

« Comment s'est passé l'interrogatoire de Kovač hier ? » s'enquit Thomas.

Comme d'habitude, il allait droit au but.

« Sans surprise. » Nora fit une grimace. « C'est-à-dire pas très productif. Son avocate n'est pas commode et Kovač est pire. »

Elle goûta la bière.

« Sa mise en examen pour fraude fiscale sera prononcée la semaine prochaine quoi qu'il arrive, reprit-elle. Kovač est déjà dehors, il a été libéré hier, comme tu t'y attendais. »

Thomas était déjà au courant. Il avait vérifié avant de

partir en week-end. Et ce n'était pas la seule chose qu'il avait apprise. C'était la raison pour laquelle il avait envoyé un sms à Nora pour lui proposer de prendre une bière.

« Tu le connais bien, ce Kovač ? demanda-t-il.

– Qu'est-ce que tu veux dire ?

– Qu'est-ce que tu sais sur lui ?

– J'ai travaillé tout le printemps sur cette affaire, je suis quand même assez au courant ! »

Thomas ne prêta pas attention à son air offusqué.

« J'ai regardé ça d'un peu plus près grâce à mes propres contacts », dit-il.

Ils savaient tous les deux qu'il existait d'autres canaux que ceux de la procédure officielle, où il était surtout question d'arrestations formelles, de gardes à vue et d'actes d'écrou. Les bases de données de la police ne pouvaient stocker qu'un certain type d'informations, qui n'autorisaient pas toujours une vision globale.

« C'est une personne désagréable », dit-elle.

Nora avait un ton léger, mais Thomas ne répondit pas à son sourire. Il était inquiet qu'elle ne prenne pas les choses au sérieux.

« J'ai parlé à quelques gars qui travaillent sur le secteur de Kovač, dit-il. Il est considéré comme un homme sans scrupules. Une brute, c'est le mot qui revient systématiquement.

– Je sais tout ça. »

Par la fenêtre, on voyait un ferry Waxholm entrer dans le port avec les derniers passagers de la journée. Le soleil se couchait, le clocheton du restaurant des Navigateurs se découpait sur le ciel du soir.

« En fait je crois que tu ne sais rien, rétorqua Thomas. Ce type est dangereux pour de bon. L'automne dernier, un gang a essayé de prendre pied sur son territoire. Une grenade a explosé dans un café où ils avaient l'habitude de se réunir.

– Une grenade ? répéta Nora.

– Un des morts était un nourrisson dont la mère se trouvait là par hasard au moment de l'explosion. »

La police n'avait pas trouvé le coupable. On avait beaucoup critiqué le fait que cette affaire demeurait non élucidée.

« D'après mes sources, tout désigne Kovač, poursuivit Thomas. Mais il n'y a pas de preuves ni de témoins. Les balances habituelles n'osent pas parler. Ça en dit long sur qui il est. »

L'information semblait surprendre Nora. Thomas savait que ses collègues des Stups lui avaient donné des éléments pour mener son enquête de fraude fiscale, mais il se doutait qu'ils n'avaient pas abordé ce genre de sujet.

« Trois morts et quatre blessés, dit-il. Juste parce que Kovač voulait faire un exemple. Tu vois ce que je veux dire, maintenant ? »

Elle était forcée d'admettre que ces types ne plaisantaient pas.

« Tu n'as encore jamais eu affaire à ce genre de criminels, continua-t-il. Tes évadés fiscaux en chemise blanche ne sont rien à côté de ce type. »

Nora le fusilla du regard.

« Ne le prends pas mal, se dépêcha-t-il d'ajouter. Je ne dis ça que pour ton bien. »

Il ne se serait pas mêlé de ses affaires s'il n'était pas inquiet pour elle.

« J'ai l'intention de l'envoyer en taule, dit Nora. Surtout si je peux convaincre sa femme de témoigner de ses violences. Il n'y coupera pas.

– Si tu ajoutes sa femme à la mise en examen, ça devient une affaire personnelle, objecta Thomas.

– Pardon ?

– Ça ne fera qu'aggraver les choses. Il considérera comme une offense directe le fait que tu te mêles de sa famille.

– Il aurait dû y penser avant de la démolir.

– Ce n'est pas la question. »

Thomas poussa sa bière et se pencha au-dessus de la table.

« Tant qu'il s'agit des affaires de Kovač, c'est du business. Avec sa femme et son fils, c'est différent, il s'en prendra à tous ceux qui se mêlent de sa vie privée. »

Un couple de trentenaires désigna les deux chaises au bout de leur table :

« Pardon, dit la femme, c'est libre ?

– Bien sûr », fit Nora.

Thomas aurait préféré être dispensé de voisins. Mais le pub était bondé. Ils ne pouvaient pas bloquer six places à eux deux.

La femme pendit sa doudoune bleue au dossier de son siège et disparut en direction du bar pour commander.

« Est-ce que vous avez envisagé une protection rapprochée pour toi jusqu'au procès ? demanda Thomas en baissant la voix.

– Tu plaisantes ? Il ne peut pas être assez stupide pour s'en prendre à une procureure.

– La criminalité a changé en Suède. Le climat est devenu beaucoup plus dur ces dernières années. Rien à voir avec ce que c'était avant. »

Thomas se demandait comment lui faire comprendre la gravité de la situation.

Le dernier rapport officiel de la police sur la criminalité dans le pays avait classé soixante et une zones comme « exposées », dont vingt-trois « particulièrement exposées », où l'existence était soumise au grand banditisme, à la criminalité organisée et aux violences commises au nom de « l'honneur ». Ce rapport rendait compte de communautés parallèles confinées, où chantages et menaces marquaient tellement le quotidien que les services publics et les acteurs de la vie économique les désertaient. À quelques kilomètres seulement de l'environnement professionnel policé où évoluait Nora, dans Hantverkargatan, des personnes vivaient dans un tout autre monde. Un monde où les représailles étaient la norme, la vie humaine une marchandise et où le trafic de drogue avait lieu en pleine rue.

La Suède avait changé de fond en comble ces dix dernières années.

Nora fit tourner son verre de bière.

« Je ne suis pas naïve, dit-elle. Mais je n'ai pas l'intention de voir le diable partout. Si je cède à la peur, je serai incapable de m'acquitter correctement de mon travail. Je ne peux pas me le permettre.

– Kovač est une brute sans scrupules, répéta Thomas. Qu'il soit accusé de crimes en col blanc et se paie une avocate de luxe n'y change rien.

– Je comprends. Mais il faut que j'essaie de faire témoigner Mina contre son mari. Sinon je ferais mal mon boulot. »

Sans le laisser répondre, Nora posa la main sur son bras.

« Je serai prudente, dit-elle. Promis. »

Bosnie, juin 1992

Emir gazouillait gaiement par terre sur une couverture quand Andreis sortit de sa chambre ce matin-là.

Maman pleurait devant la télévision, une cigarette à la bouche. Elle ne le vit pas arriver.

Andreis s'approcha sur la pointe des pieds pour voir l'écran. Il était question d'un endroit dont il n'avait encore jamais entendu parler. Višegrad.

« Zlatko, sanglota maman. Il faut que tu viennes voir ça. »

Papa sortit en pyjama de la chambre. Son ventre rond dépassait et ses cheveux aussi sombres que ceux d'Emir partaient dans tous les sens. Depuis la fermeture de l'usine, il ne travaillait plus et dormait souvent tard le matin. Il se frotta les yeux et bâilla.

« Qu'est-ce qui s'est passé ? »

Maman montra l'écran, où défilaient des images de morts et de blessés.

« Les Serbes ont attaqué Višegrad, murmura-t-elle. Plusieurs milliers de morts en ville et dans les villages alentour. Ils les ont abattus et jetés dans la Drina. »

Sa voix portait à peine.

La caméra zoomait sur un pont aux arches de pierre. Son nom apparaissait dans un coin de l'écran : « Pont Mehmed Pacha Sokolovič ».

« Ils ont conduit les prisonniers dans des camions sur le

pont et les ont exécutés, chuchota-t-elle. Puis ils ont balancé les corps à la rivière, comme des bêtes mortes. »

Andreis vit le visage de son père se durcir.

« Les Serbes sont des porcs, dit-il. Tout ça, c'est la faute de ce Karadžić. C'est le diable, un psychopathe. »

Il avait posé une main sur l'épaule de maman, qui la prit et la serra fort.

« Nous sommes un pays civilisé, poursuivit-il. Nous ne sommes pas des barbares.

– Pourquoi les Serbes veulent-ils nous anéantir ? »

Papa alla éteindre le téléviseur.

« Ce sont des assassins. »

22.

Le vibreur du téléphone réveilla Dino qui s'était endormi sur le canapé devant la télé. Pas besoin de regarder l'écran pour savoir qui appelait. Andreis.

Que voulait-il encore ? Il était presque dix heures du soir.

Il décrocha.

« Il faut que je retrouve Mina et Lukas. »

Andreis avait la voix pâteuse. Selon toute probabilité, il avait continué à boire depuis qu'ils s'étaient séparés. La télé était allumée à l'arrière-plan, le volume si fort qu'on l'entendait à peine.

« Elle ne peut pas disparaître comme ça avec mon fils. C'est ma femme. »

Inutile de chercher à raisonner Andreis dans cet état.

Dino posa sa bière sur la table basse.

« Où veux-tu que je cherche ? » demanda-t-il, aussi respectueusement que possible.

Mieux valait éviter de mettre Andreis encore plus en colère.

« Qu'est-ce que j'en sais, bordel ? Si je savais, je le ferais moi-même ! »

Dino frappa du poing contre l'accoudoir du canapé. En silence, que ça ne s'entende pas au téléphone.

Il prit une voix encore plus conciliante.

« Tu as causé avec ses parents ? Ils devraient bien savoir où elle est. »

La voix d'Andreis changea.

« Elle sait que c'est le premier endroit où j'irais la chercher. Elle est conne mais pas à ce point.

– Justement. C'est peut-être quand même là qu'elle se cache. »

Mina n'avait plus beaucoup de copines. Elles avaient disparu à mesure qu'Andreis resserrait son emprise.

« Tu veux que j'aille voir ? proposa Dino.

– Laisse tomber. Je me débrouillerai tout seul.

– Attends ! »

Dino ne faisait pas confiance à Andreis pour se contrôler s'il trouvait Mina chez ses parents. De nouvelles violences ou une plainte des beaux-parents n'arrangeraient rien. Ou pire. Les flics s'intéressaient déjà de beaucoup trop près à leurs affaires. Si Andreis allait chez les parents de Mina dans cet état, ça risquait de tourner à la catastrophe.

« Laisse-moi m'en occuper, dit-il en espérant que son chef l'écouterait. J'y file tout de suite.

– OK, finit par marmonner Andreis. Mais appelle-moi juste après. »

23.

Combien de temps allait-elle oser rester à Friggagården ? À moitié assise sur son lit, Mina regardait fixement le mur d'en face. Ces dernières heures, elle avait essayé de se reposer, mais son corps restait tendu comme une corde de piano. Les points de suture la tiraient au-dessus de l'œil, et ses côtes brisées l'élançaient. Elle avait nourri Lukas à son réveil, mais était restée toute la journée dans la chambre. Quand il s'était rendormi et que les bruits de la maison s'étaient tus, elle s'était faufilée jusqu'à la cuisine pour prendre quelques fruits. Les bouchées ne voulaient pas descendre, mais elle s'était forcée à avaler. Anna-Maria avait raison, il fallait qu'elle se nourrisse. Elle avait besoin de forces.

À l'heure qu'il était, Andreis devait avoir compris qu'elle n'avait pas l'intention de rentrer à la maison. S'il était déjà furieux lundi, ce n'était probablement rien comparé à aujourd'hui. Andreis ne pardonnait pas les trahisons. Il exigeait une loyauté totale, ça avait toujours été comme ça.

« Je ne te lâcherai jamais. »

Les paroles d'Andreis la poursuivaient. Il disait souvent ça. Elle aurait voulu se boucher les oreilles, mais elles retentissaient malgré tout dans sa tête.

Au début, quand ils s'étaient rencontrés, ses paroles étaient tendres. Belles, même. Une promesse d'union pour toute la vie, comme ses parents. Deux personnes qui veillaient toujours au bien l'une de l'autre. Elle avait aimé l'idée que c'était lui et elle contre le reste du monde.

Mais peu à peu, ces paroles avaient pris une autre signification. Elles s'étaient transformées en un rappel pénible du fait qu'elle ne retrouverait plus jamais sa liberté.

Si Andreis n'avait pas été interrompu, il l'aurait sans doute battue à mort lundi dernier. L'idée faisait encore plus mal que la douleur physique : il aurait continué à cogner jusqu'à ce qu'elle cesse de respirer.

Qui se serait alors occupé de Lukas ?

Tant qu'elle était à l'hôpital, elle avait réussi à éviter son propre reflet. Mais à son arrivée à Friggagården, elle n'avait pas eu le temps de détourner le regard. Son visage tuméfié dans le miroir de l'entrée l'avait remplie de honte.

Sa langue chercha sa molaire cassée. Sa surface coupante était aussi cabossée qu'elle, la gencive tout autour endolorie et gonflée. Malgré la douleur, elle s'y écorcha la langue jusqu'à sentir un goût de sang dans sa bouche.

Elle avait espéré que ça aille mieux avec l'arrivée de Lukas, qu'il change vraiment.

Andreis avait été heureux à la naissance de son fils. Sa voix s'était adoucie, les traits de son visage s'étaient apaisés. Il avait tenu son nouveau-né contre sa poitrine et avait chuchoté en bosniaque à la petite oreille de Lukas.

C'est un nouveau départ, avait-elle alors pensé. Tout va s'arranger.

Comment avait-elle pu croire qu'il changerait ?

Quelques semaines seulement après l'accouchement, Andreis avait été arrêté et détenu pendant plusieurs semaines. À sa sortie, il était pire que jamais. Plein de reproches, il n'arrêtait pas de traquer la moindre erreur. Il lui criait dessus, se fichait de réveiller Lukas. À la fin, elle n'osait plus rien faire, de peur de commettre d'autres fautes.

Il n'avait pas mis longtemps à recommencer à la battre.

Il faisait beaucoup trop chaud dans la chambre, elle n'arrivait pas à respirer. Mina se leva et gagna la fenêtre. Protégée par les rideaux, elle l'entrouvrit pour laisser entrer l'air frais de la nuit.

Et s'il était là, dehors, et pouvait la voir ?

Elle claqua la fenêtre, arrachant un gémissement à Lukas. Mina le prit dans le lit à barreaux, malgré ses côtes douloureuses, et le berça jusqu'à ce qu'il se rendorme. Elle s'étendit doucement sur son lit, Lukas contre elle. Sa chaleur arrivait jusqu'à elle, le doux parfum de ses cheveux.

Un instant, alors que la folie brillait dans les yeux d'Andreis et que son corps était tétanisé de terreur, elle avait vraiment voulu mourir.

Tue-moi, avait-elle pensé. Vas-y !

Elle aurait au moins échappé à tout, à la peur et à la douleur. À la honte qui jamais ne la quittait. C'est la pensée de Lukas qui l'avait fait résister, lutter et emplir à nouveau ses poumons d'air. Elle avait crié pour Lukas.

Comme par miracle, elle avait entendu les sirènes qui se rapprochaient. On avait sonné à la porte, la police attendait dehors. Un ambulancier l'avait prise d'une main douce en lui murmurant des mots apaisants. Quelqu'un avait consolé les pleurs de Lukas et Andreis avait été emmené menotté.

Elle avait été sauvée, contre toute attente. Mais qu'arriverait-il la prochaine fois, s'il n'était plus capable de se maîtriser ?

Son portable bipa. Elle aurait dû l'éteindre, mais n'osait pas. Papa et maman devaient pouvoir la joindre. Le résultat de l'examen cardiaque de sa mère allait tomber d'un jour à l'autre.

Les caractères brillaient dans le noir. Le numéro d'Andreis. Quatre mots simples :

Rentre à la maison.

24.

Le pavillon de Skuru se trouvait dans une impasse étroite. C'était la dernière maison de la rue. Derrière son terrain, il n'y avait plus que la forêt et des broussailles. Les rares réverbères peinaient à éclairer les environs.

Quand Dino arriva, une Passat bleue était garée dans l'entrée goudronnée. Il allait être minuit. Une bruine glacée formait une couche de givre sur le pare-brise.

Dino se gara un peu plus loin et attendit quelques minutes, au cas où quelqu'un aurait entendu le bruit de moteur. Il descendit alors de voiture et s'assura qu'aucun voisin curieux ne cherchait à apercevoir le visiteur du soir.

Dino s'approcha de la clôture et observa la modeste maison de plain-pied, avec son bardage de planches peintes en gris et l'étroit chemin de gravier qui conduisait à une porte-fenêtre à la vitre dépolie. Elle ressemblait aux pavillons années soixante-dix qu'il voyait au loin depuis l'école, à Nyköping, dans les zones résidentielles où habitaient les gamins suédois.

La porte n'avait pas l'air particulièrement solide. Il l'enfoncerait facilement.

La cuisine était faiblement éclairée. Par la fenêtre, Dino vit un plan de travail propre et la porte blanche d'un réfrigérateur. La lumière semblait venir de la hotte qu'on avait oublié d'éteindre.

Est-ce que ça voulait dire que Mina était là ?

Dino regarda alentour avant d'ouvrir précautionneusement la grille pour entrer dans le jardin. Il contourna la maison jusqu'à l'arrière, où une pelouse s'étendait jusqu'aux quelques pommiers qui poussaient le long de la clôture.

De grandes baies vitrées donnaient sur une large terrasse en bois. Les meubles de jardin étaient déjà sortis, alors qu'on n'était qu'en avril. À l'intérieur, le plafonnier était éteint, mais une veilleuse, dans un coin, permettait de deviner le salon, la table, les canapés et le grand écran plat au mur.

Il aurait dû y avoir des traces de Mina et Lukas, s'ils s'étaient cachés là.

Dino s'approcha, prit pied sur la terrasse et colla le nez à la fenêtre. Il inspecta soigneusement la pièce. Pas d'affaires de bébé ou de poussette qui indiqueraient la présence d'un nourrisson.

Sur un ancien buffet peint s'alignaient des cadres. Plusieurs photos de Mina avec ses parents et une où elle tenait Lukas dans les bras en souriant à l'objectif.

Mais pas de photos du mariage d'Andreis et de Mina.

Dino quitta la terrasse aussi silencieusement qu'il était venu. La pluie avait forci. Il remonta le col de sa veste en cuir, mais les gouttes glacées continuaient de lui couler dans le cou.

Il continua à faire le tour. Il passa par la pelouse mouillée pour éviter le chemin de gravier qui longeait les fondations.

Dans une pièce, on apercevait une lampe de chevet allumée, et une ombre bougeait derrière les rideaux tirés. Il y avait donc quelqu'un. Impossible de voir si c'était un homme ou une femme.

Mina, ou l'un de ses parents ?

Dino s'arrêta. À bien des égards, il ne serait pas malin d'aller sonner à la porte à cette heure-ci. Mais Andreis attendait une réponse.

Il regagna la porte d'entrée. La lumière extérieure était éteinte, mais, muni d'un passe-partout, il eut vite fait de faire jouer la serrure pour se glisser dans le vestibule.

Dino regarda autour de lui dans le noir. Quelques manteaux étaient pendus à des patères, on apercevait une étagère à chaussures sur la gauche. En face, le salon, qu'il avait déjà contrôlé. C'était dans l'aile gauche qu'il avait vu de la lumière derrière les rideaux.

Se cachait-elle là avec son enfant ?

Dino avança sans bruit. Les deux premières pièces, un bureau et une chambre, étaient vides, personne ne semblait y vivre. Il s'arrêta devant la porte de la troisième, où la lampe était allumée.

De la lumière filtrait sous la porte. Des murmures s'en échappaient.

Les parents de Mina semblaient encore éveillés. Il reconnut vaguement leurs voix.

« Et si Andreis la retrouvait ? »

Ça devait être la mère de Mina, Katrin. Dino se souvenait d'elle à la maternité, quand il était passé rendre visite à Mina. C'était la dernière fois qu'il l'avait vue.

« Il ne la trouvera jamais là-bas, répondit Stefan. Comment y arriverait-il ? »

Dino tendit l'oreille. Mina et Lukas n'étaient donc pas là.

Mais ses parents semblaient savoir où elle se trouvait.

« Il la traquera jusqu'à la tuer, dit Katrin. C'est un monstre. »

Elle avait l'air au bord des larmes.

« Si seulement il était resté en Bosnie, qu'il n'ait jamais mis les pieds ici ! On n'aurait jamais dû accueillir des gens comme lui en Suède. »

Les mâchoires de Dino se contractèrent.

« Ne dis pas ça, murmura Stefan. Je ne serais pas là moi non plus.

– C'est sa faute si Mina est obligée de se cacher, sanglota Katrin. On aurait dû l'expulser depuis longtemps. »

Les doigts de Dino se refermèrent sur le couteau dans sa poche arrière, le métal était frais contre sa peau. Il aurait voulu enfoncer la porte et coller la lame sur la gorge de Katrin, de la même façon qu'on avait menacé la vie de sa mère quand ils s'étaient enfuis de chez eux. Voir la terreur dans ses yeux, jusqu'à ce qu'elle comprenne qu'il fallait mieux surveiller sa langue.

Que savait la mère de Mina de la vraie souffrance ? De la violence, du viol ? Des femmes et des hommes abattus sous les yeux de leurs enfants, devant leurs voisins ? Son mari était un immigré, et pourtant elle se permettait de dire n'importe quoi.

Dino détestait le sentiment de supériorité des Suédois. Leur façon de se vanter d'ouvrir leurs frontières, la main sur le cœur, d'accueillir les réfugiés de toutes les guerres du monde, tandis que d'autres pays faisaient la sourde oreille. Ils se gardaient bien en revanche de clamer sur tous les toits qu'ils traitaient les immigrés comme des citoyens de seconde zone, pour qui les portes restaient closes.

« La police nous a promis qu'elle était entre de bonnes mains, dit Stefan pour tenter de rassurer sa femme. Ils s'occupent de Lukas et elle. »

La respiration de Dino était lourde. Il lui aurait été facile d'ouvrir la porte et d'obtenir toutes les informations pour retrouver Mina. Il n'était pas un débutant. Il aurait pu sans peine extorquer au père de Mina l'adresse de sa cachette. En plus, il avait très envie de donner une leçon à la mère.

Mais Andreis lui avait seulement demandé de vérifier si Mina était chez ses parents. Il avait proposé d'y aller parce qu'il craignait qu'Andreis ne parvienne pas à se maîtriser.

Dino rangea son cran d'arrêt. Il n'était pas comme Andreis.

« Il faut dormir, maintenant, entendit-il Stefan chuchoter de l'autre côté de la porte. Essaie de ne pas tant t'inquiéter. »

La lumière de la lampe de chevet s'éteignit.

Dino fit demi-tour et quitta la maison sans un bruit.

SAMEDI

25.

Nora courait à petites foulées vers l'embarcadère de Sandhamn pour attraper le ferry pour Stavsnäs. Une demi-heure plus tôt, Leila l'avait appelée pour la prévenir que Mina s'était manifestée, contre toute attente. Elle était prête à leur parler des violences qu'elle avait subies.

Nora ne voulait pas prendre le risque de la voir changer d'avis. Après une rapide consultation des tableaux horaires, elle avait trouvé un ferry Waxholm qui la déposerait à Runmarö à midi et quart.

Le matelot était déjà en train de remonter la passerelle.

« Attendez ! » lança-t-elle, parvenant de justesse à sauter à bord du *Solöga* avant que le capitaine n'appareille.

Essoufflée, elle gagna la cafétéria où elle prit un café et un petit pain au fromage. Elle s'installa à une table près d'une fenêtre et sortit son ordinateur pour se rafraîchir la mémoire avant ce rendez-vous.

C'était très important qu'elle réussisse à faire témoigner Mina contre son mari.

« Prochain arrêt : Harö », annonça le haut-parleur. Nora leva instinctivement la tête.

Par la fenêtre, elle aperçut la haute silhouette de Thomas sur le ponton. Elle essaya de lui faire signe, même s'il n'avait pas l'air de la voir à travers la vitre. Quelques minutes plus tard, il entra dans la cafétéria avec un sac à dos élimé.

Ses tempes grises se voyaient clairement à la lumière du jour. Ces derniers mois avaient été durs à bien des égards.

« Salut, lança-t-il en lui donnant une rapide accolade. Tu ne devais pas rester à Sandhamn tout le week-end ? »

Nora lui expliqua la situation avant que Thomas n'aille se mettre dans la queue pour s'acheter à manger et à boire.

« C'est bien Leila Kacim qui s'occupe de l'enquête ? » demanda-t-il quand il revint avec un mug de thé et un sandwich à l'œuf.

Ils s'étaient rencontrés en coup de vent, Nora les avait présentés.

« Oui, elle vient aussi aujourd'hui. Elle me rejoint à Runmarö. »

Elle avait instinctivement baissé la voix. Peu de gens avaient connaissance de la présence de ce foyer protégé sur l'île.

« J'ai un collègue qui travaillait avec elle quand elle était dans la police de Stockholm, dit Thomas. Il paraît qu'elle est vraiment forte. »

Nora avait un peu honte de ne pas savoir que Leila avait travaillé à la police de Stockholm avant de rejoindre l'ALCF. Mais Leila parlait rarement du passé, même si Nora savait qu'elle avait grandi avec sa mère et un petit frère dans une des banlieues pauvres de Stockholm. Suivre une formation de policière ne devait pas avoir été un choix qui allait de soi dans sa situation. Ç'avait dû être rude pour une jeune diplômée d'origine immigrée de se faire une place au milieu des vétérans de la police de Stockholm.

« Et toi, pourquoi tu rentres en ville, au fait ? demanda-t-elle à Thomas. Tu ne devais pas rester tout le week-end, toi aussi ?

– Pernilla est malade, elle a attrapé un gros rhume. »

Thomas sortit le sachet de thé et le posa au bord de la soucoupe.

« Elle m'a envoyé un message pour savoir si je pouvais récupérer Elin dès aujourd'hui au lieu de faire l'échange lundi comme d'habitude. Apparemment elle a beaucoup de fièvre.

– C'est bien que vous puissiez vous entraider en cas de pépin. »

Thomas soupira.

Impossible pour Nora de savoir ce que cela signifiait, si c'était positif ou négatif. Ou juste du découragement.

« Et sinon, comment ça va ? s'enquit-elle prudemment. Est-ce qu'Elin s'est habituée à habiter chez vous une semaine sur deux ?

– Ça fonctionne. Bien sûr, ç'aurait été mieux si elle n'avait pas à faire ces allers-retours… Si on ne s'était pas séparés, quoi. »

Nora posa sa main sur la sienne. Elle reconnaissait cette amertume, elle s'était fait exactement les mêmes reproches quand elle avait fini par décider de quitter Henrik. L'angoisse de détruire leur famille avait failli la briser alors que c'était lui qui l'avait trompée.

« On ne peut pas rester ensemble juste pour les enfants, dit-elle. Crois-moi. J'ai essayé avec Henrik, et tu sais comment ça s'est passé. On a beau faire, on ne peut pas vivre avec quelqu'un quand il n'y a plus d'amour.

– Je l'aime encore. »

Thomas se passa la main dans les cheveux en détournant le visage.

Dehors, le ciel était bleu comme en juin. Une lumière de début d'été miroitait parmi les vagues. Bientôt, les arbres se couvriraient de bourgeons vert tendre, l'herbe recommencerait à pousser et les anémones blanches écloraient sur les talus. D'habitude, tout se mettait à aller mieux à l'approche du printemps.

Mais Thomas n'avait pas l'air de le remarquer.

« Elle me manque, avoua-t-il du ton de celui qui ne sait pas comment expliquer ce qu'il vient de dire. Tous les soirs. Je déteste rentrer et ne trouver personne à la maison. Que la chambre d'Elin soit vide quand c'est la semaine de Pernilla. »

Il remua son thé si vite qu'il en renversa.

« Quand nous sommes ensemble… c'est comme si on parlait deux langues différentes. Que des malentendus. On n'arrive plus à communiquer… Ou c'est moi qui n'arrive plus à communiquer avec elle. »

Deux ans auparavant, Pernilla s'était vu offrir un nouveau poste à responsabilité, directrice de marque dans tout le Nord pour le compte d'une importante compagnie de télécoms. Son salaire était nettement supérieur à celui de Thomas, les avantages également, mais son travail exigeait de nombreux voyages et une connexion permanente.

C'était à cette période que les choses avaient commencé à aller de travers.

Nora avait remarqué la tension entre ses amis cette dernière année, les piques échangées sur les heures supplémentaires et les priorités. Des chamailleries qui n'existaient pas jusqu'alors, depuis vingt ans qu'ils étaient ensemble. Des plaisanteries qui cachaient mal un profond malaise.

Plusieurs fois, alors qu'ils devaient se voir, Thomas était venu seul avec Elin, Pernilla étant retenue en réunion. Quand ils se retrouvaient tous, Pernilla était fatiguée, mais pourtant toujours sur le pont. Elle n'arrêtait pas de surveiller son téléphone, et allait à l'écart répondre à des appels. Thomas était grincheux, Pernilla irritée.

Nora avait commencé à s'inquiéter. Elle savait combien il était dévastateur que la carrière de l'un entrave celle de l'autre. Quand des partenaires devenaient concurrents.

Elle était passée par là.

Il était déjà difficile de trouver l'équilibre entre travail et temps libre, son rôle de parent et de partenaire dans une relation de couple heureuse. Si l'amour disparaissait, la vie quotidienne devenait impossible.

« J'ai juste l'impression d'avoir tout foiré, merde ! » lâcha Thomas.

Il écarta son mug de thé.

« D'abord ce qui s'est passé avec Emily, et la séparation qui a suivi. Quand on supportait à peine de se voir parce qu'on était en vie et Emily morte. Puis on a réussi malgré tout à se retrouver et on a eu Elin. Et là, alors qu'on avait tout ce qu'on désirait, que la vie nous souriait, il a encore fallu qu'on sabote tout. »

Le grondement du moteur augmenta quand le ferry passa la marche arrière pour accoster à Idholmen. Une femme attendait sur le ponton pour embarquer avec une poussette.

« C'est tellement bête. »

Thomas semblait se parler tout seul. Nora en avait le cœur brisé.

« Ça me met en rage, continua-t-il. Ce gâchis. Alors qu'on savait à quoi s'en tenir.

– Ne sois pas si dur avec toi-même.

– On peut difficilement accuser qui que ce soit d'autre, non ? »

Nora était au bord des larmes en entendant la dureté et l'amertume dans la voix de son ami. Elle ne l'avait plus vu aussi bas depuis qu'Emily était décédée de la mort subite du nourrisson. Il avait alors fait une dépression, avec des problèmes de sommeil qui avaient failli le faire sombrer. Il lui avait fallu longtemps pour remonter la pente, et une partie de Thomas ne s'en était au fond jamais remise. Un trait de mélancolie restait à jamais présent sous la surface.

« Vous allez peut-être vous retrouver ? suggéra-t-elle. Parfois, habiter séparément quelque temps permet de réfléchir. On prend du recul, on remet les choses à plat, on voit le positif, sans se bloquer sur ce qui va mal. »

Thomas poussa un petit soupir triste.

« Je ne crois plus que ce soit réparable. C'est allé beaucoup trop loin.

– Ne dis pas ça.

– Tu ne comprends pas. Il me suffit de voir son nom s'afficher sur mon portable pour m'énerver. Je suis tellement las qu'elle fasse passer son travail avant tout le reste. On en a parlé je ne sais combien de fois, mais rien ne change. »

Il poussa un soupir désenchanté.

« Elle disait que je travaillais sans arrêt. Que je ne prenais pas de recul par rapport à mon boulot, que je me dévouais beaucoup trop pour la société. Et devine qui fait à présent passer sa boîte avant tout le reste ? »

Nora n'avait pas osé demander qui avait pris l'initiative de la séparation mais elle s'en doutait.

« Ce n'est pas facile de sentir qu'on vient en deuxième, murmura-t-elle. Mais je ne peux pas imaginer que Pernilla choisirait son travail avant toi et Elin.

– Et pourtant elle a déjà fait son choix. »

26.

Leila attendait sur le ponton quand le *Solöga* accosta à Runmarö. Nora sortit la dernière.

Leila avait pris un ferry direct depuis Stavsnäs. Le ponton de Styrsvik, de son nom exact, était si près de Stavsnäs que le port était visible à l'œil nu.

Le blouson noir de l'inspectrice était couvert de poils de chien.

« Je ne savais pas que les fourrures à longs poils étaient la nouvelle mode du printemps, lança Nora. Tu en as laissé un peu à Bamse, ou tu l'as complètement tondu pour te tenir chaud dans l'archipel ? »

Leila sortit un rouleau antipoils de son sac et d'une main experte entreprit d'enlever le plus gros. La différence était à peine visible.

« Bon, trêve de plaisanteries, dit-elle. Nous avons peut-être un témoin oculaire des violences subies par Mina Kovač. »

Ça changerait radicalement les choses. Nora lança à sa collègue un regard admiratif.

« Raconte. »

Elles s'engagèrent dans la pente. Le chemin était goudronné. À la différence de Sandhamn, il y avait une centaine de voitures sur Runmarö, et même un taxi qui assurait aussi le ramassage scolaire. Pas de transports publics en revanche. Elles avaient environ quinze minutes de marche pour arriver à Friggagården, où se trouvait Mina.

« SOS Alarme a fini par rappeler, dit Leila. D'après l'enregistrement de la conversation, c'est un homme qui a donné l'alerte lundi soir. Il a refusé de donner son nom ni aucun contact, mais j'ai eu son numéro de téléphone. »

Leila avait l'air satisfaite.

« On a pu identifier ce numéro. C'est celui d'un portable appartenant à un dénommé Dino Herco.

– Il a un casier ?

– Rien. J'ai fait mouliner son numéro personnel, mais il n'y a rien, pas même une amende de stationnement. En revanche, il est domicilié à Farsta, il n'habite donc pas le même quartier que Kovač. »

Il ne pouvait donc pas s'agir d'un voisin qui aurait entendu les cris de Mina en passant là par hasard au moment du drame.

Elles étaient arrivées à l'épicerie, où le chemin se scindait en deux. À Uppeby, vers la gauche, il y avait le cabinet médical de l'île et la bibliothèque. D'après les indications, elles devaient continuer tout droit pour arriver à Friggagården, sur la côte sud de l'île, non loin de la passe de Runmarö.

« J'ai été perplexe en voyant son nom, dit Leila. Il se trouve que c'est un patronyme bosniaque. En regardant ça de plus près, j'ai trouvé quelque chose d'intéressant. Dino Herco s'est réfugié en Suède au milieu des années quatre-vingt-dix, après la guerre de Bosnie. Il a grandi à Nyköping. »

Exactement comme Andreis.

Nora ne croyait pas au hasard.

27.

Friggagården se fondait parfaitement dans son cadre idyllique. La maison peinte en blanc semblait dater du début du siècle dernier, avec ses fenêtres à croisillons et ses boiseries chantournées autour de l'entrée. Plusieurs petits chalets rouges bordaient la cour, chacun avec sa petite terrasse pourvue d'une table et de quelques chaises pour prendre le café. On avait beau n'être qu'en avril, on imaginait la splendeur du lieu en été, dans la végétation luxuriante.

Nora ouvrit la grille et précéda Leila sur le coquet chemin de gravier.

Cet environnement paisible aidait-il les femmes à aller mieux ? Ou celles qui arrivaient ici étaient-elles si traumatisées qu'elles ne remarquaient rien ? Nora n'en avait aucune idée et avant qu'elle ait le temps d'y songer plus avant, une femme d'une cinquantaine d'années ouvrit la porte. Elle avait des lunettes rondes et une queue-de-cheval grisonnante.

Elle tendit la main et se présenta : Anna-Maria Pertersén, directrice du foyer. Elle reconnut Leila qu'elle avait vue la veille, mais demanda à voir la carte professionnelle de Nora avant de les laisser entrer. Puis elle les conduisit dans une salle d'entretien à l'arrière de la maison.

Un beau poêle en faïence rose occupait un des coins. Dans un fauteuil, juste à côté, Mina tenait dans ses bras un bébé endormi. Ses cheveux blonds avaient depuis longtemps grand besoin d'être lavés, ils collaient dès la racine en mèches grasses.

Anna-Maria prit délicatement Lukas à Mina sans le réveiller.

« Je le garde un moment, pour vous laisser parler tranquillement. »

Elle indiqua un plateau avec un thermos et une assiette de gâteaux.

« Il y a du café, si vous voulez. »

Nora s'assit sur le canapé en face de Mina pendant que Leila installait le magnétophone. Il s'agissait de trouver les mots justes. Par où commencer ? Il fallait arracher à Mina ce qui s'était passé à son domicile avant l'arrivée de l'ambulance. Surtout, il fallait obtenir qu'elle leur fasse confiance, à elle et Leila. Elle était morte de peur, et c'était compréhensible, mais la seule façon de la protéger de son mari était d'envoyer Andreis en prison.

La logique avait beau être évidente, la peur n'obéissait pas à la logique.

« Merci d'avoir accepté de nous voir, commença Nora. Je vais tout faire pour que votre mari soit condamné à une longue peine de prison. Mais j'ai besoin de votre aide pour que le tribunal le reconnaisse coupable. »

Mina ne leva pas les yeux, alors que c'était elle qui avait appelé Leila dans la matinée en balbutiant qu'elle voulait les voir. Son visage avait un peu dégonflé, mais les bleus y étaient plus sombres.

« S'il est en prison, il ne pourra pas vous faire de mal, dit Leila. C'est la seule façon pour vous de vous sentir à nouveau en sécurité. »

Mina se mit à pleurer et Leila lui tendit un mouchoir en papier.

« Pleurez tant que vous voulez, dit-elle en lui caressant doucement le bras. Personne n'est pressé dans cette pièce. »

Il fallut longtemps à Mina pour se calmer et commencer à raconter cette soirée de lundi.

« Andreis était déjà fâché en arrivant, finit-elle par dire.

J'étais dans le salon avec Lukas dans les bras. Dès que j'ai vu Andreis, j'ai su qu'il était de mauvaise humeur.

– Comment l'avez-vous compris ?

– Ses yeux. Ils rétrécissent. Deviennent durs. »

Mina sortit un nouveau mouchoir du paquet.

« Je ne savais pas ce qui l'avait fait sortir de ses gonds cette fois. Il devait aussi avoir bu.

– Ça lui arrive souvent ? demanda Nora.

– Hélas, oui. Ces derniers temps, le soir, il était sous l'emprise de l'alcool, et parfois d'autres substances.

– Qu'est-ce qu'il prend ?

– Je ne lui ai jamais demandé.

– Vous avez eu peur en le voyant ?

– Oui. »

Sa réponse était à peine audible.

« J'ai compris qu'il avait l'intention de me faire du mal. C'était comme s'il cherchait une raison de se fâcher. Il avait besoin de passer sa colère sur quelqu'un. »

Mina fit la grimace.

« Sur moi.

– Vous avez le courage de raconter ce qui s'est passé ensuite ? demanda Nora.

– J'avais laissé traîner l'aspirateur sur le sol de la cuisine. Andreis est très… tatillon sur le ménage. Il a vu ça, et ça l'a rendu furieux. Il m'a traitée de tous les noms, pute… et pire encore.

– Et qu'avez-vous fait alors ? » reprit Leila.

La main de Mina se porta vers sa joue couverte de bleus.

« Je ne pensais qu'à protéger Lukas. J'ai tout juste eu le temps de le poser avant qu'Andreis…

– Avant qu'Andreis quoi ? » dit doucement Leila.

Attention, songea Nora.

« Il m'a tirée par les cheveux jusqu'à la cuisine. Il m'a jetée contre l'aspirateur. Puis il m'a soulevée et m'a cogné le visage à coups de poing. Il n'arrêtait pas. »

La voix de Mina n'était plus qu'un chuchotement.

« Je me suis effondrée. Je crois qu'il m'a donné des coups

de pied pendant que j'étais à terre. J'ai eu très mal au thorax et sur un côté. »

Deux côtes cassées. Et une autre fêlée, d'après son dossier médical.

« Vous avez aussi eu plusieurs points de suture au-dessus du sourcil », lui rappela Leila.

Les larmes coulaient du nez de Mina.

« J'ai tenté de m'enfuir en rampant. Il m'a alors donné un autre coup de pied qui m'a envoyée contre le coin d'un placard. C'est là que je me suis fendu le sourcil. J'aurais voulu crier, mais j'avais du mal à produire le moindre son. Mais j'ai essayé.

– Et ensuite ? reprit Nora.

– Je crois qu'il m'a serré la gorge, mais je ne me souviens pas bien, tout était trop flou. Je n'arrivais pas vraiment à voir, il y avait tellement de sang. Ça me coulait dans les yeux et la bouche. »

Lukas était dans son berceau à quelques mètres seulement, mais ça n'avait pas retenu Andreis.

Nora en avait mal au ventre. C'était Mina qui avait été battue, mais rester là à écouter cette affreuse description, c'était presque trop pour elle.

En temps normal, elle était fière de son professionnalisme, mais aujourd'hui elle avait honte que ce ne soit qu'un mince vernis. D'une certaine façon, Thomas avait raison : l'ALCF était un lieu de travail protégé.

Leila gérait mieux la situation. Elle enchaînait les questions pertinentes. Sans froideur ni curiosité mal placée, elle amena Mina à décrire précisément le déroulement des faits. Il était important de recueillir tous les détails, pour que la mise en examen repose sur une base solide.

Nora admirait sa collègue. Pourquoi n'arrivait-elle pas à être aussi objective que Leila, au lieu d'être troublée jusqu'à la nausée ? Elle était furieuse contre Kovač, alors qu'elle savait que ce n'était pas professionnel. Il ne fallait pas en faire une affaire personnelle, elle était là pour faire son travail.

Elle inspira à fond et s'efforça de se concentrer.

« Nous aurions besoin de parler un peu des… affaires d'Andreis », dit-elle en se servant un peu de café.

Elle regretta aussitôt l'expression. Ces « affaires » sonnaient comme une occupation respectable, pas comme le fait de rendre les gens dépendants à la drogue et de les pousser à la déchéance. Mais elle ne voulait pas effrayer Mina plus que nécessaire. Elle était déjà bien trop fragile.

« Je ne sais rien à ce sujet. »

La réponse était rapide.

« Vous n'en parlez jamais tous les deux ? » insista-t-elle.

Mina secoua la tête.

« Vous ne l'avez jamais entendu parler au téléphone de quelque chose en rapport avec ses affaires ? » tenta Leila.

Mina resserra sa veste en laine.

« Il vous est peut-être arrivé de voir des sms sur son portable qu'il aurait laissé traîner ? suggéra Nora.

– Je ne me rappelle pas bien », murmura Mina.

Nora était convaincue que la jeune femme en savait plus long qu'elle ne voulait bien l'admettre. Mais elle n'osait pas trop lui mettre la pression. Il fallait d'abord établir une relation de confiance pour que Mina se sente en sécurité et accepte de s'ouvrir à elles.

Il ne s'agissait pas seulement de parler ici, entre quatre murs. Mina devait aussi être capable de témoigner au tribunal, en présence de son mari. Ulrika Grönstedt ferait de son mieux pour la réduire en miettes dès que l'occasion se présenterait.

« Votre mari a peut-être laissé traîner des documents qu'il vous est arrivé de voir ? tenta à nouveau Leila. Il ne peut pas tout garder en tête.

– Je ne me rappelle pas », répéta Mina en fermant les yeux.

Elle commençait à être épuisée, mieux valait conclure avant qu'elle ne se referme.

« Nous pourrons parler davantage de cela une autre fois, dit Nora. Que diriez-vous de se revoir lundi ? »

Mina avait également besoin d'être conseillée par un avocat expérimenté qui l'aide à appréhender la procédure judiciaire et défende ses intérêts. Quelqu'un qui soit simplement de son côté. Nora déposerait une demande au tribunal dès qu'elle serait revenue à son bureau.

« La seule façon de mettre fin à ce règne de terreur est que votre mari soit mis en examen, martela-t-elle. Avec votre aide, je peux le faire lourdement condamner. Il ira en prison pour des années et vous serez alors en sécurité, vous et votre fils.

– C'est impossible, murmura Mina. Andreis me tuera si je témoigne contre lui.

– Nous pouvons vous protéger », dit Leila.

Mina se blottit au fond du fauteuil sans rien répondre.

« Pensez à Lukas, dit Nora qui répugnait pourtant à utiliser l'enfant comme argument. Qui s'occupera de lui si votre mari vous bat à mort ? »

Les yeux de Mina s'emplirent à nouveau de larmes.

« Je peux essayer… »

Nora se pencha vers elle.

« Vous ne le regretterez pas. »

Bosnie, septembre 1992

Le soleil matinal qui entrait par la fenêtre réveilla Andreis longtemps avant les autres membres de la famille. Emir dormait profondément dans son lit à barreaux, la bouche entrouverte.

La maison était silencieuse et calme. Andreis enfila son pantalon, son tee-shirt, et courut dans le jardin.

Le petit ruisseau gazouillait gaiement dans le fond, où les framboisiers croulaient sous les baies rouges. L'herbe était humide sous ses pieds nus, et les pruniers d'un bleu-mauve éclatant.

Andreis cueillit quelques prunes et en mangea jusqu'à ce que le jus lui coule de la bouche. En temps normal, ils auraient dû récolter les prunes ce week-end. Mais plus rien n'était comme d'habitude.

Andreis aimait les festivités qui accompagnaient la cueillette des prunes pour la préparation de la *Šljivovica,* l'eau-de-vie que buvaient les adultes. Toute la famille se rassemblait alors, tous les cousins, les tantes et les oncles, et tous recueillaient coude à coude les fruits dans de grandes corbeilles, jusqu'à ce que les arbres cessent de ployer sous leur poids et que leur couleur passe du mauve au vert. Puis on mettait tout à fermenter dans de vieux tonneaux en bois. Le soir, on dînait autour d'une longue table, de grands plats de viande grillée, d'épis de maïs et de poivrons braisés. Des galettes rondes cuites au four par maman. Andreis pouvait manger autant qu'il voulait et veiller jusqu'à s'endormir sur place ou que papa le porte dans son lit.

Andreis cracha quelques noyaux dans l'eau claire qui miroitait devant lui. Il faisait déjà chaud, de si bon matin. Les dernières nappes de brouillard se dissipaient au-dessus des champs avec le lever du soleil.

Un bruit sourd de moteur comme Andreis n'en avait encore jamais entendu attira son attention. Ça ne ressemblait pas à une voiture ordinaire. Beaucoup plus intéressant.

Andreis posa le pied sur la première branche de son arbre préféré et grimpa un peu. Il risqua un œil par-dessus le mur. Un gros engin vert-de-gris roulait un peu plus loin dans la rue.

Andreis n'avait jamais rien vu de pareil. Ça ressemblait à un scarabée monté sur chenilles, avec une sorte de tour d'où dépassait un long tube.

Il suivit des yeux le véhicule jusqu'à ce qu'il disparaisse au coin de la rue. Il fallait qu'il demande à maman ce que c'était. On ne voyait personne le conduire.

Un sifflement déchira le silence.

Andreis eut beau tourner la tête de tous les côtés, impossible de comprendre d'où ça venait. Quelque chose explosa de l'autre côté du fleuve, soulevant une mer de feu et de flammes rouges et jaunes. Un nuage de fumée grise et blanche se dégagea, bouchant la vue. Andreis n'avait jamais vu autant de fumée.

Le fracas qui frappa ses oreilles faillit le jeter à terre.

La porte s'ouvrit et sa mère se précipita. Elle courait accroupie, dos courbé et tête baissée.

« Idiot ! cria-t-elle en prenant Andreis dans ses bras. Vite, il faut se cacher à l'intérieur. »

Jusqu'alors, il n'avait pas été inquiet, juste curieux de ces bruits inconnus. La peur le saisit en voyant les larmes de maman.

28.

Nora et Leila arrivèrent à l'embarcadère à peine cinq minutes avant le départ du ferry pour Stavsnäs. Nora prévoyait de traverser avec sa collègue puis d'attendre chez le petit glacier du port le prochain bateau pour Sandhamn qui ne partait qu'une heure plus tard.

Leila regarda son téléphone.

« On aurait dû demander à Mina si elle connaissait un certain Dino Herco, dit Nora.

– On pourra le faire lundi, répondit Leila. Elle n'avait plus la force de continuer bien longtemps. »

Elle montra à Nora une adresse sur son portable.

« Qu'est-ce que tu dirais d'aller le voir ? Il habite Farsta Strand. On ne peut pas en avoir pour plus de trois quarts d'heure en prenant la nationale 73. »

Nora consulta sa montre, midi et demi seulement. Le dernier ferry de la journée pour rentrer à Sandhamn partait à dix-huit heures, et Simon avait déjà promis de garder Julia aujourd'hui.

« Il a dû voir pas mal de choses pour appeler les secours, dit Leila. Si on pouvait l'amener lui aussi à témoigner contre Kovač, ça renforcerait encore l'accusation. Ça poussera peut-être Mina à s'ouvrir davantage quand on se reverra. Si on peut lui dire qu'on a un témoin qui conforte sa version. »

Le ferry Waxholm s'apprêtait à accoster. Nora remonta son sac à main sur son épaule.

« J'ai ma voiture à Stavsnäs, dit-elle. On peut y aller directement. »

Dino Herco habitait Farsta Strand, un beau site naturel urbanisé dans les années soixante. Des bâtiments au style caractéristique de l'époque étaient alignés le long de la rue, tous identiques. L'asphalte touchait le pied des immeubles, sans être adouci par des plates-bandes ou des bacs fleuris, mais plus loin, on apercevait un bosquet dénudé à côté d'un parking carré qui semblait abandonné.

Personne dans la rue quand elles descendirent de voiture.

Nora poussa la porte de l'immeuble et trouva un tableau indiquant qu'Herco habitait tout en haut, au sixième étage. Elles sonnèrent, et un trentenaire aux yeux bruns vint leur ouvrir. Les muscles débordaient de son sage tee-shirt blanc, il était rasé de frais, les cheveux rejetés vers l'arrière.

Leila brandit sa carte de police et demanda à entrer.

« Et pourquoi ? Qu'est-ce que j'aurais à vous dire ? »

Dino Herco appuya un bras au chambranle de la porte, leur barrant le chemin.

« Vous n'êtes pas obligé de nous parler, dit patiemment Leila. Mais ce serait bien qu'on puisse entrer, maintenant qu'on est ici. Il n'y en a pas pour longtemps. »

Herco ne fit pas mine de bouger.

« Vous avez un mandat ?

– On n'a pas besoin de mandat pour poser quelques questions, dit Nora. C'est seulement dans les séries américaines qu'on exige un mandat pour entrer chez quelqu'un.

– Ça ira plus vite d'expédier ça tout de suite que de se revoir au commissariat », compléta Leila.

Herco sembla peser le pour et le contre. Puis il fit un pas de côté et les laissa entrer dans son lumineux deux-pièces.

« On peut se mettre dans la cuisine », dit-il en les précédant dans une spacieuse cuisine avec coin repas.

La vue à des kilomètres à la ronde depuis la fenêtre était comme un tableau. L'immeuble était en hauteur, et le soleil miroitait sur les eaux du lac Magelungen en contrebas. Cela rappelait à Nora la vue du haut du phare de Grönskär, le ciel et la mer réunis.

Leila tira une chaise et s'assit en expliquant la raison de leur visite. Puis elle alla droit au but :

« C'est vous qui avez appelé les secours lundi soir quand Mina Kovač s'est fait gravement brutaliser par son mari ?

– Qui ça ? »

La prononciation suédoise d'Herco était parfaite. Il n'avait que sept ans quand il était arrivé en Suède avec ses parents et ses frère et sœur. Leila avait résumé son parcours pendant le trajet en voiture.

« Mina Kovač, répéta-t-elle plus distinctement.

– Je ne la connais pas.

– Je comprends, dit Leila. Mais je voudrais savoir si c'est bien vous qui avez signalé les violences quand son mari a failli la battre à mort ?

– Ce n'était pas moi. »

Leila ouvrit son carnet et nota soigneusement sa réponse sur une nouvelle page blanche.

« Vous ne vous trouviez pas à l'adresse Trastvägen, ce soir-là ? demanda-t-elle. Devant la maison de la famille Kovač à dix-neuf heures quatorze ? C'est l'heure où l'appel a été passé au central des secours.

– Non. »

Nora observait Dino Herco pendant que Leila l'interrogeait.

Il avait l'air sympathique, l'œil un peu creux, mais son visage était barré de la tempe au menton par une cicatrice pâlie. La blessure avait dû être profonde, vu la cicatrice, sûrement douloureuse. Peut-être l'avait-il eue petit, en Bosnie, avant de fuir le pays ?

Ses cheveux noirs coupés très court formaient un petit bec sur son front, comme une coiffe ancienne.

« Êtes-vous tout à fait certain que vous n'y étiez pas ? insista Leila.

– Oui.

– Dans ce cas, où vous trouviez-vous à cette heure-là ?

– Je ne me rappelle pas.
– Votre numéro de téléphone a été enregistré au central des urgences, indiqua Leila.
– Ils ont dû se tromper.
– Ils sont assez sûrs de leur fait. »
Leila sortit un papier de son sac rebondi et le présenta à Herco pour qu'il puisse le lire sans difficulté.
« Votre numéro est là, montra-t-elle. D'habitude, ils ne font pas d'erreurs là-dessus. »
Herco jeta un coup d'œil sur sa gauche.
« Je m'en souviens, maintenant, dit-il. On m'a volé mon portable la semaine dernière.
– Volé ? répéta Nora. Pourquoi ne pas l'avoir dit tout de suite ?
– J'avais oublié.
– Mais là, d'un coup, ça vous revient ? s'étonna Leila.
– Oui.
– Alors dans ce cas, c'est votre voleur qui a donné l'alarme ?
– Je n'en sais rien, moi. »
Nora se pencha en avant.
« Pouvez-vous nous raconter comment votre téléphone a disparu ? »
Herco se leva pour prendre un verre dans un placard. Il fit couler le robinet de l'évier, remplit le verre sans se presser, but tranquillement l'eau avant d'ouvrir le lave-vaisselle et d'y ranger le verre vide.
Nora attendait une réponse.
« Je l'avais dans la poche arrière de mon jean l'autre soir dans le métro, finit-il par dire. Une fois au terminus, il n'y était plus. Quelqu'un a dû me le faucher pendant le trajet sans que je le remarque. »
Il était évident que Dino Herco n'était pas homme à se laisser voler son téléphone par un vulgaire pickpocket. C'était donc lui qui avait téléphoné pour donner l'alarme.
Pourquoi ne voulait-il pas être impliqué ? Avait-il peur d'Andreis Kovač ?
Dans ce cas, il n'était pas le seul.

Nora essayait de contenir son irritation. Il y avait peu de moyens de pression efficaces quand un témoin récalcitrant ne voulait pas coopérer.

« Connaissez-vous Andreis Kovač ? demanda-t-elle. Le mari de Mina.

– Malheureusement, je n'ai plus de temps pour d'autres questions, dit Dino Herco. Il va falloir que vous partiez. »

Il leva le bras gauche et regarda démonstrativement sa grosse montre de plongée. Quelque chose dans ce geste rappelait Andreis Kovač, songea Nora.

Mais Herco semblait une personne plus calme, moins agressive.

Il se dirigeait déjà vers le vestibule. Nora se leva. Inutile de rester à la cuisine à attendre une réponse que Dino Herco n'avait pas l'intention de lâcher de son plein gré.

« Vous vous connaissez ? demanda quand même Nora.

– On s'est peut-être rencontrés quelques fois, dit-il par-dessus son épaule. Il est de Bosnie, lui aussi ? J'ai l'impression. »

Leila s'arrêta, la main sur la poignée de la porte.

« C'est une chance que quelqu'un ait appelé, même si ce n'était pas vous, dit-elle. Sans ça, Mina Kovač aurait probablement été battue à mort. »

Dino Herco referma la porte sans croiser son regard.

29.

Nora était à bord du ferry qui rentrait à Sandhamn. Elle avait trouvé une place près d'une fenêtre, et appuyait son front contre la vitre fraîche. De légers nuages glissaient dans le ciel bleu. Ça avait dû être une belle journée dans l'archipel, aujourd'hui.

La mauvaise conscience se rappela à son souvenir. Elle s'efforçait de donner la priorité aux enfants pendant les week-ends, et voilà qu'elle s'était absentée tout le samedi. Le projet d'aller faire griller des saucisses avec Julia sur la plage de Trouville attendrait.

Une ombre passa sur la table.

« Salut, dit Thomas. Comme on se retrouve. »

Nora leva les yeux.

« Tu me suis à la trace ? dit-elle avec un petit sourire. Tu ne devais pas rentrer en ville récupérer Elin ?

– J'ai décidé de l'emmener plutôt avec moi sur Harö. Il n'y avait pas de raisons de rester sur l'asphalte. »

Thomas n'était pas un citadin, ne l'avait jamais été.

Elin apparut dans l'allée avec un blouson rose et un sac à dos Disney aux couleurs vives.

« Bonjour, ma grande, lança Nora en lui ouvrant les bras. J'ai droit à un bisou ? »

Nora bavarda avec Elin tandis que Thomas se rendait à la cafétéria. Il revint avec un verre de rouge pour sa vieille amie, une bière pour lui, un Fanta pour sa fille, et un paquet de chips pour compléter le tout.

Elin commença à regarder un film sur la tablette de Thomas, qu'il lui avait passée en faisant une légère grimace. Nora avait eu l'occasion d'entendre une discussion énervée entre Thomas et Pernilla en fin de soirée, après un dîner commun : Thomas reprochait à Pernilla de toujours mettre Elin devant un film quand elle avait besoin de travailler. Aujourd'hui, il n'avait visiblement plus le courage de s'en tenir à ses propres principes.

« Comment ça s'est passé, pour Leila et toi ? s'enquit-il après avoir goûté sa bière.

– Assez bien. »

Nora leva son verre et trinqua. Il n'y avait pas grand monde à bord. La plupart des gens avaient dû partir le matin pour profiter du beau temps.

« Nous avons vu Mina, et nous allons continuer à lui parler lundi. Je crois qu'elle est en train de s'ouvrir. C'est en tout cas l'impression que j'ai eue quand nous étions là-bas.

– Vous y êtes restées jusqu'à maintenant ?

– Non. Après, nous sommes allées voir le témoin qui a donné l'alarme quand Mina s'est fait brutaliser. Il s'appelle Dino Herco.

– Dino Herco ?

– Oui, il est bosniaque, tout comme Kovač. Mais il prétend que c'est quelqu'un d'autre qui a téléphoné aux secours lundi dernier. Il a dit n'être jamais allé du côté de Trastvägen. »

Thomas se gratta le menton.

« Ce nom me dit quelque chose.

– Il n'est pas dans le registre. Leila a déjà vérifié.

– Je suis presque sûr qu'il a été mentionné quand j'ai parlé avec les Stups, l'autre jour. Quand je me suis renseigné pour toi sur Kovač. »

Techniquement, Thomas l'avait fait de sa propre initiative, mais Nora n'avait aucune raison de le corriger.

« Tu sais, j'ai demandé à Herco s'il le connaissait, dit Nora.

Mais il a fait comme s'ils n'étaient que de vagues relations. Il a probablement menti sur ses liens avec Kovač.

– Je vais écouter pour toi ce qui se dit.

– Leila peut s'en charger lundi. »

Inutile de créer de la concurrence.

« Au fait, où avez-vous trouvé ce témoin ? demanda Thomas.

– Chez lui. À Farsta Strand.

– Vous y êtes allées, plutôt que de le convoquer ? »

Thomas ne cachait pas sa désapprobation.

« Tu as un peu réfléchi à ce que je t'ai dit au sujet de Kovač ? »

Il baissa la voix pour qu'Elin n'entende pas, même si elle était profondément absorbée par son dessin animé.

« Sois prudente avec ces types. Tu n'as pas idée de ce dont ils sont capables. »

30.

Il n'y avait personne sur le rivage quand Dino arriva au bord du lac Magelungen.

Ç'avait été une erreur de laisser entrer ces femmes, cette policière et cette procureure. Dino l'avait compris à la minute même où elles avaient commencé à lui poser des questions sur les violences. Puis ça avait été une plus grosse erreur encore de prétendre ne pas connaître Mina. C'était facile à vérifier. Elles comprendraient vite qu'il leur avait menti.

Pourquoi leur avait-il répondu ainsi ? Elles l'avaient pris au dépourvu, il ne voyait pas d'autre explication. Quand elles avaient sonné à sa porte, il avait cru qu'il s'agissait de tout autre chose, des affaires d'Andreis, des problèmes avec le fisc. Cette mise en examen qui occupait toutes les pensées d'Andreis et le rendait plus tendu que jamais.

Dino était tellement conditionné à tout nier que les mots lui avaient échappé automatiquement.

Il sortit son portable de sa poche et le regarda quelques secondes. Le soleil printanier se reflétait sur l'écran. Il contrôla une dernière fois les environs pour bien s'assurer qu'il n'y avait personne. Puis il lança le téléphone au loin, de toutes ses forces.

Il atterrit dans l'eau avec un petit *plouf* et disparut immédiatement.

Dino sortit de sa poche un paquet de Marlboro et alluma une cigarette tout en maudissant sa propre maladresse. Avoir utilisé son téléphone personnel pour appeler les secours lundi soir. Comment avait-il pu être aussi stupide ?

Tout était allé si vite.

Il était resté quelques minutes dans la voiture après avoir déposé Andreis devant la maison ce soir-là. Il avait fumé la fenêtre ouverte en essayant de penser à autre chose qu'au savon que lui avait passé Andreis sur le trajet du retour. Ç'avait été un soulagement de le voir descendre de voiture et rentrer chez lui rejoindre Mina. Comme ça, Dino allait au moins avoir la paix.

Il venait de mettre le contact et allait partir quand les cris de Mina avaient retenti par la fenêtre ouverte de la cuisine.

En levant les yeux, il avait aperçu son visage ensanglanté avant qu'elle soit brusquement tirée en arrière vers l'intérieur de la pièce.

Elle n'avait nulle part où fuir.

Ne t'en mêle pas, avait-il pensé en embrayant. Ça ne te regarde pas, c'est une affaire entre mari et femme.

Mina avait poussé un nouveau cri, plus déchirant encore, tandis que le bébé se mettait à pleurer à l'arrière-plan.

Dino avait alors agi d'instinct. La seule façon de les sauver était d'appeler les secours pour faire venir une ambulance. S'il s'était lui-même précipité pour s'interposer, Andreis ne le lui aurait jamais pardonné. Il ne pouvait pas permettre à Dino de se mêler ouvertement d'une question de famille.

Mais celui-ci ne pouvait pas rester là sans rien faire.

Il avait alors attrapé son téléphone et appelé les secours, sans réfléchir.

Et maintenant, il était dans la merde.

Dino reprit la direction de son appartement. Un sentier étroit montait vers l'immeuble perché sur une hauteur. Il avait déjà dans la poche un nouveau portable à carte prépayée. Il n'enregistrerait jamais plus un téléphone à son nom. Il avait transféré tous les contacts nécessaires et envoyé son nouveau numéro par sms à Andreis avant de se débarrasser de son téléphone.

Le stress le minait. Si cette policière poursuivait son enquête et mentionnait ses soupçons devant Andreis…

Dino alluma une autre cigarette.

Si elle disait à Andreis que l'alarme avait été donnée depuis son numéro, il comprendrait tout. Il verrait ça comme un manque de loyauté, ou pire, une trahison.

Alors, Dino aurait à en payer le prix.

31.

Mina était dans le fauteuil près de la fenêtre, Lukas dans les bras. Il venait de boire son biberon, et s'était endormi pour la soirée. Sa petite cage thoracique montait et descendait, ses narines tremblaient à chaque respiration.

À la maison, elle pouvait rester des heures ainsi, le temps disparaissait parfois quand elle contemplait son fils. C'étaient là les meilleurs moments de sa vie, les seuls vraiment bons.

Son joli petit Lukas.

Le biberon vide était posé sur la table voisine. Elle essaya de se consoler en se disant qu'il y avait beaucoup d'enfants qui ne tétaient pas, Lukas n'était pas en péril juste parce qu'il ne buvait pas de lait maternel.

Le sentiment d'être une mauvaise mère montait pourtant en elle.

L'allaitement avait été difficile dès le début. Elle avait beau essayer, ça ne venait pas bien. Le peu qu'elle avait s'était tari dès son retour de la maternité. Quand elle s'était disputée avec Andreis parce qu'elle ne voulait pas coucher avec lui tout de suite après l'accouchement. Quand Andreis avait recommencé à la battre.

Mina caressa la tête de son fils et souffla sur ses jolis cheveux de bébé. Lukas dormait profondément, avec ses longs cils qui dépassaient de sous ses petites paupières.

Il aurait dû pouvoir grandir au calme. Lukas méritait un foyer paisible, pas un père violent et une mère terrorisée.

La procureure avait raison : qui s'occuperait de Lukas, si Andreis la battait à mort ? Il fallait qu'elle se libère.

Cette Nora semblait vraiment se soucier d'elle, pas lui parler juste parce que c'était son travail.

Mina devait se décider. Elles allaient revenir lundi.

Oserait-elle leur parler de tout cet argent, des liasses de billets qui s'empilaient sur le bureau d'Andreis à intervalles réguliers ? Du petit carnet où il écrivait avec soin et qu'il avait toujours avec lui ?

Elle ne pourrait jamais parler à personne des photos qu'elle avait prises. Elle avait la nausée rien que d'y penser. Andreis serait furieux s'il apprenait ce qu'elle avait fait. Mais il était déjà tellement en colère.

Mina pressa sa bouche contre le crâne de Lukas, sentit sa chaleur sur ses lèvres.

Son portable bipa. Elle se tourna doucement pour voir ce que c'était. Un mms. Quelqu'un lui avait envoyé une photo.

Mina reconnut aussitôt la maison de bois peinte en gris. C'était le numéro vingt-trois Körsbärsvägen, l'adresse de ses parents. La photo venait du portable d'Andreis, il avait dû y aller.

Mina eut le souffle coupé.

Un nouveau sms arriva. Le même texte qu'avant :

Rentre à la maison.

32.

Nora descendit la dernière du ferry à Sandhamn.
Elle avait essayé de convaincre Thomas de rester dîner, mais il avait décliné l'invitation, même si Elin aurait bien aimé jouer avec Julia. Elle leur avait même proposé de rester dormir s'ils avaient du mal à rentrer sur Harö.

Elle chercha son ticket dans la poche arrière de son pantalon et le donna au matelot en haut de la passerelle.

L'air avait fraîchi, un temps d'avril typique. Magnifique pendant la journée tant que le soleil était là, mais froid dès le crépuscule. La proximité de la mer nivelait les températures en refroidissant le printemps et en réchauffant l'automne.

Ça faisait du bien d'être de retour sur l'île.

Nora inspira plusieurs fois à fond en essayant de se débarrasser de l'atmosphère sombre de cette journée. Quelques bateaux de plaisance qui s'étaient risqués à sortir dans l'archipel étaient amarrés dans le port du club nautique KSSS où les pontons restaient pourtant clairsemés, comparé à l'été.

Elle avait envoyé un sms à Simon pour lui proposer de dîner à l'auberge de Sandhamn et ne pas avoir à préparer le dîner. Elle était déjà fatiguée et Simon adorait leur bifteck maison avec sa sauce béarnaise et des tonnes de frites dorées. Et puis il lui avait gardé Julia : il méritait un bonus.

« Salut, chérie. »

La voix de Jonas lui fit lever les yeux. Elle avait été tellement absorbée par les événements de la journée qu'elle avait complètement oublié qu'il devait rentrer aujourd'hui.

Et voilà qu'il l'attendait sur le débarcadère. Ce geste lui fit chaud au cœur.

« Mais qui voilà ! »

Jonas lui fit un signe de la main. Il avait pris des couleurs en Californie, il bronzait facilement. Un bonnet bleu cachait ses cheveux sombres, mais le col de son blouson vert mousse était déboutonné.

Il attira Nora à lui et la serra chaleureusement dans ses bras. Il sentait bon, elle avait toujours aimé son after-shave.

« Enfin rentré auprès de ma femme bien-aimée, lui chuchota-t-il à l'oreille avant de lui déposer un baiser sur le front. Tu as eu une dure journée ? Simon m'a dit que tu avais été obligée de partir travailler ce matin. »

Il était juste tendre, sans une once de reproche pour avoir laissé les enfants et être allée travailler tout le samedi. Ils se mirent en route vers la Villa Brand, passèrent devant l'épicerie Westerberg et le bar des Plongeurs, dont la terrasse était déserte et abritée sous une bâche.

Les branches des vieux tilleuls le long de la promenade de la plage se dressaient, nues, vers le ciel clair.

« Je comptais te préparer ton plat préféré, dit Jonas. Pasta aux fruits de mer. Et en dessert, mousse au chocolat et crème fouettée. »

Comment ne pas sourire ? Il s'était vraiment donné du mal.

« J'ai rapporté une bouteille de mousseux des États-Unis. Une très bonne marque californienne recommandée par un collègue. »

Nora glissa son bras sous celui de Jonas et se colla à lui.

« Ça promet, dit-elle. Bienvenue à la maison. »

33.

La bouche sèche, Dino gara la Mercedes gris métallisé devant la maison d'Andreis.

Il allait être huit heures du soir, mais il n'avait rien mangé depuis le petit déjeuner. Il avait passé la moitié de l'après-midi à se vider sur la cuvette des toilettes. Son estomac était toujours retourné quand il était stressé. Le sms d'Andreis lui demandant de passer n'avait rien arrangé.

Une autre voiture était déjà garée devant l'entrée. Dino la reconnut, c'était l'Audi bleu marine du petit frère d'Andreis, Emir.

Il ne manquait plus que ça, qu'il soit là lui aussi.

Andreis devenait toujours plus hargneux en présence de son demi-frère. Quand Emir était dans la même pièce, il s'échauffait, comme s'il lui fallait prouver à lui-même et aux autres que c'était lui le chef de famille, le patriarche indiscuté qui s'occupait de tous les autres.

Emir était expert pour réveiller les démons intérieurs d'Andreis.

Dino descendit de sa voiture et la verrouilla d'un clic. Il jeta un coup d'œil vers la fenêtre de la cuisine : impossible de voir quoi que ce soit derrière la vitre lisse, alors qu'il faisait encore assez clair dehors.

La fliquesse avait-elle déjà eu le temps de causer avec Andreis de l'appel au central des secours ? La procureure et elle avaient quitté son appartement vers seize heures. Par sa fenêtre, il avait vu leur voiture s'éloigner vers le centre-ville. Il y avait peu de chances qu'elles aient contacté Andreis juste après. D'autant plus que les questions passaient généralement via son avocate.

Son ventre se serra pourtant. L'instinct lui disait de ficher le camp, mais il alla sonner à la porte. Comme personne ne venait lui ouvrir, il tâta la poignée. Pour une fois, c'était ouvert, il n'y avait qu'à entrer.

Des voix arrivaient de la cuisine.

Andreis et Emir étaient assis autour de la table, une bouteille de vodka à moitié pleine entre eux. Quelques cartons à pizzas vides s'empilaient sur le plan de travail, ça sentait le fromage fondu et l'ail. Dans l'évier, on apercevait de la vieille vaisselle sale incrustée de restes de nourriture séchés.

Emir allait se resservir à boire quand Dino franchit le seuil. Il le salua de la tête, alors qu'Andreis quitta à peine son portable des yeux à son arrivée.

Dino tira une chaise et s'assit en face. Il se déplaçait précautionneusement, en évitant les bruits énervants.

« Tu l'as retrouvée ? »

La voix d'Andreis était grave et contenue. Impossible de lire l'expression de son visage et de déceler s'il était au courant de l'implication de Dino dans le transport de Mina à l'hôpital.

Dino s'efforça de paraître détendu.

« Je suis allé chez ses parents hier soir. Comme je te l'ai déjà dit. Elle n'y était pas. Ni elle, ni Lukas. »

Il regarda à la dérobée Emir, toujours silencieux. Les deux frères se ressemblaient, même s'ils avaient des pères différents. Andreis n'avait rien proposé à boire à Dino, il se contentait de tourner mollement son verre entre ses doigts, en faisant clapoter l'alcool contre les bords.

« Mais où est-elle, alors ? grommela-t-il. Je suis passé devant chez Stefan et Katrin cet après-midi, mais il n'y avait personne.

– Aucune idée. »

Les yeux d'Andreis étaient vitreux, ses pousses de barbe

plus sombres que d'habitude. Il se gratta le dos d'une main où une éruption s'étalait comme un pétale froissé.

« Tu n'as pas causé à ses vieux ? demanda-t-il. Ils doivent bien savoir où elle est passée.

– Ils dormaient quand je suis arrivé. »

Dino voulait éviter de raconter qu'il les avait entendus discuter à travers la porte. Il savait qu'Andreis s'y précipiterait alors, poussé par son frère, sans songer un seul instant aux conséquences.

L'idée le traversa qu'il valait peut-être mieux en arriver là.

« Je suis entré dans la maison, dit-il. J'ai fouillé toutes les pièces. Lukas et elle n'y étaient pas.

– Mais alors où elle est, putain ?

– La police l'a peut-être installée dans une résidence protégée. Dans ce cas, elle peut être n'importe où. »

Ce genre d'hypothèse n'arrangeait rien.

« C'est tout ce que tu as ?

– Elle va sûrement revenir bientôt, tenta Dino. Tu sais bien qu'elle revient toujours. »

Andreis tapa du poing sur la table, si fort que la bouteille de vodka sauta et que son propre verre se renversa. Le liquide transparent coula goutte à goutte sur le sol, mais Andreis n'y fit pas attention.

« Ne viens pas me dire que tu ne sais pas où elle est quand je t'ai dit de la retrouver.

– OK, OK. T'inquiète, je m'en occupe. »

Emir regardait l'explosion de son frère avec un sourire plein d'attente. Dino le détestait pour ça. Emir avait cinq ans de moins, il n'était qu'un bébé à son arrivée en Suède. Il était malin, mais paresseux. Un sale gosse gâté, toujours collé à la roue de son aîné. Personne n'embêtait Emir dans la cour de l'école tant qu'Andreis était dans les parages. Et pareil par la suite. Emir n'avait jamais hésité à se servir de la réputation de dur à cuire de son frère pour obtenir ce qu'il voulait.

Andreis le laissait faire. Dans son monde, la famille passait toujours en premier.

Dino connaissait Emir depuis presque aussi longtemps qu'Andreis, et savait qu'on ne pouvait pas lui faire confiance. Emir n'était loyal qu'avec lui-même.

Dino se leva de table. Il était de trop.

Le soleil se couchait.

« J'y retourne, dit-il.

– C'est si dur que ça ? lança Emir avec un regard appuyé en direction de Dino. De retrouver cette petite pute ? »

De l'ongle du pouce, il triturait un bout de pizza coincé entre deux dents.

Andreis s'était levé lui aussi.

« Laisse tomber, dit-il. Je m'en occupe moi-même. »

34.

Katrin était sur le canapé devant la télévision. Le journal de neuf heures venait de s'achever et elle attendait le film du soir. Sur la table du salon, une tasse de thé vert et quelques biscuits sur une assiette. Stefan se préparait pour la nuit dans la salle de bain, mais Katrin savait qu'elle n'arriverait pas à s'endormir tout de suite. Si elle allait se coucher trop tôt, elle ne ferait que penser à Mina et Lukas. La nuit dernière, elle s'était inquiétée pendant des heures.

Elle ne savait même pas où ils étaient.

La police leur avait expliqué que c'était mieux qu'ils ne sachent pas où Mina et Lukas étaient partis. Ils pouvaient garder le contact par téléphone portable, mais on ne leur avait pas communiqué d'adresse. Elle ne savait ni s'ils étaient encore dans la région de Stockholm ni combien de temps ils devaient rester cachés.

Katrin sanglota.

Jamais elle n'aurait pu imaginer que quelqu'un de sa famille ait un jour à se cacher ainsi pour échapper à un homme violent. Andreis était un monstre. Elle espérait qu'il brûlerait en enfer pour ce qu'il avait fait à Mina et Lukas. Il aurait mieux valu qu'il meure pendant la guerre de Bosnie, qu'on ne l'ait jamais laissé entrer en Suède.

C'était horrible de penser ça d'une autre personne, mais elle ne pouvait s'en empêcher, même si Stefan le prenait mal quand elle le disait tout haut. Ses parents avaient eux aussi été en butte aux préjugés quand ils étaient arrivés de Yougoslavie comme travailleurs immigrés, dans les années soixante. Il avait encore de la famille en Macédoine.

Le sourire d'une présentatrice emplit l'écran. Elle annonça le film du samedi, qui avait apparemment eu beaucoup de succès à sa sortie en salle. Ça n'avait aucune importance, Katrin pouvait regarder n'importe quoi, pourvu que ça occupe son esprit.

L'inquiétude qui la rongeait la faisait souffrir physiquement.

Le film commença, et Katrin essaya de suivre l'action, malgré ses pensées qui revenaient sans cesse à Mina et Lukas.

On sonna à la porte. Katrin regarda sa montre : presque dix heures. Qui pouvait venir les voir si tard ?

Elle écarta son plaid et se lissa les cheveux. Puis elle alla ouvrir. L'entrée était dans le noir, mais on distinguait une silhouette sombre à travers la vitre dépolie. Les réverbères ne permettaient pas de voir qui c'était. La poignée de la porte tourna.

Un malaise envahit Katrin. Elle se pencha pour regarder par le judas tout en posant la main sur le verrou.

Andreis se tenait sur le perron. Il avait les yeux fous et tenait quelque chose à la main.

Katrin retira sa main comme si elle s'était brûlée.

Il sonna à nouveau. Puis secoua fortement la poignée. Mon Dieu.

« C'est moi ! cria Andreis. Ouvre la porte !

– Qui est-ce ? » lança Stefan depuis la chambre.

Katrin était incapable de répondre. Elle recula et plaqua le dos contre la cloison. Son cœur battait la chamade.

« Tu peux ouvrir, s'il te plaît ? continua Stefan. Je suis déjà en pyjama. »

Katrin essaya de dire quelque chose, mais ne parvint à produire qu'un croassement hystérique qui se bloqua dans sa gorge.

« C'est lui ! finit-elle par lâcher.

– Qui ça ? »

Stefan déboucha en robe de chambre au coin du couloir mais s'arrêta net en voyant son regard apeuré.

« C'est Andreis, chuchota-t-elle. Il est là, dehors. Il vient sûrement chercher Mina.

– Je sais que vous êtes là, cria Andreis. Je veux juste voir ma femme et mon fils. »

Katrin recula encore de quelques pas dans l'entrée. Andreis tirailla la poignée et cogna à la porte.

« Qu'est-ce qu'on va faire ? »

Les larmes lui montaient aux yeux. Elle n'osait pas regarder à nouveau cette horrible personne. Il avait brutalisé leur fille, et voilà qu'il s'en prenait à eux.

« Laissez-moi entrer ! » hurla Andreis avec une tout autre voix.

Il écrasa à nouveau la sonnette, qui retentit en continu. Katrin n'avait jamais rien entendu d'aussi affreux.

« Ouvrez ! »

Bosnie, décembre 1992

Les éclats de voix traversaient la cloison de la chambre où dormaient Andreis et Emir. Andreis se redressa dans le noir en clignant des yeux.

Maman et papa avaient une vive discussion au séjour.

« Les enfants ne sont pas en sécurité ! criait maman. On ne peut pas rester ici, il faut partir. »

Andreis ne l'avait jamais entendue parler à papa avec cette voix. Maman était toujours douce. Elle le consolait lorsqu'il se faisait une écorchure et chantonnait des berceuses quand Emir ne voulait pas dormir.

« On va tous mourir si on reste ici, continua-t-elle. Pourquoi tu n'arrives pas à le comprendre ?

– Arrête de rabâcher ! hurla papa.

– Ce sera ta faute si ça tourne mal. »

On aurait dit que maman pleurait.

« Pourquoi faut-il que tu sois aussi têtu ? Regarde la famille Begovič. Ils sont partis, tous. Ils n'ont même pas fermé la porte derrière eux. Ils ont juste disparu. »

Papa frappa du poing sur la table.

« Mais où veux-tu donc qu'on aille ? cria-t-il.

– On peut aller chez ma sœur en Croatie. Elle a déjà appelé plusieurs fois pour nous supplier de venir avant qu'il ne soit trop tard. Pense à ce qui est arrivé à tante Jasmina et oncle Adnan. À maman et papa bloqués à Sarajevo.

– Tu veux qu'on laisse tout ce qu'on possède à ces maudits Serbes ? Tenez, servez-vous, venez prendre ce que vous voulez, puisque nous sommes partis.

– On ne peut pas attendre ici qu'ils viennent nous abattre. »

La voix de maman était chargée de larmes et de morve.

« À quoi bon tous ces biens, quand on sera tous morts ?

– On reste. Ça passera. En ce moment, les gens sont fous, mais ce sera bientôt fini. »

Maman ne discutait plus, elle implorait.

« Pense au moins aux garçons. On doit sauver les enfants. Andreis n'a que six ans. Emir est un bébé.

– Ici, c'est chez nous. »

Andreis ne voulait pas en entendre davantage. Il rabattit la couverture sur ses oreilles.

Les éclats de voix s'estompèrent, il ne distinguait plus les mots, rien que la colère. La dispute qui enflait par vagues.

Soudain, on entendit un choc, la porte d'entrée claquée à faire trembler la petite maison.

« Zlatko ! » appela maman.

Andreis ferma fort les yeux et se blottit de plus belle dans la couverture.

Et pourtant, les sanglots de maman parvenaient jusqu'à lui dans le noir.

35.

La sonnette n'arrêtait pas. Katrin se boucha les oreilles, mais impossible de s'isoler de ce bruit affreux.

Son corps lui criait de fuir, mais où ? Aucune aide à espérer. Les voisins n'avaient sans doute aucune idée de ce qui se passait, et personne n'était en sécurité face à cet homme.

Trop tard pour faire comme s'il n'y avait personne à la maison. Tout était allumé et leur voiture était bien en vue devant le garage.

Dieu merci, la porte était verrouillée, il n'avait pas pu entrer directement.

Stefan s'approcha de la porte malgré Katrin qui tendait la main pour le retenir.

« Mina n'est pas là, dit-il. Disparais de chez nous. Nous ne voulons plus te voir.

– Ouvrez ! » cria Andreis.

Katrin essaya de déglutir, mais elle n'avait plus de salive.

« Il est dangereux, haleta-t-elle.

– Nous allons appeler la police si tu ne t'en vas pas », dit Stefan d'une voix forte, campé sur le paillasson.

Katrin regardait comme hypnotisée la porte que la sonnerie stridente semblait faire vibrer.

Stefan se pencha contre la vitre.

« Nous ne savons pas où elle est ! Pourquoi tu n'arrives pas à comprendre ça ? »

La sonnerie cessa soudain.

S'il te plaît, va-t'en, pensa Katrin. Pars d'ici. Laisse notre famille tranquille. Nous ne t'avons rien fait.

Était-ce là ce que Mina avait éprouvé toutes les fois qu'Andreis l'avait brutalisée ? Avait-elle connu la même angoisse que Katrin en ce moment ? Avait-elle elle aussi été persuadée qu'Andreis allait la tuer ?

Ma petite fille.

Elle sursauta quand Andreis se mit à tambouriner des deux poings contre la porte. Il va bientôt briser la vitre, pensa-t-elle. Ou enfoncer la porte.

« Où sont Mina et Lukas ? cria Andreis. Je veux l'adresse ! »

Stefan était blême.

« C'est toi qui l'as chassée. Nous ne savons pas où elle est passée. Elle se cache, et c'est ta faute. »

Les larmes coulaient sur les joues de Katrin. Elle avait mal dans le bras gauche, une crampe dans la poitrine. Une puissante nausée déferla et elle toussa.

« Si vous n'ouvrez pas, je défonce la porte ! »

Katrin regarda Stefan, prise de panique.

« Et s'il entre ? Que faire ?

– Ouvrez-moi ! »

La voix d'Andreis était méconnaissable tant elle était déformée par la haine et la fureur. Elle n'était plus humaine.

Le regard de Katrin glissa vers les grandes baies vitrées de la terrasse, installées quelques années plus tôt pour faire entrer la lumière des soirées d'été. Elle avait toujours aimé s'asseoir sur le canapé après le dîner pour admirer le jardin. À présent, leurs ouvertures béantes la menaçaient.

Il ne faudrait que quelques secondes pour les briser avec une grosse pierre. Ou tirer dedans.

Allait-il les tuer tous les deux, s'il n'apprenait pas où Mina était passée ? Il n'y avait nulle part où se cacher, mais il fallait qu'il tentent de s'échapper au cas où Andreis réussirait à entrer dans la maison.

Elle ne savait juste pas comment.

Stefan regardait fixement la porte. Puis il lorgna en direction de l'escalier de la cave, à côté de la cuisine. Katrin lut dans ses pensées. Il y avait en bas l'armoire où il rangeait son vieux fusil de chasse et ses cartouches. De quoi les protéger contre ce fou.

Mais tout était bien cadenassé. Stefan n'aurait jamais le temps de descendre chercher l'arme avant qu'Andreis n'entre dans la maison.

Ils n'avaient rien pour se défendre.

La vitre de la porte explosa en mille morceaux, brisée par une grosse pierre qui percuta le sol de l'entrée.

« Tu n'entends pas ce que je dis ? lança Stefan. Nous ne savons pas où elle est. J'appelle la police. »

Sa voix venait de très loin. Katrin ne pouvait plus respirer. C'était comme si une main de fer lui serrait la poitrine. Elle écrasait ses côtes et ses muscles. Tout faisait mal. Le malaise l'envahissait.

Plus d'air.

La pièce commençait à disparaître.

« Tant pis pour vous si vous ne faites pas ce que je dis ! » cria Andreis.

Le champ de vision de Katrin rétrécit.

Elle s'efforçait de garder l'équilibre, mais ses jambes ne la portaient plus.

« Stefan », tenta-t-elle d'appeler, mais sa voix ne lui obéissait plus.

Tout s'évanouit.

DIMANCHE

36.

Le vibreur de son portable réveilla Mina. D'abord, elle ne sut pas où elle était, puis elle reconnut le papier peint de Friggagården. La réalité reprit ses droits.

Est-ce que Lukas allait bien ?

La panique la saisit le temps qu'elle se lève et vérifie qu'il était bien couché dans son lit à barreaux, à côté du sien.

Au même moment, Lukas ouvrit les yeux et se mit à crier. Il avait faim, naturellement. Ils avaient tous les deux dormi beaucoup plus que d'habitude, il allait être huit heures. Il fallait qu'elle aille à la cuisine réchauffer un biberon.

Son portable sonna à nouveau, mais elle le laissa et prit Lukas dans ses bras. D'une main, elle essaya d'enfiler le peignoir qu'on lui avait prêté, mais elle n'y arrivait pas tout en portant le bébé. Elle finit par poser Lukas, qui se mit aussitôt à hurler.

Ses tempes bourdonnaient tandis qu'elle se débattait avec le peignoir en éponge. Elle n'avait rien à elle, tout était resté dans la maison de Trastvägen. Chez Andreis.

Son portable sonna pour la troisième fois. Lukas prit enfin sa tétine. Elle tendit la main pour saisir le téléphone.

Papa s'affichait à l'écran. Mina se dépêcha de décrocher.

« Mina ? »

Elle serra sa ceinture.

« Qu'est-ce qui se passe ? s'exclama-t-elle.

– C'est maman. »

Papa s'interrompit dans un sanglot.

« Nous sommes à l'hôpital, ma chérie. Maman a fait un grave infarctus. »

Mina n'arrivait pas à assembler les mots en une suite logique. Tout était vide.

« Qu'est-ce qu'elle a, maman ? Elle est malade ?

– Elle est très mal.

– Quoi ? »

Mina savait que sa voix était hystérique, mais impossible de la maîtriser.

Pas maman aussi. Pas maintenant.

« Elle est dans le coma en soins intensifs. »

Papa fut submergé par des sanglots secs.

« Ils ne savent pas si elle va se réveiller. »

Mina enfonça les ongles dans la paume de sa main, luttant pour garder le contrôle. Encore au moins quelques minutes, il ne fallait pas qu'elle craque maintenant.

« Mais elle devait voir un cardiologue, balbutia-t-elle. Vous aviez déjà un rendez-vous. C'est toi-même qui me l'as dit.

– Il est venu chez nous, tard hier soir. »

Papa n'avait pas besoin de prononcer son nom.

Andreis.

Jadis, ce nom était une promesse d'amour.

« Il est venu chez vous ?

– Il a tapé à la porte en disant qu'il te cherchait », dit papa d'une voix rauque.

Mina appuya une main contre son ventre.

Papa continua :

« Ensuite il nous a menacés, il a cassé la vitre avec une grosse pierre. Si un voisin n'était pas sorti en criant que la police arrivait, il serait sûrement entré dans la maison. Mais ta mère… »

Sa voix mourut.

« … son cœur n'a pas résisté à cette épreuve. »

La culpabilité submergea Mina. Tout était de sa faute. Elle aurait dû les mettre en garde après le message contenant une photo de leur maison.

Qu'avait-elle fait ?

Elle commença à dénouer son peignoir, chercha dans la pièce le tee-shirt qu'elle portait la veille. Le jean.

« Nous arrivons tout de suite, dit-elle. Vous êtes dans quel hôpital ?

– Non ! »

C'était comme un cri.

« Tu ne dois pas te montrer ici. »

Lukas cracha sa tétine et se remit à pleurer. Mina essayait de s'habiller, mais il hurlait de plus belle. Elle dut finalement reposer ses vêtements et le prendre dans ses bras. Elle tenta de le faire taire en le berçant, mais il se tortillait et attrapait ses cheveux de ses petites mains. Il tirait dessus, en colère, affamé, le visage strié de larmes.

« Je ne peux pas rester ici, dit-elle aussi fort qu'elle pouvait pour couvrir les cris de Lukas.

– Pour l'amour du ciel ! » Papa respirait bruyamment. « Tu ne peux pas venir ici. Il te retrouverait. Il compte là-dessus, que tu viennes, tu ne comprends pas ?

– S'il te plaît, laisse-moi juste venir à l'hôpital. Il faut que je voie maman. Imagine que… »

Ces mots étaient trop douloureux à dire.

« Mina, je ne peux pas te perdre toi aussi. Tu ne comprends pas ça ? »

Le visage de Lukas était cramoisi, sa bouche dégoulinante de salive. Mina pleurait elle aussi, mais en silence, pour ne pas inquiéter papa encore davantage.

« Il est dangereux », gémit-il.

Mina ne l'avait jamais entendu aussi désemparé.

« Il te tuera s'il vous retrouve.

– La police est au courant de ce qui s'est passé ? finit-elle par articuler. Il faut qu'on vous protège, comme moi.

– Je ne leur ai rien dit.

– Mais pourquoi ?

– C'est impossible. Ça sera encore pire.

– Qu'est-ce que tu veux dire ? »

Mina se laissa tomber à genoux. Lukas hurlait si fort qu'elle avait peine à entendre sa propre voix. Quelqu'un tambourina au mur dans la chambre voisine.

« Papa ?

– C'est la dernière chose qu'Andreis a hurlée avant de disparaître, murmura son père. Il a dit qu'il nous tuerait si on disait quoi que ce soit à la police. »

37.

Anna-Maria avait juste pensé faire un saut de quelques heures à Friggagården pour abattre un peu de paperasse ce dimanche après-midi. Mais comme toujours, elle était restée plus longtemps que prévu. Si elle voulait un peu profiter de la soirée, il était grand temps de s'en aller.

Elle éteignit l'ordinateur et sa lampe de bureau malgré les piles de documents qui la narguaient. Elle avait beau faire, elle ne rattrapait jamais son retard.

Elle refoula sa mauvaise conscience et prit son blouson. Siri, sa collègue de garde ce week-end, passa dans le couloir au moment où elle ouvrait sa porte. Les cheveux joliment bouclés de Siri rappelèrent à Anna-Maria tout ce qu'elle n'avait pas eu le temps de faire dernièrement : elle n'était pas allée chez le coiffeur depuis des mois.

« Comment ça se passe avec la nouvelle ? demanda-t-elle. Mina ? Celle avec le petit garçon, qui est arrivée jeudi ? »

Siri portait une coupe de fruits sans doute destinée à la table basse de la salle télé.

« Je l'ai à peine vue, dit-elle. Elle reste surtout dans son coin. »

Anna-Maria avait vu bien des comportements depuis toutes ces années à Friggagården. Des femmes à demi hystériques incapables d'arrêter de parler de ce qui leur était arrivé, et des ombres pâles et apeurées qui rasaient les murs sans un mot. La plupart s'excusaient d'exister, comme si c'était leur faute si les coups leur avaient fait perdre leur confiance en elles. Peu d'entre elles croyaient en leur capacité à s'en sortir seules.

N'importe qui pouvait tomber dans une relation destructrice, il n'y avait pas de profil type. Et pourtant, toutes se sentaient coupables.

Son regard se porta vers la photo de Malin sur son bureau, elle avait toujours tellement ressemblé à son père, Petter. Nettement plus âgé qu'Anna-Maria, il était mort d'un cancer après une longue et pénible maladie. C'était comme si sa disparition avait ouvert toutes les vannes. Les ténèbres avaient pris le dessus.

Gustav, le compagnon de Malin, avait un certain respect pour Petter. Sans son influence apaisante, la situation avait dégénéré. Gustav n'avait jamais su maîtriser sa consommation d'alcool. Il s'était mis à boire tous les jours.

Quand il avait perdu son emploi à cause de son alcoolisme, ça avait vraiment mal tourné. Malin devenait de plus en plus farouche, elle maigrissait et dormait mal. Des tics nerveux lui déformaient la bouche. Elle courait à sa perte mais, chaque fois qu'elle tentait de s'extirper de cette relation, les menaces et les coups redoublaient. Elle était néanmoins incapable de s'en aller.

« Il se suicidera si je le quitte », disait-elle.

Anna-Maria était désespérée.

Malin prenait la défense de l'homme qui la battait, et rien de ce que faisait Anna-Maria ne la faisait changer d'idée. Anna-Maria la priait, la suppliait, jurait et argumentait. Comme rien ne marchait, elle en était arrivée à concevoir un plan désespéré : elle allait démissionner, vendre la maison. Ensemble, elles prendraient la fuite. L'argent suffirait pour se cacher à l'étranger, où Gustav ne pourrait jamais les retrouver. Malin avait droit à une chance de recommencer sa vie sans terreur. Tout valait mieux pour elle que de rester prisonnière de cette relation destructrice qui la brisait sous les yeux de sa mère.

« Ça va ? » demanda Siri.

Anna-Maria revint à la réalité.

« Très bien, dit-elle en se dépêchant de cligner des yeux pour chasser ses larmes. J'avais juste une poussière dans l'œil. »

Après toutes ces années, elle aurait dû être capable de contrôler ses émotions, mais parfois c'était réellement impossible. Ça la submergeait comme un tsunami qui emportait tout sur son passage.

Elle sortit son trousseau de clés et ferma son bureau.

« Est-ce que Mina mange correctement ? » demanda-t-elle à Siri par-dessus son épaule.

Soit elles ne mangeaient pas du tout, soit elles se gavaient pour se consoler. La modération est difficile quand l'anormalité est la norme.

Siri fit la grimace.

« Pas beaucoup.

– Et son petit garçon ?

– Ça a l'air d'aller. Elle s'occupe de lui comme il faut et il a l'air en bonne santé. »

C'était bon signe. Parfois, dans les cas vraiment graves, cet aspect des choses ne marchait pas non plus. Quand les mamans étaient trop déprimées et restaient alitées et apathiques, les enfants en pâtissaient encore plus.

Anna-Maria hésita, puis ôta son manteau et gagna la chambre de Mina. Elle disposait d'une belle vue sur la mer. La villa était bâtie sur un important socle maçonné, de sorte que même les pièces du rez-de-chaussée étaient un peu surélevées.

Elle s'arrêta devant la porte et frappa.

Pas de réponse. Était-ce des sanglots qu'elle entendait à l'intérieur ?

« Mina ? appela-t-elle doucement. C'est Anna-Maria. Vous êtes réveillée ? Je peux entrer un instant ? »

Elle attendit encore quelques secondes, puis tourna la poignée et ouvrit la porte. Mina était à moitié étendue sur le lit, Lukas contre elle. Ses yeux étaient gonflés de larmes.

« Mon petit, s'exclama Anna-Maria. Comment ça va ?

– Pas très bien. »

La directrice s'assit délicatement au bord du lit.

« Vous voulez en parler ?

– Impossible.

– On peut parler de tout. »

Mina secoua la tête.

« Pas de ça. »

Anna-Maria lui caressa le bras, si légèrement qu'elle ne tressaillit pas à ce contact. Il y avait chez Mina quelque chose qui lui rappelait Malin. Ce n'était pas seulement leur apparence, les longs cheveux blonds et les yeux bleus grands ouverts, c'était aussi l'assurance qu'elles dégageaient toutes les deux.

Car malgré toutes les preuves du contraire, Malin demeurait persuadée qu'elle pourrait sauver Gustav de ses démons intérieurs, pourvu seulement qu'elle l'aime assez.

Anna-Maria avait lutté pour sa fille, essayé de faire en sorte qu'elle quitte cette relation destructrice. C'est quand Malin était tombée enceinte qu'Anna-Maria avait compris qu'elle avait perdu la bataille.

Malin était si heureuse de cet enfant, tellement sûre que tout allait rentrer dans l'ordre quand ils seraient enfin une famille. Que Gustav deviendrait une autre personne et cesserait de boire.

Anna-Maria serra les poings en essayant de refouler son chagrin. Maintenant, il fallait qu'elle s'occupe de Mina.

« Parfois, cela fait du bien de se libérer de ce qu'on a sur le cœur », dit-elle en s'efforçant d'être encourageante.

Elle sortit un paquet de mouchoirs en papier et en tendit deux à Mina.

« Merci », murmura la jeune femme avant de se moucher.

Anna-Maria lui caressa les cheveux.

« Que s'est-il passé ?

– Maman est à l'hôpital. »

La pauvre fille. Comme si tout ce qu'elle endurait à cause de son mari ne suffisait pas.

« C'est ma faute. »

Avait-elle bien entendu ?

« Pourquoi ce serait votre faute ? »

Anna-Maria dut tendre l'oreille pour entendre la suite.

« Andreis est allé chez mes parents. Il les a menacés et ma mère a eu si peur qu'elle a fait une attaque… »

Anna-Maria avait rencontré beaucoup d'hommes violents et connaissait bien leur comportement, mais il était rare qu'ils aillent jusqu'à menacer d'autres membres de la famille.

« Il faut prévenir la police, dit-elle d'un ton résolu.

– Non, il les tuerait. »

La voix de Mina se brisa. Les mots lui venaient par à-coups.

« Croyez-moi, il va faire ce qu'il dit. Il le fait toujours. Aller à la police ne fera qu'aggraver les choses. Ne le dites à personne. »

38.

Nora éteignit sa lampe de chevet. Jonas lisait un livre de poche qu'il avait rapporté des États-Unis. Il était beaucoup plus du soir qu'elle et avait souvent du mal à s'endormir tôt.

« Bonne nuit, chéri, dit-elle en bâillant. Tu ne dors pas ? »

Jonas tendit une main pour lui tapoter l'épaule.

« Bientôt », répondit-il en tournant sa page.

Nora allait s'endormir quand son mari toussa.

« Je pensais à une chose au sujet de Thomas », dit-il.

Elle lui avait raconté qu'elle avait vu Thomas plusieurs fois ces derniers jours, et qu'il semblait perdu.

« Sais-tu si Pernilla et lui ont songé à se faire aider, à suivre une thérapie, ou quelque chose de ce genre ?

– Aucune idée, marmonna Nora.

– Parfois, ça peut être bien de parler avec une tierce personne.

– Mmmh.

– Histoire de prendre un peu de recul sur leur couple. Il y a beaucoup de possibilités, si on a besoin d'aide. De nos jours, même les communes proposent du conseil conjugal et des entretiens thérapeutiques. »

Nora bâilla et tendit le bras sous son oreiller, pour trouver une position plus confortable.

« Quand on commence à s'énerver l'un contre l'autre,

ce n'est pas toujours facile de se réconcilier sans aide », continua Jonas.

Il n'avait pas l'air d'avoir remarqué que Nora dormait à moitié.

« Quand tout ce qu'on appréciait autrefois devient source d'irritation, ça peut démolir n'importe qui. »

Nora avait du mal à imaginer Thomas chez un thérapeute, ce n'était pas vraiment son truc d'aller étaler ses tripes devant un parfait inconnu. À vrai dire, elle n'était pas sûre que ce soit non plus le sien. Mais peut-être était-elle beaucoup trop vieux jeu ?

« Bonne nuit », murmura-t-elle.

Lorsque Henrik et elle s'étaient séparés, aucun d'eux n'avait ne serait-ce qu'envisagé une thérapie. D'un autre côté, rien sans doute n'aurait pu la conduire à pardonner à Henrik ou à le reprendre, cette fois-là. Il lui avait fallu plusieurs années avant qu'elle puisse seulement parler normalement avec lui sans que la colère prenne le dessus. Ils n'en étaient jamais arrivés au stade où l'irritation mutuelle devient la routine, puisque son infidélité leur avait barré la route.

Jonas posa son livre sur la couverture.

« J'ai un collègue chez SAS qui connaît assez bien ces questions, dit-il. Ou plutôt sa femme. Elle est thérapeute et conseillère conjugale. Elle a son propre cabinet. On en a parlé hier en rentrant de Los Angeles.

– Hein ? »

Nora se redressa sur le coude. Jonas prit un air bête.

« Je veux dire, je ne déballe pas les problèmes de Thomas sur mon lieu de travail, mais c'est venu dans la conversation. Tu sais, on a pas mal de temps pour bavarder quand on reste dix heures dans un cockpit au-dessus de l'Atlantique.

– Ah oui ? »

L'envie de dormir commençait à lui passer.

« Bref, poursuivit Jonas, Ingmar m'a raconté que sa femme commençait toujours par poser une question à chaque couple : qu'est-ce qui les avait attirés jadis chez leur partenaire ? Pourquoi étaient-ils tombés amoureux, tout simplement ? »

Il attira Nora contre lui et elle appuya la tête contre sa poitrine.

« Il y a apparemment deux façons de réagir qui indiquent directement au thérapeute s'il y a une chance ou non de sauver le couple. Dans le premier cas, chacun se souvient immédiatement de la raison pour laquelle il a choisi son partenaire. Il s'illumine en quelque sorte en évoquant ces jours plus heureux. Le thérapeute sait alors qu'il y a matière à travailler. »

La chaleur de son corps traversa la fine chemise de nuit de Nora, enveloppée par le parfum de l'after-shave de Jonas.

« Et comment réagissent les autres ? dut-elle demander, même si elle devinait la réponse.

– Ils sont tellement enfermés dans leur amertume qu'ils ne peuvent ou ne veulent plus s'en souvenir. Ils n'ont aucune envie de parler du bon vieux temps. Ils sont allés chez le thérapeute pour ressasser des griefs, pas pour trouver de nouvelles solutions.

– Et que se passe-t-il alors ?

– Dans ce cas, c'est fichu, d'après la femme d'Ingmar. Il s'agit alors de trouver une façon de se séparer sans se déchirer davantage. S'il y a des enfants, c'est très important. »

Nora se cala pour pouvoir contempler son mari, ses yeux bruns et ses cheveux châtains qui poussaient souvent un peu trop long dans le cou. Il n'avait pas beaucoup changé depuis dix ans qu'ils étaient ensemble. Elle savait toujours exactement pourquoi elle était tombée amoureuse de lui.

Ils s'étaient rencontrés six mois seulement après sa séparation d'avec Henrik. Jonas avait loué sa maison quand elle s'était installée dans la Villa Brand, et ils avaient plusieurs fois dîné à l'auberge.

Elle était triste cet automne-là. Elle se sentait très coupable de son divorce, alors que c'était Henrik qui avait une liaison extraconjugale. Comme femme et comme mère, sa confiance en elle était au trente-sixième dessous. Elle était persuadée qu'elle ne rencontrerait plus jamais personne.

Avec l'apparition de Jonas, tout avait changé.

À travers son regard, elle était devenue une autre, une personne qu'elle préférait à celle qu'elle était les derniers temps avec Henrik. Pour la première fois depuis des années, elle s'était sentie appréciée. Avec Henrik, elle s'était enlisée dans le vieux modèle essoufflé du partage des tâches où elle s'occupait d'à peu près tout à la maison, alors qu'ils travaillaient tous les deux à plein temps.

Et puis, avec Jonas, sa vie sexuelle était merveilleuse.

« Dans ce cas, nous appartenons à la première catégorie », lui sourit-elle.

Jonas répondit à son sourire.

« Si ça intéressait Thomas d'essayer cette thérapie, j'ai le numéro de la femme d'Ingmar, dit-il. Elle peut les recevoir rapidement, s'il se présente de ma part. Il peut l'appeler dès demain, s'il veut. »

Jonas huma Nora dans le cou.

« Laisse-moi y réfléchir », dit-elle.

Aborder le sujet avec Thomas n'allait pas de soi. Il risquait de mal le prendre et de trouver qu'elle se mêlait trop de ses affaires. Mais vu la situation actuelle, les choses pouvaient difficilement empirer entre Pernilla et lui.

« Ça ne peut pas faire de mal », dit Jonas en laissant le bout de ses doigts explorer le cou de Nora.

Ils continuèrent sur sa clavicule et sous sa chemise de nuit.

Il semblait avoir perdu tout intérêt pour son livre. Mais il avait réussi à la réveiller complètement.

39.

Une pâle demi-lune éclairait la chambre de Mina. Elle aurait aimé dormir, mais elle n'arrivait pas à trouver le repos, malgré le si grand silence de la maison. Les autres pensionnaires dormaient depuis longtemps, il ne restait plus que quelques heures avant l'aube. Lukas ronronnait dans son lit à barreaux, vêtu d'un pyjama bleu clair délavé qu'elle avait emprunté.

La maison lui manquait, son oreiller, son lit. Toutes ces petites choses qu'elle considérait comme allant de soi, mais qui désormais étaient hors d'atteinte, restées dans la maison de Trastvägen.

Elle aurait voulu habiller Lukas avec ses affaires, et non cette layette usée jusqu'à la trame qu'Anna-Maria sortait de sa remise. Elle aurait voulu porter ses propres sous-vêtements.

Mina laissa son regard glisser parmi les ombres. Le paysage argenté était beau, la mer absolument calme et les cimes des arbres semblables à des dessins à l'encre sur le ciel sombre.

Tout était si paisible, mais impossible de se détendre.

Elle écarta la couverture, sortit du lit et alla s'installer dans le fauteuil, à la fenêtre. Elle essaya de reposer le haut de son corps contre l'accoudoir. Elle avait du mal à trouver une position confortable : quoi qu'elle fasse, ses côtes brisées se rappelaient à son souvenir.

Si tout son corps lui faisait mal, la douleur était surtout intérieure.

Maman.

Papa avait téléphoné quelques heures plus tôt pour dire que la situation restait inchangée. Maman était toujours dans le coma, les médecins ne pouvaient pas se prononcer.

Sans Lukas, elle aurait volontiers échangé sa place avec sa mère : chaque soir, elle espérait s'endormir pour ne plus jamais se réveiller.

À une époque, elle aimait la nuit. Quand l'obscurité n'était pas menaçante. Le soir, c'était son moment à elle avec Andreis. Elle attendait impatiemment de pouvoir se coucher avec lui, sentir son corps puissant et noueux contre le sien. Il dormait toujours nu, elle s'endormait dans sa chaleur, peau à peau. Même dans le sommeil, ils prouvaient qu'ils s'appartenaient l'un à l'autre, couchés main dans la main.

Elle se sentait tellement en confiance.

Les premiers temps, ils passaient des heures au lit à parler. Il avait voulu tout savoir d'elle, jusqu'aux moindres détails de sa vie. Il posait mille questions, presque comme s'il n'arrivait pas à croire qu'elle l'ait réellement choisi, lui.

Elle n'avait jamais rencontré quelqu'un comme Andreis, n'avait jamais été si follement amoureuse et convaincue que c'était le bon.

Un nuage cacha la lune. Il se mit à faire sombre dans la chambre et Mina frissonna. Elle changea de position dans le fauteuil, sans que cela soulage tellement ses douleurs.

Peu à peu, Andreis lui avait raconté son enfance en Bosnie, bien avant que la guerre éclate et que tout soit détruit.

Il lui avait parlé des poules en liberté qui grattaient le sol de la cour. Il avait des camarades de jeux dans le village. Ils grimpaient dans les arbres, se baignaient dans un petit lac des environs, ramassaient les prunes utilisées pour produire l'eau-de-vie que tout le monde buvait dans cette région. Elle avait goûté la *Šljivovica* une des rares fois où ils étaient allés voir sa mère à Nyköping.

La vie était simple, sans excès, mais sans manquer de rien. Aujourd'hui, presque tout avait disparu.

Andreis n'avait jamais vraiment raconté ce qui s'était passé quand la guerre avait éclaté et que tout s'était effondré. Mais elle avait compris qu'il avait assisté à des horreurs, vu des choses qu'aucun enfant ne devrait voir.

Des actes effroyables qui avaient laissé de profondes cicatrices.

Parfois, Andreis était tourmenté par des cauchemars. Alors il parlait dans son sommeil ou appelait à l'aide, tantôt en bosniaque, tantôt en suédois. Il lui arrivait de se réveiller suant d'angoisse, et ses yeux luisants de larmes s'emplissaient bientôt de haine quand il réalisait que ce n'était qu'un cauchemar. Qu'il était encore vivant alors que tant d'autres étaient morts.

Elle savait alors qu'il avait rêvé de sa fuite de Bosnie.

Chaque fois qu'il se réveillait dans ces affres, elle essayait de l'apaiser. Elle le consolait avec son corps et le caressait jusqu'à ce qu'il se rendorme. Lui chuchotait des mots doux à l'oreille pour calmer ses tourments.

Elle l'aimait plus que jamais quand il montrait sa douleur.

Il ne parlait jamais de ses cauchemars à son réveil le lendemain matin. À la lumière du jour, il était incapable d'en parler. Mais elle savait que ses souvenirs demeuraient là, qu'ils ne le quitteraient jamais.

Parfois, Mina aurait voulu pouvoir en parler avec sa belle-mère, mais elle ne la voyait pas très souvent et elles n'avaient jamais pu faire vraiment connaissance. Selma était restée à Nyköping, et c'était difficile de lui parler au téléphone, car elle maîtrisait mal le suédois. Andreis avait beau l'appeler presque tous les jours, il n'aimait pas retourner dans la ville où il avait grandi. Et puis sa mère était souvent déprimée et avait le mal du pays, malgré toutes les horreurs qu'elle avait vécues sur sa terre natale.

Elle ne s'était jamais remise de son exil.

Chaque fois que Mina avait tenté d'évoquer le sujet avec Andreis, il lui avait dit de ne pas s'en mêler. Selma avait trop de souvenirs tragiques de la guerre, retourner tout ça n'était pas une bonne idée. Tant qu'elle prenait ses pilules, tout allait bien.

Seul Emir, le frère d'Andreis, était à Stockholm. C'était le membre de la famille qu'elle avait le plus rencontré depuis qu'elle était avec Andreis. Mais Emir ne l'aimait pas. Il ne l'avait jamais aimée.

Emir ne faisait pas beaucoup d'efforts pour le cacher, et Mina avait toujours pris garde de ne pas le critiquer. Andreis était prêt à tout pour son petit frère, il ne prendrait jamais le parti de Mina contre lui, qui était sa chair et son sang.

Ses côtes la faisaient trop souffrir pour rester assise. Mina se leva pour aller prendre un nouvel antalgique.

Son portable vibra sur sa table de chevet, elle avait coupé la sonnerie pour la nuit, mais l'avait laissé allumé.

Le message était d'Andreis. Elle aurait voulu ne pas le lire, mais ne put s'en empêcher. En affichant le mms, elle reconnut aussitôt le bâtiment sur la photo.

L'hôpital Sud. C'était là qu'était hospitalisée maman. Il avait réussi à savoir où l'ambulance l'avait conduite.

Impossible d'échapper à Andreis, il ne la laisserait jamais partir.

L'image grossit devant ses yeux jusqu'au vertige.

Le téléphone vibra encore. Le nouveau sms contenait toujours le même message :

Rentre à la maison.

Bosnie, janvier 1993

Il faisait encore nuit quand Andreis fut réveillé par un bruit semblable à celui d'un orage gigantesque. Dehors, tout était éclairé dans un crépitement d'éclairs.

Emir, lui aussi réveillé, se mit à hurler.

La porte s'ouvrit, maman fit irruption en chemise de nuit. Elle prit Emir dans ses bras et appela Andreis.

« Vite, il faut se mettre à l'abri. »

Andreis s'élança derrière elle, nu-pieds dans son pyjama. Papa n'avait pas l'air d'être à la maison, Andreis ne le voyait pas.

Dans la cuisine, maman ouvrit la trappe de la cave. Une petite échelle menait à un étroit réduit qu'on utilisait l'été pour garder les aliments au frais. Il n'y avait pas d'éclairage.

Il y faisait noir comme dans un four. Andreis fixa le fond.

« Allez, descends ! » lui lança maman.

Elle tenait toujours Emir dans ses bras.

Andreis n'osait pas.

« Descends ! lui cria maman.

– Vous ne venez pas ?

– Il n'y a pas de place pour nous en plus. Mais là, tu seras en sécurité. On va se cacher dans le garde-manger. »

Elle semblait hors d'elle.

« Fais comme je dis ! »

Andreis savait qu'il allait mourir s'il descendait en bas de cette échelle sans maman.

« Je ne veux pas, gémit-il. Je veux être avec toi. »

Le jardin s'illumina, puis retentit un fracas qui ébranla toute la maison.

Maman lui donna une gifle.

« Descends, maintenant ! »

Andreis la regarda fixement. Maman ne l'avait encore jamais frappé, ni même pris violemment par le bras.

Emir hurlait la bouche ouverte.

Une lueur illumina la cuisine, suivie d'une nouvelle explosion. Le grondement était continu, traversé de sifflements qui déchiraient les oreilles.

« Descends ! »

Andreis se dépêcha de descendre la petite échelle, certain de ne plus jamais les revoir. Toute lumière disparut quand maman referma la trappe.

Andreis se recroquevilla sur le sol humide de terre battue. Quelque chose fila près d'un de ses pieds, qu'il ramena encore plus près de son corps.

« S'il te plaît, maman, chuchota-t-il pour lui-même, laisse-moi sortir d'ici. »

Il ne put retenir les larmes qui coulaient sur ses joues, même s'il était un grand garçon de six ans. Il ferma fort les yeux, pour ne plus voir les ténèbres compactes. L'air sentait affreusement le renfermé, il essaya de respirer par la bouche pour éviter l'odeur de pourriture.

L'humidité traversa bientôt son mince pyjama, et le fit trembler de froid.

La panique s'empara de tout son corps.

Si la maison était touchée par un obus, personne ne le retrouverait. Maman et Emir étaient peut-être déjà morts. Papa ne savait pas qu'il était sous la trappe du plancher.

Il était enterré vivant dans le noir. Il n'en ressortirait jamais.

Ça grondait encore et encore au-dessus de sa tête.

Andreis se mit à crier.

LUNDI

40.

Nora venait de s'asseoir à son bureau quand Leila glissa la tête par la porte.

Elles allaient partir pour Runmarö, Nora avait juste besoin de prendre d'abord sa dose de café et de parcourir quelques mails. Ç'avait été le branle-bas de combat pour envoyer Julia à l'école avec ce qu'il fallait dans son sac à dos : à la dernière minute, elle avait découvert que sa fille avait une excursion, et Jonas était déjà parti.

« J'ai vérifié l'histoire du téléphone volé d'Herco, dit Leila en s'asseyant en face d'elle. Il n'y a aucun dépôt de plainte. »

Comme d'habitude, Leila était arrivée longtemps avant Nora. Elle était normalement là dès sept heures et demie, souvent après une longue promenade avec Bamse ou une séance en salle de gym. Nora essayait de ne pas penser au nombre d'heures de sport que Leila faisait tous les jours. Ou plutôt au peu qu'elle-même faisait en comparaison.

« Il a menti, bien sûr, dit Nora. Ça t'étonne ? »

Elle regretta aussitôt son cynisme. Elle ne voulait pas être le genre de procureur qui a déjà tout vu et tout entendu et qui ne s'émeut de rien, même face aux pires turpitudes. Il était important de ne pas être blasé.

Le téléphone sonna. C'était Thomas.

Elle avait songé à l'appeler hier, elle l'avait trouvé si déprimé samedi. Mais le dimanche était passé sans qu'elle en prenne le temps.

Elle décrocha en mode haut-parleur.

« Je te préviens, Leila est dans la pièce. Elle entend tout ce que tu dis.

– Ça va sans doute l'intéresser. Ce sera rapide, il faut que je file. »

À sa voix, difficile de deviner s'il se sentait mieux que la dernière fois. Elle décida de l'appeler dans la soirée dès qu'elle serait rentrée. Quand Julia serait couchée et qu'ils pourraient parler sans être dérangés.

Leila rapprocha sa chaise du téléphone.

« Vas-y, dit Nora.

– J'ai passé quelques coups de fil au sujet de Dino Herco, le type dont tu m'as parlé samedi. »

Nora n'en avait rien dit à Leila. Elle espérait qu'elle ne prendrait pas ombrage du fait qu'elle avait discuté de leur affaire avec Thomas à son insu. Mais les violences subies par Mina relevaient du secteur Stockholm Sud, il n'y avait donc là rien d'anormal.

Elle regarda cependant sa collègue à la dérobée. Elle ne voulait pas que Leila se sente court-circuitée.

« On dirait que tu as trouvé quelque chose à nous mettre sous la dent, dit Nora.

– Ton Dino Herco fait partie de la même bande qu'Andreis Kovač, comme je le pensais. Ils travaillent étroitement ensemble. »

À écouter Herco, ils n'étaient que de vagues connaissances. Pourquoi était-elle étonnée ?

« Les gars des Stups le connaissent très bien, continua Thomas. Dino Herco est le chauffeur de Kovač, en réalité son homme de confiance. Il le suit comme son ombre, où qu'il aille.

– Bon à savoir », dit Leila.

Nora sentit une pointe d'exaspération. Elles auraient dû être déjà au courant, elles devaient faire figure d'amatrices aux yeux de Thomas.

« Ils sont amis d'enfance, poursuivit Thomas. Ils ont

fréquenté la même école à Nyköping, et leurs familles se connaissent. »

Il n'y avait pas de hasard.

« Dino Herco est l'homme de main de Kovač. » Il marqua une petite pause. « Les collègues des Stups considèrent les deux hommes comme très dangereux. »

Nora savait que cette dernière phrase lui était destinée.

« Merci pour ton aide, dit-elle avant de raccrocher.

– Ça explique pourquoi il ne voulait pas qu'on découvre son implication, dit Leila. Il était mort de peur à l'idée que son chef apprenne que son propre collaborateur agissait derrière son dos.

– Est-ce que ce lien n'aurait pas dû apparaître dans notre propre enquête ? » s'irrita Nora.

Leila s'ébroua sur sa chaise. Elle semblait tout aussi embarrassée par les révélations de Thomas.

« On ne recherchait pas ce genre de choses, dit-elle. On n'a pas surveillé Kovač, puisqu'il s'agissait de fraude fiscale. Pour un autre type d'enquête, trafic de drogue ou extorsion, le nom d'Herco aurait sûrement fait surface. Mais pas dans une enquête préliminaire comme la nôtre. Et puis nous manquons de ressources, tu le sais bien. »

Nora savait qu'elle avait raison, mais était malgré tout frustrée de n'avoir pas été au courant au moment d'interroger Herco. Il devait les avoir trouvées bien ridicules.

« Il a sauvé la vie de la femme de son chef, sans oser l'assumer, réfléchit Leila à voix haute. On devrait pouvoir utiliser ça.

– Glisser un coin entre lui et Kovač ?

– Pourquoi pas ? Tout le monde a l'air d'avoir peur de cet homme.

– Tu devrais convoquer Herco et lui mettre la pression, suggéra Nora. Voir ce qu'il dit si on le menace d'aller raconter à son chef qu'il a sauvé Mina. »

Leila s'était déjà levée.

« Je m'en occupe immédiatement. »

41.

Le soleil brillait quand Nora et Leila traversèrent la cour de gravier soigneusement ratissée devant l'entrée de Friggagården. Le drapeau suédois était hissé. Aujourd'hui ce ne fut pas Anna-Maria qui leur ouvrit, mais une femme ronde aux cheveux décolorés. Elle les conduisit dans la même pièce que samedi. Un vase de tulipes roses était placé sur la table basse, à côté du poêle. Les fleurs étaient assorties à la faïence.

Mina était assise dans un fauteuil, en face d'un homme en costume gris. Il se leva dès que Nora et Leila entrèrent dans la pièce.

« Herman Wibom, avocat. J'ai été commis d'office pour assister et conseiller Mina », dit-il en tendant la main.

Herman Wibom avait des airs de gentil grand-père, dans son costume trois-pièces avec mouchoir blanc dans la pochette. Il avait les cheveux gris, la soixantaine bien tassée et n'était pas particulièrement grand. Un nœud papillon bleu complétait le tableau.

Nora aurait préféré une personnalité un peu plus affirmée, un juriste qui puisse opposer de la résistance à Ulrika Grönstedt. Mais c'était la Chambre qui nommait les avocats, et elle se réjouissait malgré tout que quelqu'un ait pu se déplacer pour représenter Mina. Lui donner la force de témoigner contre son mari.

« J'ai expliqué à Mme Kovač que ma mission est de la

soutenir pendant tout le processus judiciaire, jusqu'à la fin du procès, reprit maître Wibom. Autant pendant les interrogatoires de police qu'au tribunal. » Il adressa un signe de tête à Mina. « Je lui ai aussi expliqué que je ne lui coûterai rien, elle n'a pas à s'inquiéter de ça. »

L'État assurait les frais de représentation des victimes. Cela avait pris du temps, mais la loi était désormais claire à ce sujet.

« Comment vous sentez-vous aujourd'hui ? demanda Leila à la jeune femme en s'asseyant sur le canapé. Avez-vous pu dormir un peu ?

– Oui. »

Leila tenta de bavarder un peu, mais Mina restait muette. Elle semblait occupée à étudier les boutons de son cardigan bleu.

« Je ne pensais pas ce que j'ai raconté samedi, dit-elle tout bas.

– Que voulez-vous dire ? fit Nora.

– Au sujet d'Andreis. »

Mina défit quelques boutons, pour aussitôt les rattacher.

« Quand j'ai dit qu'il m'avait battue. C'était faux. »

Leila sursauta et Nora lui posa la main sur le bras.

« Mais que s'est-il passé, alors ? questionna-t-elle d'une voix douce. En réalité ?

– J'ai trébuché sur l'aspirateur et je me suis fait mal. Il n'y était pour rien. »

Par pitié, pensa Nora. Ne nous fais pas ça. Ne te fais pas ça.

« Mina, dit Leila. Vous nous avez tout décrit très en détail. Vous voulez dire que ce n'était pas vrai ? »

Mina se mit à pleurer.

« Je ne sais pas, sanglota-t-elle, les mains devant le visage. Je suis tellement confuse, je n'arrive plus à réfléchir. »

Nora échangea un regard avec Leila.

« La maison me manque, pleura Mina.

– Nous pouvons peut-être faire une pause ? proposa Nora en se tournant vers Herman Wibom. Vous avez un instant ? »

Ils sortirent dans le couloir, laissant Mina dans la pièce.

« Je ne comprends pas ça, dit Nora. Nous étions là avant-hier, et elle semblait alors prête à témoigner au tribunal contre son mari. Elle a décrit en détail les violences qu'elle a subies, il n'y a aucun doute, il est coupable.

– Mina a malheureusement reçu de mauvaises nouvelles, expliqua maître Wibom. Sa mère a été admise à l'hôpital samedi soir, elle a fait un grave infarctus. Mina n'ose pas se rendre à son chevet à cause de son mari, mais elle est très inquiète et perturbée. »

Il rajusta son nœud papillon.

« Pas étonnant, vu les circonstances, ajouta-t-il.

– Sait-on si son mari y est pour quelque chose ? demanda Leila. Si Kovač a menacé Mina, il s'en est peut-être pris aussi à ses parents ?

– Je n'en ai malheureusement aucune idée, répondit l'avocat. Mais Mina est très éprouvée par l'état de santé de sa mère. Je crois qu'elle s'accuse de ce qui est arrivé. J'ai cru comprendre que ses parents étaient très inquiets pour leur fille et sa situation. Cela a naturellement dû mettre la santé de sa mère à rude épreuve.

– Qu'elle protège son mari n'arrangera rien, objecta Leila. Si elle ne témoigne pas contre lui, ça ne fera qu'empirer. »

Nora inspira à fond. Sans la collaboration de Mina, les charges de violences conjugales ne tenaient plus. Et il n'y avait rien non plus à espérer d'elle pour le chef d'accusation de fraude fiscale. C'était le retour au point de départ.

« Vous ne pourriez pas lui parler ? dit Leila. La conduire à s'ouvrir, à nous dire ce qu'elle sait ? »

Herman Wibom parut embarrassé.

« Ma mission est de protéger les intérêts de ma cliente, dit-il. Je ne peux pas l'influencer juste parce que vous le voulez.

– Le mieux que vous puissiez faire alors est de la pousser à témoigner pour que son mari reste de longues années sous les verrous, martela Leila. Sinon, il la tuera. »

42.

Nora frappa le volant, frustrée. Elle aurait voulu doubler le bus qui se traînait devant elles, mais c'était impossible sur la route étroite qui revenait de Stavsnäs.

Quelle matinée gâchée ! Mina ne leur avait fourni aucune information utile. Au contraire, elle leur avait signifié son refus de collaborer à la suite de l'enquête.

Deux pas en arrière au lieu du pas en avant qu'espérait Nora en partant ce matin. Elles plaçaient à présent tous leurs espoirs en Stefan Talevski, le père de Mina. Après avoir hésité, elles avaient décidé d'aller le trouver. Peut-être pourrait-il convaincre sa fille de témoigner ? Ou le faire lui-même, puisqu'elle n'osait pas.

Leila avait été informée d'un signalement qui avait été donné tard dans la soirée de samedi, en provenance de son quartier. D'après l'appel enregistré au central des secours, un voisin avait entendu une dispute et des éclats de voix. Une vitre de la porte d'entrée du numéro vingt-trois Körsbärsvägen était brisée, mais il n'y avait plus personne à cette adresse.

Presque au même moment, Stefan avait appelé le cent douze pour demander une ambulance d'urgence pour sa femme.

Cause et effet.

Leila mordit l'ongle abîmé de son pouce. Elle n'avait pas

dit grand-chose depuis qu'elles avaient récupéré la voiture à Stavsnäs.

« Kovač a dû réussir à joindre Mina depuis qu'on l'a vue ce week-end, dit-elle en rompant le silence. C'est la seule explication. Il a sûrement appelé et appelé jusqu'à la décider à répondre. Et là, c'était fichu. »

Nora avait tiré la même conclusion. Elle aurait aimé prendre le portable de Mina et le jeter à l'eau. En le gardant, la jeune femme faisait d'elle-même une cible. Il était beaucoup trop facile de l'atteindre.

Nora avait pris Anna-Maria à part avant de partir, pour lui demander si elle savait si Kovač avait contacté Mina pendant le week-end. Mais la directrice, évasive, avait marmonné qu'il valait mieux demander directement à Mina.

« Je ne comprends pas pourquoi elle continue à protéger son mari, grommela Nora en parvenant enfin à doubler le bus quand il déboîta devant un arrêt. Elle aurait dû le quitter depuis longtemps. »

Elle klaxonna la voiture de devant qui roulait presque aussi lentement que le bus. Elle faisait du cinquante, alors que la vitesse était limitée à soixante-dix. Pourquoi tous les mauvais conducteurs avaient-ils choisi le même trajet qu'elle, aujourd'hui ?

« La meilleure façon pour Mina de se protéger, elle et sa famille, la seule, en réalité, c'est de nous aider à envoyer son mari en taule, continua-t-elle. Je n'arrive pas à comprendre qu'elle ait changé d'avis.

– C'est plus facile à dire qu'à faire, objecta Leila.

– Pardon ?

– Aucune femme ne veut accepter le fait qu'elle est avec un homme qui la bat. C'est pourquoi elle n'arrête pas de se répéter qu'il va changer, et qu'elle reste avec lui.

– Dans son cas, elle doit quand même bien voir que ça ne changera jamais, non ? »

Les rapports médicaux de Mina étaient éloquents à ce sujet.

« Au fond d'elle-même, elle le sait », acquiesça Leila.

Elle tira sur sa longue tresse.

« Les hommes eux aussi savent qu'ils agissent mal. On ne frappe pas une femme, la plupart des garçons apprennent ça gamins.

– Et pourtant, ils le font, dit Nora. Je ne comprends vraiment pas comment ils peuvent se regarder dans la glace.

– Ils trouvent des faux-fuyants. » Leila marqua une petite pause. « Ils développent diverses stratégies pour défendre la violence, puisqu'ils se savent condamnés par leur environnement. Sans doute se condamnent-ils aussi eux-mêmes, d'une certaine façon. Presque tous les hommes estiment que c'est mal de recourir à la violence dans un couple, si on leur pose directement la question.

– Pas si mal que ça, dit Nora. Sinon ils arrêteraient. »

Elle ralentit à l'approche du pont enjambant le canal Strömma. Un voilier sans mât était amarré à la station-service. Déprimant, amputé.

« Le problème, c'est que ce genre d'hommes n'y arrivent pas, expliqua Leila. Il faut un grand courage pour s'attaquer de front à son propre comportement, et les hommes violents ont justement peur de ça. »

Leila parlait comme un livre.

« Comment sais-tu tout ça ? finit par demander Nora.

– J'ai suivi quelques cours de psycho à la fac avant d'entrer à l'école de police.

– Tu envisageais de faire une formation de psy ?

– Non, ce n'était pas vraiment pour ça… »

Nora regarda Leila à la dérobée. Ses connaissances cachaient autre chose qu'un simple intérêt intellectuel.

Au bout d'un moment, l'inspectrice reprit la parole.

« Mon père battait ma mère quand j'étais petite, dit-elle à voix basse. C'était affreux, j'entendais maman pleurer dans la cuisine quand nous étions au lit. Plus elle pleurait, plus il se fâchait, comme si son désespoir le provoquait, alors qu'il en était lui-même la cause. » Leila glissa les mains sous ses cuisses et agrippa le siège. « Maman était si seule, elle n'avait personne vers qui se tourner. Ils arrivaient d'Iran, elle parlait à peine le suédois. Elle n'avait ni famille, ni amis pour l'entourer. »

Nora aurait voulu poser une main sur le bras de sa collègue, mais ne lâcha pas le volant.

« Que s'est-il passé ?

– Ils se sont séparés quand j'avais cinq ans. Maman a été aidée par une organisation de femmes, elle a appris le suédois et a trouvé un emploi. »

Leila rayonnait de fierté en parlant de sa mère. Sa voix devint plus légère, ses traits s'adoucirent.

« Aujourd'hui, elle travaille comme interprète, reprit-elle. Maman a toujours été intéressée par les langues. Elle en parle cinq couramment : farsi, suédois, anglais, français et arabe.

– Et comment ça s'est passé pour ton père ?

– Pas particulièrement bien. Il ne s'est jamais vraiment posé en Suède. En réalité, il ne s'y plaît pas, mais il ne peut pas non plus retourner en Iran. Il est déraciné. »

Une petite pluie avait commencé à tomber. Le pare-brise se couvrait de taches grises humides.

« Papa n'était pas comme ça avant l'exil, poursuivit Leila. Quelque chose s'est produit à leur arrivée ici. Je crois qu'il a perdu ses repères en même temps que son ancien statut social. En Iran, il avait un bon emploi d'enseignant, il avait étudié à l'université. Ici, ça ne comptait pas, et il avait toujours des problèmes d'argent. Impossible de trouver un emploi en rapport avec ses qualifications. Aujourd'hui, il fait le taxi.

– Vous continuez à vous voir ?

– Oui. Mais pas beaucoup, c'est trop dur. Je n'ai jamais pu accepter la façon dont il avait traité maman… »

Les enfants sont toujours les victimes. Et pourtant, c'est pour eux que beaucoup de femmes disent rester.

« Est-ce que tu as jamais eu une explication de son comportement, pourquoi il était violent ? » demanda Nora au bout d'un moment.

Elles dépassèrent Fågelbro, à présent seules sur la route.

« Nous n'en avons jamais parlé. »

Les yeux de Leila se perdirent à demi dans le lointain, comme si elle flottait entre son enfance et le présent.

« Je crois que papa avait peur d'être abandonné par

maman, finit-elle par dire. Il ne se sentait plus à la hauteur pour elle, dans ce nouveau pays où tout était différent. Pour cette raison, il a eu recours à des moyens totalement malsains pour contrôler la situation, alors qu'il était évident qu'il ne faisait au contraire qu'éloigner sa femme. » Leila s'essuya le nez. « Il a fini par s'enliser dans son désespoir. Ce n'est pas défendable, mais la seule personne sur qui il pouvait soulager sa frustration, c'était maman. »

Nora aurait voulu dire quelque chose pour exprimer sa sympathie, mais ne trouvait que platitudes et absurdités. Leila devait avoir eu une enfance terriblement difficile. Comment Nora, grandie dans le plus protégé des environnements, aurait-elle pu se mettre à sa place ?

« Tu crois que ça explique le comportement d'Andreis Kovač vis-à-vis de Mina ?

– Il y a sûrement beaucoup d'explications. Qui sait ce qu'il a vécu pendant la guerre dans les Balkans, avant que sa famille n'arrive ici ? Il porte sûrement en lui des blessures et des souvenirs affreux. Les traumatismes précoces peuvent abîmer à vie.

– Ce n'est pas une excuse. »

On aurait pu dire la même chose du père de Leila. Nora réalisa sa maladresse au moment où les mots quittaient ses lèvres.

« Ou bien c'est une affaire de personnalité, dit Leila. Impossible de poser un diagnostic sans examen. Mes cours m'ont au moins appris ça. On ne peut pas tout expliquer par l'enfance. Il y a un nombre infini d'autres facteurs qui agissent également, depuis les gènes jusqu'à des événements purement fortuits. Les êtres humains sont compliqués. »

Nora ralentit en arrivant au rond-point après le golf de Värmdö. Les parents de Mina habitaient Skuru, une des sorties de l'autoroute en direction de Stockholm. Il ne faudrait sans doute pas plus de quinze minutes pour y arriver.

Elle espérait du fond du cœur qu'il serait possible de parler au père pour qu'il incite sa fille à témoigner. Elle ne trouvait pas d'autre moyen pour amener Mina à changer d'avis.

43.

Ulrika Grönstedt se dirigeait vers la cour d'appel de Stockholm quand son téléphone sonna. Ses talons hauts claquaient sur les pavés de Birger Jarls Torg. Elle se dépêchait de traverser la place autant que le permettait son strict tailleur noir. Elle était déjà en retard, après avoir conduit Fiona à un rappel de vaccin à l'heure du déjeuner. L'audience allait commencer d'ici quinze minutes et elle devait encore échanger quelques mots avec son client.

Ulrika sortit son téléphone de son sac à main.

« Allô ? répondit-elle, essoufflée, en se dirigeant vers le somptueux palais de Wrangel, qui abritait la cour d'appel.

– Vous avez des nouvelles de Mina ? »

Andreis Kovač. Il ne se donnait pas la peine de se présenter, malgré son numéro caché. Kovač supposait qu'elle reconnaîtrait tout de suite sa voix.

« Qui est à l'appareil ? » lança Ulrika, surtout pour marquer le coup.

Ça n'eut aucun effet.

« Vous savez où elle est, hein ?

– Elle n'est pas encore rentrée ?

– Je ne vous appellerais pas, sinon. » Kovač jura. « Toujours pas là. »

Pendant le week-end, Ulrika avait chassé de ses pensées son client colérique, en espérant que son problème avec sa femme se résoudrait de lui-même.

Visiblement pas.

Elle agrippa plus fort son lourd sac à main où elle serrait ses dossiers et son ordinateur.

« Vous avez vérifié auprès de ses amies ?

– Personne ne sait rien. Ses parents non plus. »

Ulrika eut un mauvais pressentiment en entendant ces derniers mots.

« Quand leur avez-vous parlé ? demanda-t-elle.

– Laissez tomber.

– Il s'est passé quelque chose ?

– Ils ne savent pas où elle est. »

Ulrika était arrivée au pied des marches. Parfois, il valait mieux ne pas insister pour obtenir une réponse.

« Vous avez essayé de lui parler vous-même ? se contenta-t-elle de demander. Elle répond au téléphone ?

– Pas ces derniers jours.

– Et les sms ? »

Ulrika regarda à nouveau sa montre : il restait moins de dix minutes avant le début du procès. Il lui fallait terminer au plus vite cette conversation et franchir les portes imposantes du tribunal.

« Vous êtes avocate, dit Kovač. C'est votre boulot de régler ce genre de problèmes. Elle ne peut pas juste partir avec Lukas, comme ça, c'est aussi mon fils. »

Ulrika s'arrêta sur la dernière marche.

« J'ai une idée, dit-elle. Laissez-moi faire quelques vérifications. Passez à mon bureau à quatre heures et demie cet après-midi. »

44.

Quand elles s'arrêtèrent dans Körsbärsvägen, Nora fut immédiatement frappée par le cadre idyllique. Toutes les maisons du quartier semblaient avoir des pelouses bien soignées et des pommiers. D'ici un mois, les jardins seraient luxuriants.

« Tu as vu ? » fit Leila en montrant la porte d'entrée.

La vitre dépolie était brisée à hauteur d'œil. On l'avait colmatée avec un carton. Devant, le sol était jonché de débris de verre.

« Je me demande ce qui s'est passé ici », dit-elle.

Elle s'approcha pour examiner la porte cassée.

« Il faut y aller fort pour casser une vitre aussi épaisse. »

Nora poussa du pied quelques éclats.

« Qu'est-ce que tu dis de cette théorie ? proposa Leila. Andreis Kovač est venu menacer les parents. La mère fait un infarctus et quand Mina l'apprend, elle n'ose plus nous parler.

– C'est sûr, ça expliquerait beaucoup de choses.

– Espérons que le père soit plus loquace que sa fille », dit Leila en appuyant sur la sonnette.

La sonnerie retentit dans la maison mais personne ne vint ouvrir.

Leila avait appelé l'hôpital depuis la voiture, et on lui avait confirmé que Stefan Talevski était rentré chez lui se reposer quelques heures. Il aurait dû être à la maison.

Leila sonna à nouveau. À la quatrième tentative, Stefan apparut sur le seuil.

Le père de Mina semblait éprouvé. Ses cheveux étaient ébouriffés, son menton couvert de pousses de barbe grises et blanches. La dernière fois qu'elles l'avaient vu, c'était un autre homme.

« Qu'est-ce que vous faites là ? s'exclama-t-il.

– Auriez-vous quelques minutes ? dit Leila. Il s'agit de votre gendre. »

La peur qui brilla dans les yeux de Stefan confirma leurs soupçons. Kovač était effectivement venu menacer les parents de Mina.

« Ce n'est pas vraiment le moment aujourd'hui, grommela Stefan.

– Ce sera rapide, dit Nora.

– Personne ne saura que nous sommes passées, ajouta Leila. Mais c'est mieux si vous nous laissez entrer. » Elle fit un large geste de la main. « Au cas où quelqu'un se demanderait ce que nous fabriquons devant votre porte. »

Stefan se passa la main sur le front. Puis il s'écarta pour les faire entrer.

Il y avait des éclats de verre à l'intérieur aussi. Une balayette blanche et sa pelle attendaient dans un coin.

« Vous voulez du café ? » proposa Stefan en les précédant dans la cuisine bien tenue.

Le foyer était coquet et soigné, avec un mobilier typiquement suédois en bois clair. Nora reconnut le canapé d'angle beige du catalogue Ikea, c'était un de leurs modèles les plus populaires.

Un intérieur rassurant de la classe moyenne.

Stefan prépara la cafetière et sortit trois mugs sur la table de la cuisine. Il avait des gestes si appliqués qu'il était clair qu'il cherchait à gagner du temps pour ne pas avoir à répondre à leurs questions.

« Comment allez-vous ? » commença Nora.

Stefan continua à s'affairer devant le plan de travail, les épaules crispées. Ses gestes étaient saccadés, comme s'il ne se rappelait pas bien comment utiliser les différentes parties de son corps.

« Vous avez des enfants ? » questionna-t-il sans tourner la tête.

Nora leva trois doigts.

« Deux fils et une fille, répondit-elle. Les garçons ont vingt et seize ans, Julia va en avoir sept, c'est vraiment la petite dernière. »

Stefan se retourna.

« Mina est notre fille unique. On croit qu'on va savoir les protéger contre tous les dangers, veiller à ce que personne ne leur fasse jamais de mal... »

Ses paroles s'éteignirent.

« On se trompe », lâcha-t-il d'une voix rauque.

Les dernières gouttes de café passèrent.

« Qu'est-il arrivé à votre porte d'entrée ? demanda Nora.

– Un accident.

– Quel genre d'accident ? »

Stefan chercha ses mots.

« Des garnements qui ont jeté une pierre. Il faut que j'appelle un vitrier, mais je n'ai pas eu le temps. »

Il servit le café.

« Comment va votre femme ? demanda Leila. Nous avons appris qu'elle était à l'hôpital. »

Le visage blême de Stefan perdit encore davantage de couleurs.

« Comment le savez-vous ?

– Nous avons vu Mina ce matin, dit Leila.

– Mina ? »

Stefan se laissa tomber sur une des chaises de la cuisine.

« Elle vous a raconté ? dit-il. Pourtant elle ne devait pas... »

Il s'interrompit brusquement.

« Qu'aviez-vous l'intention de dire ? » demanda Leila.

Le père de Mina se cacha le visage dans les mains.

« Nous aimerions aussi l'entendre de votre bouche, dit doucement Leila. Avec vos mots. Si vous en avez la force ?

– Si Katrin décède, il l'aura sur la conscience…, murmura Stefan entre ses doigts. C'est un monstre.

– Reprenez du début », dit Nora.

Stefan regarda en direction de la porte d'entrée qu'on apercevait par la porte de la cuisine entrouverte. Il serra les poings, les articulations de ses phalanges ressortaient sous de fines veines bleues.

« Il faudrait que je parle d'abord à Mina, dit-il en se levant, comme s'il en avait déjà trop dit. Je dois vraiment retourner à l'hôpital. Nous pourrons en parler une autre fois ? »

Il les mit presque à la porte avant qu'elles aient eu le temps de toucher à leur café.

Une fois dehors, Leila soupira.

« Un de plus qui est mort de peur devant Kovač. »

Nora serra sa clé de voiture.

« Nous, en tout cas, nous n'avons pas peur, rétorqua-t-elle. Et nous allons faire en sorte de l'envoyer en taule. »

Bosnie, février 1993

Selma était sur le canapé du séjour avec une vieille revue. Elle n'avait pas tourné de page depuis longtemps, se contentait de fixer la couverture en écoutant les battements inquiets de son cœur.

La peur était devenue un état tellement normal qu'elle ne se rappelait plus comment c'était avant. Mais le pire, c'était l'impuissance : voir son destin décidé par des facteurs qui échappaient à son contrôle.

Le téléphone sonna.

Selma savait que c'était sa sœur. C'était l'heure où elle avait l'habitude d'appeler pour la convaincre de s'en aller. Ils auraient dû la rejoindre en Croatie pour y attendre que la situation se calme. Leurs parents étaient toujours à Sarajevo, ils n'avaient plus de nouvelles depuis des mois.

Peut-être étaient-ils déjà morts ?

Elle n'avait plus la force de regarder les informations quand on y parlait de Sarajevo, de la précarité et de la faim dans la ville assiégée. La population était enfermée et bombardée depuis bientôt dix mois. Son père approchait des soixante-dix ans, sa mère en avait soixante et souffrait de diabète. Les chances qu'ils aient survécu étaient très faibles. Selma le savait au fond de son cœur, mais elle essayait d'en refouler l'idée.

Le village où tante Jasmina et oncle Adnan vivaient avait aussi été attaqué, exactement comme elle le redoutait. Impossible de les joindre, elle avait tant de fois essayé d'appeler, en vain. Les rares nouvelles qui avaient filtré étaient si effroyables qu'elle refusait de croire à ce qui se murmurait.

Selma frissonna. Elle se frotta les mains l'une contre l'autre pour se réchauffer, sans beaucoup d'effet.

Andreis regardait par la fenêtre le jardin couvert de neige.

Le seul avantage de la neige était qu'il faisait plus clair dehors. L'électricité était intermittente, le ciel était parfois illuminé par des fusées, mais ils allaient alors se réfugier dans le garde-manger en espérant que ce soit bientôt fini.

Cette nuit, Andreis était encore une fois venu dans le lit de sa mère où Emir dormait déjà – il faisait trop froid pour le laisser dans son lit à barreaux. Ils étaient restés tous les trois blottis ensemble. Son joli petit garçon s'était mis à avoir si peur du noir. Andreis n'osait plus dormir seul et refusait de se cacher dans la petite cave sous la cuisine, même si c'était l'endroit le plus sûr de la maison. Il faisait des cauchemars et des crises de colère, sans raison.

Zlatko s'absentait souvent la nuit, mais Selma n'osait pas lui demander où il allait. Il était rarement sobre à son retour et toujours d'humeur irritable.

Ils avaient cessé de se parler. Plus il sentait ses reproches muets, plus il devenait agressif. Parfois, elle en venait presque à regretter que sa mauvaise jambe l'ait empêché d'être mobilisé comme la plupart des autres hommes. Ç'aurait été plus facile s'il avait été au front. Alors, elle aurait pu s'inquiéter pour sa sécurité, et non de le voir rentrer ivre et violent.

Selma voyait Andreis souffler sur le bout de ses doigts gelés, devant la fenêtre. Elle savait qu'il avait froid, malgré sa double couche de pulls et ses collants sous son pantalon. Elle espérait qu'il n'avait pas trop faim, le peu qu'il restait devait suffire jusqu'au dîner.

On frappa à la porte.

Blanka fit entrer le froid avec elle. Elle portait un épais blouson, beaucoup trop grand. Ses joues étaient rouges et ses yeux exorbités.

« Tu as entendu ce qui s'est passé à Gornji Vakuf ? » lança-t-elle avant même d'avoir ôté son écharpe.

Selma posa la revue qu'elle ne lisait pas de toute façon.

« Je ne veux pas entendre encore parler de malheurs, dit-elle. S'il te plaît, raconte-moi plutôt quelque chose de réjouissant. »

C'était le contraire qu'elle lisait sur le visage de Blanka. Son amie était au bord des larmes.

« La Croatie a attaqué l'armée bosniaque ! sanglota-t-elle. Maintenant, nous sommes aussi en guerre avec eux.

– Ce n'est pas possible. »

Selma se sentit mal. Était-ce pour cela que sa sœur avait essayé de la joindre, à l'instant ? Pour lui raconter l'impensable ?

« Mais les Croates du HVO sont nos alliés, murmura-t-elle. Nous combattons ensemble les Serbes. »

Blanka se laissa tomber sur le canapé en pressant les mains sur sa bouche, comme si elle luttait pour se maîtriser.

« Tout le monde se bat contre nous, maintenant », dit-elle tout bas.

Les joues de Selma étaient déjà humides.

Blanka tendit la main et la posa sur la sienne.

« Il n'y a plus aucun espoir pour notre pays. Nous allons tous mourir avant la fin de la guerre. »

45.

Nora bâilla, il était grand temps de rentrer. Elle referma le dossier qu'elle avait étudié au cours de la dernière heure et le rangea dans le placard derrière le bureau.

C'était un acte d'accusation assez simple, mais elle avait du mal à se concentrer sur les détails. Le cas de Mina ne cessait de lui revenir à l'esprit alors qu'elle y avait déjà consacré beaucoup trop de temps ces derniers jours. Jonathan ne comprendrait pas qu'elle délaisse ses autres affaires. Le taux d'élucidation était suivi de près, surtout depuis que les journaux avaient récemment épinglé les trop longs délais de l'Agence dans le traitement des affaires. Ils avaient essuyé beaucoup de critiques sur la durée des enquêtes préliminaires avant que les mises en examen ne soient prononcées.

Le téléphone fixe sonna. Nora décrocha sans reconnaître le numéro.

« Herman Wibom à l'appareil, fit une voix discrète. Je vous dérange ? »

Le défenseur public de Mina avait une voix qui lui ressemblait.

« Pas du tout », dit-elle poliment en se calant au fond de son fauteuil.

Ils étaient du même côté, après tout. Et elle avait besoin de lui pour convaincre Mina de témoigner contre son mari.

« Je viens de parler avec Ulrika Grönstedt, dit Wibom. C'est l'avocate d'Andreis Kovač.

– Oui, je l'ai rencontrée.

– Elle a été informée que j'étais le conseil de Mina.

– Oui ? »

Nora s'efforçait de ne pas le brusquer, mais il était tellement formel. Au fait ! avait-elle envie de lui dire, tout en sachant que ce n'était pas une bonne idée. Il était comme une relique des années soixante-dix, avec ses expressions ampoulées.

« Le fait est qu'elle a formulé un ultimatum. »

Nora se redressa sur son siège.

« Pardon ?

– Elle affirme que Mina a enlevé le fils de son client sans son accord, et s'est par là rendue coupable d'un acte criminel. » Herman Wibom soupira. « Si Mina ne restitue pas son fils à son client, il portera plainte. »

Ça ne pouvait pas être vrai.

« C'est ce qu'elle dit, confirma Wibom.

– Mais franchement ! parvint à lâcher Nora. Le client d'Ulrika Grönstedt a battu sa femme comme plâtre. Vous voulez dire qu'il a l'intention de porter plainte contre elle parce qu'elle n'ose pas rentrer au domicile conjugal ? »

Herman Wibom reprit d'une voix profondément désolée :

« L'avocate fait valoir un cas d'abus d'autorité parentale.

– Vous plaisantez ? »

Ulrika Grönstedt comptait utiliser la loi pour forcer Mina à retourner chez cet homme infect.

Nora attrapa à la volée son gros Code bleu et le feuilleta en vitesse jusqu'au chapitre sept où étaient traités les délits relatifs à la famille.

Le texte du quatrième paragraphe était sans ambiguïté.

Celui qui sépare sans autorisation un enfant de moins de quinze ans de la personne qui en a la garde est condamné pour abus d'autorité parentale à une amende ou à une peine de prison d'un an maximum, si son acte ne constitue pas une atteinte à la liberté. Cela vaut également si une personne partageant avec une autre la garde d'un enfant de moins de quinze ans sépare autoritairement l'enfant sans raison recevable de l'autre ayant garde.

Elle parcourut rapidement la suite et s'arrêta sur le dernier paragraphe :

> Si le délit visé dans le premier ou le second paragraphe est aggravé, l'auteur sera condamné à une peine de prison de six mois minimum et quatre ans maximum.

« Maître Grönstedt a souligné à plusieurs reprises que la mère a enlevé le fils sans l'accord du père, dit Herman Wibom. Il va se battre pour ses droits, ce sont les mots qu'elle a employés.

– Elle ne peut pas être sérieuse, s'indigna Nora. Mina a une raison *recevable* au sens de la loi d'emmener Lukas avec elle, comment peut-il y avoir le moindre doute à ce sujet ?

– D'après ce que je comprends, les parents exercent en commun la garde de l'enfant. Selon l'avocate Grönstedt, l'époux s'oppose au fait que Mina a enlevé Lukas du foyer. Elle a souligné le fait que le père lui a demandé de façon réitérée de revenir avec leur fils. Cependant, Mina n'a pas donné suite à cette demande. »

Même dans ces circonstances, il fallait qu'il parle comme un manuel de droit.

« Autant que je sache, il n'y a présentement aucune preuve que le mari de Mina l'ait battue, et Mina nie elle-même que ce soit le cas. De sorte qu'un tribunal ne saurait prendre en considération cette circonstance. »

D'un point de vue théorique, Wibom avait raison. Mina n'avait pas formellement modifié sa déclaration selon laquelle elle avait trébuché toute seule à son domicile. Tant qu'elle refusait de témoigner contre son mari, elle ne pouvait pas arguer de ses violences pour le quitter en emmenant Lukas.

Mais qu'on utilise ça comme argument pour lui enlever l'enfant était inacceptable.

Si Mina était terrorisée à l'idée de témoigner contre son

mari, ce n'était rien face à la situation nouvelle où elle se trouvait.

La mission d'Ulrika Grönstedt était certes de représenter son client, mais Nora n'avait jamais rien vu d'aussi brutal. Cette personne n'avait-elle aucun scrupule ? Était-elle vraiment prête à tout pour aider Kovač à forcer sa femme à revenir à la maison avec son fils ? Elle devait quand même connaître son client, savoir à quelle engeance elle avait affaire.

« C'est totalement absurde », dit la procureure en refermant violemment le code.

Que disait la jurisprudence dans ce genre de cas ? Nora n'en avait aucune idée, elle n'avait jamais travaillé dans le domaine du droit de la famille et des questions de garde. Avant d'intégrer l'agence financière, elle avait été pendant quinze ans juriste de banque.

On entendit le bruit d'une conversation animée entre collègues qui passaient dans le couloir.

Herman Wibom reprit la parole d'un ton désolé :

« Maître Grönstedt a insisté sur le fait qu'il allait y avoir un arbitrage concernant la garde du garçon et que les choses ne se présentaient pas bien pour la mère. Même si ses actes ne sont pas considérés comme tombant sous le coup des critères légaux entraînant condamnation, elle pourrait provisoirement se voir retirer la garde, si c'était là l'avis des services sociaux. » Il se racla la gorge. « J'ai pensé qu'il fallait vous informer de la situation. Eu égard à ce que vous m'avez dit ce matin au sujet de la nécessité de convaincre Mina de témoigner contre son mari. »

Nora ne nourrissait pas de grands espoirs que les nouvelles menaces d'Ulrika Grönstedt rendent Mina plus encline à témoigner contre Kovač.

« Avez-vous abordé le sujet avec elle ? demanda-t-elle.

– Je voudrais le faire en face à face. Il est trop tard aujourd'hui, j'irai demain. Je crois que ce sera mieux ainsi. »

Nora écarta son code pénal. Elle aurait voulu frapper quelque chose ou quelqu'un, mais ne savait pas bien quoi.

« Ulrika Grönstedt avait-elle autre chose à communiquer ? demanda-t-elle.

– Elle exige que Mina rende Lukas à son père d'ici trois jours, au plus tard jeudi.

– Et sinon ?

– Elle mettra alors en œuvre sa plainte et a l'intention de demander en même temps aux services sociaux la garde exclusive pour le père.

– La garde exclusive, répéta Nora.

– Puisque la mère n'est pas fiable et refuse de coopérer avec le père de l'enfant. Je suis désolé, mais c'est en ces termes qu'elle s'est exprimée. »

46.

Leila ouvrit la porte de la salle d'interrogatoire de l'Agence de lutte contre la criminalité financière, où Dino Herco était déjà assis. Elle l'avait sciemment laissé attendre quelques minutes, ça ne pouvait pas faire de mal de marquer le coup.

Il était venu sans avocat. C'était intéressant. Probablement voulait-il limiter le nombre de personnes au courant de cette convocation ? Ou bien il pensait que ce serait vite fait, qu'ils se fatigueraient de l'entendre répéter ses mensonges.

Dans tous les cas, elle comptait bien tirer profit de la situation.

Leila le salua et s'assit à la table rectangulaire. Sa surface avait été rayée par un objet pointu.

Elle lut les formules obligatoires pour l'enregistrement et ouvrit son dossier devant elle en réfléchissant à la meilleure façon de commencer. Elle avait essayé de se faire accompagner par un collègue, mais personne n'était disponible. On ferait aller. Ça valait mieux que de reporter l'interrogatoire au lendemain.

Dino Herco n'arrêtait pas de changer de position sur sa chaise, il ne restait pas une minute tranquille. Ses ongles étaient rongés, avec de petites plaies tout autour. Leila n'avait pas remarqué ça dans l'appartement : si ses doigts étaient alors dans cet état, elle l'aurait forcément vu.

C'était bon signe. Elle allait faire de son mieux pour lui mettre encore plus la pression.

« Nous avons vérifié vos déclarations de la dernière fois, dit-elle. Il n'y a aucun doute, l'appel aux urgences a été passé depuis votre téléphone portable.

– On me l'a volé, je vous l'ai dit.

– Aucune plainte n'a été déposée.

– Pas eu le temps.

– Ni aucune déclaration à votre assurance.

– Pas eu le temps non plus. »

Herco changea encore de position.

Leila décida de tenter sa chance.

« Où étiez-vous samedi soir ?

– Pardon ?

– Quelqu'un s'est rendu au domicile des parents de Mina Kovač pour les menacer. Vers dix heures du soir. La vitre de la porte d'entrée a été cassée, il y a des éclats de verre partout. La police a été appelée. »

Dino Herco s'efforça de garder une expression neutre, mais n'y parvint pas très bien. Il cligna des yeux, et Leila eut la forte impression qu'il n'était pas totalement surpris de cette nouvelle information.

Tu sais qu'Andreis Kovač y est allé, pensa Leila. Est-ce que ça veut dire que tu étais aussi sur place ?

« C'est vous qui les avez menacés ? tenta-t-elle.

– Non. »

Dino Herco s'agita à nouveau sur son siège.

« Sa mère a eu si peur qu'elle a fait un infarctus », dit Leila.

Elle laissa aux mots le temps de faire leur effet.

« Elle est toujours en soins intensifs. Vous devez connaître la peine de prison prévue pour menaces aggravées ? »

Herco ne répondit pas.

« Jusqu'à quatre ans, dit Leila. Si elle survit. Sinon, il s'agira d'homicide. »

Herco se cala au fond de sa chaise, les paupières mi-closes.

« Où étiez-vous, alors ? insista Leila.

– J'étais chez mon chef, Andreis Kovač. Son frère aussi était là. Il s'appelle Emir. »

Leila leva les yeux. Herco s'était contredit.

« La dernière fois, vous avez déclaré que vous ne vous connaissiez pas, fit-elle remarquer. Et aujourd'hui, vous l'appelez votre chef. C'est intéressant.

– Vous devez avoir mal entendu. »

Les mâchoires de Dino Herco travaillaient dur.

« Je ne crois pas, non. »

Herco n'était pas doué pour jouer les indifférents. Il s'efforçait d'afficher un visage impassible de joueur de poker, mais ça ne lui venait pas naturellement.

Leila le laissa suer.

« Est-ce que *votre chef* peut l'attester ? demanda-t-elle au bout d'un moment.

– Andreis peut le faire.

– On en profitera peut-être pour lui demander s'il sait que c'est vous qui avez appelé les secours il y a une semaine. Quand il a failli battre à mort sa femme, Mina Kovač. »

Leila frappa la table de son stylo pour donner du poids à ses paroles.

Le regard d'Herco trembla.

« Ce n'est pas moi qui ai donné l'alerte, articula-t-il. Je l'ai déjà dit. Combien de fois dois-je vous le répéter ?

– Dans ce cas, peu importe si on vérifie avec votre chef, pour en avoir le cœur net », dit Leila avec une mine innocente.

Herco pâlit. Il regarda le plafond, comme s'il espérait qu'une explication alternative allait surgir de nulle part.

« Ne faites pas ça », lâcha-t-il alors.

Leila se cala en arrière et attendit. Elle l'avait ferré. Il répondait exactement comme elle s'y attendait. Elle poussa le bouchon :

« Pourquoi cela serait-il si grave ? Il va falloir me l'expliquer, si vous voulez que je renonce à aller lui parler. »

Théoriquement, il était toujours possible qu'Herco se lève et s'en aille. Qu'il fasse valoir son droit à un avocat et garde le silence. Ou encore qu'il l'envoie au diable.

Au lieu de quoi il se prit la tête dans une main, la mine contrariée.

« Ça va faire plein d'embrouilles », grommela-t-il.

Il était sur le point de craquer, c'était clair. Leila était de plus en plus contente d'elle.

« Quel genre d'embrouilles ?

– Vous ne connaissez pas Andreis. »

Leila écoutait attentivement.

« Il va mal le prendre.

– Comment ça ?

– Je ne peux pas l'expliquer.

– Il va y voir un manque de loyauté, c'est ça ? » suggéra Leila, en lui mettant les mots dans la bouche.

Herco se tut.

« Je peux décider de ne pas en parler à Kovač, dit Leila avec une indifférence feinte. Mais qu'est-ce que j'y gagne ?

– Que voulez-vous dire ?

– Comme c'est vous qui avez donné l'alerte, vous devez avoir vu ce qui se passait quand il a tabassé sa femme.

– Pardon ?

– Je veux que vous témoigniez au tribunal pour que nous puissions le mettre en examen pour violences aggravées. »

Herco changea d'expression à une vitesse incroyable.

« Vous êtes malade ? » cracha-t-il.

Leila s'efforça de ne pas montrer sa surprise.

« C'est bien normal que vous fassiez quelque chose pour moi si je vous fais une fleur, non ? dit-elle lentement.

– Vous croyez que je vais témoigner contre mon frère ?

– Il n'est pas votre frère. Vous n'êtes pas parents. »

Herco la dévisagea comme s'il la voyait pour la première fois. Son regard glissa lentement le long du corps de Leila, revint à son visage et s'arrêta sur son épaisse tresse sombre, celle qui l'avait toujours tellement distinguée des cheveux blonds de ses camarades de classe suédois.

« Toi non plus, t'es pas suédoise. Tu sais très bien ce que je veux dire.

– Arrêtez ça. »

Une lueur de mépris s'alluma soudain dans l'œil d'Herco.

« Travailler pour eux te rendra pas plus viking. T'es assez conne pour croire que ça va changer quelque chose pour toi ? Il ne t'accepteront jamais, t'es qu'une basanée comme tous les autres. »

Il plissa les lèvres comme pour cracher par terre, mais se ravisa au dernier moment.

Leila était certaine qu'il allait céder, accepter sa proposition. Mais à présent, l'atmosphère de la pièce avait changé. Il fallait qu'elle reprenne les commandes.

« Tu crois être quelqu'un juste parce que tu portes une plaque de police, ricana Herco. À qui tu veux faire croire ça ?

– Dans ce cas, je n'ai pas d'autre choix que de parler avec Andreis Kovač, dit Leila. Mais c'est votre choix. C'est vous qui décidez. »

Avant qu'elle ait le temps de réagir, Herco s'était précipité par-dessus la table et avait coupé l'enregistreur.

« Si tu fais ça, je te tue », dit-il d'une voix rauque.

47.

Ulrika Grönstedt se sentait plus que contente d'elle quand elle eut tout résumé à Andreis Kovač.

Ils étaient dans la petite salle de réunion, celle avec quatre chaises rembourrées autour d'une jolie table en acajou poli. La vue sur Strandvägen rappelait aux visiteurs l'excellence de l'adresse.

Elle n'avait fait qu'une bouchée d'Herman Wibom, le conseil de Mina. Elle n'était encore jamais tombée sur lui, mais elle connaissait bien le genre. Il dirigeait probablement son propre cabinet avec, au mieux, un employé pour l'assister. Il faisait partie de ceux qui vivaient des missions que les tribunaux distribuaient charitablement. Ce genre de clientèle ou de cabinet ne valait rien pour elle. Elle avait toujours visé plus haut, dès son premier poste dans un cabinet d'avocats pénalistes renommé, aussitôt après son inscription au barreau. Elle était la première femme à intégrer le cabinet, où les partenaires sceptiques lui donnaient du *ma petite*, en pariant sous le manteau qu'elle ne tiendrait pas le coup longtemps.

Ils en avaient été pour leurs frais.

« J'ai menacé de porter plainte à la police et de déposer aux services sociaux une demande de garde exclusive, expliqua-t-elle. Ça devrait faire réagir votre femme. J'ai parlé à son conseil en termes assez explicites. »

Andreis Kovač n'avait pas l'air aussi convaincu du bien-fondé de sa nouvelle stratégie. De près, on voyait combien ses yeux étaient injectés de sang : il avait pleuré, ou fait la fête tout le week-end.

Ulrika penchait plutôt pour la seconde hypothèse.

« Elle va être obligée de vous rendre Lukas », conclut-elle en lissant un pli de sa jupe de laine noire.

Elle lui arrivait juste au-dessous du genou, c'était la longueur qui convenait le mieux à ses jambes.

« Je veux aussi que Mina revienne. »

Son visage était de marbre, impossible d'y lire aucune émotion.

« Je ne peux pas m'occuper de Lukas tout seul. »

Tu aurais peut-être pu y réfléchir avant de défoncer la gueule de ta femme, pensa Ulrika par-devers elle.

Tout haut, elle répondit :

« Ne vous inquiétez pas. D'après ce que je sais de Mina, elle ne rendra jamais Lukas sans revenir elle aussi à la maison. C'est une solution élégante à tous nos problèmes. Nous évitons des disputes futures et éliminons le risque de témoignages désagréables au tribunal. »

Kovač semblait encore hésitant, mais Ulrika Grönstedt sourit pour l'encourager. Elle ne pouvait s'empêcher d'être satisfaite de sa nouvelle tactique, d'avoir trouvé une sortie par le haut qui allait balayer une grande partie du problème.

« Votre femme va bientôt revenir auprès de vous, continua-t-elle. Maître Herman Wibom va parfaitement lui expliquer tout ça. Croyez-moi, il va faire merveille.

– Qui ça ?

– Herman Wibom. C'est l'avocat commis par la Chambre pour assister votre femme. Je l'ai appris aujourd'hui. »

Les lèvres charnues de Kovač se serrèrent pour n'être plus qu'un trait fin. Il restait pourtant aussi attirant, ça n'était pas juste.

« Sait-il où elle se cache ? demanda-t-il.

– Certainement, mais peu importe pour le moment. Vous devez vous concentrer sur autre chose. Votre prochaine mise en examen, par exemple. Avez-vous réfléchi à ce dont nous avons parlé la dernière fois ? Si quelqu'un de votre côté aurait pu faire fuiter des informations au fisc ? »

Kovač secoua la tête.

« Mes gars sont comme ma famille, mes frères. Aucun d'entre eux ne me trahirait.

– L'information vient bien de quelque part, répondit sèchement Ulrika. Linde n'a pas pu tout trouver toute seule. »

À la fenêtre, un clocher sonna lourdement dix-sept heures.

« Reprenons ça encore une fois. Qui, chez vous, a accès à ce genre d'informations ? »

Andreis Kovač croisa les bras.

« Mes cousins et mon petit frère, bien sûr. Emir est au courant d'à peu près toutes mes activités.

– D'autres personnes ? »

Kovač réfléchit tout en tripotant son gobelet de café.

« Dino, mon chauffeur. Il est toujours avec moi. Mais nous avons grandi ensemble. C'est mon bras droit.

– C'est tout ? Vous n'avez oublié personne ?

– Non.

– Et vous êtes absolument certain qu'aucun d'eux n'a pu parler dans votre dos ?

– Ils sont ma chair et mon sang. Jamais ils ne me trahiraient.

– Vous êtes parent avec Dino ? »

Kovač se rembrunit, mais Ulrika n'y prêta pas attention. Il la payait grassement pour veiller à ses intérêts. Il valait mieux qu'elle pose les questions difficiles maintenant plutôt que de les voir soulevées au tribunal.

« Nous nous connaissons depuis la primaire. Dino prendrait une balle pour moi.

– Si vous le dites. »

Ulrika Grönstedt hocha la tête.

« Alors il ne reste que Mina, décida-t-elle.

– Mina ne pige rien, je vous l'ai déjà dit. »

Kovač se leva et gagna la fenêtre. La coupe confortable de sa luxueuse veste en cuir noir épousait ses larges épaules.

« Elle n'oserait jamais, dit-il par-dessus son épaule. Elle sait ce qui lui arriverait. »

Ulrika n'en doutait pas.

« Quelqu'un a fuité, c'est tout ce que je peux dire. Quelqu'un qui est bien au courant de vos affaires. Si vous voulez que nous gagnions ce procès, vous devez trouver qui. »

48.

Elin grimpa sur les genoux de son père, sa peluche préférée sous le bras, un lapin qu'elle avait eu bébé. Une longue oreille chatouilla le menton de Thomas. Le lapin avait depuis longtemps pris une teinte nettement plus grisâtre que sa blancheur d'origine, mais il était absolument nécessaire pour qu'Elin s'endorme le soir.

La peluche déménageait chaque semaine entre chez Pernilla et chez Thomas, tout comme Elin.

« Tu ne devrais pas être dans ton lit, à cette heure-ci ? » lui murmura Thomas à l'oreille.

Les informations de dix-neuf heures trente avaient commencé, il était grand temps pour Elin de dormir.

Elle secoua la tête avec détermination.

« Je ne suis pas fatiguée, dit-elle d'une voix claire.

– Juste un petit moment alors, sourit Thomas. À la fin des informations il faudra aller te coucher, promis ? »

Elin se blottit dans ses bras. Il sentit ses épaules retomber et ses muscles se détendre sous l'effet de la chaleur du corps de sa fille. C'était peut-être le meilleur moment de la journée.

Parfois, il aurait aimé qu'Elin ne grandisse jamais, comme Fifi Brindacier, et reste à jamais une petite fille de huit ans qui voulait s'asseoir sur les genoux de son papa. Impossible de l'imaginer d'ici cinq ans en ado butée.

Le présentateur aborda les prochaines élections présidentielles aux États-Unis. Thomas bâilla. Sa journée avait été remplie par les réunions et les tâches de routine. Et pourtant, il avait l'impression de n'avoir rien eu le temps de faire. Il n'avait plus d'énergie. Cet hiver, le manque de lumière avait été plus pénible que jamais, les brèves heures de jour, disparues aussi vite qu'elles étaient venues, n'avaient pas suffi.

« Pourquoi tu es fâché contre maman ? » demanda Elin.

Thomas sursauta. Un sentiment de culpabilité familier s'empara presque immédiatement de lui.

« Pourquoi tu dis ça, ma grande ? dit-il avec une tentative de rire qui ne sonna pas du tout naturel.

– Maman et toi, vous ne faites que vous disputer.

– Mais pas du tout, tenta-t-il. Je ne suis pas fâché contre maman.

– Tu as l'air fâché chaque fois que tu lui parles. »

Thomas aurait voulu tenir Elin à l'écart de ses disputes avec Pernilla. C'était déjà bien assez que leur couple ait volé en éclats, il ne fallait pas qu'elle en pâtisse elle aussi. Mais parfois, le soir, il avait mal à force de serrer les dents pour faire comme si de rien n'était.

« C'est sûrement juste parce que je suis fatigué quand je parle avec maman, dit-il. Les mamans et les papas sont fatigués après le travail, alors on peut avoir l'air un peu fâché même si on ne l'est pas en fait.

– Tu es tout le temps fatigué, alors ? »

La logique enfantine résumée en une phrase. Thomas se força à sourire, bien qu'il ait voulu pleurer. Il serra Elin contre lui. Ses cheveux étaient tout propres, leurs pointes encore humides.

« Non, pas du tout », dit-il.

Elin détourna la tête. Il arrondit doucement la main autour de son menton et lui tourna le visage pour la regarder dans les yeux. Bleus comme ceux de Pernilla.

« C'est l'impression que tu as ? demanda-t-il.

– Mmh. »

Thomas déposa un baiser sur son front.

« Maman et moi on t'aime beaucoup, même si on n'est pas d'accord sur tout. »

Les lèvres d'Elin se mirent à trembler. Une larme coula sur sa joue, puis une autre. Thomas les essuya délicatement du bout de l'index.

« Là, ma grande. Ce n'est pas si grave ?

– Est-ce que c'est ma faute ? » chuchota Elin.

Thomas voyait les lèvres de la présentatrice télé bouger sans comprendre ce qu'elle disait. Seules les paroles d'Elin résonnaient dans sa tête.

Elle enfouit son visage dans le lapin.

« Ma chérie, tenta Thomas. Où vas-tu chercher ça ? Bien sûr que ce n'est pas ta faute.

– Vous vous disputez toujours quand vous parlez de moi », murmura Elin, le nez serré fort contre la peluche.

Thomas lui caressa les cheveux.

« Tu ne dois jamais, jamais penser ça, dit-il. Rien de tout ça n'est à cause de toi. Maman et papa t'aiment. Tu es ce que nous avons de plus précieux. »

Un sanglot secoua le corps d'Elin.

« Je veux que maman revienne à la maison, pleura-t-elle. Je veux qu'elle soit là tout le temps. »

Le journal s'achevait. Après le générique, on annonça la suite du programme.

Moi aussi, je voudrais bien, pensa Thomas.

Il souleva Elin. Elle se blottit contre sa poitrine sans cesser de pleurer. Elin était ce qu'il avait de plus précieux et c'était sa faute si elle était triste. Elle n'avait que huit ans, et il n'était plus capable de la protéger.

« On va se coucher, maintenant, décida-t-il, se raccrochant à la routine, à défaut de solution. Qu'est-ce que tu dirais de dormir dans mon lit cette nuit ? Est-ce que ça irait mieux ? »

Elin hocha la tête et Thomas la porta dans sa chambre. Il la borda avec le lapin du côté de Pernilla – ce qui avait été le côté de Pernilla – et resta là jusqu'à ce qu'elle s'endorme et que sa respiration redevienne calme et régulière.

Un petit sanglot traversa le corps de la fillette, qui serra de plus belle sa peluche dans son sommeil.

Le corps lourd, Thomas se leva et quitta la chambre sur la pointe des pieds.

Que dire à Pernilla ?

S'il lui racontait ce que venait de dire Elin, il savait comment elle réagirait. Elle lui reprocherait de faire de la peine à Elin, dirait que c'était sa faute si leur fille se sentait coupable de leur séparation. S'il n'avait pas été si intransigeant, ils vivraient encore ensemble tous les trois.

Il l'entendait déjà cracher : *Qu'est-ce que je disais ?*

Thomas alla prendre une bière à la cuisine, même s'il consommait rarement de l'alcool pendant la semaine. Il l'ouvrit et but quelques gorgées au goulot, avant de poser la bouteille sur le plan de travail et de regagner le salon.

La télé était toujours allumée, encore une de ces émissions de téléréalité où des gens cherchaient l'amour avec de parfaits inconnus. Comment pouvait-on ne serait-ce qu'envisager de participer à une chose pareille ?

Pernilla estimait que c'était sa faute à lui s'ils s'étaient séparés. Que c'était lui qui l'avait quittée.

Mais c'était elle qui l'avait trahi, il ne comprenait pas qu'elle ne le voie pas.

49.

Dino se gara devant la maison d'Andreis et descendit de voiture. Il ouvrit la portière arrière pour récupérer les pizzas qu'Andreis avait commandées.

Trois cartons, ce qui signifiait qu'Emir était là lui aussi. Ça n'arrangeait pas ses affaires.

Depuis deux jours, il dormait à peine. Penser qu'Andreis pouvait apprendre son implication l'avait tenu éveillé jusqu'aux petites heures, et l'interrogatoire du jour n'avait fait qu'aggraver les choses.

Il savait que c'était de la folie de menacer une policière, mais cette fille ne lui avait pas laissé le choix. Si elle vendait la mèche au sujet de son implication, il était fini. Témoigner contre Andreis, c'était comme signer sa propre condamnation à mort.

Quoi qu'il fasse, il était dans la merde. Et c'était sa faute, puisqu'il s'était mêlé de ce qui ne le regardait pas. Si seulement il était parti quelques minutes plus tôt, avant d'apercevoir le visage ensanglanté de Mina à travers la vitre, il ne se serait jamais retrouvé dans une telle situation.

Quelqu'un lui fit signe à la fenêtre. Emir, ou Andreis, avec un grand sourire ? Une seconde, il se crut revenu à Nyköping. Quand il sonnait à la porte de la famille Kovač les vendredis soir pour passer prendre son ami d'enfance et filer en ville draguer les filles. La vie était tellement simple à cette époque, même si c'était toujours Andreis qui ramassait la plus jolie fille.

Dino souleva les cartons et tourna la poignée de la porte d'entrée. Fermée. Il sonna, Emir ouvrit.

« Le livreur de pizzas est là », lança-t-il avec un grand ricanement avant de regagner la cuisine sans le saluer.

Dino aurait voulu lui mettre son poing dans la gueule. Mais il le suivit, ses pizzas à la main.

L'état de la cuisine avait empiré depuis samedi : des miettes crissaient sous les chaussures et la vaisselle continuait à s'empiler dans l'évier. Ça sentait le pourri dans un coin, comme si personne n'avait sorti la poubelle depuis un bon moment.

Andreis était assis à la table de la cuisine. Son visage était dans l'ombre, impossible de lire son expression.

Il tenait à la main un pistolet noir qu'il faisait doucement tourner.

Dino faillit faire sous lui.

Il savait. La police l'avait vendu.

Ses pensées s'agitaient fébrilement. Devait-il tenter de s'expliquer avant qu'il ne soit trop tard ? Tout avouer puis se jeter à ses pieds pour implorer sa grâce ? Andreis lui pardonnerait-il s'il lui rappelait tout ce qu'ils avaient vécu ensemble ?

Ses doigts étaient si moites que les cartons faillirent glisser, mais il ne lâcha pas un mot. Seul un gargouillis lui sortit de la gorge, comme si quelque chose y était coincé et qu'il essayait de tousser.

Andreis posa le pistolet sur la table, mais il continua à en caresser le canon noir du bout des doigts. À la lumière du plafonnier, le métal brillait d'un éclat de mauvais augure. Un Glock, Dino reconnaissait le modèle. Cela faisait longtemps qu'il avait appris à se servir des armes à feu, et il s'y connaissait assez bien.

C'était maintenant qu'on allait lui demander des comptes. Les pizzas n'avaient été qu'un prétexte pour le faire venir. Il était tombé dans le piège comme un agneau prêt pour le sacrifice.

Andreis fit glisser sa main sur le Glock, d'ici quelques secondes seulement il allait en saisir la crosse et braquer l'arme sur Dino.

Celui-ci le regardait d'un air inexpressif, malgré son cri intérieur : fuir ! Il devait bien y avoir moyen, mais comment ?

Il lorgna vers la porte de la cuisine.

Emir lui barrait le passage. Pourrait-il se précipiter devant lui et s'échapper ? Mais il ne ferait que quelques mètres avant qu'Andreis ne le vise et tire.

En plus, ils étaient deux contre un.

Son couteau était comme toujours dans sa poche arrière. Mais avant qu'il l'ait sorti pour se défendre, il serait trop tard. Emir serait ravi d'avoir l'occasion de lui écraser la tête.

Dino se prépara.

Emir fit deux pas vers la table avec un sourire affamé. Dino était sur le point de vomir quand Andreis posa son arme. Il huma l'air et fit un signe d'impatience à Dino qui demeurait parfaitement immobile.

« Putain, ce que j'ai la dalle ! Qu'est-ce que tu attends ? Aboule la bouffe. »

Dino déposa lentement les cartons de pizzas sur la table, sans quitter le Glock des yeux.

Ses aisselles ruisselaient. Il priait tous les dieux que cela ne se remarque pas. La peur avait une odeur, il le savait et Andreis le savait.

« Cinq minutes de plus, et il bouffait ce truc », dit Emir en montrant le pistolet.

Dino força ses lèvres à sourire à cette mauvaise plaisanterie, comme on l'attendait de lui.

Emir se prit une marinara. Les moules sur le fromage tanguaient sous les yeux de Dino. La nausée le prenait par vagues.

« Andreis a foutu la pétoche aux parents de Mina, l'autre soir », continua Emir en mordant une grande bouchée de pizza.

La sauce tomate colora de rouge la commissure de ses lèvres.

« Ils ont cru leur dernière heure arrivée », renchérit Andreis, content de lui.

Dino dut se racler la gorge pour que sa voix porte.

« Tu y es allé samedi ? » demanda-t-il.

Andreis hocha la tête, la bouche pleine.

« Putains de caves, marmonna-t-il en continuant de mastiquer. Un rien leur fait peur. »

Dino était obligé de poser la question.

« Tu as su où était Mina ? »

Andreis secoua la tête, sans paraître particulièrement soucieux, comme s'il avait un nouveau plan.

« Mon avocate s'en occupe, se contenta-t-il de dire.

– La daronne de Mina a fait une attaque, ricana Emir en buvant une canette de bière. Elle a failli se pisser dessus de peur. »

Quelque chose dans la posture d'Andreis fit que Dino recommença à respirer. Il ouvrit son propre carton de pizza, malgré son ventre retourné d'inquiétude.

Andreis semblait avoir l'esprit ailleurs ce soir. Ses gestes n'étaient pas aussi crispés que la veille, ses yeux pas aussi méfiants.

Dino mordit dans sa pizza, mastiqua mécaniquement et avala, malgré le goût de cendres dans sa bouche. Il n'osait pas tendre le bras pour attraper une bière, de peur qu'on voie ses mains trembler. Ses aisselles étaient depuis longtemps poisseuses, la sueur coulait sous son tee-shirt. Il se plaqua au dossier de sa chaise, en espérant que cela ne se remarque pas.

La situation était sous contrôle. Andreis n'avait pas eu vent de son implication, tout était comme d'habitude.

Il était en sécurité. Pour le moment.

Bosnie, mars 1993

Maman était en train d'éplucher des pommes de terre pour le dîner. Andreis avait faim, le déjeuner était loin, et ça n'avait été qu'une soupe sans viande. Ils ne mangeaient presque plus de viande, désormais.

Mais au moins il faisait moins froid, il n'était plus en permanence gelé comme durant tout l'hiver.

Assis à la table de la cuisine, il dessinait avec ses crayons de couleur. Il voulait faire un joli dessin pour maman, pour qu'elle soit à nouveau contente. Elle avait toujours l'air si triste et ne riait presque jamais.

« Tiens. C'est pour toi. »

Andreis tendit le dessin pour que maman puisse le voir.

Il avait essayé de dessiner leur jardin, les framboisiers, les arbres fruitiers et les belles fleurs. Maman aimait soigner ses roses mais à présent, elle ne s'occupait plus beaucoup du jardin.

« Merci », dit-elle en mettant de côté le dessin sans le regarder.

Andreis ravala sa déception.

« On peut jouer à quelque chose ?

– Je n'ai pas le temps. »

Elle disait ça chaque fois qu'il le demandait. Elle n'avait jamais le temps pour jouer avec lui. Andreis s'ennuyait, presque tous ses amis avaient quitté le petit village.

Il y avait une chose qu'il voulait lui demander, mais il ne savait pas bien comment s'y prendre.

« Pourquoi papa est toujours fâché contre toi ? » finit-il par lâcher.

Maman posa son économe. Elle saisit son paquet de cigarettes et en alluma une.

« Qu'est-ce que tu veux dire ? demanda-t-elle en se retournant.

– Vous vous criez dessus. »

Andreis ne savait pas comment poursuivre. Son regard glissa vers le bleu qui dépassait du pull de maman, sur son avant-bras. La nuit précédente, il avait encore une fois été réveillé par la violente dispute de ses parents.

« Vous ne vous faites plus de câlins », dit-il en baissant la tête.

Maman posa sa cigarette et s'agenouilla devant Andreis.

« Mon chéri. Parfois, les mamans et les papas ne sont pas d'accord, c'est comme ça. Ne te tracasse pas pour ça. »

Elle l'embrassa sur les deux paupières. C'était sa façon spéciale de lui faire des bisous.

« Papa et moi avons des avis différents sur certaines choses, c'est tout, ce sont des choses qui arrivent. »

Ses yeux étaient brillants quand elle le lâcha.

« C'est la guerre, reprit-elle. Ce n'est facile pour personne en ce moment. C'est dur pour papa, comme pour tout le monde.

– C'est ma faute ? »

Maman soupira.

« Pourquoi tu dis ça ?

– Parce que papa est très en colère. »

Maman écarta les cheveux de son front et reprit sa cigarette. Elle inspira profondément plusieurs bouffées, mais se détourna pour ne pas envoyer la fumée dans le visage d'Andreis.

« Papa est frustré, dit-elle en caressant les cheveux de son fils. Il voudrait lui aussi se battre au front mais sa mauvaise jambe l'en empêche. Il a peur et est inquiet, exactement comme moi. »

Andreis ne savait pas s'il allait oser poser la question qui le maintenait éveillé tous les soirs. Mais il finit par prendre son courage à deux mains.

«Est-ce qu'on va quitter papa ? »

Maman l'attira à lui et le serra fort.

« Ne dis pas de bêtises. Bien sûr qu'on ne va pas quitter papa. Nous sommes une famille. Une famille, ça reste ensemble quoi qu'il arrive. »

50.

Thomas écarta délicatement la couette pour se glisser hors du lit sans réveiller Elin. Elle dormait profondément du côté de Pernilla, serrant toujours fort son lapin.

Il éteignit la lampe, sachant qu'il aurait beau faire, il n'arriverait pas à se concentrer sur un livre. Les paroles d'Elin l'avaient secoué.

La mort d'Emily l'avait ravagé mais le désespoir qu'il éprouvait à présent était presque aussi intense, d'une autre façon. À la naissance d'Elin, il s'était juré de faire tout ce qui était en son pouvoir pour la protéger. Et voilà pourtant où ils en étaient. L'existence d'Elin avait volé en éclats, et elle se demandait si c'était de sa faute.

Il se redressa sur un coude et caressa délicatement sa joue lisse du bout de l'index.

Rien ne comptait plus qu'Elin, mais Pernilla n'avait pas l'air de cet avis.

Dès juin, ils avaient eu une grosse dispute sur le fait qu'elle était trop souvent absente, et stressée et irritable quand elle était là.

Thomas n'en pouvait plus de voir les yeux tristes d'Elin lorsque Pernilla partait des semaines en voyage. Il avait de plus en plus de mal à s'en sortir avec son propre travail, même si la grand-mère d'Elin venait souvent et volontiers à la rescousse. Lui aussi avait des impératifs professionnels, mais sa compagne ne semblait pas le comprendre.

Il se sentait bien trop souvent comme un père célibataire, avait-il essayé de lui expliquer cette fois-là. Autant accepter la situation : ils étaient à la croisée des chemins.

Pourtant, ils avaient finalement décidé de faire un nouvel essai. Ils s'aimaient et avaient déjà traversé ensemble beaucoup d'épreuves. Ils ne pouvaient pas à nouveau renoncer. Ils devaient penser à Elin.

Thomas avait vraiment cru à ce nouveau départ que promettait Pernilla. Il avait passé l'été plein d'espoir, en profitant des semaines sur Harö. Leurs chamailleries habituelles avaient disparu, Pernilla faisait des efforts, elle n'avait presque pas regardé son ordinateur et son portable de toutes les vacances. Ç'avait été presque comme avant, quand ils prenaient soin de leur amour.

Thomas se retourna sur le dos dans le lit. Ç'avait été leur dernière période heureuse.

Puis l'automne était arrivé. Pernilla avait recommencé à voyager et ses journées au bureau s'étaient allongées. Tout recommençait comme avant. Elin pleurait le soir en l'absence de Pernilla et la colère renaissait en Thomas face à la déception de sa fille.

Quand, tard un soir d'octobre, Pernilla avait fini par lui avouer qu'elle avait accepté des fonctions plus importantes dans sa société sans lui en parler, Thomas était sorti de ses gonds.

« Tu m'as menti ! avait-il hurlé dans la chambre à coucher, sans se soucier de ce qu'Elin dormait dans la pièce voisine. Tout ce que tu m'as dit cet été, que la famille devait passer d'abord, ce n'étaient que des mensonges ? »

Il tenait un livre à la main. Sans bien comprendre ce qui se passait, il l'avait jeté par terre, le choc avait retenti dans tout l'appartement.

Pernilla avait le visage blême quand il avait continué :

« Tu te fous d'Elin et de moi. Rien n'est plus important que ta carrière. »

Ils s'étaient crié dessus comme jamais, avaient dit des choses qu'ils ne pourraient jamais plus retirer.

Il ne savait plus qui elle était. Et ne pouvait pas non plus lui pardonner.

C'était d'autant plus dur qu'il l'avait crue quand elle lui avait assuré qu'elle allait changer et donner la priorité à sa famille. Ça avait compté beaucoup plus qu'il ne l'avait pensé sur le coup.

Après cette dispute, tout avait été noir.

Cette nuit-là, il avait dormi sur le canapé du salon et, le lendemain, Pernilla était partie pour un voyage d'affaires aux États-Unis prévu depuis longtemps. À son retour en Suède, elle s'était trouvé un autre logement.

« Ce n'est plus possible de vivre avec toi », lui avait-elle expliqué au téléphone.

Il aurait voulu dire exactement pareil d'elle.

Thomas retourna l'oreiller et se coucha sur l'autre flanc.

Il fallait à présent qu'il trouve le moyen de se mettre d'accord avec Pernilla. Elin ne devait pas être écartelée, ils ne pouvaient pas faire ça à leur fille.

Il n'avait juste aucune idée de la façon de s'y prendre.

51.

Mina était recroquevillée sur le flanc dans le lit. Elle aurait voulu mourir. Tout était de sa faute, sa mère à l'hôpital, son père désespéré.

Si seulement elle avait quitté Andreis la première fois qu'il l'avait battue.

Elle ne comprenait toujours pas pourquoi elle ne l'avait pas fait. Elle avait si souvent entendu parler de femmes battues dans les journaux. Elle s'était toujours demandé pourquoi elles ne partaient pas, tout simplement. Il faut s'en aller dès le premier coup, c'était écrit dans tous les articles qu'elle avait lus en hochant la tête. Ça allait de soi : quelle femme resterait auprès d'un homme qui la bat ?

Puis elle s'était retrouvée dans la même situation et avait pardonné, était restée et avait pardonné encore.

Andreis avait été effondré, la première fois.

Il avait lavé ses plaies, embrassé ses bleus les uns après les autres. Il avait juré sur tout ce qu'il avait de plus sacré de ne jamais recommencer. Ils avaient pleuré ensemble et il lui avait serré les mains en murmurant pardon, encore et encore.

Elle l'aimait tant, comment ignorer ses excuses et le quitter ?

Puis c'était arrivé de nouveau, et encore, et encore.

Peu à peu, elle avait commencé à reconnaître les signaux d'alerte.

Elle avait appris à redouter quand la porte de la salle de bain claquait d'une certaine façon ou quand il entrait dans la cuisine avec une mine glaciale. Elle savait ce qui l'attendait quand il appelait de la voiture avec un certain ton de voix ou s'asseyait pour dîner sans dire bonjour.

Parfois, sa façon de reposer son verre suffisait. Le choc lorsqu'il touchait la table. Le corps de Mina réagissait aussitôt : palpitations, sueurs froides, avant même qu'elle comprenne ce qui se passait.

L'attente était presque le pire.

L'intuition qu'il allait bientôt laisser libre cours à sa violence et à sa colère, mais qu'elle ne pouvait rien y faire. Qu'elle n'avait pas le moindre contrôle.

Parfois, elle espérait que ça arrive le plus vite possible, qu'on en finisse pour cette fois.

La chose faite, tout redevenait plus calme, en tout cas pour un temps. Elle gagnait une sorte de répit à chaque coup et à chaque nouvel hématome. Quand il l'attrapait par les cheveux et tirait si fort que sa vue se troublait, elle se consolait en se disant qu'au moins il serait gentil pendant une semaine.

Son regard glissa vers Lukas, dans son lit à barreaux. Pour lui seul, sa vie méritait d'être vécue. Il avait besoin d'elle.

Elle ne pouvait pas s'offrir le luxe de mourir.

52.

Nora était en train de se brosser les dents quand Jonas entra dans la salle de bain.

« J'ai mis les affaires de gym de Julia dans son sac à dos, dit-il en attrapant sa propre brosse à dents. Je peux la déposer demain matin, si tu veux partir travailler tôt.

– Merci », murmura Nora, la bouche pleine de dentifrice.

Jonas fit couler l'eau froide.

« Au fait, tu as eu le temps de parler à Thomas de cette histoire de thérapie ? »

Nora éprouva une pointe de mauvaise conscience. Elle avait eu tant à penser qu'elle avait complètement oublié de l'appeler.

« Non, dit-elle en crachant dans le lavabo. Pas encore.

– On devrait l'inviter à dîner un de ces soirs. »

Elle appréciait la sollicitude de Jonas, qu'il se soucie ainsi de son meilleur ami. Jonas s'était vite très bien entendu avec Thomas et Pernilla, qu'il aimait beaucoup tous les deux. Il n'y avait jamais eu de tensions entre Thomas et lui, comme c'était le cas avec Henrik. Ces deux-là n'avaient jamais pu se voir en peinture, ce qui était apparu très clairement quand Nora avait fini par franchir le pas et se séparer d'Henrik : Thomas l'avait encouragée de A à Z.

« Pourquoi pas le week-end prochain, continua Jonas. Quand Simon sera revenu ? »

Thomas était le parrain de Simon, et il prenait ce rôle

très à cœur. Nora l'avait toujours soupçonné de regretter de n'avoir pas eu d'autres enfants.

« J'espère vraiment que ça va s'arranger entre Thomas et Pernilla, dit Jonas. Ce n'est pas simple d'être célibataire avec un jeune enfant. »

Il savait de quoi il parlait.

Quand Nora et lui s'étaient rencontrés, Wilma, sa fille aînée, n'avait que treize ans, et Jonas l'élevait seul depuis longtemps. Son ex-compagne et lui n'avaient pas plus de vingt ans quand elle était tombée enceinte, et leur couple n'avait pas fait long feu. En revanche, avec le temps, ils avaient construit une belle amitié et élevé ensemble Wilma.

« Bien sûr, ce serait le mieux, acquiesça Nora. Ce n'est pas leur première séparation, et ils ont su prendre un nouveau départ la dernière fois. Et puis ils doivent penser à Elin, il ne s'agit pas seulement de ce qu'ils veulent eux. »

Nora reposa sa brosse à dents et sortit le pot de crème de nuit qui faisait probablement beaucoup plus de promesses qu'il n'en pouvait tenir. Elle en prit une noisette et se l'étala sur le visage.

« J'ai l'impression que c'est Thomas qui accuse le plus le coup, dit-elle. Ou alors c'est juste l'image que j'en ai parce que c'est surtout avec lui que j'en parle. Pernilla voyage tellement qu'il est presque impossible de la joindre. »

Nora avait honte de ne pas avoir parlé avec Pernilla depuis des mois. Mais Thomas était son meilleur et plus ancien ami, se défendait-elle. Ce n'était pas un concours d'équité, elle faisait comme elle pouvait. Pernilla n'avait pas non plus donné de nouvelles, ce n'était pas uniquement de sa faute si elles s'étaient perdues de vue.

« Je croyais que c'était lui qui avait pris l'initiative de la séparation ? s'étonna Jonas.

– Il te l'a dit ? »

Nora entendait le ton vexé de sa voix mais, de fait, même à elle, Thomas ne l'avait pas franchement dit.

« Pas directement. Mais il y a une chose qu'il a dite cet été. Tu sais, la fois où Pernilla est rentrée en ville, le week-end où on a mangé des écrevisses. On a pris une bière ensemble sur le ponton, quand tu es allée te coucher. »

Nora hocha la tête. Ils avaient fait une magnifique fête de l'écrevisse entre voisins et amis. Pernilla avait reçu un coup de téléphone et dû partir en catastrophe pour Londres.

« Il était vraiment furieux. Il était évident que ça n'allait pas entre eux, et qu'il ne voulait pas qu'elle parte. Mais elle y est allée quand même. »

La situation ne réjouissait pas non plus Pernilla. Sa mauvaise conscience transparaissait clairement quand elle était partie en se confondant en excuses.

« Pas facile de concilier un travail comme le sien avec un mari et un enfant, commenta Nora. C'est sûr qu'il y a parfois des frictions.

– Il ne s'agit pas de ça.

– Il s'agit de quoi, alors ? dit-elle en reposant un peu trop brutalement le pot de crème au bord du lavabo. Que Thomas a du mal à accepter que sa femme fasse une carrière dans le monde des affaires et soit mieux payée que lui ? »

L'analyse que faisait Jonas de la relation entre Thomas et Pernilla la dérangeait. Thomas était quand même *son* meilleur ami, pas le sien.

« Tu es fâchée ? »

Nora secoua la tête et arrondit les angles :

« Allez, dis ce que tu pensais dire. »

Jonas se gratta la nuque.

« Je crois que Thomas supporterait le métier de Pernilla si seulement elle lui faisait sentir qu'il arrive en premier dans sa vie. »

Il attira Nora à lui.

« Il ne s'agit pas du temps que Pernilla passe à travailler, et vraiment pas de combien elle gagne, murmura-t-il à son oreille. Thomas n'est pas comme ça, nous le savons toi et moi.

– Mais quel est le problème, alors ?

– Il se sent exclu de la vie de Pernilla et il ne le supporte pas. Dans ces conditions, il préfère rester seul. »

MARDI

53.

Elle n'avait même pas sa propre brosse à cheveux.

Mina regardait fixement son reflet dans le miroir de la salle de bain. Elle venait de se laver les cheveux avec un shampooing bon marché fourni par Friggagården. C'était loin de sa marque préférée qui sentait bon et était particulièrement adaptée aux longs cheveux blonds. Ses pointes semblaient déjà sèches et fragiles alors qu'elles étaient encore humides.

Tout, sauf son sac à main, était resté chez elle à Kolarängen. Tout ce qu'elle portait était prêté, et Lukas était lui aussi habillé avec des vêtements mis au rebut.

Elle n'avait pas non plus d'argent. Le peu qu'elle possédait était caché à la maison, là où Andreis lui-même ne pourrait pas le trouver.

Mina s'affaissa sur le siège des toilettes. Elle ne voulait pas rester là, au milieu de toutes ces femmes battues qui elles aussi pleuraient le soir. Elle voulait être dans sa cuisine avec une tasse de café, tandis que le soleil matinal brillait à la fenêtre.

Elle voulait rentrer chez elle.

Mina fixa le flacon de shampooing à côté du lavabo. Puis elle l'envoya valser par terre. Le flacon rebondit sur le lino bon marché et roula dans un coin.

Si seulement tout pouvait redevenir comme avant.

Elle se leva et se regarda dans la glace. Les bleus commençaient à disparaître, et les points de suture cicatrisaient. Elle avait encore l'air amochée, mais pas démolie comme auparavant. Elle pourrait bientôt se montrer en public sans s'attirer des regards appuyés.

Mina se pencha pour ramasser le shampooing. Elle aspirait à retrouver sa maison, ses affaires, à un point qu'elle n'aurait jamais imaginé s'agissant de choses matérielles. Tout simplement ouvrir le tiroir de la commode et trouver des sous-vêtements qu'elle avait elle-même achetés. Pouvoir habiller Lukas avec quelque chose de beau et neuf, pas la layette délavée déjà portée par un autre bébé.

Elle n'en avait jamais mesuré l'importance. Peut-être la mère d'Andreis avait-elle éprouvé la même chose quand elle avait dû laisser son ancienne vie derrière elle ? Un désir de choses quotidiennes, une forme de normalité dans l'existence, alors que le monde était en feu et son ancienne vie anéantie.

Elle referma la porte de la salle de bain et alla prendre son petit déjeuner. Lukas avait déjà mangé et s'était rendormi. Il ronronnait paisiblement dans son petit lit.

Mina espérait trouver la cuisine vide, mais Anna-Maria était devant la cafetière quand elle entra.

Il y avait des miettes sur la longue table en bois : quelqu'un avait mangé sans nettoyer derrière. Mina essuyait toujours la table. Andreis était très à cheval là-dessus.

Anna-Maria lui sourit aimablement.

« Bonjour, Mina, dit-elle. Comment allez-vous aujourd'hui ? »

Elle montra la cafetière.

« Une tasse ?

– Oui, merci. »

Mina alla prendre du beurre et du fromage dans le réfrigérateur. Elle n'avait pas du tout faim, mais savait qu'il fallait qu'elle avale quelque chose. Elle avait déjà perdu du poids.

« Est-ce qu'il ne serait pas temps d'aller faire un tour dans les environs ? proposa Anna-Maria. Vous pourriez aller à l'épicerie avec Lukas. L'idée ici est que chacune va faire ses courses pour préparer ses repas. »

Mina n'était pas sortie de Friggagården depuis son arrivée.

Elle s'était contentée de promener Lukas dans le jardin une heure ou deux, pour qu'il prenne l'air. Les premiers jours s'étaient enfuis comme dans un songe. Si le personnel ne lui avait pas rappelé de manger, elle l'aurait oublié aussi.

« Il y a une poussette devant l'entrée que vous pouvez emprunter si vous voulez, précisa Anna-Maria. Je viens de la sortir. Il fait vraiment beau aujourd'hui, ça vous ferait sûrement le plus grand bien de mettre un peu le nez dehors. »

Mina acquiesça en murmurant, sans se retourner.

« Ce n'est pas très loin et c'est une belle promenade, continua la directrice. Il faut sortir sur le chemin et prendre à gauche. Vous pouvez aussi pousser jusqu'à Uppeby, où il y a le musée local. Il est normalement ouvert quelques heures dans la journée. »

Anna-Maria disparut dans son bureau, son café à la main. Le silence qui suivit son départ fut un soulagement. Mina se dépêcha de se préparer une tartine, qu'elle se força à avaler par petites bouchées. Elle essuya soigneusement toutes les surfaces avant de quitter la cuisine, sans oublier de donner un coup au sol avec un balai trouvé dans un des placards.

La poussette.

Elle gagna l'entrée et ouvrit. Le soleil brillait, même voilé par la brume. Il y avait du printemps dans l'air, comme l'avait dit Anna-Maria.

Un autre jour, elle aurait apprécié.

Une poussette bleue était en effet garée au pied du perron. Le tissu était usé, le matelas taché. Les roues sales.

Mina tendit la main pour tâter la poignée. La poussette habituelle de Lukas était beaucoup plus jolie. Elle aussi était restée à la maison.

Mina rentra et referma derrière elle. Dans l'entrée étaient affichés les horaires des ferries Waxholm. Il y avait des bateaux entre Runmarö et Stavsnäs presque toutes les heures. Il y avait aussi des bus en correspondance. La traversée ne durait que cinq minutes, auxquelles s'ajoutait une heure en bus pour rejoindre le centre-ville.

L'idée vint d'elle-même : en changeant à Nacka Forum,

elle pourrait rentrer chez elle en bus récupérer ses affaires et son argent.

Mina regarda autour d'elle. Il n'y avait personne, le foyer n'était qu'à moitié plein. Plusieurs femmes étaient parties hier et il n'y avait pas encore eu de nouvelles arrivées. Aucun membre du personnel n'était non plus en vue.

Elle sortit son téléphone et prit rapidement une photo de la fiche horaire. Il y avait un bateau à dix heures moins le quart. Si elle le prenait, elle pourrait être à Kolarängen en une heure et demie, et de retour à Friggagården en début d'après-midi.

Personne n'avait à être au courant.

Tout irait mieux si elle pouvait porter ses propres vêtements. Elle se sentait perdue, comme sans domicile, une de ces femmes pitoyables qu'on voyait en ville traîner tous leurs biens dans des sacs plastique déchirés et des ballots. Cela lui pesait chaque fois qu'elle devait s'adresser au personnel pour emprunter des affaires : elle manquait d'à peu près tout.

Elle n'était pas comme ça, elle avait une maison, une famille. Elle n'était pas comme les autres femmes de Friggagården.

Mina vérifia à nouveau l'horaire, en essayant de se décider. Oserait-elle le faire, rentrer chez elle ?

Andreis était rarement là dans la journée, il était toujours occupé ailleurs. Elle pourrait se glisser dans la maison sans même qu'il s'en aperçoive. Elle avait les clés dans son sac à main, sa carte de bus aussi. Elle ferait attention.

Mina songea à Lukas. Si petit, il avait déjà tant subi. S'il ne pouvait dormir dans son lit, au moins il pourrait être bien habillé et avoir ses propres peluches. Elle détestait ce pyjama en loques dans lequel il était forcé de dormir.

Mina se redressa. Elle allait le faire pour Lukas.

Andreis ne saurait jamais qu'elle était passée.

54.

Andreis avait demandé à Dino de passer le prendre vers dix heures et demie. D'habitude, il commençait sa journée nettement plus tôt. Il n'avait pas besoin de beaucoup de sommeil : même couché tard, il se réveillait de bonne heure. Son insatiable énergie semblait ne jamais se tarir.

Mais rien n'était comme d'habitude ces derniers jours.

En quittant l'autoroute à la sortie Kolarängen, Dino fut tenté de faire demi-tour et de quitter Stockholm. Continuer droit devant lui, jusqu'à trouver une ville nouvelle où personne ne saurait comment il s'appelait ni qui il était.

Recommencer à zéro.

Il continua pourtant vers Kolarängen. Sa vie était là, dans la grande ville. Il ne pouvait pas partir comme ça, sans autre forme de procès. Il devait y avoir une autre façon de résoudre le problème, il ne savait juste pas comment et, à force de ressasser cette situation, il était en train de devenir fou.

Ses boyaux étaient encore en capilotade, il courait aux toilettes tous les quarts d'heure.

On ne s'était rien dit de particulier durant la soirée de la veille. Le pouls de Dino avait fini par se calmer. Andreis et Emir s'étaient comportés comme d'habitude, ils avaient causé, blagué et bu bière sur bière, avant de continuer avec des shots de vodka. C'est seulement quand Dino avait dû se lever pour aller aux toilettes qu'Emir avait sifflé en montrant son dos :

« Dis donc, t'as pris ta douche tout habillé, ou quoi ? »

Sa chemise était toujours trempée de sueur. Dino avait balbutié quelque chose avant de filer aux toilettes.

Il s'engagea dans Trastvägen et se gara à sa place habituelle devant la maison au crépi ocre.

C'était un vrai quartier de Suédois de souche, qui rappelait la rue des parents de Mina à Skuru. C'était Mina qui avait voulu une jolie maison, pas trop loin de celle de ses parents. Dino savait qu'Andreis avait eu plaisir à en imposer à ses beaux-parents en allongeant l'argent, comme ça, l'air de rien.

Il avait probablement aussi apprécié que la maison soit à l'abri des regards. Les terrains avaient beau ne pas être bien grands, personne ne pouvait voir à l'intérieur, excepté par la fenêtre de la cuisine. L'ancien propriétaire avait planté une haie de thuyas tout autour du jardin : verte toute l'année, elle protégeait la maison de la curiosité des voisins.

Andreis s'y plaisait peut-être, mais Dino n'aurait jamais pu se sentir chez lui dans ce quartier. Ce n'était pas un endroit pour lui.

Andreis mit un bon moment avant d'entendre la sonnette, et finit par venir ouvrir en slip. Il avait les yeux injectés de sang et l'haleine aigre.

« Vous avez fini tard hier ? »

Emir était encore là quand Dino était rentré chez lui. Ils devaient avoir continué à boire assez longtemps, à en juger par l'état d'Andreis. Toute la maison puait le tabac froid.

Mais Emir n'avait pas l'air d'être sur place, sa voiture n'était plus dans la rue.

« J'arrive », grommela Andreis avant de disparaître dans la salle de bain.

La douche se mit à couler quelques secondes plus tard.

Dino alla l'attendre à la cuisine. Elle était dans un état vraiment effroyable. Andreis ne devait pas avoir levé le petit doigt depuis le départ de Mina. D'ordinaire, il était très à cheval sur le ménage. Dino l'avait un jour entendu crier sur Mina à ce sujet. À présent, il laissait tout en plan, comme s'il voulait la punir en laissant la maison se transformer en dépotoir.

Les cartons à pizza abandonnés sur le plan de travail sentaient la tomate et le vieux fromage. Dino alla dans le salon. La poussette de Lukas était toujours garée dans un coin, une peluche poilue en dépassait.

Dino attrapa distraitement la peluche et la regarda avant de la reposer.

Pour la première fois, il s'interrogea : et si Mina avait décidé de ne plus revenir, de quitter Andreis pour de bon ?

Mais elle connaissait assez Andreis pour comprendre qu'il ne le permettrait jamais. Lukas lui appartenait, il ne la laisserait jamais partir avec l'enfant. Même s'il devait purger plusieurs années de prison, il trouverait bien un moyen de la retenir.

Une pensée intempestive l'assaillit : si Mina témoignait contre Andreis et le faisait effectivement condamner, Emir allait-il le remplacer ?

Dino espérait que non.

Il regarda l'heure. Andreis ne se pressait pas, il attendait depuis bientôt vingt minutes, il allait être onze heures. Ils devaient rencontrer quelques types à Södertälje vers midi, et Andreis n'aimait pas être en retard.

Dino regagna la cuisine et se rassit.

Il se gardait bien de bousculer son chef.

55.

Mina était seule à bord du bus pour Kolarängen, il n'y avait que quelques retraités à l'avant, et elle avait installé sa poussette près des portes arrière. Elle gardait la tête baissée et s'était vissé une casquette sur le crâne. Par précaution, elle avait aussi mis des lunettes de soleil : personne ne devait la reconnaître.

Mais comment la reconnaîtrait-on ? Elle ne portait même pas ses propres vêtements.

Mina aurait voulu sourire à cette idée noire, mais un sanglot l'arrêta à mi-chemin.

Il avait été facile d'embarquer à bord du ferry, et le bus attendait à l'arrivée à Stavsnäs. La correspondance à Nacka Forum avait également été sans encombre.

Le bus approchait Kolarängen. L'autoroute avait cédé la place à un paysage verdoyant. Kolarängen était agréablement situé, au bord du lac Ältasjön, non loin de Skarpnäck. Le matin, elle faisait souvent de longues promenades avec sa poussette. Il y avait plusieurs lacs de baignade à proximité, c'était un quartier vraiment idyllique pour les familles avec enfants.

C'est pour ça qu'elle avait voulu habiter là. Elle avait imaginé qu'ils seraient heureux dans un tel environnement. Que tout irait bien.

Mina regarda fixement par la fenêtre. Elle pouvait encore changer d'avis. Rester dans le bus jusqu'au terminus, et revenir à Friggagården. Tout le monde croirait qu'elle avait fait une longue promenade, personne n'avait à savoir où elle était vraiment allée.

Une petite voix lui chuchotait que c'était ce qu'elle avait de mieux à faire.

Lukas se réveilla et gémit, mais se consola bien vite avec le joujou en plastique qu'elle lui agita sous le nez.

Son portable sonna. Comme elle ne reconnaissait pas le numéro, elle rejeta l'appel. Puis elle mit son téléphone en mode silencieux, elle n'avait pas le courage de parler à qui que ce soit pour l'instant.

« Sävsångarvägen », annonça le chauffeur dans le haut-parleur.

Il freina et le bus s'arrêta avec une secousse au bord de la route. Une vieille dame appuyée sur une canne descendit en traînant son chariot de commissions.

Les portes se refermèrent avec un soupir, le bus déboîta et repartit.

Le prochain arrêt était le sien.

Mina appuya le front contre la vitre fraîche. Il fallait qu'elle se décide. Que faire ?

Trastvägen n'était plus loin, quelques minutes seulement. Le bus roulait vite, il n'y avait presque aucune circulation à cette heure-ci.

Les taches du tissu de la poussette de Lukas lui faisaient mal aux yeux. Le pull emprunté lui grattait le cou.

Elle arrivait.

Elle se promit d'être prudente.

Mina tendit la main et appuya sur le bouton « Arrêt demandé ». Il s'alluma aussitôt en rouge. Elle reborda Lukas et se prépara à descendre.

56.

Anna-Maria était en train de répondre au questionnaire en ligne envoyé par la commune quand elle fut interrompue par le téléphone de son bureau.

« Allô ?

– Ici maître Herman Wibom. Je vous dérange ? »

Ah oui, le conseil juridique de Mina. Elle l'avait croisé en coup de vent la veille.

« Que puis-je faire pour vous ? » demanda Anna-Maria en lâchant sa souris.

À vrai dire, elle n'avait rien contre une petite pause. Celui ou ceux qui avaient conçu ce questionnaire ne semblaient pas avoir la moindre idée du fonctionnement d'un foyer protégé. Les questions étaient idiotes, elle était de plus en plus énervée par toutes les spécifications financières qu'il fallait fournir, tandis que les aspects qualitatifs étaient traités par-dessus la jambe. Elle n'aurait pas été étonnée que Birgitta Svanberg soit à l'origine de tout ça.

Sale bonne femme.

« J'ai essayé de joindre Mina sur son portable dans la matinée, dit Wibom. Malheureusement elle ne répond pas.

– Si vous voulez bien patienter, je peux aller voir où elle est, proposa Anna-Maria.

– Ce serait très aimable à vous. »

Anna-Maria posa le combiné et gagna la chambre de Mina.

Elle frappa précautionneusement, attendit quelques secondes, puis frappa de nouveau.

Personne n'ouvrit.

Elle tourna la poignée et jeta un œil. Vide. Mina était probablement sortie se promener, comme elles en avaient parlé au petit déjeuner. Tant mieux. Cette fille avait besoin de bouger, plutôt que de rester à ressasser dans sa chambre. Le grand air faisait du bien à tout le monde : les idées noires empiraient toujours quand on restait enfermé.

Anna-Maria retourna dans son bureau. Par la fenêtre, elle vit que la poussette bleue avait disparu, comme elle s'y attendait.

« Elle n'a pas l'air d'être dans la maison, dit-elle. Son blouson n'est pas là, ni la poussette qu'elle a empruntée.

– Savez-vous où elle peut être ?

– Probablement partie se promener sur l'île. Nous en avons parlé ce matin.

– J'ai essayé de l'appeler à plusieurs reprises.

– Elle a peut-être mis son portable en mode silencieux.

– Le fait est que j'ai de mauvaises nouvelles. Mais je préférerais venir les lui annoncer en personne.

– Elle va sûrement rentrer bientôt. Quand voulez-vous passer ?

– Je comptais prendre le ferry de treize heures, si cela vous convient ?

– Elle sera sûrement rentrée. Si vous voulez, je peux la prévenir de votre arrivée. »

Anna-Maria hésita, puis reprit :

« Si vous me permettez, quelles mauvaises nouvelles ? Sa maman ?

– Pas du tout. »

La réponse avait fusé. Wibom semblait gêné et soucieux. Anna-Maria n'aimait pas ça. Mina avait déjà assez d'ennuis comme ça.

« Alors c'est autre chose ? insista-t-elle.

– Il vaut mieux que j'en parle directement à ma cliente. Pour des raisons de confidentialité.

– Très bien, dit Anna-Maria. À cet après-midi. »

Elle raccrocha. Quelques secondes passèrent, puis elle reprit le téléphone et composa le numéro de Mina. Son portable sonna sans que personne réponde.

Elle réessaya et tomba de nouveau sur le répondeur. C'était un peu bizarre.

Anna-Maria se leva et ressortit dans le couloir. Elle trouva sa collègue Siri dans une des salles d'entretien. Siri semblait avoir tout juste achevé une séance de thérapie, elle finissait de prendre des notes.

« Est-ce que tu as vu Mina ? demanda Anna-Maria. Je ne la trouve pas. »

Siri referma son carnet.

« Je crois qu'elle a pris la poussette pour aller faire un tour. Je l'ai vue se diriger vers la route, il y a un petit moment.

– Tu saurais dire vers quelle heure ?

– Un peu avant dix heures, peut-être. Je n'ai pas trop fait attention. »

Anna-Maria la remercia pour son aide et regagna son bureau. Elle composa de nouveau le numéro de Mina.

Toujours pas de réponse.

Elle jeta un œil à l'horloge murale. Les aiguilles indiquaient un peu plus de onze heures. Il s'était écoulé une bonne heure. Mina avait probablement décidé de faire une longue promenade, puis avait oublié l'heure.

Il n'y avait aucune raison de s'inquiéter.

Bosnie, mars 1993

On frappa à la porte. Selma posa Emir par terre sur une couverture et alla ouvrir. Zlatko venait de partir à l'épicerie avec Andreis, car quelqu'un leur avait signalé un arrivage de viande.

Elle ne put s'empêcher de pousser un cri en voyant qui était là.

« Tante Jasmina ! Tu es en vie ! »

Après toutes les horribles histoires qu'elle avait entendues, elle n'osait plus imaginer sa tante vivante. Son petit village avait été attaqué. On en avait parlé à la radio et à la télé. Selma n'avait pas réussi à la joindre au téléphone et imaginait le pire à mesure que le temps passait sans nouvelles de sa tante ni de ses cousins.

« Je peux entrer ? demanda Jasmina d'une voix rauque.

– Bien sûr. Pardon. Je croyais que tu étais… J'avais entendu dire que… » Selma serra sa tante dans ses bras. « J'ai été tellement surprise.

– Maintenant je suis là. »

Selma recula d'un pas sans pouvoir cesser de la dévisager. Jasmina n'avait que quinze ans de plus qu'elle et avait toujours été considérée comme une beauté, avec ses yeux sombres et ses longs cheveux épais. Aujourd'hui, Selma avait en face d'elle une vieille personne. Ses courts cheveux gris pendaient en mèches autour de son visage maigre et ridé, presque méconnaissable.

Jasmina se déplaçait péniblement, comme si tout lui faisait mal. Elle ôta lentement sa veste élimée et s'assit à table tandis que Selma sortait du pain et de la confiture et mettait de l'eau à chauffer pour faire du thé.

Elle s'efforçait de ne pas montrer combien elle était choquée par la brutale transformation de Jasmina.

« Tu as des nouvelles de maman et papa ? demanda-t-elle à tout hasard.

– Inutile de demander, il n'y a plus aucun espoir pour Sarajevo. »

Jasmina semblait presque indifférente au destin des parents de Selma. C'était d'autant plus effrayant. Emir s'était endormi sur sa couverture. Jasmina n'avait pas ébauché le moindre geste dans sa direction alors qu'elle ne l'avait pas revu depuis sa naissance. En temps normal, elle se serait jetée sur le fils de Selma avec des cris d'admiration.

Qu'avait-elle donc vécu ?

Selma servit deux tasses de thé. Jasmina alluma une cigarette et fixa la fumée bleue d'un œil vide. Ses mains étaient sales, ses ongles cassés.

« Tante Jasmina ? » finit par demander Selma quand le silence devint insupportable.

Jasmina sursauta, elle devait s'être perdue au loin dans ses pensées. Elle inspira une bouffée profonde et écrasa son mégot.

« Je suis juste venue te dire adieu, dit-elle lentement. Tu es ma dernière parente en vie. »

Selma serra sa tasse de thé.

« Ne dis pas ça.

– Ils sont tous morts. Je n'ai plus aucune raison de vivre. Je suis veuve, tes cousins ne sont plus là. »

Alija et Mehmed n'avaient que douze et quatorze ans. Avaient-ils eux aussi disparu ? Alija qui louchait un brin et Mehmed qui adorait pêcher dans le ruisseau devant leur maison.

Les yeux de Jasmina étaient des trous sans fond.

« Je veux que tu saches ce qui m'est arrivé, à moi et à

ma famille, reprit-elle. Quelqu'un doit savoir. Quelqu'un doit pouvoir raconter au monde ce qu'ils nous ont fait si je ne survis pas. »

Selma aurait préféré ne pas entendre.

« Tu ne veux pas te reposer un peu ? On peut en parler plus tard, un autre jour ? Tu ne veux pas d'abord te laver ?

– Je ne peux rester que peu de temps. Je vais essayer de me rendre à Bihać, on dit que c'est une zone sûre. On passe me prendre dans une heure.

– Tu pars si vite ?

– Écoute-moi. Ce n'était pas simple de venir jusque chez toi, même pour une courte visite. »

Le regard de Jasmina se ficha dans celui de sa nièce, à la fois présent et très lointain.

« Ça a commencé à l'aube, dit-elle. Ils ont commencé à envoyer des obus, je me suis réveillée, j'ai sauté dans mes vêtements. Quand je suis sortie, il y avait des explosions partout. Ça sentait le sang et la poudre, des fusées illuminaient le ciel. J'ai vu la petite Aiša, la fille de la voisine, elle n'avait que six ans. Elle était sur la route, en train de fixer quelque chose de blanc, par terre. Il m'a fallu un moment pour comprendre ce que c'était. Elle avait perdu son bras.

– Mon Dieu, murmura Selma.

– Il était dans la poussière et saignait, alors qu'il n'était plus accroché à son corps. Elle ne faisait pas un bruit. Ne criait même pas. » Jasmina joignit les mains devant elle. « Son visage… je le garde gravé en moi. »

Selma regarda Emir à la dérobée. Jusqu'à présent, il était indemne. Pour combien de temps ? Comment pourrait-elle protéger ses fils ?

« Les obus détonaient partout, continua Jasmina. Nous avons couru nous cacher dans une cave. J'ai tellement tremblé de peur que mes muscles me faisaient mal. »

Jasmina se redressa sur sa chaise.

« Puis les soldats sont arrivés. Ils allaient de maison en maison, forçaient tout le monde à sortir dans la rue, certains n'étaient qu'en chemise de nuit ou en pyjama, d'autres pieds nus. Ils ont rassemblé tous les hommes, même des garçons qui n'avaient pas plus de dix ans et des vieillards incapables de marcher sans canne. Ils les ont obligés à monter sur les plateaux de plusieurs camions, ils étaient serrés les uns contre les autres, un mur de chair humaine. »

Pour la première fois depuis le début de son récit, la voix de Jasmina se brisa.

« Ils ont emmené ton oncle, dit-elle en serrant les bras autour d'elle.

– Qu'est-ce qui est arrivé à oncle Adnan ? murmura Selma.

– Les camions sont partis vers la forêt. On a entendu de nombreux coups de feu, puis le silence. Aucun n'est revenu, pas un seul. »

Oncle Adnan. Les larmes de Selma coulèrent. Lui qui avait toujours des bonbons dans sa poche quand elle était petite. Elle faisait du cheval sur ses épaules.

« Ils ont pris aussi Alija et Mehmed, dit Jasmina, en sanglotant pour la première fois. Mes beaux garçons. C'est la dernière fois que je les ai vus. »

La douleur déformait son visage.

« Un jeune homme a tenté de s'enfuir mais ils l'ont rattrapé après quelques minutes seulement. Ils l'ont ramené et hissé sur le toit du camion. Puis jeté par terre la tête la première. »

Jasmina se passa la main sur les yeux.

« Je n'oublierai jamais le bruit quand son crâne a touché le sol. Comme un œuf qu'on casse. Ils ont continué à lui donner des coups de pied et à le frapper jusqu'à ce qu'il ne bouge plus. Sa jambe a un peu tremblé, puis ça a cessé aussi. Le sol sous lui était trempé de sang. On ne voyait plus rien de son visage, tout avait disparu, il n'y avait plus qu'une bouillie sanglante. »

Selma était incapable du moindre mot. Dieu merci, Andreis n'était pas à la maison, il n'avait pas à entendre ça.

Jasmina lâcha une plainte étouffée.

« Ils nous ont toutes violées, dit-elle au bout d'un moment. Petites filles, vieillardes, jeunes mamans avec leur bébé au sein. Encore et encore, ça ne finissait jamais. Ils tranchaient la gorge de toutes celles qui pleuraient ou protestaient. Aucune n'a été épargnée.

– Il n'y avait personne pour vous sauver ? murmura Selma. Les forces de l'ONU n'étaient pas à proximité ? »

Dans les yeux de Jasmina le chagrin fut remplacé par quelque chose qui ressemblait à de la haine.

« Les Casques bleus étaient de l'autre côté de la colline, mais ils n'ont rien fait. Ils ont forcément entendu nos cris, nos appels à l'aide désespérés, mais personne n'est venu. Ils n'avaient rien à faire de notre souffrance, alors qu'ils auraient pu nous sauver.

– Personne ne pouvait rien faire ? Des voisins d'origine différente ? »

Jasmina fit mine de cracher par terre.

« Ils étaient derrière les soldats, à les encourager. Ils leur disaient qui était musulman, où nous étions. Ils leur indiquaient même nos maisons, alors que nous vivions côte à côte depuis des générations. »

Le regard de Selma se dirigea vers le poste de radio éteint, sur une étagère.

« Ils ont parlé de l'attaque à la radio, dit-elle à voix basse, mais je ne voulais pas y croire. Je ne pouvais pas croire que ce soit vrai. Que des gens puissent se faire ça, dans notre pays.

– Personne ne nous est venu en aide. »

Un bruit de moteur se rapprocha de la maison. Jasmina se leva.

« Je dois y aller. »

Selma retint son souffle. Le temps avait passé si vite. Jasmina était son dernier lien avec sa famille, ses parents. Avec sa vie d'avant la guerre.

« Tu ne peux pas rester plus longtemps ? la supplia-t-elle. S'il te plaît ?

– Impossible. »

Jasmina enfila son blouson souillé avec des gestes las mais déterminés.

On klaxonna sur la route. Elle s'arrêta pourtant, caressa les cheveux de Selma, et lui adressa un sourire épuisé.

Un instant, Selma revit un reflet de sa tante telle qu'elle se souvenait d'elle.

« Prends tes enfants et pars d'ici, dit Jasmina d'une voix brisée. Il n'y a plus rien pour nous dans ce pays. »

Elle se dirigea vers la porte, mais se retourna, la main sur la poignée.

« N'oublie jamais ce qu'ils nous ont fait. Raconte-le au monde. »

57.

Andreis sortit de la salle de bain une serviette grise autour des hanches, et disparut dans la chambre.

« Je m'habille », grogna-t-il par-dessus son épaule.

Quand il rouvrit la porte dix minutes plus tard, il avait bien meilleure allure. Fraîchement rasé, il portait un tee-shirt blanc éclatant sous sa veste en cuir. Ses cheveux, encore humides de la douche, étaient rejetés en arrière.

Il se ressemblait presque.

Dino se détendit et, pendant quelques secondes, tout parut comme d'habitude. Quand Andreis était de bonne humeur, il n'y avait pas meilleure compagnie. Ça avait toujours été comme ça, depuis l'école, à Nyköping. L'énergie d'Andreis entraînait n'importe quel groupe : quand il voulait faire la fête, personne ne s'ennuyait.

Andreis alla à la cuisine et mit la capsule la plus forte dans sa machine Nespresso. Couleur bleu métallisé.

« Tu en veux un aussi ? »

Dino hocha la tête.

« Quel merdier, hein ? dit Andreis en montrant de la tête le plan de travail. On se croirait chez un toxico. Je vais demander à maman de venir un de ces jours faire le ménage. Ça la changera de ses cachets. »

Il ricana de sa propre plaisanterie et s'assit à la table de la cuisine avec son café.

Dino s'en fit un lui-même et s'assit en face. Le parfum du

café se répandit dans la cuisine et masqua un peu l'odeur des vieux restes de nourriture, des cartons à pizza et de la poubelle pleine.

Le portable sonna dans la poche d'Andreis.

« C'est maman », dit-il.

Selma lui dit quelque chose à l'oreille, et il répondit en bosniaque :

« Ça va, maman. Ne t'inquiète pas pour moi. »

Andreis venait de se moquer des cachets que prenait Selma, mais sa voix était différente à présent qu'il lui parlait. Elle devenait plus douce, plus prévenante. Andreis avait toujours pris soin de sa mère. Il lui avait acheté un petit chien, un caniche noir, quand Emir et lui étaient partis à Stockholm.

« Lukas va bien, dit-il comme s'il ne s'était rien passé. Il faut que tu viennes le voir bientôt. Sa grand-mère lui manque. Il faudra que tu lui apprennes le bosniaque pour qu'il puisse causer avec toi. » Il jeta un coup d'œil à sa montre. « Il faut que je file. On parlera une autre fois. »

Andreis reposa son portable et alluma une cigarette. Dino essaya de lire dans ses pensées, de comprendre si quelques soupçons couvaient sous la surface.

D'habitude, Andreis sentait quand les gens avaient peur de lui. C'était un de ses plus grands talents. Ça, et la brutalité. C'était pour ça qu'il était le boss.

Emir n'était pas là, c'était toujours une consolation.

Dino montra l'heure.

« On y va ? »

Andreis haussa les épaules.

« On n'est pas si pressés que ça. »

Il bâilla à montrer ses dents du fond.

« Ça peut être long, pour arriver à Södertälje, remarqua Dino.

– D'abord, j'ai besoin d'un peu plus de café. »

Andreis se leva et prit une autre capsule bleue qu'il inséra dans la machine Nespresso.

Dino posa sa tasse sur le seul endroit libre du plan de

travail. Quelques grains de poussière dansaient dans le rayon de soleil qui entrait par la fenêtre.

Quand il se retourna, il tomba nez à nez avec Andreis.

« Pourquoi cet air de chien battu ? dit celui-ci en posant le bras sur les épaules de Dino. Tu n'es plus toi-même, ces derniers jours.

– De quoi tu causes ? »

Dino prit un ton insouciant, malgré ses boyaux qui se retournaient.

« Je te connais bien, mon ami, dit Andreis. Il y a quelque chose qui ne va pas. »

Son visage s'approcha encore davantage.

« Laisse tomber, tenta Dino.

– Arrête tes conneries, putain. »

Andreis serra plus fort ses épaules.

« C'est une nana collante, si tu veux tout savoir, lâcha Dino. Elle ne me lâche plus. »

Le visage d'Andreis se fendit d'un sourire.

« Merde, un problème de gonzesse. Je savais bien que quelque chose te tracassait. »

Dino essaya d'avoir l'air penaud.

« Je l'ai rencontrée dans un bar la semaine dernière, et maintenant elle m'appelle tous les quarts d'heure pour qu'on se revoie. C'est super chiant. »

Andreis ôta son bras et lui tapa dans le dos.

« Ah, les nanas… »

Il finit son café en deux gorgées et laissa sa tasse sur la table à côté du paquet de cigarettes.

« On y va. On a du taf. Les affaires n'attendent pas. »

Dino déglutit. Puis il prit les clés de la voiture et sortit l'ouvrir.

58.

Mina descendit du bus derrière la poussette. L'arrêt était dans une rue perpendiculaire à Trastvägen, à environ cinq minutes. Elle s'efforça de rester sur le trottoir, et de marcher à l'abri des arbres quand elle tourna dans sa rue.

Ils habitaient au numéro trente. Elle passa devant le quinze, elle serait en vue de la maison d'un instant à l'autre. Elle l'avait aimée dès la première fois qu'elle l'avait vue sur Internet : il était presque inconcevable qu'elle ait à présent peur d'y entrer.

Mina rabattit encore davantage sa casquette sur son front et serra fort la poignée de la poussette. Lukas s'était endormi, heureusement.

Son cœur battait la chamade.

Mina regarda sa montre à la dérobée. C'était une Rolex, un cadeau d'anniversaire d'Andreis pour ses vingt-cinq ans. Beaucoup trop grosse et dorée à son goût mais après avoir ouvert l'élégant paquet, elle avait remercié avec l'enthousiasme qu'on attendait d'elle.

Il était onze heures et quart.

Elle allait juste se glisser dans la maison et vite, vite prendre ses affaires. Elle avait réfléchi à tout ça dans le bus, ce qu'elle ferait en arrivant. Le sac bleu dans le placard de la chambre était assez grand pour tout ce dont elle avait besoin, et se logerait quand même sous la poussette. Elle n'emporterait que le nécessaire, ses sous-vêtements, quelques pulls et jeans, sa trousse de maquillage, qu'elle ne supportait plus de ne pas avoir.

Les petits vêtements de Lukas qu'elle avait choisis un à un et le pyjama jaune avec des ours que sa mère lui avait offert.

La poussette. Comment faire ?

Elle aurait beaucoup aimé prendre la poussette de Lukas, mais elle devrait alors laisser celle qu'elle avait empruntée à Friggagården, impossible d'en manœuvrer deux en même temps. Il y avait un risque qu'Andreis remarque la différence et comprenne qu'elle était venue. Mais elle serait loin, alors.

Ça n'avait pas d'importance.

Là. Sa maison apparut, à cent mètres devant elle.

Mina ralentit le pas et plissa les yeux dans le soleil pour bien voir. Pas de voiture devant, tout était vide et silencieux. La rue semblait désertée.

Lukas ronronnait comme un petit ange.

Mina s'arrêta et attendit quelques secondes pour s'assurer qu'il n'y avait personne dans le jardin.

Sa peau la chatouillait comme si des milliers de fourmis grouillaient sur elle, la peur faisait tambouriner ses tempes.

Elle pouvait toujours faire demi-tour et rebrousser chemin.

La maison l'appelait.

Un violent sentiment d'injustice lui emplit la poitrine. Il fallait qu'elle puisse récupérer ses affaires. Cette maison était à elle autant qu'à lui. Pourquoi Andreis aurait-il le droit de la chasser de chez elle ?

Mina repartit d'un pas rapide.

59.

Leila apparut sur le seuil du bureau de Nora. Pour une fois, ses cheveux noirs étaient juste noués, et non en tresse serrée.

« Tu as quelques minutes ? »

Nora lui fit signe d'entrer. Elle avait prévu de consacrer la matinée à prendre connaissance d'un nouveau dossier, mais elle n'arrêtait pas de repenser à l'appel téléphonique qu'Ulrika Grönstedt avait passé à Herman Wibom.

S'il y avait un moyen de dénoncer cette femme à l'Ordre des avocats, elle ne manquerait pas de le faire.

Leila s'installa dans le fauteuil des visiteurs et croisa les jambes. Un peu de terre tomba de la semelle de sa chaussure.

« Tu as trouvé Dino Herco ? lui demanda Nora en refermant son dossier.

– Je lui ai parlé hier en fin d'après-midi. Je l'ai convoqué ici, mais j'ai malheureusement dû assurer seule son interrogatoire.

– Comment ça s'est passé ? »

Une lueur étrange passa dans le regard de Leila.

« Il a menacé de me tuer.

– Quoi ? »

Leila rougit. Nora ne l'avait jamais vue perdre contenance. Que s'était-il passé dans cette salle d'interrogatoire ?

« Herco a dit, mot pour mot, qu'il me tuerait si je disais à Kovač que c'était lui qui avait appelé les secours. »

Les menaces et les violences étaient le quotidien de la plupart des policiers, mais elles n'étaient jamais exprimées avec une telle insolence en plein interrogatoire.

« On l'arrête tout de suite, décida Nora en tendant la main vers sa souris.

– Il n'y a pas de preuves, dit tout bas Leila.

– Qu'est-ce que tu veux dire ?

– Comme je t'ai dit, j'étais seule avec lui. »

Leila se griffa le dos d'une main.

« Mais vous êtes bien deux d'habitude, pour les interrogatoires, non ? »

Leila rougit de plus belle.

« Je n'ai trouvé personne de disponible. Si je n'y étais pas allée seule, j'aurais dû le renvoyer chez lui. J'ai estimé qu'il valait mieux y aller plutôt que de reporter.

– Raconte-moi ce qui s'est passé, dit Nora.

– Il a coupé l'enregistreur juste avant de proférer ses menaces. Ça s'est passé très vite. J'ai été tellement désarçonnée que je n'ai rien eu le temps de répondre. Ensuite il s'est rassis, et n'a plus ouvert la bouche.

– Et toi, qu'est-ce que tu as fait ?

– Rien. Je suis restée plantée là, comme une idiote. Je n'arrive même pas à le comprendre. » Leila frappa de la main sur son accoudoir. « Je pensais le tenir. L'interrogatoire s'était très bien passé, j'étais sûre qu'il allait accepter de témoigner contre Kovač. Il a bien dû assister aux violences, puisque c'est lui qui a donné l'alerte. Et là, crac, tout a merdé, putain. »

Leila n'avait pas l'habitude de jurer comme ça.

« Que fait-on, maintenant ? demanda Nora. Mina n'ose pas témoigner, et son père semble sur la même longueur d'onde.

– Je n'en ai vraiment aucune idée, soupira Leila. Maintenant, excuse-moi, il faut que j'aille me pendre quelque part. »

60.

Un petit oiseau s'était posé sur l'asphalte de l'allée pour picorer. Sinon, personne en vue.

Mina gagna à petites foulées la porte d'entrée avec la poussette. Elle fouilla le fond en vrac de son sac à main et finit par en extraire la clé.

Ses doigts étaient si moites qu'elle peina à l'introduire dans la serrure et à la tourner.

La porte s'ouvrit enfin.

Le verrou à sept points était mis, ce qui la rassura encore : quand quelqu'un était à la maison, on se contentait d'habitude de la serrure du bas.

Une dernière fois, elle balaya des yeux le voisinage. Puis elle se dépêcha d'entrer la poussette dans le vaste vestibule, pour éviter qu'elle soit visible de la rue, au cas où un voisin passerait.

Ou si Andreis rentrait.

Elle eut le souffle coupé en découvrant l'état de la cuisine. L'odeur. Sa jolie cuisine qu'elle tenait toujours parfaitement propre. Des cartons de nourriture à moitié mangée sur le plan de travail, des miettes et de la vaisselle sale partout. Quel travail ! Comment pouvait-il vivre dans cette porcherie alors qu'il exigeait d'elle que tout soit parfait ?

Elle n'avait pas le temps de réfléchir à ça. Elle s'était donné une demi-heure au maximum, pas une minute de plus.

Elle aperçut la poussette de Lukas par l'ouverture du salon, mais elle n'osait pas l'y transférer, de peur qu'il se réveille et se mette à crier. C'était beaucoup plus simple qu'il continue à dormir pendant qu'elle rassemblait toutes ses affaires.

Mina se hâta de gagner la chambre. Le lit était défait, les draps en vrac, des slips sales jonchaient le sol. Mais le sac bleu était dans le placard, exactement comme elle l'avait espéré.

Il fallait d'abord récupérer l'argent, ses économies secrètes qu'elle avait mises de côté à la longue. Elle n'avait pas de compte en banque, Andreis contrôlait tous leurs revenus, mais de temps en temps elle avait réussi à détourner un peu de l'argent du ménage. Elle avait fini par amasser dix mille couronnes qu'elle avait cachées dans un bas en nylon, fourré dans une botte dans un des placards.

Mina ouvrit la porte, souleva quelques cartons à chaussures et trouva la paire de bottes en cuir noir qu'elle avait choisie comme cachette. Elle glissa la main tout au fond de la gauche en priant pour que l'argent soit toujours là où elle l'avait mis.

Là-haut, quelqu'un lui voulait du bien. La liasse de billets était bien fourrée dans la pointe de la botte.

Le soulagement qui déferla dans son corps lui redonna du courage. À présent, elle avait au moins de l'argent à elle pour voir venir.

La liberté.

Elle referma le placard et s'approcha de la commode. Elle aurait voulu emporter tant de choses, mais savait que c'était impossible. Il fallait bien choisir et accepter de laisser la plupart de ses affaires.

Elle ouvrit le tiroir du haut. Tous ses sous-vêtements y étaient soigneusement pliés, classés par couleur.

Ses affaires.

Les doigts tremblants, elle prit un soutien-gorge en dentelle noire. Sa matière était douce comme de la soie sur la paume de sa main. Cela lui rappela les luxueux cadeaux dont Andreis avait l'habitude de la combler.

Mina ferma les yeux et se souvint des temps heureux.

Un bruit de moteur dans la rue lui fit ouvrir les yeux.

Oh mon Dieu, pourvu que ce ne soit pas Andreis qui revenait déjà. Il ne fallait pas qu'il la trouve là.

Mina se glissa jusqu'à la fenêtre et jeta un coup d'œil derrière les rideaux. Pas de Mercedes gris métallisé. Pas non plus la BMW noire personnelle d'Andreis.

Dino l'avait-il déposé avant de repartir ? Dans ce cas, il allait ouvrir d'ici quelques secondes.

La panique la saisit.

Elle n'avait pas pensé à ça : Dino passait toujours prendre et déposer Andreis avec la Mercedes. La BMW restait au garage. Elle avait été tellement obnubilée par ses affaires qu'elle avait complètement oublié Dino, alors qu'il était toujours présent dans leur vie depuis qu'elle avait rencontré Andreis.

Elle était idiote, comme Andreis le lui criait quand il était furieux.

Mina retint son souffle, guettant le cliquetis de la clé dans la serrure. Elle n'aurait pas dû venir. Comment pouvait-elle être aussi débile ?

Elle tâtonna à la recherche de son portable pour appeler à l'aide, mais elle avait beau désespérément chercher, ses doigts ne trouvaient rien dans la poche arrière de son jean. Ses oreilles se mirent à siffler quand elle comprit que le téléphone était resté dans son sac à main, pendu à la poussette de Lukas.

La poussette était au milieu de l'entrée, Andreis la verrait dès qu'il ouvrirait la porte. Elle aurait aussi bien pu accrocher une grande pancarte sur la façade annonçant qu'elle était à la maison.

Impossible de bouger. C'était la même angoisse mortelle qu'elle avait éprouvée juste avant l'arrivée de l'ambulance.

Il va me tuer.

Un autre raclement sur l'asphalte, moins fort à présent. Il fallut quelques secondes à son cerveau pour comprendre ce que c'était.

Un camion de nettoyage de la commune venait de passer

devant la maison. À cette époque de l'année, au printemps, ils balayaient le sable répandu dans les rues au cours de l'hiver.

Elle n'avait pas à avoir peur.

Le soulagement la fit s'effondrer au pied de la fenêtre. Elle passa les bras autour de ses genoux. Pas de danger.

Elle n'allait pas mourir aujourd'hui.

Quand elle eut enfin la force de bouger, Mina ne savait pas combien de temps elle était restée par terre. Elle dut s'accrocher au rebord de la fenêtre pour réussir à se lever. Une sueur froide lui coulait dans le cou.

Il ne fallait pas qu'elle craque maintenant. Il fallait qu'elle y arrive, qu'elle soit forte, même si elle avait les jambes en coton et qu'elle aurait juste voulu se blottir dans un coin sombre.

Elle pleurerait plus tard, une fois rentrée à Friggagården, en sécurité.

Le sac bleu attendait sur le lit. Elle ouvrit la fermeture Éclair d'un geste saccadé. Il fallait se presser de rassembler tout ce qu'elle voulait emporter. Elle avait déjà passé bien trop de temps ici.

Andreis pouvait revenir d'une seconde à l'autre.

61.

Dino accéléra et se mit sur la file de gauche pour doubler une Toyota bleue qui roulait avec les feux arrière enfoncés. Il faudrait qu'il fasse le plein en arrivant, la jauge d'essence approchait de la zone rouge et il ne voulait pas risquer la panne sèche au retour.

Il avait aussi besoin de chier, mais se contracta pour garder le contrôle.

Sur le siège passager, à côté de lui, Andreis regardait des mails sur son portable, les faisait défiler, sans que Dino puisse voir de quoi il s'agissait.

Il se concentra sur la conduite, en espérant qu'il n'y aurait pas d'autres questions auxquelles il devrait répondre par d'autres mensonges.

Andreis n'avait pas commenté sa « confession » depuis qu'ils avaient quitté la maison.

Hier, Dino avait vraiment cru que c'était fini pour lui. Il s'enferrait de plus en plus. Il fallait qu'il trouve un moyen de se tirer de cette situation.

« Merde, gémit soudain Andreis en lâchant son portable sur ses genoux. J'ai oublié mes cigarettes dans la cuisine. »

Il refusait de fumer autre chose que ses cigarettes spécialement importées de Bosnie.

« Je fais demi-tour ? » proposa Dino.

Ils étaient à quarante kilomètres de Södertälje. Aucune chance qu'ils arrivent pour midi. Mais parfois, Andreis n'avait rien contre faire attendre les gens. Surtout ce genre de gros durs, qui pouvaient avoir besoin d'une leçon. Pour se tenir à carreau.

« Est-ce qu'on a le temps ?

– C'est toi qui décides. »

Dino gardait un ton neutre. Du coin de l'œil, il vit Andreis ricaner. C'était lui l'acheteur, il n'avait pas besoin de faire des ronds de jambe.

« Tu as raison. »

Aujourd'hui, c'était une pure réunion d'affaires, un premier sondage d'éventuels fournisseurs qu'un autre contact avait recommandés et passés au crible. Andreis était devenu encore plus prudent depuis sa sortie de prison, et ne faisait aucune affaire sans une soigneuse vérification du profil de ses interlocuteurs.

Bien entendu, rien de ce qui se dirait au cours de cette rencontre n'aborderait le véritable sujet et aucune expression ne serait employée qui puisse lier Andreis à la finalisation de l'affaire. D'autres prendraient le relais, qui géreraient très concrètement les marchandises une fois le marché conclu. L'organisation était constituée de couches multiples avec différentes personnes pour chaque mission.

Dans le monde de l'entreprise, on aurait dit qu'Andreis était doué pour tirer profit des différents champs de compétence de son personnel.

« Je peux faire demi-tour là-bas, dit Dino en montrant la sortie Nacka, quelques centaines de mètres devant eux. On en a au plus pour vingt minutes à retourner chercher tes cigarettes. »

Andreis fourra la main dans la poche où aurait dû se trouver son paquet.

« On y retourne, décida-t-il. Mais dépêche-toi. »

62.

Nora eut encore plus de mal à lire son nouveau dossier après le départ de Leila. Elle avait bien conscience que le temps commençait à manquer. Elle avait déjà repoussé la mise en examen de Kovač pour y intégrer les violences conjugales, mais on ne pouvait pas attendre indéfiniment. L'espoir de voir Mina changer d'avis s'amenuisait de jour en jour.

Peut-être était-il plus sage de se concentrer sur ses délits financiers ? C'était sa spécialité. Elle disposait d'un large faisceau de preuves à sa charge. Elle pouvait faire un pas en arrière et laisser la police de Nacka se charger de Mina et des violences dont elle avait été victime. Déposer l'acte d'accusation sous la forme prévue et abandonner le reste.

Nora referma le dossier. De toute façon, elle ne retenait rien.

Elle se leva, prit son sac à main et son blouson et quitta le bureau. Elle avait besoin d'air frais pour se changer les idées. Quand elle sortit sur Hantverkargatan, c'était déjà le rush du déjeuner dans les restaurants des environs. Mais elle n'avait pas du tout faim, et se dirigea plutôt vers Kungsholmstorg.

Sans vraiment savoir comment, elle se retrouva à bord d'un bus de la ligne trois, qui ralliait directement l'hôpital Sud.

Elle voulait faire une dernière tentative pour convaincre Stefan de témoigner contre son gendre.

Andreis Kovač était beaucoup trop dangereux pour être

laissé en liberté. Thomas l'avait mise en garde, il en ferait une affaire personnelle si elle insistait pour impliquer Mina dans l'accusation, mais Nora aussi en faisait une affaire personnelle.

Elle mit à peine vingt-cinq minutes pour arriver à l'hôpital. Elle montra sa carte professionnelle et on l'informa que Katrin Talevski était toujours en soins intensifs, au quatrième étage. Elle devait donc être encore dans un état grave.

Nora aperçut Stefan dès qu'elle poussa la porte du secteur. Il venait de sortir d'une chambre juste en face de l'entrée. Par la porte, Nora vit le lit où était allongée Katrin. Divers tubes étaient branchés sur son corps, la chambre était pleine de machines qui ronronnaient et bipaient.

Stefan s'arrêta net en voyant la procureure. Son visage était gris et ravagé. Il n'avait pas l'air d'avoir beaucoup dormi depuis qu'ils s'étaient vus à son domicile.

Nora fut prise de pitié. Le pauvre. D'abord l'inquiétude pour sa fille et son petit-fils, et maintenant sa femme au plus mal.

« Que faites-vous ici ? s'exclama-t-il.

– Vous auriez quelques minutes ? »

Elle ne s'attendait pas à ce que ce soit aussi inconfortable. Elle n'aurait pas dû écouter sa lubie de venir ici de son propre chef. Elle avait filé comme un vulgaire détective privé, sans en parler à Leila.

Stefan jeta un coup d'œil stressé en direction de la chambre de Katrin.

« De quoi s'agit-il ?

– J'ai quelques questions. Au sujet de ce dont nous avons parlé hier. Les agissements de votre gendre quand il est venu chez vous vous menacer, votre femme et vous.

– Je n'ai rien à dire à ce sujet. Je vous l'ai dit clairement hier.

– Ce ne sera pas long, je vous le promets. »

Comment pouvait-il être à ce point aveugle ? Avec Katrin à quelques mètres d'eux seulement, dans le coma à cause de Kovač ?

« Vous ne comprenez donc pas que les choses ne feront qu'empirer si Mina et vous gardez le silence ? Si vous protégez votre gendre ? »

Sans laisser Stefan l'interrompre, elle poursuivit :

« Il y a une semaine, vous essayiez de convaincre Mina de témoigner contre son mari, alors qu'elle n'osait pas. À présent qu'il s'en est pris à vous et à votre femme, vous faites exactement comme elle. Combien de temps va-t-on le laisser continuer à terroriser votre famille ? »

Stefan cligna plusieurs fois des yeux.

« Aidez-moi plutôt à le faire plonger. Se cacher la tête dans le sable ne servira à rien. »

Nora avança d'un pas.

« Vous ne serez jamais débarrassés de Kovač si nous ne nous épaulons pas. Nous avons besoin de votre concours, à Mina et vous, pour le condamner à une longue peine de prison !

– Il faut d'abord que j'en parle à Mina, murmura-t-il.

– Vous n'en avez pas eu l'occasion ? »

Il secoua la tête et se détourna. Quand il rouvrit la bouche, son regard était tellement vague que Nora se dem anda s'il se souvenait seulement de ce qu'elle lui avait demandé, ou de la raison de sa présence.

« Je suis resté tout le temps ici, dit-il. L'état de Katrin s'est aggravé cette nuit. Je n'ai pas eu une seule occasion de parler avec… »

Une alarme sonna dans la chambre. Une infirmière qui passait dans le couloir se précipita.

La lampe au-dessus de la porte clignotait frénétiquement.

« Allez-vous-en maintenant », dit Stefan, avant de disparaître à l'intérieur.

63.

La chambre de Lukas était décorée dans de douces nuances de bleu. Mina avait elle-même collé le papier peint agrémenté de jolies ancres. Un lit était placé contre un des murs, avec un fauteuil d'allaitement à côté. Une peau de mouton claire garnissait l'appuie-tête.

Le regard de Mina balaya la pièce.

Elle était restée bien trop longtemps dans la chambre, elle ne comprenait pas où avait filé tout ce temps.

Il fallait qu'elle décide quoi emporter, mais son pouls qui s'emballait l'empêchait d'avoir les idées claires. Une sorte de vision en tunnel s'était installée, elle ne pouvait regarder qu'une seule chose à la fois, sans saisir son rapport avec le reste. Elle n'arrêtait pas de prendre une affaire pour la reposer ensuite. Impossible de décider ce qui était le plus important, quand tous les objets paraissaient indispensables.

Ses pensées se mélangeaient les unes aux autres comme un sirop.

Elle finit par ouvrir le tiroir supérieur de la commode de Lukas et y ramassa des vêtements au petit bonheur. Deux turbulettes, quelques tee-shirts et deux pantalons. Elle fourra dans le sac le nounours de Lukas, et quelques tétines qu'il aimait bien.

À la dernière minute, elle se rappela de refermer le tiroir pour ne pas laisser de traces de son passage.

Elle jeta un dernier coup d'œil dans la salle de bain, où elle avait ses affaires de toilette, mais évita de se regarder dans le miroir. Elle y avait bien trop souvent masqué des bleus et lavé des lèvres fendues. Elle n'avait pas besoin qu'on lui rappelle ça : ses points de suture au-dessus de l'arcade sourcilière qui la tiraient dès qu'elle faisait la grimace y suffisaient. Elle ramassa sa trousse de toilette et autant de maquillage qu'elle put fourrer dedans. Elle aurait bien pris aussi la brosse à dents électrique, mais n'osait pas. Son absence aurait sauté aux yeux.

Mina se dépêcha de regagner le vestibule, où elle saisit son manteau préféré.

Lukas dormait toujours profondément. Elle hésita : prendre sa jolie poussette toute neuve, ou la laisser là ?

Celle qu'elle avait empruntée était plus petite et plus basse, elle aurait du mal à glisser le sac bleu dessous. Mais il était déjà midi moins vingt, il fallait vraiment qu'elle s'en aille.

Mina essaya de se décider.

Elle finit par courir vers l'autre poussette. Elle était restée dans le salon, là où elle se trouvait quand Andreis était rentré le lundi précédent.

Son dernier soir à la maison.

Mina débloqua le frein et revint dans l'entrée avec la poussette neuve. Elle souleva précautionneusement Lukas et l'y borda. Il gémit, ses yeux papillotèrent, mais il continua à dormir. Avec quelques difficultés, elle logea le sac bourré à craquer sous le berceau de la poussette et rangea son sac à main dans la poche-filet.

Elle hésita de nouveau.

Allait-elle emporter les deux poussettes, ou laisser celle qu'elle avait empruntée ? Elle ne savait pas ce qui attirerait le moins l'attention, mais finit par aller placer la poussette de Friggagården à l'endroit précis où était celle de Lukas.

Avec un peu de chance, Andreis ne remarquerait pas la différence. Si la poussette manquait à Friggagården, elle pourrait dans le pire des cas la rembourser. Maintenant qu'elle avait de l'argent à elle.

Mina sortit son trousseau de clés. Après un dernier coup d'œil dans le vestibule pour s'assurer qu'elle n'avait rien oublié, elle se dirigea vers la porte.

64.

Ulrika Grönstedt se cala au fond de son fauteuil et contempla son joli bureau où la photo de Fiona trônait à la place d'honneur. L'acajou luisait. Un meuble acheté chez Svenskt Tenn qui exprimait exactement l'élégance discrète qu'elle souhaitait.

Ses clients pouvaient bien s'adonner à des activités louches, le cabinet d'avocats, lui, était hautement respectable.

L'épais dossier Kovač était sorti. Le mémo rédigé par Nico sur les conflits et arbitrages contraignants en matière de garde d'enfants était sur le dessus de la pile. C'était lui qui avait étudié son idée de forcer Mina à rentrer en la menaçant d'une intervention des services sociaux.

Utiliser un enfant pour contraindre une femme battue à revenir chez elle, était-ce défendable d'un point de vue éthique ? Ulrika avait une fois de plus décidé que le bien-être de Mina n'était pas de sa responsabilité. À Herman Wibom de s'en soucier.

La question morale n'avait pas semblé particulièrement inquiéter Nico. Il avait l'esprit vif, aucun doute là-dessus, et jusque-là, son parcours était à peu près sans faute. Sa dernière proposition était que le cabinet se dote d'un compte Instagram. Il fallait aussi se construire une image sur les réseaux sociaux, avait-il argumenté avec un grand enthousiasme.

Nico irait loin.

Son portable sonna. Elle envisagea d'abord de ne pas

répondre, elle n'avait pas de temps à perdre au téléphone. Dans dix minutes, elle devait être au café Riche pour un déjeuner d'affaires. Mais sa conscience professionnelle l'emporta et elle décrocha. Au pire, elle pourrait téléphoner en marchant vers le restaurant.

« Allô ?

– Vous lui avez causé ? » dit Kovač.

Comme d'habitude, il ne se donnait pas la peine de se présenter.

« Vous parlez de votre femme ?

– Est-ce qu'elle a l'intention de rentrer volontairement ? »

Ulrika attrapa son manteau.

« Je ne lui ai pas parlé directement mais par l'intermédiaire de son conseil, maître Herman Wibom. Comme je vous l'ai déjà dit. Il devait lui transmettre nos exigences dans les termes dont nous sommes convenus.

– Est-ce qu'elle va obéir ? »

La voix de Kovač était totalement dénuée de sentiment. Il aurait aussi bien pu parler d'un chien.

« J'ai souligné la gravité de son initiative d'enlever un enfant contre la volonté de son autre responsable légal, dit-elle en utilisant son ton le plus juridique, qu'elle réservait d'habitude pour les audiences au tribunal.

– Il faut qu'elle revienne maintenant.

– Nous lui avons accordé un délai de trois jours. Je ne peux pas revenir là-dessus après coup.

– Je veux l'avoir à la maison demain, siffla Kovač. On arrête les conneries. »

Ulrika retint son souffle.

« Ils n'ont pas encore répondu, dit-elle en se dirigeant vers les ascenseurs. Nous devons attendre que son conseil nous réponde.

– Faites votre boulot, faites en sorte qu'elle rentre à la maison. »

Il baissa la voix. Sa brutalité restait pourtant palpable.

« Je ne le répéterai pas. »

Bosnie, avril 1993

Une odeur de café flottait dans la cuisine. Blanka avait trouvé quelques œufs et était venue avec un cake tout juste sorti du four. Selma et Andreis en avaient eu chacun une grosse part.

C'était délicieux.

Ce n'était pas souvent qu'ils avaient du gâteau à la maison ni même du pain ordinaire, songea Selma. Autrefois, elle préparait de grandes galettes pour accompagner les repas mais ces derniers temps, le peu de farine qu'elle réussissait à se procurer suffisait tout juste pour une petite tranche de pain par repas. Parfois, elle se privait de la sienne pour que les enfants en aient assez.

Les rayonnages de l'épicerie étaient désespérément vides, et les rares denrées qu'on pouvait acheter atteignaient des prix astronomiques.

« Va jouer, mon grand », dit-elle à Andreis une fois le gâteau terminé.

Il alla dans un coin jouer avec ses petites voitures. Il en avait trois, une rouge, une bleue, et une voiture de police noire et blanche.

Selma s'inquiétait tous les jours pour lui. Elle essayait de le protéger de son mieux, mais comment une jeune âme se développait-elle dans de telles conditions ? Il ne pouvait pas ne pas remarquer ses disputes avec Zlatko, les bleus qu'elle tentait de dissimuler. Les terribles nouvelles de la guerre que la radio et la télé déversaient tous les jours.

Serait-il à jamais marqué par toutes ces horreurs autour de lui ?

L'autre jour, il était entré dans une telle fureur qu'il avait jeté par terre sa voiture de police, alors que c'était ce qu'il possédait de plus précieux. Elle avait perdu une roue, impossible à réparer. Après, il était inconsolable, mais incapable d'expliquer pourquoi il s'était mis à ce point en colère.

Blanka alluma une cigarette.

« Vous comptez rester jusqu'à quand ? » demanda-t-elle.

Selma aurait aimé qu'elle ne pose pas la question de cette façon. Elle n'avait pas le courage d'en parler, c'était déjà bien assez d'avoir ça qui lui tournait sans arrêt dans la tête.

« Nous examinons tous les moyens de partir d'ici, continua Blanka. Les Serbes ont presque vidé la Bosnie orientale, maintenant. »

Selma passa le bout de ses doigts sur la surface de la table.

« On ne peut pas parler à Zlatko, il ne veut pas partir, dit-elle. Il refuse d'abandonner notre maison et nos biens.

– Il a toujours été têtu.

– Il dit que ça va passer, que la guerre doit bientôt finir. Qu'il faut juste être patient. »

Blanka secoua la cendre de sa cigarette sur le bord de sa soucoupe.

« Et s'il se trompait ? » dit-elle à voix basse.

Même le récit de Jasmina n'avait eu aucun effet sur Zlatko. Il ne voulait pas écouter.

Les larmes lui brouillaient les yeux, mais Selma essaya de les retenir pour qu'Andreis ne la voie pas pleurer. Il était déjà tellement nerveux. Ces derniers mois, il tenait de moins en moins en place, son petit garçon solaire avait disparu. Il avait toujours eu beaucoup d'énergie mais n'avait nulle part où la dépenser. Il aurait dû aller à l'école pendant la journée, mais elle avait fermé jusqu'à nouvel ordre et personne ne savait quand elle rouvrirait.

Elle n'osait pas le laisser sortir jouer, elle paniquait dès qu'elle le perdait de vue. Même si les bombardements avaient cessé, elle était toujours inquiète.

« Arrête de dire ça ! lâcha-t-elle. Ça va s'arranger, d'une façon ou d'une autre. Il le faut. »

Blanka réagit au ton dur de sa voix, que Selma regretta aussitôt. Blanka était sa meilleure amie, elle ne voulait que son bien.

« Pardon, dit Selma. Je ne sais juste pas quoi faire. Zlatko est fermement décidé à rester et à défendre ce que nous avons.

– Il faut que tu retournes lui parler.

– Il refuse. Dès que j'aborde le sujet, il se fâche. »

Blanka se pencha et remonta la manche du pull de Selma, dévoilant un vilain hématome. Selma rougit en rabattant vite le tissu.

« Ce n'est plus l'homme avec qui je me suis mariée, murmura-t-elle.

– La guerre change les hommes. Elle fait ressortir leurs pires côtés. »

Selma enfouit son visage dans ses mains.

« Zlatko ne peut pas avouer qu'il a eu tort, dit-elle entre ses doigts. Qu'on aurait dû fuir en Croatie quand la guerre a éclaté. Maintenant c'est trop tard. On se dispute sans arrêt à propos de ça. » Elle se passa une main sur le front. « Il n'est presque jamais à la maison. Il préfère sortir boire avec les quelques autres hommes qui sont restés. Je ne sais pas quoi faire. Je ne sais plus où j'en suis. »

Blanka vida sa tasse de café si vite qu'elle en renversa quelques gouttes.

« Il va condamner à mort sa famille s'il ne change pas. Tu veux que je demande à Dario de lui parler ? »

Selma secoua la tête. Certes, le mari de Blanka était le cousin de Zlatko, mais il était nettement plus âgé que lui et déjà à la retraite. Si Zlatko apprenait qu'elle s'était plainte auprès de Dario et avait mêlé la famille à leurs histoires, ça ne ferait qu'aggraver les choses.

Son ventre se noua à l'idée de recommencer à discuter avec Zlatko. Mais Blanka avait raison : ils devaient fuir.

« Je vais encore essayer de lui parler », dit-elle.

65.

La rue était toujours déserte quand Mina ouvrit la porte et regarda alentour. Rassurée, elle se glissa dehors et verrouilla soigneusement derrière elle. Tout devait être exactement comme quand elle était arrivée, il ne fallait pas qu'Andreis se doute de quoi que ce soit.

Elle décida de ne pas penser à l'échange des poussettes.

Le cœur battant, elle se dépêcha de passer devant l'entrée du garage, direction l'arrêt de bus. La poussette était lourde. Son front se couvrit de sueur et sa respiration se fit plus difficile.

Ses côtes lui faisaient mal, mais elle se sentait plus forte que jamais. Elle avait réussi. Elle avait osé, malgré sa peur d'Andreis. Pour une fois, elle s'était imposée.

Mina rit nerveusement de sa propre audace.

Lukas gémit dans la poussette, mais elle ne pouvait pas encore le prendre dans ses bras. Elle attendrait d'être dans le bus. Il passait dans seulement dix minutes, le timing était parfait. Bientôt, elle serait rentrée à Friggagården, en sécurité, avec toutes ses affaires.

S'il te plaît, ne te réveille pas, supplia-t-elle son fils en essayant de presser le pas pour tourner le coin de la rue et être en vue de l'arrêt de bus.

Les dernières taches de neige fondaient au soleil printanier. Ces plaques résiduelles avaient beau être laides et souillées de brun, sa poitrine était remplie d'espoir. Les bourgeons allaient bientôt éclore, les arbres reverdir, les premiers perce-neige se montraient déjà.

Quelque chose de propre et joli allait remplacer toute cette saleté.

Elle dut descendre sur la chaussée pour éviter un tas de gravier sur le trottoir. Elle arrivait bientôt au tournant. Après, l'arrêt de bus n'était pas loin.

Elle entendait sa respiration essoufflée.

Un lointain bruit de moteur l'arracha à ses pensées. Bien trop fort pour cette rue tranquille. Cette zone résidentielle était limitée à trente, mais le chauffeur ne semblait pas se soucier des limitations de vitesse.

Le hurlement du moteur s'accrut dans son dos. Mina ne put s'empêcher de tourner la tête.

La voiture arrivait de l'autre côté, mais elle sut aussitôt où elle allait.

Une Mercedes gris métallisé.

Elle n'était plus qu'à cent mètres quand Mina se mit à courir pour sauver sa vie.

66.

Dino s'engagea dans Trastvägen. Il roulait vite, ils étaient restés coincés à plusieurs feux rouges et le trajet du retour avait pris plus de temps que prévu. Mais il n'y avait pas d'autres voitures dans les environs, et il ne respectait pas les limitations de vitesse.

Andreis avait appelé son avocate depuis la voiture, et il était de mauvaise humeur. Il avait lâché plusieurs jurons sur le dos d'Ulrika Grönstedt. Mais elle lui avait été chaudement recommandée par d'autres qui avaient eu recours à ses services. D'après ce qui se disait en ville, c'était une « bonne ».

Une femme avec une poussette apparut un peu plus loin devant eux. On aurait presque dit qu'elle courait.

« Regarde ! » lança Andreis au moment même où Dino la vit.

La femme était de dos, les cheveux fourrés sous une casquette. Mais sa démarche avait quelque chose de familier. Des mèches blondes qui s'étaient détachées volèrent au vent.

C'était Mina !

Devant elle, la poussette de Lukas. Dino la reconnut, il l'avait souvent vue chez eux ces derniers mois.

Que faisait-elle ici ? Elle aurait dû avoir le bon sens de garder ses distances, après tout ce qui s'était passé.

« Dépêche-toi, rattrape-la. »

Andreis la désignait, excité, en agitant les bras.

La femme se retourna et, malgré la distance, Dino perçut sa panique. C'était vraiment elle. Mina disparut au coin de la rue.

« Suis-la ! cria Andreis. Elle va sûrement prendre le bus. »

67.

Anna-Maria faisait un tour dans Friggagården pour voir si Mina était rentrée.

Sa chambre était toujours vide et toujours pas de poussette au jardin. Elle était sortie depuis presque deux heures, elle aurait dû être rentrée maintenant.

Anna-Maria jeta un œil dans la cuisine et salua Sanna et Lori qui étaient en train de déjeuner.

Lori avait treize ans, c'était la fille unique de Sanna. Ses longs cheveux roux luisaient, attachés au-dessus d'un visage joliment ciselé. Mais ses joues étaient blêmes et ses yeux creusés. Ses ongles tellement rongés qu'ils avaient presque disparu.

Sanna se pencha au-dessus de la table pour tapoter le bras de sa fille. Elle semblait l'encourager à manger davantage : Lori était maigre comme un clou, à la limite de l'anorexie.

Anna-Maria les laissa tranquilles.

Sanna avait quitté son mari Anders quelques semaines plus tôt, après des années de violences physiques et psychologiques. Quand pour la première fois il l'avait brutalisée en présence de sa fille, Sanna avait craqué et s'était enfuie en emmenant Lori.

Elles étaient à Friggagården depuis quelques semaines, profondément malheureuses de ce qu'elles avaient dû quitter. La mère était déprimée. Ses copines et son petit ami qu'elle ne pouvait pas voir manquaient à Lori.

La violence des hommes contre les femmes.

Anna-Maria soupira et regagna son bureau. Elle composa une nouvelle fois le numéro du portable de Mina, mais comme précédemment tomba sur la boîte vocale au bout de quatre sonneries.

Quelque chose tracassait Anna-Maria. L'impression que tout ça n'était pas normal.

Elle raccrocha et envisagea d'appeler Leila Kacim. La policière lui avait laissé sa carte avant de partir, en lui disant de ne pas hésiter à l'appeler. Elle aurait peut-être dû appeler maître Wibom, le conseil juridique de Mina ?

Mais que leur dire ? Que Mina était partie faire une promenade et qu'elle n'était pas rentrée au bout de deux heures ?

Anna-Maria lâcha le téléphone. Ils trouveraient sa réaction exagérée. Mina allait sûrement rentrer bientôt. Inutile de monter ça en épingle.

68.

Dino accéléra, et l'auto bondit en vrombissant devant la façade ocre de la maison. Il prit le tournant en dérapant, sans se soucier du stop, et allait virer à gauche quand une Golf rouge déboula de ce côté.

Elle aussi roulait beaucoup trop vite. Les deux voitures étaient si proches qu'il vit les yeux écarquillés et la bouche ouverte de la conductrice.

Dino écrasa si fort la pédale de frein que son pied faillit riper. La ceinture de sécurité lui cisailla l'épaule lorsqu'il fut violemment projeté en avant.

« Qu'est-ce que tu fous ? » beugla Andreis.

Dino s'attendait à entendre un bruit de tôle froissée, mais l'autre voiture les frôla à quelques centimètres. La femme au volant klaxonna furieusement. Dino lui fit un doigt d'honneur.

« Là ! » rugit Andreis en montrant Mina.

Elle était presque arrivée à l'arrêt, où un bus était en train d'accoster. Les portes s'ouvrirent, Mina se jeta avec sa poussette par l'entrée arrière.

Andreis avait baissé sa vitre et se penchait à moitié dehors.

« Attends ! hurla-t-il. Mina, stop ! Je veux te parler. »

Dino pila derrière le bus.

Andreis ouvrit la portière à l'arrache et sauta de la voiture qui roulait encore. Mina était presque à bord, et criait quelque chose d'hystérique au conducteur.

Andreis courut vers l'arrêt.

« Mina, arrête, vociféra-t-il. Descends ! »

Les portes du bus se refermaient quand il parvint à en saisir le joint en caoutchouc noir pour tenter de les rouvrir.

Une seconde qui dura une éternité il résista, mais finit par lâcher pour ne pas se faire pincer. Les portes se refermèrent sous son nez.

Andreis commença à tambouriner dessus à coups de poing.

« Ouvre, bordel, sinon je te tue ! » hurla-t-il à Mina qui le regardait de l'autre côté de la vitre, terrorisée.

Dino arriva au moment précis où Andreis dégainait le lourd Glock de sa poche intérieure et le pointait sur Mina.

Le bus se mit à rouler.

Les yeux d'Andreis étaient fous. Dino savait qu'il devait l'obliger à se maîtriser avant que tout ne tourne au cauchemar.

« Calme-toi, putain, cria-t-il. Tu ne peux pas la forcer à descendre du bus un pistolet à la main !

– Elle ne doit pas se barrer encore une fois !

– Tu prends perpète si tu la flingues devant tous les passagers. »

Le visage d'Andreis était écarlate. Une veine gonflait à son front. Dino ne l'avait jamais vu fou de rage à ce point.

Il le prit par les épaules.

« Il y a des témoins à bord, tu piges pas ? Ils en ont déjà trop vu. Le conducteur a sûrement déjà appelé la police. Il faut qu'on se casse. Tout de suite. »

Andreis haletait toujours, la bouche ouverte. Un peu de salive s'était accroché à la commissure de ses lèvres.

« Allez, viens. »

Dino poussa, traîna Andreis vers la Mercedes tout en guettant les sirènes. Il ouvrit la portière et parvint à le faire asseoir. Puis il se précipita au volant et démarra.

Il s'éloigna dans un hurlement de pneus.

Andreis semblait en état de choc. Comme s'il n'arrivait pas

à croire que Mina l'avait effectivement défié. Que, contre toute attente, elle avait osé revenir.

« Je la tuerai pour ça, murmura-t-il. Putain, dès que je l'aurai retrouvée, je la tuerai. »

69.

Les pas rapides de Leila retentirent dans le couloir devant le bureau de Nora.

« Il s'est passé quelque chose ? demanda Nora en lâchant la souris de son ordinateur quand sa collègue entra.

– C'est Mina », dit Leila.

Nora sentit son ventre se serrer. Sa mère était-elle morte ? Ou Kovač avait-il fini par la retrouver ? Nora ne se faisait aucune illusion sur ce dont il était capable.

« Qu'est-ce qu'il y a ?

– Elle a filé de Friggagården ce matin pour se rendre chez elle, mais son mari l'a surprise.

– Elle est encore vivante ? » s'inquiéta Nora.

Leila la rassura d'un geste.

« On n'en est pas là. Elle a réussi à lui échapper in extremis, indemne. Physiquement, en tout cas.

– Où est-elle ?

– Elle est dans un bus, mais hystérique et morte de peur. Kovač l'a coursée mais elle a réussi à monter à bord et à se sauver. » Leila brandit son téléphone. « Elle m'a appelée il y a deux minutes. Elle pleurait tellement que j'ai à peine compris ce qu'elle essayait de dire.

– Tu veux dire qu'elle est toujours à bord du bus ? Et s'il la poursuivait en voiture ?

– Je ne crois pas qu'il s'y risque, il y a trop de témoins.

Mais j'ai envoyé une patrouille la récupérer. Après, je vais la raccompagner à Friggagården et veiller à ce qu'elle y reste. »

Nora s'efforçait de digérer l'information.

« Où est son fils ? demanda-t-elle. Dis-moi au moins qu'il est en sécurité à Runmarö ?

– Il est avec elle. » Le visage de Leila se durcit. « Je ne sais pas ce qui lui est passé par la tête, pesta-t-elle. Comment a-t-elle pu prendre un tel risque ? »

Elle regarda sa montre.

« Il faut que je file. »

Nora se leva. Impossible de rester à son bureau à lire un dossier sur un cas de fraude à la TVA.

« Je viens avec toi », décida-t-elle en prenant son manteau.

70.

Leila conduisait. Elle avait pris une voiture banalisée, une Volvo V70 qu'elle avait l'habitude d'utiliser quand elle voulait éviter d'attirer l'attention.

La patrouille venait de confirmer qu'ils avaient récupéré Mina et son garçon dans le bus, sans incident. Ils se trouvaient sur leur banquette arrière, en sécurité, même si la mère était très choquée.

Nora souffla.

« Où va-t-on les retrouver ? demanda-t-elle une fois sur l'autoroute en direction de Gustavsberg. À Stavsnäs ? »

Leila secoua la tête.

« Ça attirerait trop l'attention. Ils la conduisent à Mölnvik. Je leur ai demandé de nous retrouver derrière le hangar des hélicoptères, où il n'y a pas beaucoup de passage. »

Nora se lissa les cheveux. Ils étaient tout raides. Elle n'avait pas eu le temps de les laver ce matin, s'était contentée d'appliquer un nouveau shampooing sec qui faisait ressembler ses mèches à du foin. Mais au moins elle n'avait pas les cheveux gras.

« Tu as eu quelqu'un de Friggagården ? s'enquit-elle. Ils savent ce qui est arrivé à Mina ? »

Leila ralentit quand deux files fusionnèrent.

« Je n'ai pas eu le temps.

– Je les mets au courant. »

Nora composa le numéro. Anna-Maria répondit à la première sonnerie, et elle lui résuma la situation.

« Je le savais ! s'exclama la directrice. Je sentais bien qu'il y avait un problème en ne la voyant pas rentrer. »

Nora mit le haut-parleur pour que Leila entende elle aussi.

« Nous pensons arriver chez vous dans quarante-cinq minutes, dit-elle. Quelqu'un peut venir nous attendre au ponton ? Je ne suis pas sûre que Mina soit en état de faire le trajet à pied, même si ce n'est pas très long.

– Je m'en occupe. »

Leila s'engagea sur le rond-point, contourna le McDonald's et se dirigea droit sur l'héliport bleu-gris. Les vastes baies vitrées de sa façade semblaient sinistres et sales au soleil.

Une voiture de police était garée à l'ombre du bâtiment. Un policier en uniforme attendait à l'avant. Leila se gara à côté. Elle descendit de voiture et montra sa carte professionnelle. Puis elle se pencha et ouvrit la portière. Mina était assise sur la banquette, son fils dans les bras.

Les cris de Lukas emplissaient l'habitacle. Nora aussi aurait voulu pleurer en voyant le visage choqué de Mina. Elle fit le tour de la voiture pour prendre les affaires que l'autre policier avait sorties du coffre, tandis que Leila aidait la jeune femme à descendre de voiture.

« Comment ça va ?

– Il a essayé de me tirer dessus, murmura Mina. Il avait un pistolet. »

Elle vacilla. Leila la soutint de son bras.

« Maintenant on vous ramène à Friggagården », dit-elle en la guidant vers la Volvo.

71.

Ulrika était en train de travailler quand la porte de son bureau s'ouvrit à la volée.

Andreis Kovač était sur le seuil, les épaules relevées. Ses cheveux d'ordinaire lissés étaient en bataille. Il serrait son portable à la main. Derrière lui, on apercevait la mine désolée de la réceptionniste.

« Je l'ai prié d'attendre que je vous prévienne, mais il n'a rien voulu savoir », balbutia-t-elle.

Ulrika se leva et la rassura d'un signe de tête.

« Ce n'est pas grave. »

Elle indiqua un fauteuil à Kovač.

« Vous ne voulez pas vous asseoir ? »

Elle crut d'abord qu'il allait donner un coup de pied dans le fauteuil, mais il finit par s'asseoir. Ulrika reprit sa place, en face de lui.

« Avions-nous rendez-vous aujourd'hui ? » tenta-t-elle.

Pourquoi était-il aussi survolté ? Il avait l'air sur le point d'assommer quelqu'un.

« Je veux retrouver ma femme ! »

Ulrika s'efforça de rassembler ses idées. Elle lui avait déjà expliqué la situation. Plusieurs fois. Le délai laissé à Wibom courait jusqu'à après-demain et d'ici là, il n'y avait pas grand-chose à faire.

« Ça va être difficile dans l'immédiat, répondit-elle. Mais

comme je vous l'ai dit ce matin, je compte bien que Lukas et elle rentreront bientôt à la maison.

– J'ai besoin de voir Mina. C'est à vous d'arranger ça. Vous êtes mon avocate, bordel ! »

Ulrika tapota avec son stylo pour garder son calme.

« Impossible, dit-elle.

– Elle est venue à la maison ce matin même ! explosa-t-il. Mais elle a filé. Elle avait Lukas avec elle, la salope. »

Kovač lâcha une telle bordée de jurons qu'Ulrika envisagea sérieusement de lui demander de partir.

« Cette sale pute est venue à la maison dans mon dos. Chez *moi*, avec *mon* fils ! Pigé ? »

Il en crachait presque.

Cet entretien était en train de dégénérer. Ulrika inspira à fond.

« Franchement, vous avez d'autres sujets sur lesquels vous concentrer pour le moment, dit-elle. Nous avons décidé d'une stratégie. Soyez un peu patient. »

Kovač se pencha par-dessus le bureau et saisit le bras gauche d'Ulrika. Ses doigts s'enfoncèrent dans sa peau.

« J'ai quand même le droit de parler à ma femme, bordel ! Ne me dites pas d'être patient, ou je...

– Lâchez-moi ! »

Aussi vite qu'il l'avait attrapée, Kovač la lâcha. Ulrika le dévisagea en se massant le poignet. Des taches rouges apparaissaient clairement sur sa peau.

« Recommencez ça et il faudra vous chercher un autre avocat. Je ne le répéterai pas. »

Kovač eut au moins la présence d'esprit d'avoir l'air penaud.

Ulrika se servit un verre d'eau à la carafe posée sur le bureau. Elle but quelques gorgées, sans trembler, comme si ce qui venait de se passer ne la touchait pas particulièrement, alors que son cœur battait à tout rompre.

Mais elle n'avait pas l'intention de le laisser paraître.

« Changeons de sujet, dit-elle en sortant son dossier du

placard. Nous pouvons parler d'autre chose aujourd'hui. Par exemple de la fuite au sein de votre organisation. »

Kovač s'était déjà levé.

« Je vais m'en occuper. »

Il quitta la pièce avant qu'elle ait le temps de rien ajouter. Ulrika resta plantée là, le dossier à la main. Au cours de sa carrière, elle en avait vu défiler, des clients sans scrupules poursuivis pour des crimes graves, mais Andreis Kovač la mettait mal à l'aise.

Son bras la faisait toujours souffrir.

Ulrika commençait à sérieusement envisager de se retirer de cette affaire, même si elle savait que le barreau ne le verrait pas d'un bon œil. Il fallait une décision de justice pour la décharger de sa mission, puisqu'elle avait été désignée pour assurer sa défense. Il valait mieux prendre sur soi et assurer ce procès. En outre, il serait plus facile de descendre en marche après une condamnation, s'il décidait de faire appel.

Elle reposa le dossier et se massa le bras. Il fallait vraiment qu'elle réfléchisse à la situation.

72.

Nora aperçut Anna-Maria par la fenêtre quand le ferry Waxholm ralentit pour accoster à Styrsvik. La traversée avait beau ne durer que cinq minutes, elles s'étaient installées sur une banquette à l'abri des regards au milieu du bateau presque vide. Leila avait acheté une canette de Coca-Cola dont elle avait réussi à faire boire quelques gorgées à Mina, qui demeurait cependant dangereusement pâle.

La plaie à moitié cicatrisée au-dessus de son arcade sourcilière gauche tranchait en rouge vif sur sa peau.

« Essayez de boire encore un peu », l'encouragea Leila.

Mina but une gorgée.

« Prochain arrêt Styrsvik, retentit la voix du capitaine dans les haut-parleurs.

– Il faut y aller », dit Nora en touchant légèrement le bras de Mina.

La jeune femme se leva et saisit la poignée de la poussette où Lukas avait fini par s'endormir d'épuisement.

Elle n'avait pas dit grand-chose durant tout le trajet jusqu'à Stavsnäs. Elle aurait sans doute dû être conduite à l'hôpital pour y être examinée mais, après avoir brièvement consulté Anna-Maria au téléphone, Leila avait estimé qu'il valait mieux pour Mina et Lukas se mettre en sécurité sur Runmarö. Friggagården pouvait en outre proposer à Mina une prise en charge psychologique par du personnel compétent. Mina était choquée, c'était tangible, nul besoin d'être spécialiste pour constater qu'elle était à bout.

Anna-Maria avait commandé un des taxis de l'île. Dix minutes plus tard, elles entrèrent dans la cour, devant la vieille maison en bois où Siri attendait avec inquiétude.

Le cadre idyllique aurait dû être apaisant mais, pour Nora, le contraste était trop violent avec ce que Mina venait de vivre. Le charme de l'archipel ne faisait que souligner la laideur de la réalité.

« Autre chose, dit Anna-Maria une fois descendue de voiture. Mina a de la visite. Maître Wibom est ici. Il est arrivé il y a une heure avec le ferry précédent. »

Elle encouragea doucement Mina d'une tape sur l'épaule.

« Vous avez la force de le voir ? Je sais que la journée a été dure, mais apparemment c'est important. Sinon il ne se serait pas donné la peine de venir jusqu'ici. Il assure qu'il n'y en a pas pour longtemps. »

Mina écarquilla les yeux.

« Il s'est encore passé quelque chose ? lâcha-t-elle d'un mince filet de voix. Est-ce que maman va plus mal ? »

Anna-Maria se baissa pour ramasser un mégot de cigarette dans le gravier. Elle l'emballa soigneusement dans un mouchoir en papier et le mit dans sa poche.

« Il vaut mieux que vous lui parliez directement, dit-elle. Il n'a pas dit de quoi il s'agissait.

– Est-ce que vous pouvez rester ? »

Mina implora Leila et Nora du regard. Leila hocha la tête.

Nora se doutait de ce que le conseil de Mina avait sur le cœur.

La menace de maître Grönstedt au sujet de la garde de Lukas constituait une mauvaise nouvelle de plus pour Mina. Elle risquait de s'effondrer complètement en apprenant ce qu'Ulrika Grönstedt mijotait. Mais cela ne ferait qu'apporter de l'eau à son moulin : Nora savait que l'avocate n'hésiterait pas une seconde à en tirer profit.

Mina devait tenir le coup pour pouvoir s'occuper de son

enfant, sans quoi les services sociaux seraient obligés de lui retirer son fils pour le prendre en charge.

Ou le rendre à son père.

Tant qu'il n'était pas sous le coup d'une condamnation, Kovač n'était pas disqualifié. Il pouvait encore se voir attribuer la garde. Il arrivait que la règle selon laquelle un enfant avait droit à ses deux parents soit interprétée *ad absurdum* par les tribunaux suédois. Même des pères visiblement incapables, voire en prison, s'étaient vu attribuer la garde, en l'absence de la mère.

Anna-Maria prit Lukas dans ses bras et redressa son bonnet bleu clair. Mal réveillé, il cligna des yeux dans le soleil. Il ouvrait et fermait la bouche comme un petit poisson : il avait visiblement faim et n'allait pas tarder à hurler.

« Je m'occupe de nourrir ce petit bonhomme, dit Anna-Maria. Ne vous inquiétez pas pour lui. »

73.

Maître Herman Wibom les attendait déjà quand elles entrèrent dans la salle d'entretien. Dès qu'elles furent toutes installées, il se pencha vers Mina.

« Votre mari, ou plus précisément son avocate Ulrika Grönstedt, nous a contactés au sujet de la garde de Lukas. »

Il marqua une petite pause, comme s'il ne savait pas bien comment poursuivre.

« Il prétend que vous avez enlevé Lukas contre son avis clairement exprimé.

– Quoi ? »

Mina le dévisagea.

« Je lui ai parlé hier. Elle exige que vous rendiez Lukas sous trois jours, sans quoi une plainte sera déposée à la police.

– Andreis veut reprendre Lukas ? »

Mina chercha à tâtons l'accoudoir.

« Il n'aura pas mon fils », murmura-t-elle.

Nora ne put garder plus longtemps le silence.

« J'en ai déjà parlé avec maître Wibom, dit-elle. C'est une ruse grossière de la part de votre mari. Il veut vous effrayer pour vous faire taire et vous forcer à rentrer à la maison. Il s'agit uniquement de vous empêcher de témoigner contre lui, rien d'autre.

– Je ne peux pas rentrer. » La voix de Mina était très faible. « Il me tuera. Je l'ai compris aujourd'hui. »

Mina semblait éteinte, comme si elle parlait des prévisions météo. Il s'agissait pourtant du père de son enfant, un homme qu'elle avait beaucoup aimé.

Peut-être l'aimait-elle encore ?

« Si votre mari et son avocate vont jusqu'à déposer une plainte, je m'y opposerai systématiquement, dit Herman Wibom. Il y a ce qu'on appelle des raisons de force majeure, qui justifient en quelque sorte la commission de ce supposé délit. J'argumenterai en ce sens dans votre cas. »

Mina cligna des yeux.

« Dans la situation actuelle, je ne peux pas imaginer une intervention de la police pour vous faire restituer de force Lukas à votre mari, ajouta Herman Wibom.

– Restituer de force… ? » répéta Mina.

Ses lèvres étaient devenues blanches.

Leila se pencha pour lui presser la main, mais Mina ne réagit pas à ce contact.

« Dans le cas où, contre toute attente, un tribunal viendrait à estimer que votre mari est dans son droit et que les services sociaux doivent intervenir », dit maître Wibom.

Nora aurait voulu dire à Wibom de réconforter sa cliente au lieu de l'angoisser davantage. De lui donner le soutien et l'encouragement dont elle avait si désespérément besoin.

Sa mission était de l'aider à résister à Kovač. Herman Wibom aurait dû affirmer qu'il était là, à ses côtés. Qu'il la guiderait entre les écueils juridiques et serait sa boussole dans ce passage chaotique de son existence. Et voilà qu'il faisait exactement l'inverse. Le moment pour lui faire part de l'ultimatum d'Ulrika n'aurait pas pu être plus mal choisi.

Nora était forcée d'intervenir.

« Ce n'est qu'un raisonnement théorique, le coupa-t-elle. C'est de leur part une pure action d'intimidation. Vous ne devez pas vous inquiéter de ces bêtises.

– Les avocats débordent d'imagination pour défendre leurs clients, renchérit Leila, sans se soucier du fait que Wibom était lui-même avocat. Croyez-moi, j'en ai vu de toutes les couleurs. »

Mina se ratatinait pourtant sous leurs yeux.

« Ma recommandation la plus ferme est de ne pas céder aux intimidations, continua Nora. Je me battrai pour vous jusqu'au bout.

– Tant que vous restez à Friggagården, il ne peut pas vous atteindre. Ni vous, ni Lukas. Vous êtes en sécurité ici, faites-nous confiance.

– Herman va vous aider », ajouta Nora, puisque Wibom continuait à se taire.

Il n'avait pas l'air de saisir ses appels du pied.

« Je croyais que le pire qui pouvait arriver était qu'Andreis trouve notre cachette », dit Mina en s'entourant le corps de ses mains.

Elle se mit à se balancer doucement sur le canapé.

Nora estima que c'était assez.

« À présent nous devrions arrêter, lança-t-elle à Wibom, alors que c'était lui le conseil de Mina. Il faut que Mina se repose. Cette journée a été terriblement éprouvante pour elle. »

Elle se leva, imitée par Leila.

« Je vous appelle demain, la nuit porte conseil, dit Wibom. Nous ne devons pas leur donner de réponse avant plusieurs jours. »

Nora l'aurait étranglé pour cette dernière remarque.

Bosnie, avril 1993

Andreis était en train de se brosser les dents quand papa rentra. Il avait été absent toute la journée et ils avaient dîné sans lui, comme souvent désormais.

Andreis accourut de la salle de bain pour lui dire bonne nuit.

Papa était en train de pendre son blouson au portemanteau, mais manqua son geste et le laissa tomber par terre. Les yeux injectés de sang, il trébucha sur sa jambe boiteuse.

Il se pencha vers Andreis et le serra beaucoup trop fort dans ses bras. Une odeur forte et épicée lui sortait de la bouche, Andreis n'aimait pas ça.

Maman sortit de la cuisine. En voyant papa, elle s'arrêta sur le seuil et croisa les bras. Ses lèvres rétrécirent encore. Andreis savait qu'elle était furieuse.

« Nous n'avons presque plus d'argent, lâcha-t-elle. Comment peux-tu en dépenser pour de l'alcool ? »

Papa se défendit d'un geste.

« Pas maintenant.

– Je fais tout ce que je peux pour que tes enfants aient le ventre plein et toi, tu ne lèves pas le petit doigt pour m'aider !

– Arrête ton char ! éructa papa.

– Ça n'est plus possible ! cria maman. Je n'en peux plus !

– Ta gueule. »

Papa alla dans le séjour et s'affala sur le canapé devant la télé mais maman le suivit.

« S'il te plaît. » Elle n'avait plus l'air en colère, juste désespérée. « On va tous mourir si on reste ici. Blanka est passée. C'est de pire en pire, il y a des obus presque toutes les nuits, maintenant. Les Serbes avancent, les Croates aussi. »

Papa alluma la télé et monta le son, qui emplit toute la pièce.

Maman se mit devant l'écran pour l'empêcher de voir.

« On ne peut pas continuer comme ça.

– Dégage.

– On doit partir.

– Je te préviens.

– On va mourir si on ne fuit pas. »

Papa se leva avec une expression menaçante. Andreis se blottit dans un coin et se cacha les yeux dans les mains pour ne pas voir.

Quand il rouvrit les yeux, papa était penché sur maman qui gisait par terre. Elle le fixait, la haine dans le regard. Une de ses joues était rouge sombre. On y voyait nettement la paume de papa se dessiner sur la peau pâle.

« Plus un mot, siffla papa. Je fais comme je peux. »

Il prit son blouson au vol et ressortit.

Maman se mit à pleurer.

Andreis courut vers elle et essaya de la consoler de son mieux.

« Ne pleure pas, maman, murmura-t-il. Il avait juste trop bu, il ne le pensait pas.

– Nous allons tous mourir à cause de ton père. »

74.

Quand Nora rentra, Jonas allait servir le dîner. Un parfum de bolognaise et de spaghettis. Le plat préféré de Julia.

Nora quitta son manteau et gagna la cuisine. L'année précédente, ils avaient abattu la cloison entre la cuisine et le salon. Elle aimait l'impression d'espace mais pas les odeurs de graillon dans tout l'appartement.

Jonas était devant l'îlot central.

« Bonsoir, chérie ! Comment s'est passée ta journée ? »

Nora se laissa tomber sur un des tabourets hauts en face de lui.

« Pas terrible. On a du vin rouge ? »

Jonas sortit une bouteille, un pinot noir californien qu'il rapportait souvent.

« Dure journée ?

– Franchement ? fit Nora en appuyant le menton sur ses deux mains. C'était assez atroce. »

Jonas la servit pendant qu'elle lui racontait les malheurs de Mina et son excursion imprévue sur Runmarö.

Il lui tendit le verre et fut remercié d'un baiser sur la joue. Elle aurait voulu se blottir dans ses bras.

« Mais c'est quoi son problème, à ce Kovač ? » lâcha-t-elle avant de boire une grande gorgée du vin rouge sombre.

Il avait un doux arôme fruité. Ses muscles tendus se relâchèrent à mesure que l'alcool se répandait dans son corps.

Julia arriva en trombe, et Nora eut droit à un bisou rapide avant qu'elle ne disparaisse devant la télévision.

Ils n'étaient que trois à dîner : cette semaine, Simon était chez Henrik et, comme souvent, on ne savait pas trop où était Adam. Probablement chez sa petite amie Freja. Ils étaient ensemble depuis deux ans, avec une petite interruption au milieu, et avaient tous les deux passé le bac. Les parents de Freja habitaient une villa avec un appartement indépendant au rez-de-chaussée, où les deux jeunes passaient le plus clair de leur temps.

Adam était grand à présent.

« J'aurais vraiment préféré ne jamais avoir à m'occuper de cette affaire, dit Nora en prenant une autre grande gorgée. Je n'arrive pas à garder la distance qu'il faudrait.

– Tu t'en sors très bien. »

Jonas ne pouvait rien en savoir mais ça faisait quand même du bien de l'entendre dire ça.

« Sais-tu que, tous les ans, douze mille femmes sont battues par leur mari ? dit Nora. Au point de devoir aller aux urgences. »

Le chiffre suscitait l'indignation. Mais, selon toute vraisemblance, les victimes de violences conjugales étaient bien plus nombreuses, les chiffres fantômes très élevés. Beaucoup trop d'entre elles recevaient « seulement » une raclée et se mettaient un simple pansement sans se rendre à l'hôpital.

Jonas souleva le couvercle de sa casserole et goûta sa sauce avec une cuillère en bois. Il la laissa ensuite traîner et poisser la cuisinière. Nora décida de ne pas faire de remarque, même si elle savait qui allait devoir essuyer après le dîner.

« En Suède, la plupart des meurtres de femmes sont commis par des proches », poursuivit-elle.

Entre trente et quarante femmes étaient tuées chaque année par leur conjoint. C'était un tiers de tous les meurtres commis dans le pays.

« Alors il faut que je te remercie d'oser rentrer à la maison », dit Jonas.

Il essayait de plaisanter mais Nora avait du mal à en rire.

Si Jonas avait vu le visage tuméfié de Mina, il n'aurait jamais été aussi maladroit.

Elle n'avait pas le courage de discuter de ça aussi. Elle continua plutôt à boire, en se demandant comment allait Thomas. Il avait l'air si abattu la dernière fois qu'ils s'étaient vus. Exactement comme elle ce soir.

Quand donc la vie était-elle devenue aussi déprimante ?

75.

Un bruit arriva de la porte. Mina se redressa sur le coude et tourna la tête. La poignée s'abaissa doucement sous ses yeux. La chambre était plongée dans l'obscurité, seule la lampe de chevet était allumée. Il était presque minuit, la maison était silencieuse. Tout le monde dormait depuis longtemps.

Quelqu'un allait entrer dans sa chambre.

Avant qu'elle ait le temps de réagir, Andreis apparut sur le seuil. Vêtu de sa veste de cuir noir, il brandissait son pistolet.

Il l'avait trouvée.

C'était impossible. Tout le monde lui avait promis qu'elle serait en sécurité à Friggagården, et malgré tout il était là.

On lui avait menti.

Andreis avança d'un pas et referma derrière lui. Mina ne pouvait pas bouger. Elle n'arrivait même pas à crier à l'aide, alors qu'elle savait pourquoi il était venu : elle allait mourir.

Elle parvint à reculer dans le lit pour se plaquer dos à la cloison, mais cela l'éloignait de quelques dizaines de centimètres seulement. Elle ne pouvait rien faire pour se dérober.

Elle fixait le canon noir du pistolet braqué sur son visage, vit l'index presser la détente.

« Tu savais que je finirais par te retrouver. »

Andreis desserra les lèvres. Ses dents apparurent dans un sourire carnassier.

Les cloisons se déformaient.

« Tu croyais vraiment m'échapper ? chuchota-t-il. Tu devrais mieux me connaître. »

Sous sa lèvre, sa cicatrice de jeunesse apparaissait blanche dans l'obscurité.

Lukas se réveilla dans son lit à barreaux, mais elle n'osait pas regarder dans sa direction. Il se mit à geindre, mais elle savait qu'elle ne pouvait pas le prendre dans ses bras. Si elle tenait Lukas quand Andreis tirerait, la balle risquait de le toucher lui aussi.

Il fallait qu'il vive, même si elle mourait.

« S'il te plaît, chuchota-t-elle. Pense à Lukas. »

Andreis ne semblait rien avoir entendu.

« Pense à ton fils », supplia-t-elle à nouveau.

Lukas se mit à pleurer et Mina joignit les deux mains dans une prière silencieuse.

« Tu savais que ça arriverait », dit Andreis.

Il jouissait de sa terreur mortelle, de la voir tourmentée. Elle savait l'avoir jadis aimé, mais c'était incompréhensible.

« Tu l'as bien cherché » furent les derniers mots qu'elle perçut.

Mina ferma les yeux et s'entendit crier, jusqu'à ce qu'elle se réveille.

76.

Dino était assis à la table de la cuisine de son appartement de Farsta Strand, un verre de vodka à moitié plein devant lui. Rentré chez lui, il avait sorti une bouteille de Smirnoff et entrepris de s'enivrer, lentement et méthodiquement.

Le niveau de la bouteille translucide avait baissé à mesure qu'il sombrait dans l'ivresse, mais il ne se sentait pas mieux pour autant. Ses nerfs étaient beaucoup trop tendus.

Le soleil avait depuis longtemps disparu dans les eaux du lac Magelungen. Les derniers rayons avaient teinté le ciel de rose. Après le crépuscule, il était resté là dans le noir sans allumer. Seule la lueur de sa cigarette éclairait la pièce.

Le cendrier, une vieille boîte à café, était plein de mégots. L'air chargé d'une épaisse fumée râpait la gorge. Demain, il aurait la tête dans le cul, mais ça n'avait pas d'importance.

Pour la première fois, il se demandait sérieusement si Andreis n'allait pas perdre les pédales. S'il n'était pas en train de passer la limite.

Et qu'arriverait-il alors ?

L'instant où il avait sorti son pistolet devant tous les passagers avait choqué Dino.

Andreis avait toujours été colérique, mais la rage qu'il avait libérée aujourd'hui était purement suicidaire. S'il avait rattrapé Mina et l'avait abattue devant tous ces témoins, c'était la prison à vie. Même cette avocate ne lui aurait pas évité la centrale de Kumla.

Dino n'aurait jamais pu imaginer Andreis prêt à risquer une condamnation à perpétuité rien que pour punir sa femme. Il n'arrivait pas à concevoir qu'il puisse haïr Mina à ce point. Elle était la mère de son enfant, ils avaient construit une vie ensemble. Dino savait qu'Andreis avait été fier et heureux à la naissance de son fils.

Ça ne collait pas.

Dino avait beau chercher une explication, il ne lui trouvait pas de circonstances atténuantes. Andreis n'était ni ivre, ni sous l'emprise de la drogue, c'était le milieu de la journée. Il savait ce qu'il faisait en partant à l'attaque.

Ils avaient grandi ensemble, mais Dino ne le reconnaissait plus.

Quand le bus s'était éloigné, Andreis avait jeté à Dino un regard haineux, comme si tout était de sa faute. Que Mina s'en soit sortie une fois de plus. Il avait laissé tomber son rendez-vous à Södertälje et dit à Dino de le conduire plutôt directement chez cette avocate en centre-ville.

Et en sortant, il était encore plus furieux.

Dino avait eu l'ordre de le déposer à Trastvägen. En route, Andreis avait téléphoné à Emir pour lui dire de le rejoindre avec de quoi boire.

Il n'avait pas demandé à Dino de rester, mais ça ne faisait rien, Dino voulait juste s'en aller avant qu'Andreis ne se mette en tête de passer sa colère sur lui.

Il vida son verre et le remplit de nouveau. La buée avait depuis longtemps disparu de la paroi de la bouteille, la vodka était presque à température ambiante, mais il n'avait pas le courage d'aller chercher des glaçons.

On sonna à la porte.

Dino leva les yeux. Il était tard, il n'attendait pas de visite.

On sonna encore. Avec insistance.

Dino écarta son verre et se leva lentement. Il était plus ivre qu'il ne croyait, dut s'appuyer à l'évier pour ne pas perdre l'équilibre. Il quitta la cuisine en traînant les pieds et gagna l'entrée.

Quelqu'un appuya à nouveau sur la sonnette, à n'en plus finir.

« J'arrive », glapit Dino.

Si c'était un des gamins qui traînaient dans la cage d'escalier, ils allaient entendre ce que Dino pensait de ces petits merdeux qui dérangeaient leurs voisins en pleine nuit.

Dino respira par le nez en essayant de regarder par le judas, mais il avait du mal à voir net. Les murs bougeaient, tout était un peu flou. Il cligna plusieurs fois des yeux, sans grand résultat.

« Ouvre ! » cria quelqu'un.

La voix familière traversa les vapeurs éthyliques.

Qu'est-ce qu'il faisait là ?

Dino trifouilla la chaîne de sécurité, mais il était bien trop ivre. Ses doigts boudinés et gauches refusaient de lui obéir.

Il finit par parvenir à détacher la chaîne. La porte s'ouvrit et Dino découvrit ce qu'il n'avait pas réussi à voir par le judas.

Ils étaient à trois contre un.

« Tu vas nous suivre », dit Emir.

77.

La porte s'ouvrit et Anna-Maria entra dans la chambre. Mina cligna des yeux, désorientée. Ses joues étaient mouillées de larmes. Elle avait cru qu'Andreis lui tirait dessus.

La directrice s'assit au bord du lit. Elle caressa les cheveux de Mina sur son front, tout collés de sueur.

« Vous avez fait un mauvais rêve. Vous avez crié si fort, ça s'est entendu de loin.

– C'était Andreis… il m'avait retrouvée et il… »

Mina regarda autour d'elle. Elle était étendue tout habillée sur le couvre-lit.

Lukas ne pleurait pas.

Anna-Maria secoua la tête.

« Ça n'a pas été une journée facile pour vous. Pas étonnant que vous fassiez d'affreux cauchemars. »

Elle attira Mina contre elle et lui caressa le dos avec de grands gestes apaisants.

« Comment ça va ? »

Mina se mit à pleurer.

« Je ne sais pas quoi faire, sanglota-t-elle.

– Là, là, murmura Anna-Maria. Vous êtes complètement épuisée. Je vais vous donner un somnifère pour que vous puissiez vous reposer. Je peux rester ici cette nuit pour garder un œil sur Lukas. De toute façon, c'est trop tard pour le dernier ferry.

– Je n'ose pas rentrer à la maison, et je n'ose pas rester ici, murmura Mina. Je n'ose pas non plus dormir.

– Vous n'en réchapperez pas en retournant auprès de lui, dit Anna-Maria. J'ai vu tant de femmes dans votre situation. Ces hommes-là ne changent jamais parce qu'ils ne savent pas comment faire. Ils finissent par aller trop loin, presque toujours. »

Mina n'arrivait pas à arrêter de pleurer. Anna-Maria continua à lui frotter le dos, comme elle aurait consolé un enfant.

« Pourquoi me fait-il ça ? » chuchota Mina.

Anna-Maria soupira.

« Il n'a aucune excuse. Il a probablement tant de démons qui le rongent de l'intérieur qu'il ne le sait pas lui-même.

– Je ne ferais jamais ça à quelqu'un que j'aime.

– Il ne s'agit pas de vous, jamais. C'est important de comprendre ça, même si c'est incompréhensible. »

Anna-Maria se leva pour prendre sur la table à langer de Lukas quelques lingettes qu'elle lui tendit. Mina s'essuya le visage, cette fraîcheur sur la peau faisait du bien. Ses yeux et son nez étaient enflés de larmes.

Anna-Maria s'attarda près du lit à barreaux et remonta la couverture du bébé avant de revenir s'asseoir auprès de Mina.

« Ces hommes-là battent les personnes auprès desquelles ils devraient chercher de l'aide et du soutien, expliqua-t-elle. Leur unique façon de faire face à leurs humeurs et à leurs frustrations est de les passer sur leurs proches.

– Je devrais pouvoir l'aider.

– Non ! »

Cette réponse tranchante fusa.

« Vous ne pouvez pas, continua Anna-Maria. Il faut des années de thérapie. En plus, il faut qu'il le veuille lui-même, qu'il soit réceptif à l'aide qu'on lui apporte, sans quoi elle est vaine.

– Qu'est-ce que je peux faire, alors ? » demanda Mina.

La voix d'Anna-Maria s'adoucit.

« Ne lui donnez pas l'occasion de vous tuer. C'est tout ce que vous pouvez faire pour le moment. »

Elle détourna les yeux.

« Ma fille était avec un homme comme votre mari. Elle était enceinte de leur premier enfant... »

Sa voix mourut.

Anna-Maria ramassa rapidement les lingettes usagées et les jeta à la poubelle.

« Il veut me prendre Lukas, murmura Mina.

– Ce n'est pas aussi facile que ça. » Anna-Maria lui tapota la joue pour la consoler. « La procureure a l'intention de se battre pour vous, et maître Wibom également. Je leur ferais confiance, si j'étais vous. De mon temps, il n'y avait pas de conseils juridiques, mais vous avez la chance d'avoir quelqu'un spécialement là pour vous aider. »

Mina hocha la tête en tremblant. Elle essayait de retrouver la sensation de force qu'elle avait éprouvée en quittant Trastvägen, juste avant qu'Andreis la surprenne.

« Vous pensez vraiment que j'en suis capable ? demanda-t-elle. De témoigner contre Andreis, je veux dire ? »

Anna-Maria prit le visage de Mina entre ses deux mains.

« Vous *devez* témoigner contre lui. C'est votre seule chance. S'il peut aller en prison grâce à vous, il faut saisir l'occasion. Il n'y a pas d'autre façon d'échapper à ce monstre. »

78.

Dino était à l'arrière de la Mercedes qu'il conduisait d'habitude lui-même. Les rues étaient sombres et vides quand ils entrèrent dans le parking désert. Il faisait de son mieux pour rester concentré, malgré l'ivresse.

« Où on va ? » fit-il.

Les gorilles qui l'encadraient restèrent impassibles. Il avait souvent croisé Jovan et Nermin en compagnie d'Andreis dans des situations tendues, quand ce dernier avait besoin d'une protection renforcée. Nermin était le fils d'un cousin, mais il l'appelait lui-même cousin.

À présent, ils se comportaient comme s'ils ne l'avaient jamais vu.

Sa vessie était pleine à craquer.

Emir conduisait. Il arrêta la voiture à quelque distance du bâtiment et coupa le moteur.

« On descend », dit-il.

Dino tenta de se repérer.

Ils n'avaient pas roulé plus de vingt-cinq minutes. Ils devaient être dans les environs de Stockholm, mais il n'arrivait pas à savoir où. À la campagne : ils étaient entourés de forêts, d'arbres sombres, sans aucune habitation en vue. Ils avaient quitté l'autoroute et roulé à la fin sur de petites routes.

« On va retrouver Andreis ? demanda-t-il à Emir en essayant de faire comme si tout était normal.

– Ta gueule. »

Jovan bouscula Dino hors de la voiture et lui saisit fermement le bras, si bien qu'il n'avait pas d'autre choix que de le suivre.

Ils se dirigèrent vers l'entrée, au bout du bâtiment décrépit. Dino reconnut les lieux, c'était l'usine abandonnée de Lännersta qu'il avait sous les yeux. Andreis l'avait déjà utilisée pour s'occuper de personnes qui lui posaient problème.

Dino ravala un renvoi aigre.

Des graviers et de vieux détritus crissaient sous chacun de leurs pas.

Il tenta de tourner la tête pour voir où étaient passés les autres, mais Jovan le tira brutalement vers une porte métallique. Il enfonça la poignée et l'ouvrit d'un coup de coude. Puis il poussa Dino devant lui si brusquement qu'il trébucha et tomba à genoux sur le sol en ciment.

Dino regarda alentour, mais impossible de rien distinguer dans le noir compact.

Ça goutte quelque part, eut-il le temps de penser avant que la lumière du plafond ne l'aveugle. Une fois ses yeux habitués, il découvrit Andreis, appuyé à un mur en béton, les bras croisés.

Il observait Dino les paupières basses, sans rien dire.

Les derniers restes d'ivresse disparurent. Les nerfs à fleur de peau, Dino se releva. Sa bouche était si sèche que sa langue collait à son palais.

« Andreis, fit-il. Salut ! »

Sa voix partait en fausset, alors qu'il s'efforçait d'être naturel.

« Pourquoi tu voulais qu'on se voie ici ?

– Assieds-toi », dit Andreis.

Il lui désigna une chaise placée toute seule au milieu de la pièce. Dino savait de quoi il s'agissait, il avait assisté à des situations semblables, avec d'autres personnes qui elles aussi craignaient pour leur vie.

Le sang battait si fort à ses tempes qu'il en avait le vertige.

Andreis savait tout. Il avait appris la vérité, et maintenant il comptait le punir.

« De quoi s'agit-il ? lâcha-t-il. Je ne comprends pas ce que tu crois que j'ai fait, mais quoi que ce soit, c'est un malentendu.

– Assieds-toi. »

La voix d'Andreis était glaciale. Dino savait qu'il était inutile de discuter.

Il se dirigea vers la chaise, même si son instinct lui criait de ne pas le faire. Mais c'était sans espoir. Il était fait comme un rat. Jovan lui barrait la porte et Nermin montait la garde dehors. Emir avait disparu, mais ne devait pas être loin lui non plus.

Dino s'assit tout au bord.

« Regarde-moi », lui intima Andreis.

Dino obéit, malgré les pas qui approchaient derrière lui. Avant qu'il ait le temps de réagir, quelqu'un lui attacha les mains avec un collier de serrage. Dino se laissa faire, il savait comment ça marchait : plus on se débattait, plus ça cisaillait la chair. Il en avait lui-même fait usage contre d'autres personnes.

Andreis restait impassible.

Un autre bruit derrière sa nuque le couvrit de sueur froide, mais il ne pouvait pas lever le petit doigt pour se défendre. On lui enfila la tête dans quelque chose de froid qu'on descendit et resserra autour de son cou. Un filin d'acier coulissant.

Le métal appuyait juste ce qu'il fallait sur sa pomme d'Adam.

Le réflexe de vomir se déclencha aussitôt.

« Putain, Andreis ! »

Il arrivait à peine à émettre les mots. Il les éructait un à un, séparés par des sifflements désespérés.

« Je n'ai rien fait, gémit-il. Jamais je ne te trahirais, tu le sais bien. Tu me connais. »

Andreis s'approcha, son visage à quelques dizaines de centimètres de celui de Dino. Ses yeux étaient injectés de sang, ses pupilles énormes. Il y voyait la même fureur que plus tôt dans la journée, quand il avait essayé de l'empêcher de tirer à travers la porte du bus.

À présent, il était en plus ivre et drogué.

« C'est toi qui m'as vendu, hein, salopard ? »

Dino chercha une réponse qui puisse amadouer Andreis.

« Qu'est-ce que tu racontes ? parvint-il à articuler, même si chaque mot était une torture. J'ai toujours été loyal envers toi. »

L'homme qui tirait le filin n'avait pas dit un mot, mais Dino reconnut son after-shave. Emir.

Andreis n'écoutait aucune explication.

Le filin se resserra au point qu'il avait du mal à respirer.

Dino fut pris d'un besoin aigu de déglutir, mais n'osait pas, de peur d'augmenter encore la pression. De petits points noirs emplissaient sa vision, ses oreilles grondaient et son front tambourinait.

Andreis se pencha encore plus près.

« Avoue que c'est toi qui m'as balancé aux flics. »

Le garrot se desserra un peu, soudain il put à nouveau respirer. Assoiffé d'air, il inspira goulûment pour emplir ses poumons.

« Tout ça est un malentendu, haleta-t-il. Je le jure sur la tombe de ma mère, je ne bosse que pour toi. »

Sa tête explosa de douleur quand Andreis lui frappa la tempe de son pistolet.

Du sang chaud et poisseux coula de son arcade sourcilière. À travers un rideau rouge sombre, il murmura :

« Je t'en supplie.

– Avoue que c'était toi. »

Il n'avait pas téléphoné pour Mina, mais pour sauver Andreis de lui-même. Dino savait que ce serait impossible à expliquer.

« Je le jure, lâcha-t-il, bordel, Andreis, on a grandi ensemble. Tu es mon frère. »

Il tenta de croiser le regard d'Andreis. Lui faire comprendre que tout cela n'était qu'une épouvantable méprise.

Ils étaient amis depuis plus de vingt ans, ça ne pouvait pas se terminer comme ça entre eux.

Il ne voulait pas mourir.

« Putain, comment tu as pu me trahir ? » Andreis en sanglotait presque. « On était des frères, toi et moi, et pourtant tu m'as vendu. »

Andreis shoota dans un tuyau tordu qui traînait par terre, l'envoyant tinter contre le mur.

« Tu m'as trahi ! Ordure, tu m'as trahi comme tous les autres. On ne peut faire confiance à personne. »

Dino se plaqua au dossier de sa chaise dans une vaine tentative pour s'éloigner de cet homme qui semblait avoir décidé qu'il devait mourir.

Andreis leva à nouveau le pistolet, et frappa directement la mâchoire de Dino.

Le coup fut si violent que Dino crut que sa tête allait se détacher. Il se mordit profondément la langue. Un goût de sang se mêla aux éclats de dents dans sa bouche. Il crachait et avalait en même temps, persuadé qu'il allait s'étouffer dans son propre sang.

Tout avait un goût de fer.

« Pourquoi tu m'obliges à faire ça ? cria Andreis. Je te faisais confiance pour tout.

– C'était pour toi », renifla-t-il quand il parvint enfin à articuler quelque chose de compréhensible.

Le sang continuait à couler de son visage et de son menton.

« Qu'est-ce que tu dis ? »

Andreis se figea, pistolet à la main.

« Si tu l'avais tuée… », pleura Dino.

Ces derniers mots étaient presque inaudibles, noyés dans la bouillie de sang et de morve qui lui emplissait la bouche.

« Il avoue, s'écria Emir. Je savais bien que c'était lui la balance ! Je le dis depuis le début ! »

La pression du filin d'acier se relâcha dans son cou. Dino sentit alors le canon du pistolet contre sa tempe.

Un jet chaud trempa son pantalon et goutta en une flaque jaune sur le sol.

« Regarde ! cria Emir quelque part au-dessus de sa tête. Il se pisse dessus maintenant, ce porc ! »

Le visage déformé d'Andreis s'approcha.

Et le monde fut noir.

MERCREDI

79.

Mina se réveilla le corps lourd. Pour la première fois depuis des semaines, elle avait dormi profondément, sans cauchemars. Ses draps n'étaient pas comme d'habitude en boule et trempés de sueur, elle se sentait pourtant épuisée, engourdie et désorientée.

Son regard se porta vers le lit à barreaux. Il était vide.

Lukas !

Son cœur se serra avant qu'elle se rappelle la promesse d'Anna-Maria de s'occuper de lui pendant la nuit. Elle était venue prendre Lukas pour que Mina puisse finir de dormir.

Il était entre de bonnes mains, elle n'avait pas à s'inquiéter. Elle était toujours en sécurité à Friggagården, Andreis était loin d'ici. Il ne savait pas où elle se trouvait et ne l'apprendrait jamais.

Les mots d'Anna-Maria lui revinrent. Elle voulait qu'elle se batte, sans quoi Andreis la tuerait.

Il fallait qu'elle se défende.

Mina roula sur le côté et ferma les yeux. Comment faire ? Comment oserait-elle ?

Peut-être pourrait-elle parler à Herman Wibom de son compte mail secret ? Des photos qu'elle avait cachées sur Internet ?

Rien que d'y penser lui donnait des palpitations. Andreis serait furieux s'il l'apprenait. Il la poursuivrait sans fin. Elle ne pourrait pas se cacher pour lui échapper, car il n'abandonnait jamais. Elle le connaissait bien.

Mais il fallait qu'elle s'en libère. Anna-Maria avait raison.

Mina saisit son portable et ouvrit Internet. Elle se connecta à l'adresse électronique qu'elle avait créée voilà un an et demi. À laquelle elle avait envoyé des photos d'elle-même qu'elle n'osait pas conserver sur son téléphone, au cas où Andreis les découvrirait.

Elle entra son mot de passe d'un doigt tremblant.

Tout était là.

Les photos des bleus et des plaies quand Andreis l'avait battue, des rapports médicaux décrivant son état, les fois où elle avait dû se faire soigner.

Même si elle avait menti sur l'origine de ses blessures et protégé Andreis devant la police, tout était archivé. Par la suite, elle avait régulièrement documenté son dossier. Autant qu'elle l'osait sans être découverte.

Toute cette documentation était accessible via Internet.

Mina referma son compte mail. Si Anna-Maria avait raison, il n'y avait qu'une seule façon de se libérer d'Andreis.

Elle se leva et enfila son peignoir pour aller chercher Lukas mais s'arrêta la main sur la poignée de la porte.

Si elle n'aidait pas la police, la probabilité qu'il reste libre était grande, Leila le lui avait assuré. Elle serait à jamais traquée.

Elle avait tellement peur de lui.

Elle n'avait personne à qui demander conseil, maman était dans le coma, et elle ne pouvait pas tourmenter son père avec ce genre de décision.

Mina se laissa retomber sur son lit. Que faire de ces images ? Était-il possible de les montrer à quelqu'un ?

Oserait-elle ?

80.

Aram glissa la tête par la porte du bureau de Thomas. « Margit veut nous parler », annonça-t-il.

Thomas leva les yeux.

« Maintenant ?

– Ouais. »

Thomas suivit Aram jusqu'au bureau de Margit, tout au bout du couloir. Elle était au téléphone, mais fit signe aux deux hommes d'entrer et de s'assoir.

On apercevait sur le bureau une photo des deux filles adultes de Margit. Elles souriaient à l'objectif, blondes et bronzées, sans aucune ressemblance avec l'austère Margit.

Bertil, son paisible mari depuis trente ans, n'avait pas droit à une place dans le cadre.

« Je vous envoie immédiatement du monde », dit Margit avant de raccrocher.

Elle reposa son portable sur la table et se cala à son dossier, les mains jointes derrière la nuque. Thomas comprit que c'était sérieux.

« Un joggeur a trouvé le cadavre d'un homme dans la réserve naturelle de Nacka, dit-elle. Enterré.

– Comment ? demanda Aram.

– Le joggeur courait avec son chien. Le clébard a marqué l'endroit avec une telle insistance que le joggeur a dû s'arrêter pour voir pourquoi il aboyait.

– On sait quelque chose sur la cause du décès ? questionna Thomas. Est-ce qu'on a pu la déterminer ?

– Sans aucun problème. Abattu à bout portant. Son visage ressemble à de la chair à pâté.

– Peut-on compter trouver l'arme du crime à proximité ? » demanda Aram.

Margit eut un sourire las.

« Tu crois que ce serait si simple ? Le cadavre et l'arme du crime servis ensemble sur un plateau ? »

Aram haussa les épaules.

« Parfois, Dieu est bon, dit-il en caressant la petite croix en or qu'il portait toujours autour du cou.

– Pas cette fois. »

Thomas se leva.

« Staffan y va aussi ? » demanda-t-il sur le pas de la porte.

Staffan Nilsson, le technicien de la police scientifique le plus expérimenté du district de Nacka, avait, à force de persuasion, accepté de rester encore un peu à son poste, alors qu'il aurait pu prendre sa retraite plusieurs années plus tôt. Si Margit n'obtenait pas bientôt sa titularisation, rien ne pourrait plus convaincre Staffan de rester.

« L'équipe technique est en route, mais je ne sais pas qui est de garde aujourd'hui, répondit Margit en reprenant son téléphone. Il y a tellement de nouveaux, je m'y perds. »

81.

Nora sortait du métro à la station Rådhuset quand son portable se mit à sonner. Elle s'arrêta et fouilla dans son sac à main à la recherche du téléphone. Pourquoi fallait-il qu'il se perde toujours tout au fond ? Y avait-il une loi de la nature qui le stipulait ?

C'était Anna-Maria, de Friggagården.

« Bonjour, dit-elle. Désolée d'appeler si tôt, mais j'ai une importante nouvelle.

– Pas de problème. Je suis en route pour le travail. »

Elle mit ses écouteurs blancs et attendit son tour pour passer le portillon. Comme d'habitude, il y avait foule, et tout le monde se pressait à la sortie.

« Mina a l'intention de témoigner contre son mari, dit Anna-Maria.

– Pardon ? »

Nora s'immobilisa, et une femme en duffle-coat rouge vif la doubla sans se gêner, avec un coup de coude dans les côtes par-dessus le marché. Nora lui décocha un regard furieux qu'elle ignora.

« Mina a changé d'avis, expliqua Anna-Maria. Au sujet de son témoignage contre son mari. Elle semble avoir finalement décidé d'y aller. »

Enfin.

La veille, Nora avait quitté Runmarö sans grand espoir au sujet de Mina. Il était clair qu'elle était au bout du rouleau.

Aussi Nora avait-elle annoncé à Jonathan que la mise en examen serait prononcée dans la journée de mercredi : la repousser davantage était inutile.

« Vous en êtes sûre ? s'enquit-elle.

– Nous avons discuté un long moment hier. Puis elle a dormi toute la nuit, pendant que je m'occupais de Lukas. Nous avons continué à parler de sa situation au petit déjeuner. Je crois qu'elle a atteint un point où elle a compris qu'elle ne se libérerait jamais de lui autrement. » La directrice semblait soulagée. « Entre nous, c'est là le mieux qui pouvait arriver. Il n'y a pas d'autre moyen de stopper cet homme. »

Nora ne pouvait qu'être d'accord.

« Bien sûr, vous devez la protéger, poursuivit Anna-Maria. Sinon, ça n'ira pas. Il faut qu'elle puisse compter là-dessus.

– Nous le ferons sans faute. »

Nora espérait ne pas trop promettre. Il fallait qu'elle en reparle à Leila. Toujours ce manque de ressources.

Elle était arrivée sur Hantverkargatan qu'elle prit sur la gauche vers les bureaux de l'agence. Un bus rouge s'arrêta juste devant.

« Mina est prête à vous parler dès aujourd'hui si vous voulez, reprit Anna-Maria. Peut-être vaut-il mieux battre le fer quand il est chaud ? »

Nora essaya de se rappeler son agenda. Pas de réunion le matin, autant qu'elle s'en souvienne. Ça donnait l'impression de faire des allées et venues, mais ça valait le coup.

« Nous arrivons au plus vite, répondit-elle. Dites à Mina qu'elle a fait le bon choix. »

82.

Quand Thomas et Aram arrivèrent à la clairière, la patrouille de police avait déjà délimité la zone avec une rubalise bleu et blanc. Staffan Nilsson n'était pas en vue, mais Thomas reconnut vaguement un autre technicien agenouillé en combinaison blanche. Son visage avait une expression de profonde concentration.

Un peu plus loin attendait un homme d'une quarantaine d'années en jogging. Un labrador noir était assis à ses pieds. Il se leva en agitant la queue à la vue de Thomas et d'Aram.

Thomas sortit sa carte de police et se présenta à l'homme visiblement choqué.

« Nous avons quelques questions, expliqua-t-il. Si vous avez le courage d'y répondre tout de suite, ce serait bien. Mais nous pouvons continuer à l'hôtel de police, si vous préférez ? »

L'homme, Linus Roslund, ne fit aucune objection. Son pantalon de survêtement bleu était humide, avec de grandes taches d'herbe. Il devait être tombé à genoux en comprenant ce que son chien avait déterré.

Thomas sortit son carnet.

« Vous souvenez-vous de l'heure qu'il était quand vous avez découvert le corps ? commença-t-il.

– Environ sept heures et demie. Je sors d'habitude un peu après sept heures pour un tour d'au moins cinq kilomètres.

– Vous courez souvent dans le secteur ? » demanda Aram.

Linus Roslund hocha la tête.

« Un matin sur deux, parfois plusieurs jours d'affilée. J'habite tout près, c'est chez moi par ici. »

Thomas espérait justement cette réponse.

« Avez-vous couru ici hier ? Faites-vous toujours le même parcours ? »

Roslund ne semblait pas comprendre ce que cela changeait.

« Oui, répondit-il.

– Votre chien vous suit-il toujours ?

– Oui. Il aime bien se dégourdir les pattes.

– Votre chien n'a pas réagi hier ? enchaîna Aram. Je veux dire, quand vous êtes passé par ici ?

– Non.

– Vous en êtes certain ?

– Oui. Vous auriez dû le voir quand... »

Roslund s'interrompit et pâlit davantage sous ses pousses de barbe. Il se gratta la joue, doigts et ongles encore pleins de terre. Il avait dû commencer à creuser à mains nues avant de comprendre qu'il ne fallait rien toucher et appeler la police.

« Il a découvert la tombe et s'est mis à aboyer, continua-t-il. Labbe est devenu comme fou, je ne l'avais jamais vu se comporter comme ça. »

Il tendit la main et flatta le labrador, qui se mit à battre la queue de ravissement autour de son maître.

« J'ai fait demi-tour pour voir ce qu'il fabriquait, il me suit toujours de près d'habitude. »

Roslund cligna des yeux en comprenant ce qu'impliquait son témoignage.

« Si le corps avait déjà été là hier, Labbe l'aurait trouvé. »

Thomas hocha la tête. Certes, ils n'avaient pas l'arme du crime, mais déjà un horaire.

C'était un début.

Bosnie, mai 1993

L'après-midi touchait à sa fin quand Blanka apparut sur le seuil. Selma nourrissait Emir à la table de la cuisine. Andreis jouait dans le jardin.

Blanka la salua d'une voix tremblante. Elle s'approcha de Selma et la serra longtemps dans ses bras.

« On s'en va », dit-elle.

Les mots que Selma redoutait.

« Non, pas vous aussi ? » balbutia-t-elle.

Elle entendait son propre désespoir se répercuter entre les murs. Blanka était celle qui l'avait fait tenir debout tandis que le monde s'effondrait autour d'elle. Et voilà qu'elle aussi allait disparaître. Dieu savait si elles se reverraient jamais.

Blanka s'assit sur une des chaises de la cuisine.

« Il n'y a plus d'avenir ici, dit-elle, même si nous sommes catholiques. Les Serbes brûlent et détruisent tout. Tout le monde va mourir s'ils percent nos lignes de défense et arrivent jusqu'ici. »

Elle sortit son paquet de cigarettes de sa poche.

« Il n'y a plus d'alternative. Il sera bientôt trop tard.

– Ça va passer. »

Blanka secoua la tête.

« Tu as entendu ce que les Croates de Bosnie ont fait aux musulmans à Ahmići, chuchota-t-elle. On dit qu'ils ont brûlé tout le village, que tout le monde a été tué. Les jeunes hommes ont été rassemblés et torturés avant d'être assassinés. Ils ont même abattu les nourrissons.

– Zlatko est croate, objecta Selma. Ils ne nous toucheront pas.

– Mais tu es musulmane. »

Le ton de Blanka était sec.

« Nous ne sommes pas croyants, protesta Selma. Je ne sais pas prier en arabe. Et pense à toutes les fois où nous avons célébré les fêtes catholiques avec nos amis autour du village.

– C'était une autre époque. Sous Tito, personne ne se souciait de religion ou d'origine ethnique. Tu le sais aussi bien que moi. Aujourd'hui, tout le pays s'effondre.

– Mais le père d'Andreis est serbe, murmura Selma. Il a un nom européen, et a même été baptisé à l'église. »

Blanka alluma une cigarette et inspira une profonde bouffée.

« Ça ne compte pas, dit-elle. Aux yeux du monde, toi et tes enfants êtes des musulmans bosniaques. Ils ne t'épargneront pas, même si tu présentes le certificat de naissance d'Andreis. »

Selma se mit à pleurer, ce qui fit chouiner Emir de plus belle. Elle se leva et fit des allers-retours dans la cuisine pour le bercer dans ses bras.

« Nous n'avons nulle part où aller, dit-elle. Nous ne pouvons pas aller en Croatie. Plus maintenant qu'ils se sont retournés contre la Bosnie et nous ont déclaré la guerre. »

Sa voix se brisa.

« Nous aurions dû partir quand ma sœur faisait tout pour me convaincre. »

La fumée de cigarette de Blanka montait vers le plafond.

« J'ai entendu parler d'un pays au nord de l'Europe qui reçoit les réfugiés bosniaques, dit-elle. La Suède.

– La Suède ? »

Selma savait à peine où était ce pays. Tout ce qu'il lui évoquait était la neige, la nuit et les cheveux blonds.

« On compte essayer d'y aller depuis la Hongrie, dit

Blanka. Il paraît que la route par la Croatie est ouverte en ce moment. Vous devriez venir avec nous. » Elle écrasa sa cigarette et se pencha vers Selma. « Nous partons demain matin. À l'aube. »

83.

Staffan Nilsson appela Thomas dès qu'ils eurent fini d'interroger Linus Roslund. Thomas se retourna. Nilsson était à côté de la fosse avec l'autre technicien, Hasse quelque chose, qu'il avait aperçu en arrivant. Thomas fut soulagé de voir Staffan sur l'affaire, il avait une confiance aveugle dans le jugement de son collègue.

Aram dans son sillage, il rejoignit la fosse qui ressemblait plutôt à un trou superficiel. Celui ou ceux qui avaient enterré le corps ne semblaient pas trop s'inquiéter qu'on le retrouve. Ou bien ils avaient agi dans l'urgence.

Une patrouille quadrillait la forêt à la recherche de traces de pneus, ou de tout autre signe indiquant comment les auteurs du crime étaient venus et repartis. On avait aussi fait venir des maîtres-chiens.

Staffan Nilsson mit quelque chose dans un sachet plastique qu'il scella et rangea dans un grand sac en cuir posé par terre.

« Et voilà, fit-il. C'est reparti pour un tour. »

Chaque meurtre avait sa propre histoire. Une enquête ne devait jamais tourner à la routine, même si cette situation était familière dans leur métier. Thomas sentit comme d'habitude une poussée d'adrénaline mêlée à la tristesse de voir encore une vie gaspillée.

Qu'une balle puisse aussi facilement traverser une tête et éteindre une vie.

Nilsson montra le cadavre étendu sur le dos, les jambes un peu écartées et les bras le long du corps. Ses vêtements étaient humides et terreux, des aiguilles de sapin et des feuilles mortes restaient coincées dans les plis de son pantalon.

Thomas observa le corps. La trentaine, estima-t-il. Un peu plus grand que la moyenne, les épaules larges et musculeuses. Les cheveux sombres lissés avec une sorte de gel. Une montre coûteuse.

« Il n'est pas resté là très longtemps, dit Nilsson. Le corps a à peine eu le temps de se raidir.

– Vous avez trouvé des documents d'identité ? s'enquit Aram.

– Rien. Ni portefeuille, ni rien d'autre. Il faudra chercher dans le registre des personnes portées disparues.

– Et à quoi va-t-on le reconnaître ? » demanda Aram.

Il désigna le visage amoché où le sang avait séché. Il avait pris la couleur sombre de la terre qui s'était incrustée dans la peau déchiquetée.

Sous cet angle, il ne restait pas grand-chose des traits de cet homme.

Thomas s'approcha.

La partie droite du visage était arrachée, le coup de feu avait dû être tiré à bout portant, peut-être même directement dans l'œil. La balle était ressortie par l'arrière du crâne, qui n'était plus qu'une plaie ouverte. C'était affreux à voir, même pour un policier endurci, pas étonnant que le visage de Linus Roslund ait viré au vert.

La mort avait dû être instantanée.

Le menton était lui aussi abîmé, comme si quelqu'un y avait asséné un coup violent avec un objet contondant. Un poing fermé aurait difficilement pu causer une plaie de ce genre.

Œil droit et côté droit du menton.

Cela pouvait signifier que celui qui avait frappé et abattu la victime, si c'était la même personne, était gaucher.

Ou que cette personne était droitière mais placée derrière.

Ce visage lui disait quelque chose, enfin le peu qu'il en restait, sans que Thomas parvienne à mettre le doigt dessus.

« Il a été flingué ailleurs, dit Nilsson en l'arrachant à ses pensées. Il n'y a pas beaucoup de sang. S'il avait été abattu sur place, il y en aurait beaucoup plus, vu ses blessures. »

Le corps avait donc été transporté.

Et dans ce cas, avec un peu de chance, il y avait une voiture souillée de sang : même emballé dans du plastique, il n'était pas simple de transporter un cadavre aussi costaud sans laisser de traces.

Et l'ADN pouvait être recueilli sur des restes infimes.

Un peu plus loin, des sacs-poubelle en plastique noir étaient examinés par un autre technicien. L'emballage, supposa Thomas. La victime devait peser dans les quatre-vingt-cinq kilos. Il fallait être au moins deux. Une personne seule ne pouvait pas transporter bien loin un corps de cette taille.

« Il porte des vêtements d'extérieur, souligna Nilsson en pointant le blouson de cuir brun du cadavre. Soit il était dehors quand on l'a enlevé, soit il a suivi volontairement ses meurtriers. »

Cette dernière hypothèse impliquait qu'il n'avait pas été emmené par des inconnus. Dans un cas comme dans l'autre, pour lui, le résultat était le même.

« Tu crois qu'il a été torturé, avant ? demanda Aram en montrant les plaies sombres à ses poignets. C'est des traces de collier de serrage, non ? »

Thomas était du même avis. L'aspect de son menton plaidait dans le même sens. Ça lui avait été infligé de son vivant, et cela avait dû être très douloureux. Ça racontait quelque chose de la situation, de la terreur qu'il avait dû éprouver pendant les derniers instants de sa vie.

Une dent manquait à la mâchoire inférieure.

« Je me demande s'il ne détenait pas des informations, quelque chose comme ça, dit-il. Mais dans ce cas, lesquelles ?

– Un règlement de comptes entre gangs ? proposa Aram.

– Le mode opératoire n'est pas particulièrement raffiné, dit Nilsson. Un passage à tabac brutal, rien d'autre.

– Autre chose d'intéressant ? demanda Aram.

– Il s'est copieusement pissé dessus, répondit Nilsson. Mais ça a pu se produire au moment de la mort.

– Comment le sais-tu ?

– Utilise ton odorat. »

Nilsson ricana, malgré le tragique de la constatation, et indiqua la tache sombre à l'entrejambe du pantalon.

« Il savait peut-être qu'on allait le tuer, dit Aram.

– Pauvre type », soupira Thomas.

Torturé puis assassiné, en sachant parfaitement comment cela allait finir.

« Ce sont les risques du métier », lâcha sèchement Aram.

Thomas frissonna. Le fond de l'air était frais malgré le soleil dans la brume. Dix degrés. De la neige sale ici et là sous les arbres, un sol spongieux.

Il fit le tour pour examiner la moitié intacte du visage de la victime en s'agenouillant dans la mousse humide.

Sous cet angle, vu d'en dessous, les traits du visage étaient mieux conservés. De près, on devinait des pousses de barbe sombres sur la peau livide, autour des lèvres bleues.

Il sentait effectivement la pisse.

L'œil noir regardait droit devant, fixement.

Thomas comprit alors qui était en face de lui.

84.

Herman Wibom venait de s'installer avec une tasse de café à son bureau dans son cabinet d'avocat. Comme d'habitude, on apercevait à peine le bois sombre sous les monceaux de papiers. Gunilla, sa secrétaire, le grondait toujours pour son désordre. Il avait son propre système, tentait-il de plaider. Jusqu'à présent, il n'avait encore jamais perdu un seul document important.

« Ça finira bien par arriver », lâchait-elle alors avec un rire pincé.

Ils travaillaient ensemble depuis des années.

Il poussait un des tas pour poser son café brûlant quand son téléphone sonna. C'était le numéro de Mina Kovač.

À vrai dire, il ne s'attendait pas à avoir si vite de ses nouvelles. Plutôt qu'elle fasse la morte et qu'il ait à insister pour obtenir qu'elle prenne position vis-à-vis des demandes de son mari.

« Bonjour, dit Mina, je vous dérange ?

– Pas du tout, répondit poliment Herman. Comment allez-vous aujourd'hui ? Vous vous sentez mieux ? »

L'état misérable de Mina la veille l'avait préoccupé, même s'il s'efforçait de toujours garder une distance professionnelle avec ses clients.

Quelque part, il avait espéré que cette mission de conseil auprès de Mina ne serait pas trop lourde. Après une longue carrière, il était sur le point de prendre sa retraite, et plus que prêt à se retirer. Son activité se réduisait de plus en plus. Désormais, il n'employait même plus d'assistant, juste la fidèle Gunilla, qui elle aussi souhaitait lever le pied. Et puis il y avait trop de nouveautés auxquelles il n'avait pas le courage de s'adapter, comme l'exigence d'une plus grande présence sur Internet et de davantage de disponibilité électronique. Il avait freiné des quatre fers avant de se résoudre à publier une photo récente de lui sur le site de son cabinet.

« J'ai pris ma décision », dit Mina.

Sa voix tremblait mais avait une touche de détermination. Herman entendait son fils geindre à l'arrière-plan. Peut-être tenait-elle le petit dans ses bras pour puiser en lui sa force. La puissance d'une mère voulant protéger sa progéniture était quelque chose de tout à fait particulier. Ce n'était pas la première fois qu'il le remarquait, même s'il n'avait lui-même jamais eu d'enfants, ni connu de relation durable. Herman était depuis bien des années un célibataire endurci. Tout le monde n'était pas fait pour la vie à deux, c'était comme ça.

« Ah oui ? fit-il en s'efforçant d'être encourageant. Je suis ravi de l'entendre.

– Je ne me laisserai jamais enlever Lukas. »

Mina marqua une courte pause.

« Et je n'ai pas non plus l'intention de revenir à la maison.

– Je comprends. »

Herman Wibom appuya le menton dans sa main pour réfléchir. Au fond, il avait malgré tout cru que Mina se plierait aux exigences de son mari.

Il l'avait sous-estimée.

« Vous pouvez dire à Andreis et à son avocate que je ne le laisserai *jamais* avoir Lukas, dit Mina. Plutôt mourir ! »

Herman Wibom n'était pas amateur de crises dramatiques. De fait, il y avait beaucoup de choses qui ne lui plaisaient pas dans cette mission. Trop de violence et de menaces. Et tout empirait quand un enfant était en jeu. Il était trop vieux pour des affaires aussi usantes.

Il ouvrit le tiroir de son bureau et sortit son stylo favori, un Montblanc noir et or. Son poids familier entre ses doigts le fit se sentir mieux. Une sensation de normalité s'installa.

« Au fait, je compte demander le divorce, continua Mina. Je ne reviendrai pas avec lui. »

Herman Wibom nota soigneusement.

« Dites à Andreis que j'ai l'intention de témoigner contre lui. Je parlerai de toutes les fois où il m'a battue. J'ai pris des photos de mes blessures, des choses qu'il m'a faites. »

Sa voix vacilla.

« En plus, j'ai l'intention d'aider de mon mieux la procureure. »

Mina se mit à pleurer, mais Herman percevait sa détermination, sous la surface. Elle murmura des excuses et se moucha.

« Ce n'est pas la peine qu'il me menace, je ne vais pas changer d'avis. »

Herman mesurait parfaitement les conséquences de la décision de Mina, mais s'abstint pour le moment de tout commentaire. Mina était sa cliente, et elle avait fait son choix.

« Très bien, on fait comme ça, dit-il. Je ferai tout mon possible pour vous aider. Vous pouvez me faire confiance. »

Herman raccrocha, mais resta assis, la main sur le combiné. Son premier appel devait être pour Ulrika Grönstedt.

Elle allait être déçue.

Peut-être pouvait-il lui envoyer un mail, ce qui lui éviterait d'avoir à lui parler ? Elle avait été désagréable et cassante la dernière fois. Ulrika Grönstedt appartenait à cette catégorie d'avocats prêts à s'asseoir sur les autres : Herman fuyait autant que possible les personnes comme elle.

Mais l'idée de provoquer l'indignation d'Ulrika Grönstedt le ragaillardissait à un point inattendu. Voilà longtemps qu'il n'avait pas traité une affaire aussi enthousiasmante. C'était presque comme au bon vieux temps.

Il sortit son Code et l'ouvrit au paragraphe sur l'injonction d'éloignement.

Maintenant que Mina s'était décidée, autant sortir la grosse artillerie.

85.

Après avoir achevé sa conversation avec Herman Wibom, Ulrika Grönstedt reposa son portable sur la table, alors qu'elle l'aurait bien envoyé de toutes ses forces contre le mur.

Ce type était un ringard, mais il avait délivré son message avec toute la clarté souhaitable. Wibom avait plus de couilles qu'elle ne le pensait. Il avait même soulevé la question de l'injonction d'éloignement et annoncé qu'il allait dès que possible déposer une demande en ce sens.

Les nouvelles menaces de Mina mettaient Ulrika doublement en rogne.

Car elle avait expressément demandé à Kovač si son épouse avait de quoi le faire chanter. Si elle avait sous le coude des informations sensibles susceptibles de lui nuire. Mais Kovač avait balayé ses craintes du revers de la main : c'était inenvisageable, Mina était soi-disant trop cruche pour ça.

Que faire, à présent ?

Ulrika composa le numéro de son client. Inutile de repousser cet appel, même si la conversation risquait de n'être pas particulièrement agréable.

Kovač répondit à la deuxième sonnerie.

« Allô ? »

Il avait l'air de tomber du lit.

Il était dix heures et quart, Ulrika était debout depuis quatre heures. S'il passait toute la matinée à dormir, tant pis pour lui si on le réveillait.

« Vous étiez au lit ? demanda-t-elle en espérant presque qu'il l'avoue.

– Qu'est-ce que vous voulez ? » grogna-t-il.

Quand il ne se donnait pas la peine de se mettre en mode charmeur, c'était décidément un goujat.

« Je viens de parler avec Herman Wibom », dit-elle en s'approchant de la fenêtre entrouverte.

Elle resta là à contempler la vue. Un peu plus loin, un bateau Waxholm était en train d'appareiller devant l'entrée de l'hôtel Diplomat. Dans un mois, le trafic redémarrerait pour de bon dans l'archipel, et il commencerait à y avoir des liaisons directes avec l'archipel extérieur.

Elle avait besoin de vacances.

« Il avait de nouveaux éléments que j'ignorais jusqu'à présent, dit-elle sans cacher son irritation.

– De quoi vous parlez ?

– De maître Herman Wibom, l'avocat commis d'office pour conseiller votre épouse. »

Elle devait avoir déjà mentionné son nom quatre ou cinq fois devant Kovač.

« Quand revient-elle à la maison ? » la coupa-t-il.

Inutile de prendre des gants.

« Elle n'en a pas l'intention.

– Qu'est-ce que vous voulez dire ?

– Mina a décidé de ne pas revenir avec vous.

– Mais quoi, bordel !

– Elle a l'intention de demander le divorce.

– Elle ne peut pas faire ça. Elle n'a pas le droit ! »

Kovač se mit à hurler des insultes, mais Ulrika n'avait pas l'intention d'essuyer une fois de plus ses insanités.

« Écoutez-moi ! » cracha-t-elle.

Kovač s'arrêta de respirer.

« Si nous allons jusqu'à une plainte aux services sociaux, elle sortira avec son avocat des documents qui peuvent vous nuire. »

Ulrika avait capté son attention. Kovač se taisait.

« Wibom a été très clair à ce sujet, continua-t-elle. D'après lui, Mina a rassemblé des preuves qui peuvent être utilisées contre vous et lui faire obtenir la garde exclusive de votre fils.

– De quoi parlez-vous ?

– Apparemment, Mina a documenté les blessures que vous lui auriez infligées ces dernières années. Elle a des photos de tout. Il y a aussi des rapports médicaux sur ce que vous lui avez fait.

– Je ne savais pas qu'il y avait des photos », grommela Kovač d'une voix rauque.

Il n'exprima aucun regret.

« Ce n'est pas le pire, dit Ulrika. Votre femme a décidé de collaborer avec la procureure. Si elle sait quelque chose sur la partie fraude fiscale, il risque également d'y avoir des révélations dans ce domaine. »

Pour une fois, les mots manquaient à Kovač.

Ulrika espérait que c'était là le signe qu'il mesurait la gravité de la situation. Peut-être serait-il même prêt à écouter ses conseils ?

« Vous êtes toujours là ? reprit l'avocate au bout de quelques secondes.

– Oui.

– Vous vous souvenez, quand je vous ai demandé si Mina était au courant de vos activités ? S'il existait un risque qu'elle révèle vos secrets ? »

Un véhicule de pompiers passa dans la rue. Les sirènes entrèrent par la fenêtre ouverte.

« Vous m'avez assuré qu'elle ne se doutait de rien. Que je me faisais des idées.

– C'est le cas. J'ai identifié la fuite et j'y ai remédié. »

Ulrika ne voulait pas savoir comment.

« Et si vous vous étiez trompé ?

– Mina ne sait pas de quoi elle parle. »

Kovač ricana, mais il semblait beaucoup plus raisonnable qu'avant.

« Si ce que dit Wibom est vrai, les conséquences peuvent être importantes, dit Ulrika. Ça peut devenir vraiment grave.

– Ça n'arrivera pas. Je vais causer à Mina. »

Ulrika était de plus en plus irritée.

« Elle habite dans un foyer protégé, dit-elle sèchement. Tous ses contacts passent par son avocat.

– Trouvez où elle est, alors.

– Je n'ai pas le droit. C'est contre les règles éthiques du barreau. »

Ulrika fit une pause.

« Vous pourriez peut-être passer par ses parents et chercher à l'atteindre par ce biais, finit-elle par proposer.

– Occupez-vous-en. Trouvez-moi l'adresse de Mina ! »

86.

Nora attendait dans son bureau que Leila revienne d'un interrogatoire dans le cadre d'une autre affaire pour partir avec elle à Runmarö. Il y avait un ferry à onze heures au départ de Stavsnäs. Si elles filaient d'ici un quart d'heure, elles arriveraient à temps.

Son téléphone fixe sonna.

« Vous avez de la visite, dit la réceptionniste. J'ai là un inspecteur de la police criminelle qui veut vous voir. Dès que possible.

– Une seconde. »

Nora n'avait pas de réunion programmée ce matin, mais vérifia son agenda par acquit de conscience. Rien.

« Il s'appelle ? demanda-t-elle.

– Thomas Andreasson.

– J'arrive. »

La grande silhouette de Thomas l'attendait en bas de l'ascenseur. Ils avaient beau se connaître depuis longtemps, elle fut frappée par l'autorité calme qu'il dégageait. Il semblait plein d'une énergie nouvelle, même si son visage restait empreint de gravité. Il devait s'être passé quelque chose pour qu'il vienne ainsi à l'improviste.

« Qu'est-ce qui t'amène ? » lança Nora en le rejoignant.

Sur le point de l'embrasser, elle s'abstint au dernier moment. Il était clair qu'il était là à titre professionnel.

« Il faut qu'on parle de ton affaire de fraude fiscale, dit Thomas. On peut s'installer tranquillement quelque part ? »

Nora vérifia le planning d'occupation des locaux et trouva une salle de réunion disponible. Au même moment, Leila apparut, un épais dossier sous le bras. Nora lui fit signe de les rejoindre.

« C'est aussi bien qu'elle vienne avec nous », dit-elle.

Elle sortit son pass et fit franchir le portillon de sécurité à Thomas.

« Un café ? proposa-t-elle en passant devant la kitchenette.

– Plutôt du thé à cette heure-ci. Tu le sais bien. »

Thomas lui fit un clin d'œil. C'était presque comme d'habitude, quand ils bavardaient à bâtons rompus dans la cuisine. Puis la réalité reprit le dessus. Thomas n'était pas venu pour une pause café.

Ils s'installèrent dans une des petites salles de réunion, avec des sièges habillés d'un tissu vert et un tableau blanc où de vieux gribouillis n'avaient pas été effacés.

Nora s'assit en face de Thomas.

C'était étrange de se retrouver là tous les deux. Ils étaient amis de longue date, mais n'avaient jamais travaillé ensemble, même s'il l'avait souvent consultée de façon informelle dans plusieurs enquêtes. Ils ne s'étaient jamais croisés professionnellement quand elle était juriste dans une banque, et c'était la première fois depuis qu'elle était procureure à l'ALCF.

Thomas sortit son carnet.

« Pardon pour cette visite un peu précipitée, commença-t-il. Il s'est passé quelque chose dans la réserve naturelle de Nacka, que nous pensons lié à Andreis Kovač. »

Nora s'attendait à une nouvelle de ce genre, mais une impression désagréable lui noua pourtant le ventre.

« Nous avons trouvé un cadavre en forêt ce matin, continua-t-il. Il y a lieu de penser que la victime est un certain Dino Herco, qui travaillait auprès d'Andreis Kovač. »

Leila en eut le souffle coupé.

« Quoi ? s'exclama-t-elle. Herco est mort ? »

Thomas hocha la tête.

« Mais comment ? fit Nora.

– Abattu à bout portant, sans doute au cours de la journée d'hier. Une balle dans la tempe. Une exécution pure et simple.

– Merde, lâcha dans un souffle Leila en tirant sur sa longue tresse noire.

– Nous pensons qu'il a été torturé ou en tout cas violemment battu avant de mourir, des lésions semblent l'indiquer. »

Voilà quelques jours, elles étaient dans la cuisine d'Herco pour l'interroger au sujet de l'appel qu'il avait passé aux secours. Et à présent il était mort.

Tout cela semblait irréel à Nora.

« Comment l'avez-vous trouvé ? demanda-t-elle.

– Enterré dans un trou, dans la réserve naturelle de Nacka. C'est un joggeur avec son chien qui est littéralement tombé dessus. Presque comme si on avait fait en sorte qu'il soit découvert.

– Ça ne m'étonnerait pas que Kovač ait voulu faire un exemple, murmura Leila. Une sorte d'avertissement. *Ne te mêle pas de mes affaires si tu veux rester en vie.* Ça a l'air d'être son genre.

– Vous pensez que Kovač est à l'origine du meurtre ? tenta Nora. Est-ce qu'on peut l'impliquer ? »

Thomas secoua la tête.

« Il est bien trop tôt pour le dire. J'arrive directement de l'endroit où on l'a trouvé et nous n'avons pas encore localisé le lieu du crime.

– De quels éléments techniques disposez-vous ? » demanda Leila.

Elle tira à nouveau sur sa tresse et la passa sur l'autre épaule.

« Aucun, dit Thomas. Nous n'avons pas de balle, puisqu'elle a traversé la tête, et il n'y a pas d'empreintes digitales sur le corps. Une équipe se dirige en ce moment vers son appartement pour le perquisitionner.

– Nous avons rencontré Herco il y a tout juste quelques jours », dit Nora.

Leila résuma leur visite chez Herco et son lien avec les violences subies par Mina. Elle évoqua aussi brièvement l'interrogatoire de Dino effectué l'avant-veille dans les locaux d'Hantverkargatan.

« Il était mort de peur à l'idée que ce qu'il avait fait soit révélé à Kovač, dit-elle en se tournant vers Nora pour qu'elle confirme. Peur au point de me menacer, ici même. »

Nora acquiesça.

« C'est exactement ce qu'il redoutait. Il s'est montré très mal à l'aise quand nous l'avons interrogé sur son implication. Il a menti sur des choses simples, des détails faciles à vérifier.

– Ce que nous avons fait, souligna Nora.

– Si Kovač a appris que Dino Herco est celui qui a donné l'alarme, tu as un mobile parfaitement valable, analysa Leila.

– Nous gardons toutes les portes ouvertes, dit Thomas. Nous ne pouvons pas exclure qu'il y ait d'autres mobiles ou meurtriers possibles. Tout indique cependant un meurtre planifié, rien ne semble spontané dans le mode opératoire.

– Et maintenant, que fait-on ? demanda Nora.

– Nous avons l'intention de solliciter une mise sur écoute de Kovač. Mais il faudra du temps pour tout analyser : cheveux, échantillons sanguins, ADN, ça ne se fait pas en un claquement de doigts. La queue est longue.

– Sur quoi vous concentrez-vous pour commencer ? demanda Leila. À part l'enquête technique, je veux dire ? »

Elle joignit ses mains derrière la nuque.

« On le met sous surveillance, dit Thomas.

– Il devait savoir que le meurtre de Dino Herco nous mettrait directement sur sa piste, réfléchit tout haut Leila. Étant donné leur proximité. Cela suggère une forte tendance à la prise de risque mâtinée d'orgueil narcissique. »

Ou une brutale absence de scrupules, pensa Nora.

« Pas nécessairement, dit Thomas. C'est un pur hasard si j'ai reconnu le mort. »

Il désigna Nora.

« Et d'ailleurs, c'est grâce à toi.

– Moi ?

– Oui, puisque nous avons parlé de lui l'autre jour, à bord du bateau. Sans ça, je n'aurais jamais vu de photo de lui, ni eu la moindre idée de qui il était et comment il s'appelait.

– Vous auriez fini par trouver, objecta Nora, réticente à accepter un compliment qu'elle ne méritait pas.

– Ça aurait été beaucoup plus long. Il n'avait aucun papier d'identité sur lui, ni téléphone. En plus, il vit seul : personne n'aurait signalé sa disparition. »

En effet. Tout semblait indiquer que Dino Herco était célibataire.

« Kovač ne peut pas avoir imaginé que vous seriez si vite sur sa piste, dit Leila. Il faut tirer avantage de cette avance. »

Thomas hocha la tête.

« J'espère bien.

– Quelle est la probabilité que quelqu'un enlève et assassine l'homme le plus proche de Kovač deux jours seulement après qu'Herco nous a avoué qu'il avait une peur bleue de son chef ? » dit Leila.

Elle croisa les bras sur sa poitrine, presque comme si elle défiait Thomas de la contredire.

« Allez, quoi. Tu sais que j'ai raison. Tu devrais tout de suite aller cueillir Kovač. »

87.

Ulrika Grönstedt se tortillait derrière son bureau. Elle avait beau essayer, elle ne trouvait pas de position confortable. Sa stratégie soigneusement pensée n'avait pas marché, et sa conversation téléphonique avec Andreis Kovač l'avait mise mal à l'aise.

Ulrika alignait les gribouillis absurdes sur son bloc, en essayant de réfléchir.

Elle finit par se lever pour refermer la porte. Puis elle sortit un paquet de cigarettes qu'elle conservait dans le tiroir du bas pour les situations d'urgence. Elle en alluma une, inspira quelques grandes bouffées et fixa le bout incandescent.

Sa tête était toujours vide.

Elle détestait cette impression d'avoir abattu toutes ses cartes. En même temps, il y avait quelque chose qui ne collait pas. Mina ne se comportait pas comme Ulrika s'y attendait. Elle était persuadée qu'elle finirait par céder quand la question de la garde serait mise sur le tapis.

L'avocate écrasa son mégot dans la boîte à couvercle vissable qu'elle rangeait dans le même tiroir, bien à l'abri du regard de ses collègues. À la maison, elle ne fumait jamais, à cause de Fiona.

Il n'y avait qu'une seule explication plausible au revirement de Mina, mais elle n'arrangeait rien : il devait s'être passé quelque chose hier, quand Mina était retournée dans la maison de Trastvägen. Kovač lui avait sans doute fait tellement peur qu'elle n'osait plus revenir auprès de lui.

Il avait eu une chance de tout arranger, de l'assurer de son amour. Et il l'avait gâchée.

Cet homme était son pire ennemi.

« *Damage control* », murmura-t-elle pour elle-même, sans rien trouver de sensé qui puisse améliorer la situation. Il devait bien y avoir une solution qui permette la réconciliation des époux. C'était la seule façon d'empêcher Mina de témoigner contre son mari.

Elle avait besoin d'un nouveau plan de bataille.

Ulrika feuilleta le dossier. En parlant à Kovač, elle avait mollement évoqué les parents de Mina comme un moyen possible d'entrer en contact avec elle.

Aux dernières nouvelles, la mère était à l'hôpital, elle ne savait pas bien pourquoi. Peut-être serait-il possible d'échanger deux mots avec le père ? Le supplier d'être compréhensif, vu les circonstances. Elle pourrait faire valoir que sa femme se porterait peut-être mieux de ne plus avoir à s'inquiéter du conflit de sa fille avec son gendre.

Ça valait la peine d'essayer.

Ulrika regarda avec envie le paquet de cigarettes à moitié plein, mais ferma résolument le tiroir. Elle alla ouvrir en grand la fenêtre pour chasser la fumée.

Contacter le père de Mina était limite, le barreau sauterait au plafond si ça se savait, mais elle n'avait pas d'alternative. Elle se soucierait des règles d'éthique une autre fois.

Elle googlisa le nom, trouva un numéro de portable qu'elle se hâta de composer avant d'avoir le temps de changer d'avis.

Stefan Talevski répondit au moment où Ulrika pensait tomber sur le répondeur. Elle se présenta respectueusement comme avocate et expliqua qu'elle défendait son gendre, Andreis Kovač.

« Pourquoi appelez-vous ? » cracha-t-il.

Ulrika ne s'attendait certes pas à être accueillie à bras ouverts, mais cette forte hostilité la prit de court.

« Mon client souhaite voir sa femme et son fils, dit-elle du ton le plus aimable qu'elle put produire.

– Il aurait dû y penser avant de la battre presque à mort. »

Ulrika fit une autre tentative.

« Il le regrette profondément, dit-elle. Il ne sait pas quelle mouche l'a piqué. Il est prêt à tout pour se faire pardonner. Ce qu'il a fait est inexcusable, mais cela ne se reproduira plus jamais. »

Ulrika lui passait un maximum de pommade tout en se gardant bien de dire quoi que ce soit qui puisse servir d'élément à charge contre son client. S'il venait jamais à Stefan l'idée de se réclamer de cette conversation, elle prétendrait n'avoir mentionné qu'une simple dispute entre les époux. Elle n'avait jamais affirmé qu'il ait exercé une quelconque violence sur son épouse.

« Il veut juste voir son fils, rien d'autre, assura-t-elle. Lukas est son fils unique. Si votre fille revient au domicile conjugal, il s'engage à se soigner pour ses sautes d'humeur. »

Ce qu'en disait Kovač, on verrait plus tard. Si le prix du retour de Mina était de s'inscrire à un programme de soins, il avalerait la couleuvre. D'une manière ou d'une autre, il devrait être possible de lui faire prendre le train en marche si elle réussissait à faire revenir Mina et Lukas dans son giron.

« Il veut vraiment s'améliorer, ajouta-t-elle.

– Avez-vous complètement perdu la raison ?

– Pardon ?

– Vous croyez vraiment que j'irais conseiller à ma fille de revenir auprès de ce fou après ce qu'il nous a fait samedi ?

– Je ne comprends pas ?

– Ma femme ne s'est toujours pas réveillée, elle est encore dans le coma à cause de votre soi-disant client. »

La conversation prenait un tour désagréable.

« Je suis désolée, mais je ne sais pas de quoi vous parlez », avoua-t-elle.

Le bruit à l'arrière-plan, confus dans un premier temps, prit soudain un autre relief. Le père de Mina se trouvait à l'hôpital, en réanimation, au milieu de machines qui bipaient et ronronnaient. Le tapis sonore de l'antichambre de la mort.

Qu'avait encore combiné Kovač ?

Le père de Mina lâcha un son guttural, entre rire et sanglot désespéré.

« Vous essayez de me faire croire que vous n'êtes pas au courant qu'il est venu chez nous samedi dernier ? Qu'il nous a menacés pour savoir où Mina se cachait ? »

Contacter le père avait été une erreur. Ulrika aurait voulu raccrocher au plus vite.

« Je dois malheureusement...

– Il a cassé la vitre de notre porte, la coupa Stefan. J'ai cru qu'il allait nous tuer, ma femme a eu si peur qu'elle a fait un grave infarctus. Katrin est dans le coma, son état a empiré depuis son admission. Ils ne savent pas si elle se réveillera un jour. »

Stefan lui criait dessus.

« Ma fille ne rentrera jamais chez lui !

– Je ne savais pas tout ça, balbutia Ulrika.

– Avez-vous des enfants ? »

Par automatisme, Ulrika regarda à la dérobée la photo de Fiona sur son bureau. Son joyeux visage d'enfant lui souriait. Fiona allait avoir onze ans en juin.

« Comment pouvez-vous défendre une personne aussi abjecte ? dit Stefan Talevski. Comment pouvez-vous vivre avec ça ? »

88.

Ils se trouvaient dans la salle de réunion depuis bientôt une heure. Thomas et Leila s'étaient enlisés dans une discussion technique concernant le lieu de la découverte du corps.

Nora sortit un bloc et résuma schématiquement la situation.

Si Kovač venait à faire l'objet d'une enquête pour meurtre, le tableau se compliquait nettement pour elle : elle aurait alors à tenir compte de trois enquêtes parallèles et un autre procureur allait être nommé, probablement quelqu'un de beaucoup plus à même qu'elle de mener une mise en examen pour meurtre.

Elle avait différé la mise en examen pour fraude fiscale en raison des violences conjugales, mais fini par décider de la prononcer aujourd'hui. À présent, il lui fallait réfléchir à ce qu'impliquaient ces dernières informations. Quelles en seraient les conséquences.

Une enquête pour meurtre pouvait prendre des mois, ou plus. Pouvait-elle attendre aussi longtemps ? Sans doute pas. Il vaudrait mieux compléter ultérieurement les chefs d'inculpation et repousser l'audience principale si nécessaire. Ce ne serait pas la première fois.

Mais il fallait d'abord entendre ce que Mina avait à leur révéler.

Leila et Thomas discutaient à présent de l'état mental de Kovač.

« Je me demande s'il n'est pas en train de perdre les pédales, dit Leila. La violence et l'agressivité dont il fait preuve sont inquiétantes. »

Elle se leva et gagna le tableau blanc. Avec un feutre noir, elle traça une ligne temporelle où elle marqua d'une croix tous les incidents dans lesquels était impliqué Kovač. Ça commençait par le passage à tabac de Mina, voilà dix jours, et finissait à la date d'aujourd'hui avec le meurtre d'Herco. Sa visite d'intimidation chez les parents de Mina était notée, avec un signe pour la mère en réanimation.

Ce résumé fit frissonner Nora.

« On a l'impression que Kovač est de plus en plus acculé, observa Leila en tapotant le feutre contre le tableau. Les incidents s'enchaînent en l'espace de dix jours. C'est l'escalade. »

Les personnes acculées commettent des actes désespérés. Qu'arriverait-il si on le mettait davantage sous pression ? Si la cocotte-minute menaçait d'exploser ?

« La question est de savoir jusqu'où il est prêt à aller », dit Leila en contemplant le tableau.

Elle reposa le feutre et alla se rasseoir.

« Qu'en est-il des menaces contre ses beaux-parents ? demanda Thomas. On ne peut pas le coffrer pour ça ?

– La mère est inconsciente », dit Nora.

Elle avait appelé l'hôpital, son état demeurait inchangé.

« Le père ne veut pas nous en parler, ajouta Leila, même si nous sommes assez sûrs du déroulé des faits. Il n'ose pas. Vu ce qui s'est passé hier, on peut le comprendre. »

Thomas leva les yeux.

« Que s'est-il donc passé ?

– Kovač a failli abattre Mina en public, dit Leila. À la dernière seconde, elle a réussi à monter dans un bus avec sa poussette et à lui échapper. »

Leila lui raconta comment Mina avait été ramenée en sécurité sur Runmarö, après l'équipée de la patrouille de police pour rattraper le bus.

« Mais pourquoi ne l'a-t-on pas arrêté pour ça ? » demanda Thomas.

Leila fit une grimace.

« Le conducteur du bus regardait la route, expliqua-t-elle. Il affirme que de là où il était, il n'a rien vu. La patrouille de police qui a récupéré Mina à bord du bus n'a pas relevé les identités des passagers. Nous avons lancé un appel à témoins, mais ça n'a encore rien donné. Nous n'avons que Mina, qui refuse toujours de témoigner contre son mari. »

Nora réalisa qu'elle n'avait pas prévenu Leila de l'appel d'Anna-Maria. La nouvelle de la mort d'Herco avait monopolisé toute son attention. Comment avait-elle pu oublier de lui dire que Mina était prête à coopérer ? Ça frisait la faute professionnelle.

Elle avait bien trop de choses en tête en ce moment.

« Mina semble avoir changé d'avis, intervint-elle. Il faut que nous retournions à Runmarö dès que nous en aurons fini ici. »

Leila semblait perplexe.

« Anna-Maria m'a appelée de Friggagården, expliqua Nora. Mina veut nous voir, et elle semble prête à nous dévoiler la vérité au sujet de son mari. J'ai vérifié avec Herman Wibom, qui dit la même chose. »

Leila se fendit d'un sourire.

« Enfin une bonne nouvelle ! »

Nora regarda sa montre. Elle ne voulait pas bousculer Thomas, mais il fallait qu'elles se mettent en route avant que Mina ne change d'avis. Elle n'avait pas complètement confiance en Herman Wibom quand il lui assurait que sa cliente avait vraiment décidé de quitter son mari et de témoigner contre lui.

« Il faut qu'on file à Friggagården », s'excusa-t-elle.

Thomas referma son carnet.

« Je vais t'envoyer tout ce qu'on a sur Dino Herco, décida Leila. Pour qu'avec tes collègues vous vous fassiez votre propre idée.

– Ce sera apprécié, dit Thomas. Une dernière chose.

Rendez-moi service, demandez à Mina si son mari est gaucher. »

Leila fronça les sourcils.

« Les blessures au visage d'Herco suggèrent un meurtrier gaucher, expliqua-t-il.

– Au fait, dit Nora, il a une avocate de choc. Ulrika Grönstedt.

– Tant mieux, elle saura à quoi s'en tenir. » Il se leva. « Comme ça, on ne perdra pas de temps à le convaincre d'en engager un.

– Si tu l'arrêtes, Kovač va tout nier en bloc, dit Nora.

– Et puis tu peux être sûr qu'il a un alibi en béton, renchérit Leila. Mais tu t'y attends, non ?

– Bah. »

Thomas n'avait pas l'air tellement inquiet.

« Je vais aller lui dire deux mots, moi. »

Bosnie, mai 1993

Andreis aperçut tante Blanka par la fenêtre et courut lui ouvrir. Selma venait de se poser sur le canapé, Emir dans les bras. Elle eut le souffle coupé en voyant Blanka.

« Vous avez changé vos plans ? » s'exclama-t-elle.

Elle avait pleuré en faisant ses adieux à Blanka dans l'après-midi, pensant la voir pour la dernière fois.

Blanka s'approcha de Selma sans ôter son manteau.

« Zlatko est à la maison ? » demanda-t-elle à voix basse.

Selma secoua la tête.

Blanka s'assit à côté d'elle.

« Toi et les enfants, il faut que vous veniez avec nous, chuchota-t-elle. Il y a la place dans la voiture, j'en ai parlé à Dario, nous sommes d'accord pour vous emmener.

– C'est impossible. »

Selma serra Emir beaucoup trop fort. Il commença à se tortiller et à geindre jusqu'à ce qu'elle le lâche et le pose par terre pour le laisser rejoindre à quatre pattes Andreis qui jouait dans un coin.

Blanka déboutonna son blouson.

« Il faut que tu penses aux enfants, dit-elle.

– On ne peut pas parler à Zlatko, dit Selma. J'ai déjà essayé. Tu sais comment il est. »

Blanka avait des marques rouges aux joues.

« Vous ne pouvez pas rester ici ! Viens avec nous.

– Je sais qu'on devrait. »

Sa voix se brisa, Selma dut s'arrêter.

Blanka appuya son front contre celui de Selma et cligna des yeux pour chasser ses propres larmes.

« Nous n'essayons pas de te faire peur, dit-elle. Je suis juste tellement inquiète. Qu'est-ce que vous allez devenir, toi et les garçons, quand nous serons partis ? »

Blanka s'essuya les yeux du revers de son pull. Elle sortit une cigarette, mais dut s'y reprendre à trois fois pour l'allumer, tant sa main tremblait.

Elle ne put retenir un sanglot.

« Viens avec nous, répéta-t-elle. Ne dis rien à Zlatko. »

Selma jeta un regard à Andreis. Il semblait absorbé par ses petites voitures. Fasciné, Emir suivait des yeux les jouets que son frère faisait aller et venir.

« Sinon, vous allez mourir ici, dit Blanka. C'est juste une question de temps avant l'arrivée des Serbes. »

89.

La route sinueuse qui partait du ponton de Styrsvik était désormais familière. Les pieds de Nora trouvèrent seuls le chemin de Friggagården. Combien de fois avait-elle suivi ce trajet la semaine écoulée ? Nettement plus qu'elle ne l'aurait imaginé en reprenant le travail après les vacances de Pâques.

Anna-Maria vint leur ouvrir, mais sans son énergie habituelle.

« Comment allez-vous ? » s'enquit Nora tandis qu'elles entraient dans le vestibule et se débarrassaient de leurs manteaux.

La directrice avait les traits tirés, des cernes sombres sous les yeux. Des mèches s'étaient échappées de sa queue-de-cheval.

« Je suis juste un peu fatiguée. »

Anna-Maria se passa la main droite sur le front.

« Je me suis occupée de Lukas cette nuit pour que Mina puisse dormir, expliqua-t-elle. Elle était épuisée, la pauvre. »

Nora l'observa de près. La ride entre son nez et sa bouche s'était creusée, alors qu'il s'était écoulé à peine vingt-quatre heures depuis la dernière fois qu'elle l'avait vue. Anna-Maria semblait accablée par un fardeau autrement plus lourd qu'un bébé qui réclame un biberon au milieu de la nuit.

Le téléphone de Leila sonna, elle s'excusa et s'écarta.

« C'est tout ? demanda Nora. Ne le prenez pas mal, mais vous semblez très soucieuse.

– Nous avons des problèmes avec la commune, reconnut Anna-Maria en rajustant la nappe de la petite table devant le miroir de l'entrée, qui pourtant n'était pas du tout de travers. Ils ont besoin de faire des économies et sont sans arrêt sur notre dos. Une fonctionnaire vient d'appeler avec de mauvaises nouvelles. »

Toutes les communes avaient besoin de faire des économies. Mais où passait l'argent ? Les impôts étaient loin d'être bas en Suède, mais quand on ouvrait les journaux, on avait l'impression que la plupart des services publics étaient à genoux. On manquait de moyens dans la santé, à l'école et surtout dans la police, comme le soulignait de plus en plus souvent Thomas. Tout était déficitaire.

Anna-Maria avait l'air si affectée que Nora avait du mal à passer outre. Leila était toujours au téléphone, elle en avait bien pour quelques minutes.

Nora indiqua les fauteuils dans le salon désert.

« Venez, asseyons-nous un moment. »

Elle tira un des fauteuils à fleurs et posa sa lourde serviette par terre. Anna-Maria la suivit en traînant les pieds et s'assit tout au bord du canapé.

« Que vous a dit la commune, au téléphone ? » demanda Nora quand elles furent toutes les deux assises.

Anna-Maria rougit.

« Je n'aurais pas dû en parler. Vous n'avez pas le temps, vous n'êtes pas venue pour ça.

– Ne vous inquiétez pas pour ça. »

Nora était sincère. Elle aidait volontiers, quand elle en avait l'occasion.

« Racontez-moi, dit-elle. Je suis juriste, après tout, je pourrai peut-être contribuer d'une façon ou d'une autre ?

– Connaissez-vous quelque chose aux appels d'offres publics ? » demanda Anna-Maria.

Elle prononçait « appels d'offres publics » comme s'il s'agissait d'un gros mot.

« Pas spécialement, avoua Nora.

– La commune s'apprête à lancer un appel d'offres pour les foyers protégés », dit Anna-Maria.

Elle soupira.

« L'intention est peut-être bonne, mais ils ont choisi de le faire sous une forme qui signe la fin de Friggagården. Certes, nous sommes une fondation, mais totalement dépendants de la subvention communale.

– Pourquoi les conséquences seraient-elles si négatives pour Friggagården ? demanda Nora.

– Il semble que le nouvel appel d'offres sera tellement biaisé qu'il nous sera impossible de remplir ses critères. Dès lors, nous n'aurons plus d'agrément et, sans agrément, pas de financement. »

Elle passait et repassait la main sur sa cuisse.

« Depuis vingt ans que Friggagården existe, nous avons de très bons résultats, mais on dirait que ça ne compte pas. Il s'agit juste de savoir ce que cela va coûter à l'avenir. Des comptes d'apothicaire, rien d'autre. »

Anna-Maria parlait de plus en plus vite, Nora peinait à trier toutes ces informations.

« Respirez un bon coup et expliquez-moi plus lentement. En quels termes exacts la commune s'est-elle exprimée ? »

Une très mince ado aux cheveux blonds jeta un œil dans le salon. En voyant Nora et Anna-Maria, elle retira rapidement sa tête. La directrice ne la remarqua pas.

« Le barème de l'appel d'offres sera pondéré de telle manière que l'expérience dans l'accueil et le traitement de femmes et d'enfants traumatisés ne comptera pas.

– Le barème, c'est-à-dire ?

– Lors d'un appel d'offres public, on note chaque candidat en fonction de sa réponse aux différents critères. Celui qui a la meilleure note remporte le contrat.

– Et donc ?

– Si on attribue un barème élevé au critère "bas coût" et un barème bas au critère "expertise et expérience", que se passera-t-il, à votre avis ? »

Alors seulement, Nora saisit. À sa décharge, s'excusa-t-elle en silence, c'était un domaine du droit qu'elle n'avait jamais pratiqué.

« Alors tout ce qui compte, c'est de casser les prix, dit-elle.

– Exactement. Nous n'avons aucune chance. Nous ne pouvons pas concurrencer les autres offres, elles émanent de grands groupes de santé. Ils n'y voient qu'une opportunité de faire une affaire. Ils peuvent même faire une offre à perte, rien que pour remporter le marché. Mais pour nous, cela signifie la clé sous la porte. »

Anna-Maria avait les larmes aux yeux.

« Vous comprenez ? Notre compétence est considérée comme sans importance, alors que c'est le cœur même de l'aide aux femmes en détresse. C'est une activité complexe, les femmes qui nous arrivent sont terrorisées, abîmées. Elles doivent être prises en charge par des thérapeutes confirmés, avec des méthodes de soutien éprouvées. »

Anna-Maria se tassa dans le canapé.

« Hier soir, j'ai fait les comptes. Impossible de conserver la moindre qualité si nous voulons avoir une chance de déposer une offre concurrentielle. C'est peine perdue. Nous allons devoir fermer.

– Ça ne peut quand même pas être à ce point ?

– Voilà la situation : il n'y a pas d'argent, alors que ces femmes sont si vulnérables. »

Nora vit du coin de l'œil que Leila terminait son appel.

« Je ne sais pas ce que nous allons devenir », dit Anna-Maria.

Leila s'assit sur un fauteuil à côté de Nora. Elle rangea son portable dans sa poche.

« Excusez-moi, dit-elle. Il fallait que je réponde. »

Anna-Maria se leva brusquement.

« Pardon, dit-elle. Je parle, je parle…

– Ce n'est pas grave. » Nora posa sa main sur l'épaule d'Anna-Maria. « J'aimerais pouvoir vous aider. »

Anna-Maria lui fit un pâle sourire.

« C'était gentil de m'écouter, mais vous n'êtes pas ici pour vous occuper de mes soucis. Venez, je vais vous conduire à la chambre de Mina. Elle doit être en train de nourrir Lukas. »

90.

C'était une vraie journée de merde, et ça ne faisait qu'empirer.

L'après-midi venait à peine de commencer, mais Ulrika avait déjà fumé deux autres cigarettes, alors qu'elle s'était juré ses grands dieux d'arrêter. Ou du moins de se limiter à une par jour au maximum.

Impossible de s'en empêcher.

Le fait est qu'Ulrika ne s'attendait pas à ce que tout aille si vite quand, le matin même, Herman Wibom l'avait informée que Mina avait l'intention de témoigner contre son mari et qu'il comptait demander une injonction d'éloignement. D'une certaine façon, elle ne s'attendait pas à un tel coup fourré de sa part. À ce que cette vieille baderne soit prête à aller aussi loin.

Visiblement, là-dessus aussi, elle s'était trompée. Pour l'heure, rien ne se déroulait comme prévu. Un de ses contacts dans la police l'avait prévenue que Kovač était recherché dans le cadre d'une enquête sur un meurtre récent. Des patrouilles étaient parties le cueillir.

Il fallait qu'elle joigne son client.

Cette fois, il répondit aussitôt.

« Oui ? » fit-il sèchement.

Il n'en fallait pas davantage pour communiquer son état d'esprit.

« On dirait que la police vous cherche, dit-elle en lui résumant ce qu'elle savait par son informateur.

– Qu'ils cherchent. »

Était-il en voiture ? Un bruit sourd de moteur ronronnait à l'arrière-plan et la voix métallique d'un GPS donnait des indications, il devait prendre la prochaine sortie sur la droite.

Probablement en route pour de nouvelles affaires illégales. Ulrika ne se faisait aucune illusion.

« De quoi s'agit-il ? demanda-t-elle.

– Qu'est-ce que j'en sais, moi ?

– Ça doit être les violences contre votre femme, spécula l'avocate. Elle a décidé de témoigner contre vous.

– Enfin, merde… »

Il récoltait ce qu'il avait semé.

« Vous devez me dire ce qui s'est passé hier, quand Mina est venue chez vous, continua-t-elle.

– On verra plus tard.

– Mais quand ?

– Plus tard, j'ai dit !

– Je ne peux pas préparer votre défense si je n'ai pas accès à tous les faits, dit Ulrika. Les choses semblent avoir pris une autre tournure depuis vingt-quatre heures. »

La voix métallique du GPS ordonnait à Kovač de prendre à gauche au prochain croisement, puis encore à gauche.

« C'est peut-être aussi à cause de votre visite chez les parents de Mina, continua-t-elle. Ça aussi, il faut qu'on en parle.

– Ça n'a rien à voir.

– Je viens d'avoir votre beau-père au téléphone. Il m'a décrit en détail votre visite de l'autre jour. Il dit que sa femme est dans le coma à l'hôpital Sud, et il vous en tient pour responsable. »

Le souvenir de sa conversation avec Stefan Talevski était douloureux. Elle n'était pas disposée à s'exposer dans de telles proportions pour son client.

« Vous ne pouvez pas faire ce genre de choses si vous voulez que je vous défende, poursuivit-elle. C'est de pire en pire. Il faut que je puisse remplir ma mission d'avocate, s'il existe encore une chance de vous faire acquitter.

– Fait chier ! »

Ulrika faillit lui raccrocher au nez.

« En tout cas, la police vous recherche, dit-elle d'une voix tranchante.

– Pas de temps à perdre avec ça. Il y a un avis de recherche, ou quoi ? »

Ulrika hésita soudain et Kovač le perçut aussitôt.

« Il y a un avis de recherche ?

– Je ne crois pas.

– Eh ben voilà. »

Personne ne mouchait Ulrika de cette façon.

« Vous avez trouvé où est Mina ? continua Kovač.

– Je ne sais pas. Je vous l'ai déjà dit. Impossible de le savoir.

– Il faut que je lui cause. »

Était-elle obligée de répéter que Mina se trouvait dans un foyer protégé ? Le plus sage qu'il pouvait faire était de garder ses distances. Chaque fois qu'il entrait en contact avec elle, sa situation empirait.

« Vous n'aurez pas cette information, souligna-t-elle avec plus de patience qu'il n'en méritait. Elle n'est pas joignable. » Elle se leva. « La seule communication possible désormais est entre moi et son conseil juridique.

– On verra bien.

– C'est le règlement. »

Les mâchoires d'Ulrika lui faisaient mal à force de se contenir.

« Son conseil est en train de requérir contre vous une injonction d'éloignement, lui expliqua-t-elle. Comme ça, vous êtes au courant. Cela signifie l'interdiction de tout contact entre vous. Je ne serais pas étonnée qu'elle entre en vigueur dès demain. »

Elle ne savait pas si c'était la vérité mais elle ne s'en souciait plus. Si elle avait été chargée de représenter Mina, elle aurait mis en place cette injonction d'éloignement depuis longtemps.

« Il s'appelle comment, déjà ? demanda Kovač.

– Le conseil juridique ? Maître Herman Wibom.

– Très bien, je vais aller lui dire deux mots, moi, puisque vous en êtes incapable.

– Andreis, ne faites pas l'idiot », dit Ulrika.

Silence au bout du fil. Son client avait déjà raccroché.

91.

Quand elles frappèrent à la porte de la salle d'entretien, Nora et Leila trouvèrent Mina en train de bercer Lukas dans sa poussette. Elle semblait flambant neuve, et c'était de loin la poussette la plus luxueuse que Nora ait jamais vue.

Hier, dans le feu de l'action, elle n'y avait pas songé. Était-ce pour ça que Mina était rentrée chez elle, au péril de sa vie ? Une poussette ?

Au premier abord, cela paraissait incompréhensible, mais il s'agissait peut-être d'autre chose. Du droit de Mina à se rendre chez elle, à aller chercher ce qui comptait pour elle. Une tentative de préserver un semblant de normalité.

« Bonjour, Mina, dit-elle en tendant la main. Comment allez-vous aujourd'hui ?

– Je me sens un peu mieux. »

Elle gara la poussette dans un coin, près du poêle en faïence verte. Lukas y ronronnait, une peluche contre lui.

« J'ai pu dormir toute la nuit, grâce à Anna-Maria.

– Nous apprécions vraiment que vous ayez changé d'avis et soyez prête à nous parler, dit Leila. Je comprends que ce ne soit pas facile.

– Anna-Maria m'y a aidée. Elle m'a fait réfléchir. »

Mina était pâle mais, comparé à l'autre jour, elle dégageait une impression de force intérieure. Ses cheveux étaient propres et bien brossés, rejetés derrière les oreilles.

« Je voudrais vous montrer quelque chose », dit-elle en s'asseyant sur le canapé.

Mina sortit son téléphone de sa poche et entra un code.

« Ça », fit-elle sans hésiter.

Elle tendit l'écran pour que Leila et Nora puissent voir correctement.

Nora retint son souffle.

C'était un gros plan d'une femme sans visage, en culotte et soutien-gorge, prise de profil à hauteur de la taille. Du nombril au thorax, la peau était couverte de gros hématomes violets.

Une rougeur autour du cou ressemblait à une trace de strangulation.

« C'est vous ? fut forcée de demander Nora.

– Oui, dit Mina. Il y a tout juste un an.

– Qu'est-ce que c'est que ça ? demanda Nora en montrant le cou enflé et rouge vif. Il a tenté de vous étrangler ?

– Pas cette fois-là. Ça doit être un coup de pied, mais je ne me rappelle pas bien ce qui s'est passé à la fin, j'étais complètement partie. »

Mina fit glisser l'image vers la gauche et une autre la remplaça. Cette fois, on voyait son visage en gros plan.

La lèvre inférieure était gonflée et fendue, l'œil droit tellement enfoncé que la paupière ne se relevait pas. Des petites coupures couvraient toute une joue et des griffures sanglantes descendaient sur le menton et le cou.

Nora aurait voulu se détourner.

Mina était toute proche, à quelques dizaines de centimètres, sur le canapé. Nora voyait les traces de la dernière agression de son mari, même si les bleus commençaient à pâlir et que la lèvre était presque cicatrisée.

Elle ne comprenait pas comment deux personnes pouvaient se réconcilier après ce genre de violences. Comment arrivait-on à s'adresser à nouveau la parole ?

« Vous devez nous dire si vous trouvez trop pénible de nous montrer tout ça, dit Leila. Je comprends que ce ne soit pas facile.

– Il y en a d'autres. »

Mina avait vécu comme sur un champ de mines, où un seul pas de côté pouvait déclencher une explosion. Un mariage sous haute tension, sous la menace permanente d'une nouvelle crise.

Il était presque impossible de se représenter ce que c'était que de vivre dans la peur perpétuelle de son propre mari. Comment en sortir indemne ?

Nora cligna des yeux pour chasser ses larmes.

Mina fit glisser une troisième photo, où une boule grosse comme une pièce d'une couronne gonflait au-dessus de l'œil dans de profonds tons bleu-violet.

Nora songea aux figures de la mythologie grecque affublées de cornes grotesques au front. Là aussi, on voyait de petites coupures sur le visage.

« Le plus souvent, il frappait des parties du corps pas trop visibles, dit Mina. Mais parfois il perdait le contrôle et se lâchait sur mon visage. Ça, c'était juste avant que je tombe enceinte de Lukas. »

Elle montra la corne au-dessus du sourcil.

« Il m'a frappée si fort que je suis tombée contre le bord du plan de travail. Je me suis cognée en pleine tempe, j'ai perdu connaissance.

– Pourquoi ne pas l'avoir quitté ? »

Nora regretta aussitôt. Elle aurait dû réfléchir avant de poser une question pareille. Il y a bien des façons d'expliquer pourquoi les femmes battues restent auprès de l'homme qui les bat, quand la violence réussit à briser l'estime de soi. Le comportement malsain se normalise à la longue et la victime elle-même finit par adopter la vision du monde de son bourreau.

Ce genre de question n'arrangeait rien et risquait de la faire se sentir encore plus coupable.

« Pardon, dit Nora. C'était vraiment une question idiote. Je n'aurais pas dû.

– Je ne sais pas moi-même », dit Mina.

Elle glissa son doigt sur l'écran et fit apparaître une photo d'une autre partie du corps couverte de bleus.

« Je n'aurais jamais cru que ça m'arriverait, à moi », dit-elle.

Son regard chercha Lukas puis se porta au plafond.

« Quand c'est arrivé, j'ai eu terriblement honte.

– Ce n'était pas votre faute, se hâta de dire Leila.

– Ce n'est pas grave. »

Mina afficha une autre photo.

« J'aimerais moi aussi pouvoir expliquer pourquoi j'ai pu rester avec Andreis. En tout cas avant la naissance de Lukas. Après, c'était impossible de partir. »

Nora osait à peine poser la question suivante.

« Pouviez-vous en parler à vos parents ? demanda-t-elle doucement.

– Non. Absolument pas. »

Mina reposa son portable sur la table basse arrondie. Elle ôta les cheveux de son front. Le soleil qui entrait par la fenêtre à côté du poêle plongeait la moitié de son visage dans l'ombre.

« Maman et papa ne l'ont jamais aimé. Ils s'inquiétaient qu'il ait cinq ans de plus que moi et n'aimaient pas son milieu. Je crois qu'ils se sont vite doutés qu'il n'avait pas de vrai travail, et s'occupait… d'autres choses…

– Donc ils ne savaient rien ?

– Au début, je ne voulais pas reconnaître qu'ils avaient raison. Qu'il n'était pas quelqu'un de bien pour moi. Je ne pouvais pas, c'était trop dur. Ensuite, quand c'est devenu vraiment grave, je n'osais pas. Papa serait allé se confronter avec Andreis, et j'avais peur de ce qui pouvait se passer. De la réaction d'Andreis. »

Lukas geignit. Elle alla lui donner sa tétine.

« Je croyais réellement que tout allait s'arranger entre nous quand je suis tombée enceinte, poursuivit-elle. Et en effet, pendant un temps, c'est allé mieux, il était presque comme au début, quand nous venions de tomber amoureux. »

La voix de Mina se gonfla de larmes.

« Il était merveilleux à cette époque-là. C'est sans doute

difficile pour vous de le croire mais c'est la vérité. Je n'avais jamais été aussi amoureuse. Nous avons eu quelques belles années. Jusqu'à ce que ses affaires le stressent au point qu'il se mette à abuser de l'alcool et de la drogue. »

Leila toucha le portable.

« Merci de nous avoir montré ces photos, dit-elle. Vous êtes très courageuse.

– Ces photos vont constituer des preuves, renchérit Nora. Il est important que vous le compreniez. Elles seront regardées par d'autres personnes que nous.

– Je comprends. »

Mina se rassit sur le canapé.

« J'espère que vous comprendrez combien il est important que vous ayez conservé ces photos, insista Nora. Nous allons les utiliser contre votre mari et vous n'aurez plus à vous inquiéter de lui pendant de nombreuses années. »

Mina tourna la tête vers Lukas.

« Je le fais pour lui », dit-elle.

92.

La climatisation ronronnait en sourdine dans le bureau de Thomas, un bruit monotone toujours présent à l'arrière-plan, auquel il ne prêtait pas attention d'habitude. Pourtant aujourd'hui ça le dérangeait. Sa concentration lui faisait défaut, alors qu'il avait besoin de rassembler ses idées avant la réunion que Margit avait convoquée dans une demi-heure.

Il fixait ses notes sans enthousiasme. Il fallait qu'il passe un coup de fil à Staffan Nilsson avant le point, pour savoir si la police scientifique avait du nouveau.

Et puis il fallait qu'il joigne Pernilla, une corvée. Il avait déjà parlé avec sa mère pour lui demander d'aller chercher Elin à la garderie.

Son téléphone sonna, un soulagement.

« Maître Ulrika Grönstedt à l'appareil », fit une voix sèche.

Thomas était déjà tombé sur des avocats comme Grönstedt : pour eux, un procès était une compétition, et le gagner une affaire personnelle. Elle ferait tout son possible pour compliquer la procédure en remettant en question jusqu'aux moindres détails de l'enquête.

« J'ai appris que vous recherchiez mon client », attaqua-t-elle.

Comment savait-elle ça ?

« Malheureusement mon client est malade, continua Ulrika Grönstedt. Il a la grippe.

– Nous avons des cellules médicalisées, dit Thomas.

– Il a beaucoup de fièvre, il est alité. »

Thomas ne se faisait aucune illusion au sujet de la maladie de Kovač. Ulrika Grönstedt lui avait probablement conseillé de se rendre injoignable aussi longtemps que possible pour lui laisser le temps de mettre au point une stratégie en vue de l'interrogatoire de police. Il n'avait pas été trouvé à son domicile où une patrouille était allée le chercher. Mais quelqu'un avait dû voir la voiture de police.

« Je peux vous montrer un certificat médical si vous voulez. »

Ulrika Grönstedt avait l'air totalement impassible. Elle était douée pour son métier, à cent pour cent solidaire de son client, malgré ce dont il s'était rendu coupable.

Elle se racla la gorge.

« La question est donc de savoir pourquoi vous recherchez mon client. Il serait plus simple que vous me disiez de quoi on le soupçonne. »

C'était donc pour ça qu'elle appelait. Elle n'était pas au courant de l'enquête pour meurtre mais pressentait des ennuis.

Bien sûr, il serait plus simple pour Grönstedt de savoir que son client était le principal suspect dans une nouvelle enquête criminelle. Comment sans cela inventer une histoire plausible que Kovač pourrait répéter comme un perroquet lors du prochain interrogatoire ?

Mais elle n'était pas la seule à pouvoir faire des crasses.

« Vous le saurez si nous l'arrêtons », dit Thomas avant de raccrocher.

93.

L'horloge murale de Friggagården sonna. Il commençait à être temps de conclure l'entretien avec Mina, mais Nora avait encore une question importante à aborder avant de rentrer.

Le meurtre de Dino Herco.

« Il y a encore autre chose dont nous devons parler, dit-elle. Il s'agit d'un certain Dino Herco, qui travaille avec votre mari. »

Mina se pencha en avant.

« Dino ? Pourquoi me parlez-vous de lui ?

– Malheureusement, il est mort. »

Mina porta une main devant sa bouche.

« Oh, non ! » s'exclama-t-elle.

Si Herco était un proche d'Andreis, elle devait l'avoir vu quotidiennement. Cela ne voulait pas forcément dire qu'ils étaient amis. Mais Mina semblait bien aimer Dino, à en juger par sa réaction.

« Dino Herco a été retrouvé mort dans la réserve naturelle de Nacka, en pleine forêt, dit Leila. Je suis désolée.

– C'était un accident ? »

Leila secoua la tête.

« On lui a tiré une balle dans la tête, la mort a dû être instantanée. Nous sommes à peu près certains qu'il a été assassiné. »

Mina inspira plusieurs fois à fond. Combien de mauvaises nouvelles rapprochées une personne pouvait-elle encaisser ?

Leila s'apprêtait déjà à poser la question suivante, mais Nora l'arrêta d'un geste discret. Mina avait besoin de quelques secondes de répit.

« Dino était gentil avec moi », murmura-t-elle.

Nora tapota le bras de la jeune femme. Un pauvre geste pour exprimer le soutien et la sympathie quand les mots faisaient défaut.

« Nous pensons malheureusement qu'il a été tué par votre mari, dit Leila.

– Andreis ? »

Leila hocha la tête.

« Nous avons établi que c'est Dino qui est intervenu quand Andreis vous a battue la semaine dernière. C'est lui qui a donné l'alarme, de sorte que l'ambulance et la police ont interrompu votre mari. Il a agi en héros.

– C'est Dino qui m'a sauvée ? » Mina se mordit les lèvres. « Je ne comprends pas… »

Nora remplit un demi-verre d'eau à la carafe et le lui tendit. Mina en but quelques gorgées.

« Nous l'avons vu il y a deux jours, dit Leila. Il ne voulait pas admettre que c'était lui qui avait donné l'alarme, mais sa voix a été enregistrée, et le numéro du portable est le sien.

– Il était mort de peur à l'idée que votre mari l'apprenne. Vraiment terrorisé.

– Andreis ne le lui aurait jamais pardonné, murmura Mina.

– Nous pensons qu'il l'a découvert, et… »

Leila s'interrompit avec un petit haussement d'épaules qui disait l'essentiel.

« Comme vous le comprenez sûrement, une nouvelle enquête de police concernant votre mari est en cours.

– Je ne me suis pas doutée que c'était Dino qui avait donné l'alarme, chuchota Mina. Je croyais que c'était un voisin.

– Vous vous connaissiez bien ? demanda Nora.

– Il était toujours avec Andreis. Je l'ai vu presque tous les jours depuis que j'ai rencontré Andreis.

– Nous étudions toutes les possibilités, même si la plupart des indices désignent votre mari comme l'instigateur de ce meurtre, dit Leila. Serait-il capable de faire ça à un vieil ami ?
– Je ne sais pas...
– Je vous demande juste votre première réaction. Votre sentiment. »
Mina fut incapable de répondre.
« Bon, fit Leila au bout d'un moment. Ce n'est pas grave. Dans ce cas, j'ai une autre question : savez-vous si Andreis avait des ennemis ? Quelqu'un qui lui voulait du mal, ou qui ne l'aimait pas ?
– Vous avez parlé avec son petit frère, Emir ? »
Nora regarda Leila à la dérobée.
Le nom d'Emir n'était pas apparu très souvent dans l'enquête. D'un autre côté, Herco non plus, tout l'accent était mis sur Kovač et ses transactions financières.
« Emir traînait beaucoup chez nous, dit Mina, exactement comme Dino. Mais il est différent.
– De quelle façon ? demanda Nora.
– Ils sont demi-frères, je suppose que vous le savez déjà. La même mère, des pères différents. Emir n'est pas aussi impulsif qu'Andreis. Mais il est plus vicieux. »
Mina but encore un peu d'eau.
« Andreis a un tempérament beaucoup trop explosif, dit-elle. Il peut être cruel parce qu'il ne contrôle pas son humeur, mais d'habitude, il n'est pas méchant. »
Mina remarqua la réaction de Nora à ces mots.
« J'entends l'impression que ça donne, dit-elle. Ce que je veux dire, c'est qu'Emir... »
Elle s'interrompit.
« Au fond de moi, je sais qu'Andreis n'a jamais prémédité de me battre, continua-t-elle à voix basse. Ça arrivait, c'est tout. Quand il perdait le contrôle. Il demandait pardon après, à chaque fois, au moins au début. Il avait honte, regrettait. »
Nora était certaine de la sincérité de Mina. Qu'elle croyait aux remords de son mari, malgré tout ce qu'il lui avait fait et qui prouvait le contraire.

Nora ne savait pas si elle devait être émue ou désespérée par une telle loyauté.

« Mais Emir…, reprit Mina. Il est différent. Il fait les choses exprès.

– Vous voulez dire qu'Emir fait intentionnellement du mal aux gens ? demanda Leila.

– Emir prend plaisir à faire souffrir les gens. »

94.

Une petite bruine avait commencé à tomber quand Herman Wibom quitta son bureau pour rentrer chez lui. Son appartement de Roslagsgatan n'était pas très loin de son cabinet d'avocat, et il appréciait ces promenades quotidiennes. Stockholm était une belle ville, et il avait toute sa vie habité le quartier de Vasastan, avec la verdure de Vanadislunden au coin de la rue.

Il ouvrit son parapluie noir pour s'abriter des rares gouttes de pluie et s'engagea dans Döbelnsgatan, direction Sveaplan.

Il avait passé l'après-midi à établir une demande d'injonction d'éloignement contre Andreis Kovač. Il avait appelé Mina pour lui expliquer pourquoi il ne pouvait pas être présent à Runmarö lors de sa rencontre avec la procureure et la policière. Elle lui avait assuré que ce n'était pas grave.

À présent, la demande était prête à être déposée. Voilà des années qu'il n'était plus resté si tard au cabinet, il était plus de huit heures du soir mais, pour une fois, il se sentait satisfait de son travail de la journée.

Il ne s'était pas contenté de demander l'injonction d'éloignement habituelle, qui interdit au mari de rendre visite à sa femme, la contacter ou la suivre : il avait soigneusement argumenté en faveur d'une injonction étendue, impliquant des restrictions nettement plus importantes pour Andreis Kovač. Non seulement l'interdiction de toute communication entre lui et Mina, mais aussi celle de se rendre sur ou à proximité de son lieu de travail ou d'autres endroits qu'elle fréquenterait.

Mina disposerait d'une zone de paix.

Herman avait envisagé la possibilité d'étendre l'interdiction à leur domicile commun, mais avait supposé que Mina ne se sentirait de toute façon pas en sécurité dans la maison de Trastvägen, du moins dans les premiers temps. Ils pourraient toujours discuter de cette option plus tard, si elle souhaitait rentrer chez elle.

Avec le genre de documents dont elle disposait, il ne serait pas difficile de l'obtenir.

Il était tout particulièrement satisfait de son argumentation au sujet de la dangerosité du mari. Kovač lui avait mâché le travail en sortant une arme pour menacer Mina et Lukas montés à bord d'un bus. D'un point de vue juridique, il n'y avait pas meilleur argument.

La jeune policière, Leila, l'avait informé qu'ils avaient lancé un large appel à témoins. Elle comptait que quelques-uns se manifesteraient sous peu. Cet incident à lui seul devrait suffire à obtenir une injonction d'éloignement, même si les photos de Mina ne tenaient pas aussi bien la route qu'elles le promettaient.

Herman s'arrêta au passage piétons d'Odengatan et attendit qu'il passe au vert.

Demain, il verrait Nora pour que l'injonction d'éloignement soit prononcée au plus vite. Gunilla avait pris rendez-vous à l'Agence de lutte contre la criminalité financière à treize heures.

Il doutait qu'Ulrika tente de contester la mesure. Ou de faire appel. Elle avait eu l'air vraiment sonnée quand il l'avait eue au téléphone, plus du tout aussi imbue d'elle-même que d'habitude.

L'idée fit sourire Herman.

Il avait pris une résolution au cours de la journée. Il allait défendre Mina sans s'épargner aucune fatigue. Après ça, il quitterait la carrière d'avocat et fermerait son cabinet. Il était temps de se retirer. Mais si son engagement pour Mina et son fils portait ses fruits, il partirait par la grande porte.

L'air était à la grisaille, la pluie forcissait, mais son grand parapluie anglais le gardait au sec. Dans quelques semaines, on serait en mai, le printemps serait enfin là pour de bon. Herman avait toujours trouvé les mois de mars et d'avril désespérants, dans l'attente d'une vraie sensation de printemps. Cette année n'était pas différente.

Il tournait au coin de Roslagsgatan quand une grosse BMW noire passa dans la rue. Elle roulait à si vive allure qu'elle éclaboussa le pantalon d'Herman.

« Faites attention ! » grommela-t-il, sans que le conducteur s'arrête ou réagisse en aucune façon.

Les gens n'avaient plus aucun savoir-vivre de nos jours. Herman fusilla du regard la voiture qui s'éloignait avant de rejoindre son porche.

Il se réjouissait d'avance d'une soirée tranquille avec un petit cognac : il l'avait bien mérité après ses efforts de la journée.

95.

Le dîner qu'avait accepté Ulrika Grönstedt avait lieu à l'Amicale, un ancien club masculin de Kungsträdgården. Ce club aimait se décrire comme un lieu de réseautage et d'échanges. En réalité c'était encore un exemple de l'entre-soi plébiscité dans les hautes sphères de l'économie.

Et cet entre-soi s'entendait de préférence sans femmes. Selon les antiques statuts du club, seuls les hommes pouvaient en être membres.

Ulrika était irritée chaque fois qu'elle en franchissait le seuil : il était inconcevable qu'il existe encore en Suède des associations dont les femmes étaient exclues, mais l'Amicale s'enferrait : les femmes n'étaient tolérées que comme invitées, et seulement à certains horaires.

Comme ce soir.

Ulrika détestait l'attitude condescendante incrustée dans les murs richement ornés de ce lieu, mais savait qu'il n'était pas inutile d'y développer son réseau. Ce soir, le dîner de bienfaisance visait à collecter des fonds pour la recherche, elle ne se souvenait pas bien laquelle, sans doute contre le cancer ou le diabète. Mais la liste des invités était nettement plus importante que la cause elle-même. Elle avait déjà salué plusieurs collègues et d'importants décideurs qu'on voyait souvent dans les pages de *Dagens Industri* et d'autres journaux économiques.

L'orateur principal de la soirée, un professeur de l'Institut

Karolinska, venait de s'installer derrière le pupitre fleuri pour faire sa conférence. Ils étaient au milieu du plat de résistance qui refroidissait dans les assiettes. En plus, le discours allait certainement être long et ennuyeux, comme souvent quand on donnait la parole à des universitaires d'un certain âge.

Mais peu importe, Ulrika n'avait pas d'appétit.

Elle découpa un morceau de viande, un tendre filet d'agneau, mais la bouchée ne passait pas. Elle n'arrivait pas à mettre de côté les événements de l'après-midi. Cela ne lui ressemblait pas de laisser des clients lui empoisonner la vie. Elle se flattait d'être plus professionnelle que ça.

Ulrika reposa ses couverts et sortit discrètement son portable de son sac à main pour voir si Kovač avait donné des nouvelles. Elle avait cherché à le joindre avant de quitter le cabinet pour s'assurer que tout allait bien. L'inquiétude ne lui laissait pas de répit.

Il ne pouvait pas être stupide au point d'aller trouver Herman Wibom pour obtenir l'adresse de Mina ?

L'écran était vide, il n'avait pas répondu à ses appels.

Ulrika s'était toujours efforcée de laisser son travail au cabinet. Ses clients étaient rois pendant la journée, mais elle ne rapportait pas leurs soucis chez elle. Pourtant, impossible de se débarrasser des derniers mots de Kovač avant qu'il ne lui raccroche au nez.

L'idée de ce qu'il pouvait se mettre en tête de faire.

L'inquiétude formait une boule dans son ventre qui refusait de disparaître, bien que contraire à tous ses principes.

Certes, elle ne se faisait aucune illusion au sujet de Kovač. La violence brutale ne lui était pas étrangère. Mais même lui devait comprendre la gravité qu'il y aurait à aller trouver un avocat pour lui extorquer l'adresse du foyer protégé où s'était réfugiée sa femme.

Elle recracha discrètement la viande dans un coin de sa serviette et la cacha dans son assiette sous une feuille de salade. Puis elle regarda à nouveau son portable, alors qu'il ne s'était écoulé que quelques minutes.

L'attention de tous était dirigée vers le podium où l'orateur en faisait des tartines sur ses recherches de pointe qui nécessitaient sans cesse de nouveaux financements. La percée était imminente. Bla, bla, bla.

Elle aurait dû se décommander, mais à présent, il était trop tard pour s'éclipser. Ce serait beaucoup trop voyant si elle se levait de table au milieu du discours.

Le voisin d'Ulrika, Per Johan Aller, associé d'un des plus importants cabinets d'avocats d'affaires de la place de Stockholm, écoutait attentivement. S'il avait su à quoi elle pensait, il aurait été effaré.

Ulrika l'observa à la dérobée, dans son costume sur mesure parfaitement ajusté. Il n'avait jamais eu en face de lui des criminels au casier à rallonge ni plaidé une réduction de peine pour des crimes violents. Il n'avait sans doute jamais non plus connu comme elle de pic d'adrénaline quand le tribunal relaxait contre toute attente son client parce qu'elle avait réussi à instiller le doute dans l'esprit des jurés.

Dans son monde à lui, on volait à travers d'élégantes transactions financières où des entreprises étaient vendues et achetées sans aucun égard des conséquences éventuelles pour leurs employés ou leurs fournisseurs. Per Johan n'avait jamais fréquenté de clients issus du Milieu, il se salissait les mains autrement.

La présentation du professeur s'enlisait. N'allait-il jamais finir, qu'elle puisse enfin s'en aller ?

Elle n'avalerait rien d'autre.

Ulrika posa ses couverts dans son assiette et but une grande gorgée de vin rouge, puis une autre. Elle ne pouvait rien faire, se répéta-t-elle pour la centième fois. Elle avait déjà cherché à joindre Kovač mais il ne répondait pas à ses appels. Elle ne pouvait pas lui envoyer de sms. Que lui écrirait-elle ? Qu'il ne devait absolument pas contacter maître Herman Wibom ?

S'il arrivait quelque chose, ce message pourrait être utilisé comme preuve contre elle, elle ne pouvait prendre ce risque.

Appeler Wibom était également exclu. Il lui faudrait avouer qu'elle craignait que son client vienne chez lui. Qu'il existait un risque qu'il use de violence pour obtenir les informations qu'il cherchait.

Elle serait exclue de l'Ordre des avocats s'il était révélé qu'elle avait décrit son propre client comme une personne violente. À défaut d'un autre, Herman Wibom s'en chargerait. Après les menaces d'Ulrika au sujet de la garde parentale, il était mal disposé à son égard, c'était apparu clairement lors de leur dernière conversation téléphonique.

Pourtant, ses pensées n'arrêtaient pas de tourner en vrille. Elle imaginait des scénarios possibles, tous pires les uns que les autres. Elle n'arrivait pas à s'empêcher de ressasser, alors qu'elle était censée penser à autre chose.

Elle ne pouvait pas se sentir responsable des actes de son client, mais c'était comme une démangeaison dans tout son corps.

Ulrika saisit son verre de vin qu'elle vida d'un trait. Il n'y avait rien à faire, se dit-elle encore une fois.

Elle sortit son portable une dernière fois pour voir si Kovač l'avait appelée, contre toute attente. Naturellement non.

La coque de son téléphone lui brûlait les doigts.

Ne devrait-elle pas appeler Herman Wibom pour… le mettre en garde ?

Bosnie, mai 1993

Selma était sur des charbons ardents en attendant que Zlatko s'endorme à côté d'elle dans le lit.

Pour une fois, il était rentré sans avoir bu. Ça rendait les choses plus difficiles : elle avait espéré qu'il serait ivre et s'endorme d'un coup. Comme d'habitude.

Blanka et sa famille devaient s'en aller à l'aube, vers cinq heures. Ils voulaient partir le plus tôt possible pour éviter d'attirer l'attention.

Selma avait pris la décision la plus difficile de sa vie.

Elle allait prendre les enfants et partir avec eux. Au fond d'elle-même, elle savait que Blanka avait raison. Leur patrie était perdue. Ils périraient tous s'ils restaient en Bosnie. Elle ne pouvait pas laisser Zlatko les condamner à mort à cause de son obstination. Quand il se réveillerait, ils seraient déjà loin.

Elle avait mis dans un petit sac de voyage des affaires pour les enfants. Pour elle, juste un change, ses bijoux et quelques photos. Autant qu'elle pouvait porter, avec Emir dans les bras.

Toute une vie réduite à quelques vêtements et petits objets.

Enfin, elle entendit la respiration régulière de Zlatko.

Selma se glissa hors du lit en faisant le moins de bruit possible. Elle fouilla les poches du pantalon qu'il avait jeté sur une chaise, à la recherche de son portefeuille. Elle n'avait presque pas d'argent, il fallait qu'elle emporte tout le liquide qu'il y avait à la maison.

Zlatko grogna et se retourna dans le lit. Selma se figea d'effroi : il ne fallait pas qu'il se réveille.

Les secondes passèrent, s'étirèrent en minutes. Impossible de voir le visage de Zlatko dans l'obscurité, mais au bruit, il semblait dormir profondément. Selma hésita, puis chercha à tâtons dans le portefeuille et y trouva quelques billets qu'elle se dépêcha de prendre et de plier.

Le front moite, elle referma nerveusement le portefeuille. Elle allait le remettre dans la poche du pantalon quand elle fut prise de vertige et dut se retenir à la commode. Sa main accrocha la lampe posée tout au bord.

Qui tomba par terre avec fracas.

Zlatko grogna. Puis il tendit le bras et alluma sa lampe de chevet.

Selma se ratatina sous le regard inquisiteur de Zlatko. Il glissa de son pantalon au portefeuille qu'elle tenait toujours à la main.

La voix cassante, il se leva.

« Qu'est-ce que tu fabriques ? »

96.

Herman lisait dans sa bibliothèque, avec un bon cognac millésimé. La solitude était reposante après le travail acharné de cette journée et tant de coups de téléphone. En arrivant chez lui, il avait commencé par couper son portable et mettre du Bach, son compositeur préféré.

La bibliothèque était la plus belle des quatre pièces de son vaste appartement. Des rayonnages en noyer montaient jusqu'au plafond où un lustre en cristal diffusait une lumière agréable. Deux fauteuils de cuir anglais devant une cheminée constituaient un lieu parfait pour la lecture, où Herman pouvait quitter les soucis de la journée et entrer dans un autre monde.

Il avait choisi un volume de la série de romans sur Stockholm de Per Anders Fogelström. Quand il n'avait rien d'autre à lire, il revenait souvent à l'œuvre de Fogelström. Il trouvait toujours quelque chose de nouveau dans le tableau de la ville en pleine croissance lors de l'essor industriel de la fin du dix-neuvième siècle. Fogelström soulignait le prix qu'avaient payé les travailleurs pour la transformation de Stockholm en grande ville moderne : il décrivait la saleté, la misère et les conditions de travail effroyables. Les progrès de la modernité exigeaient leur tribut de souffrance humaine.

La question était de savoir si cette transformation était une amélioration.

Herman posa son livre et prit son verre de cognac. Voilà

bien longtemps qu'il ne se reconnaissait plus à Stockholm. Tant de choses avaient changé depuis son enfance où il allait en tram se promener à Djurgården avec ses parents, le dimanche.

Aujourd'hui, il y avait partout des chantiers, des grues, des barrières : soit on rasait les immeubles, soit on les modifiait jusqu'à les rendre méconnaissables. On bâtissait des logements hors de prix, alors que le délai pour obtenir une location en centre-ville était de vingt-sept ans : inconcevable !

Que pouvaient faire les jeunes gens qui arrivaient dans la capitale avec de grands rêves d'avenir mais qui ne trouvaient nulle part où loger ?

Herman chauffa le verre de cristal dans sa main pour libérer les arômes. Il se flattait d'être un peu connaisseur, familier des alcools fins et des vignobles français. Un intérêt qu'il partageait d'ailleurs avec son défunt père, qui lui avait légué une cave impressionnante. Un parfum fleuri de cannelle et de vanille, nettement boisé, monta vers lui quand il trempa ses lèvres dans son XO.

On sonna à sa porte.

Herman regarda sa montre : presque neuf heures et demie. Ce devait être un voisin.

Avec un soupir, il posa son verre sur la table de lecture ronde et enfila ses pantoufles. Puis il se dirigea vers la porte.

97.

Nora avait lu une histoire à Julia au bord du lit, puis elles devaient s'être endormies toutes les deux, car il était neuf heures et demie quand elle rouvrit les yeux.

Julia était couchée sur le dos à côté d'elle, son nounours sous le bras. Elle respirait calmement. Ses joues encore rondes étaient un peu rosées, ses cheveux blonds s'étalaient sur l'oreiller. Nora lui caressa doucement le front et remonta la couette qui avait un peu glissé.

Julia chérie.

Cet automne, elle avait commencé le primaire, c'était maintenant une vraie petite écolière. Le temps avait filé depuis sa naissance, même si Nora avait fait de son mieux pour profiter à nouveau de ces années de petite enfance.

Avec les garçons, ç'avait été différent, elle était tout le temps fatiguée à cette époque, entièrement accaparée par la maison et son travail. Chaque jour, elle se sentait tiraillée de tous les côtés. Et d'un coup ils étaient devenus grands, et elle se demandait où était passé tout ce temps.

Adam aurait vingt et un ans en août et Simon allait au lycée. Deux grands jeunes gens qui s'apprêtaient à quitter le nid. Elle avait envie de les serrer dans ses bras en leur chuchotant qu'ils ne devaient jamais grandir, mais ne voulait pas être plus pénible qu'elle ne l'était probablement déjà à leurs yeux.

Quand ils étaient petits, tout le monde lui disait d'en

profiter, mais à l'époque elle n'avait pas compris comment faire : comment profiter de l'instant, quand on était sans cesse épuisée ? Lorsqu'il lui arrivait d'avoir une heure de libre, elle voulait juste dormir. Puis, après son divorce, son chagrin avait été si profond que sortir du lit était chaque jour un combat.

Après, tout n'avait fait que s'accélérer.

Parfois, elle regrettait que personne ne lui ait dit de faire attention à la période où les enfants avaient entre dix et vingt ans. Que ces années filaient encore plus vite que la petite enfance, mais que c'était pire car après, c'était fini pour de bon.

Parfois, elle regardait ses deux garçons presque adultes en se demandant comment ces jeunes gens avaient un jour tenu dans son ventre. Comment ils avaient pu être des nourrissons vulnérables qu'elle avait nourris et changés.

Avec Julia, elle avait eu une deuxième chance. Le choc d'une grossesse non planifiée avait vite été remplacé par la joie. Maintenant, elle allait être plus attentive à ces années d'enfance, elle profiterait de l'instant. Elle travaillait toujours trop mais était plus consciente du moment présent.

Chaque jour, elle éprouvait de la gratitude d'avoir Julia.

La petite veilleuse diffusait une douce lueur rose, Julia n'aimait pas dormir dans le noir.

Nora se leva du lit. Elle devait passer quelques heures avec les dossiers qu'elle avait rapportés à la maison. Et il fallait qu'elle appelle Thomas. Jonas était en vol, il ne rentrerait que vendredi.

Elle gagna la cuisine où la bouteille de vin de la veille était toujours sur le plan de travail. Il en restait tout juste assez pour un verre bien rempli qu'elle emporta dans le salon avec son ordinateur.

98.

Quelqu'un tambourina à la porte avant qu'Herman Wibom n'arrive dans le vestibule. Ses voisins n'étaient pas aussi mal élevés. Depuis le temps qu'il habitait l'immeuble, il en connaissait la plupart, il n'y avait pas beaucoup de renouvellement.

« J'arrive ! grommela-t-il. Qu'est-ce que c'est ? Il y a le feu ? »

Une de ses pantoufles glissa sur le parquet, il dut s'arrêter pour la renfiler.

La poignée de la porte était secouée. La sonnette retentit.

Il avait un nouveau voisin depuis quelques mois, un jeune homme qui avait emménagé dans le deux-pièces d'à côté. Ce devait être lui qui voulait quelque chose.

Herman ne voyait personne d'autre pour se comporter ainsi.

« J'arrive ! » lança-t-il à nouveau.

Il tourna le verrou du bas et ouvrit la porte sans prendre la précaution de regarder par le judas.

L'homme qu'il découvrit lui disait quelque chose, mais Herman ne le remit pas immédiatement. Le plafonnier était faible et les murs couverts de marbre vert sombre absorbaient toute la lumière dans la cage d'escalier.

Herman dévisagea son visiteur d'un air interrogateur. L'homme avait les yeux dans l'ombre et il lui fallut quelques secondes pour saisir ce qui s'y cachait.

La rage.

« Oui ? » hésita l'avocat.

L'homme avança d'un pas et le bouscula dans le vestibule. D'un geste rapide, il referma la porte derrière lui. Ses cheveux noirs étaient humides de pluie et les épaules de son blouson de cuir étaient couvertes de gouttes.

« Qu'est-ce qui vous prend ? s'exclama Herman.

– Où est-elle ?

– Hein ?

– Mina. »

Herman dut s'appuyer au mur en comprenant qui se tenait devant lui.

Andreis, le mari de Mina Kovač.

Il était là, chez lui.

Herman porta instinctivement la main à son cou.

« Vous n'avez pas le droit d'être ici, chuchota-t-il. Ça ne se fait pas. »

Il essaya de déglutir, en vain.

De près, Andreis Kovač était terrifiant.

Il était très grand et costaud, et la cruauté dessinée sur sa bouche était sans équivoque. C'était ce qui effrayait le plus Herman. La brutalité qu'il dégageait.

« Dis-moi où elle est », éructa Kovač d'une voix qui sortait de très loin, alors qu'ils n'étaient qu'à quelques centimètres l'un de l'autre.

Herman ne savait pas où il trouva la force de répondre comme il le fit. Un poids lui pesait sur la poitrine.

« Je n'ai pas le droit.

– Dis-moi où elle est, répéta Kovač.

– Je ne peux pas. »

99.

Il était déjà tard quand Thomas quitta son bureau. Ils avaient fini par une brève réunion pour répartir les tâches et planifier le travail des prochains jours. Il était sur le pont depuis douze heures d'affilée et n'avait avalé qu'un rapide hot-dog après sa visite à l'ALCF.

Elin s'était depuis longtemps endormie quand, d'un geste las, il tourna la clé dans la serrure d'Östgötagatan.

Lotta, sa mère, l'attendait déjà dans l'entrée, elle devait avoir entendu le bruit de l'ascenseur dans la cage d'escalier.

« Merci de m'avoir aidé avec Elin, dit-il. Désolé d'arriver si tard. Il y a beaucoup de boulot en ce moment.

– Tu as l'air fatigué.

– Ne t'inquiète pas pour moi. »

Sa réponse était automatique, tout comme le faux sourire censé confirmer le message.

Il avait répété ces paroles même quand il était au plus mal. L'existence demeurait tenable tant qu'il parvenait à faire semblant, à ses propres yeux et à ceux de son entourage, que tout suivait son cours habituel.

Il s'agissait juste de ne pas trop gratter sous la surface.

« Je trouve que tu t'épuises beaucoup trop en ce moment, dit sa mère. Tu ne dois pas te tuer au travail, souviens-toi que tu n'es plus si jeune que ça. »

Elle avait soixante-dix-huit ans, son père soixante-dix-sept.

Thomas fut obligé de sourire.

« Il y a une assiette de saucisses Stroganoff pour toi aussi, si tu veux, dit-elle en montrant la cuisine. Au micro-ondes.

– Merci. Ça fera du bien de manger quelque chose. »

Thomas l'embrassa sur la joue avec reconnaissance.

« Au fait, Pernilla a appelé, ajouta-t-elle.

– Qu'est-ce qu'elle voulait ? »

Sa méfiance se hérissa aussitôt. Son ton devenait cassant dès qu'il entendait son prénom, il n'y pouvait rien. C'était automatique.

« Juste dire bonne nuit à Elin, je crois. »

Sa mère eut l'air embarrassée.

« Ne te fâche pas.

– Pardon. »

Lotta saisit son manteau, noua un foulard autour de ses cheveux argentés et ramassa son sac à main sur la table de l'entrée.

« Tu as toujours l'air irrité quand tu parles de Pernilla, ces derniers temps, reprit-elle. Est-ce que vous ne pourriez pas essayer d'être… amis ? Au moins pour Elin ? »

Thomas n'avait pas le courage de discuter de ça par-dessus le marché.

« On ne pourrait pas en parler une autre fois ? dit-il. La journée a été longue.

– Pardon, je ne voulais pas me mêler de vos affaires. »

Elle épousseta un peu la veste de Thomas.

« C'est juste tellement dommage que vous ne puissiez plus vous parler.

– Mais si, on se parle. »

Il avait un ton d'enfant grincheux, mais n'y pouvait rien.

Sa mère soupira.

« Papa et moi, on a toujours bien aimé Pernilla. »

Thomas aurait voulu hurler : moi aussi ! Au lieu de quoi il ôta sa veste et la pendit soigneusement à un cintre libre alors qu'en temps normal il la balançait sur une chaise dans l'entrée. Puis il ôta méticuleusement ses chaussures et les rangea.

« Bon, je vais y aller, alors », dit sa mère dans son dos.

Elle semblait blessée.

Le téléphone le sauva. C'était Nora. Elle n'aurait pas pu appeler à un meilleur moment.

« Il faut que je réponde, dit-il en montrant l'appareil. On parlera une autre fois ? »

Ils savaient tous deux que Thomas ferait son possible pour éviter une telle conversation.

« Bonjour à papa », mima-t-il.

Elle le salua de la main et disparut dans l'ascenseur, dont les antiques portes métalliques grincèrent quand elle les referma.

« Allô ? dit Thomas. Tu es toujours là ?

– J'appelle trop tard ? »

Nora semblait elle aussi fatiguée, mais pas abattue, comme si sa journée de travail avait été bonne.

« Ne t'inquiète pas, je viens de rentrer. Comment ça s'est passé pour Leila et toi à Runmarö ? »

Pour le week-end, il espérait lui-même aller à Harö si la nouvelle enquête ne lui mettait pas des bâtons dans les roues. Ou Pernilla.

Nora lui raconta, tandis que Thomas gagnait la cuisine, téléphone à la main. En effet, une assiette couverte d'un film plastique l'attendait dans le micro-ondes. Un verre et des assiettes étaient sortis.

Il n'aurait pas dû moucher sa mère comme il l'avait fait : sans son aide, toute son existence se casserait la figure.

Il continua jusqu'à la chambre d'Elin dont il entrebâilla doucement la porte. Elle dormait profondément, entourée de ses doudous, le lit couvert de peluches. Elle ne réagit pas quand il l'embrassa sur la joue.

Thomas se laissa tomber dans le canapé tout en continuant d'écouter le rapport de Nora. Quelques poupées d'Elin traînaient dans un coin, il les ramassa et les posa sur la table. La moitié de l'appartement ressemblait à un magasin de jouets.

« Mina a parlé du frère de Kovač, Emir, dit Nora. Apparemment, il avait une dent contre Dino, tu étais au courant ? »

Il ne s'était écoulé que quatorze heures depuis la découverte du corps d'Herco. Même s'ils avaient appelé des renforts et travaillé d'arrache-pied toute la journée, il restait encore une infinité de vérifications à faire. Il leur fallait reconstituer un puzzle grand comme l'Atlantique, et ils n'avaient fait que commencer un coin. Et la plupart des pièces leur manquaient encore.

Thomas se leva et alla chercher un stylo à la cuisine. À défaut de papier, il prit le journal du jour qu'il n'avait comme d'habitude pas eu le temps de lire et nota dans une marge : *Vérif. frère, Emir Kovač. Hostile.*

C'était un début.

« D'après Mina, Emir est pire que son frère, reprit Nora. Un type brutal. Elle aimait bien Dino, mais détestait son beau-frère.

– Charmante famille.

– Au fait, vous avez réussi à cueillir Andreis Kovač pour l'interroger ? s'enquit Nora.

– Pas du tout. La patrouille ne l'a pas trouvé et son avocate prétend qu'il est malade. »

Nora ricana.

« Je t'avais bien dit qu'elle était pénible. Pour Ulrika Grönstedt, manipuler la procédure pénale est un sport.

– Nous devrions peut-être plutôt aller interroger Mina. Nous allons nous aussi avoir besoin de l'entendre.

– Vas-y doucement. Elle est très fragile en ce moment. »

On entendait à l'arrière-fond des bruits de doigts sur un clavier. Thomas imaginait l'appartement de Nora à Saltsjöbaden. Ils étaient bien installés, tout en haut d'un immeuble de trois étages, avec une belle vue sur la mer. Presque l'ambiance de l'archipel, à seulement vingt minutes de voiture du centre-ville. La Baltique sous les yeux, la forêt à deux pas. Que désirer de plus ?

Soudain, Thomas eut une violente envie d'Harö.

« Mina a-t-elle dit autre chose d'intéressant ? demanda-t-il.

– Pour moi, ça suffit largement, répondit Nora. Je vais tout regarder de près demain, mais il devrait y avoir de quoi l'envoyer en prison. Même si ton enquête n'est pas encore arrivée à ce stade.

– Je n'ai pas besoin de raison particulière pour l'arrêter. »

Nora lâcha un petit rire.

« En tout cas, je vois que tu es confiant. Mais j'ai encore quelque chose pour toi. Tu te demandais si Kovač était gaucher. La réponse est oui. »

100.

Herman recula de quelques pas dans le couloir. Kovač le suivit de près.

Herman n'avait jamais été une personne particulièrement courageuse. Il savait qu'il ne faisait pas le poids face à un homme comme Kovač. Mais il ne pouvait pas lui révéler où Mina s'était cachée. Ce serait la condamner à mort, il en avait l'absolue certitude.

Andreis Kovač avait franchi une frontière. Ses yeux étaient fous, il n'avait qu'un but en tête. Obtenir de force l'adresse de Mina pour pouvoir aller la chercher.

Le cerveau d'Herman n'avait jamais travaillé aussi vite, il moulinait à toute allure pour essayer d'évaluer ses alternatives.

Son portable était dans sa serviette. Il n'aurait pas le temps de l'atteindre avant que Kovač soit sur lui.

Il n'avait plus de ligne fixe, il avait résilié son abonnement l'année précédente, puisque plus personne ne l'utilisait, à part des démarcheurs louches.

Le sang tambourinait à ses oreilles.

Il était seul chez lui avec un criminel brutal, une personne qui avait presque battu à mort sa femme. Un homme qui semblait prêt à tout pour la punir de l'avoir quitté.

Herman entendait sa propre respiration rauque.

La pénombre renforçait l'impression d'irréalité. Un gros mouton de poussière qu'il n'avait pas encore remarqué se cachait dans un coin, la femme de ménage devait l'avoir raté quand elle était venue, quelques jours plus tôt.

Les ombres grandissaient.

« Dis-moi où elle est », répéta Kovač.

Il n'était pas rasé. Ses pousses de barbe noires renforçaient son air effrayant.

Ça n'est pas en train d'arriver.

Herman chercha une arme, n'importe quoi qu'il puisse utiliser pour se défendre. À la cuisine, il y avait des couteaux. Aurait-il le temps d'y arriver ?

Mais Kovač semblait lire dans ses pensées. Il leva la main pour le mettre en garde :

« Sinon je vais te faire mal », dit-il d'une voix sourde.

Herman recula encore jusqu'à la bibliothèque où un instant auparavant il était tranquillement installé avec son livre et son cognac.

Tout avait l'air comme d'habitude. La fugue de Bach en *ré* mineur se déroulait en fond sonore.

Sans le quitter des yeux, Kovač s'approcha de la chaîne et augmenta d'un coup le volume. La pièce s'emplit de puissantes notes dramatiques qui augmentaient d'intensité à mesure que le tempo accélérait. Le son se répercutait entre les cloisons, les vibrations se transmettaient dans le corps tremblant d'Herman.

Les voix de l'orgue s'entrelaçaient.

La sueur coulait de sa lèvre supérieure mais il n'osait pas lever la main pour l'essuyer.

Il n'osait rien faire.

Son regard allait et venait entre les trois fenêtres de la bibliothèque et la rue. L'appartement en vis-à-vis était plongé dans le noir. Personne pour voir qu'il était en danger.

Il était vain de crier, il ne couvrirait jamais la musique pour faire comprendre aux voisins qu'il avait besoin d'aide.

Kovač attendait une réponse.

Il se campa devant la porte de la bibliothèque. Son visage était dans l'ombre mais la lumière du couloir formait un halo flou au-dessus de sa tête.

Il avança d'un pas.

Herman fixait Kovač, comme hypnotisé. Il avait reculé dans la pièce jusqu'à être acculé devant la cheminée. Sa chemise était trempée de sueur, son tissu si humide qu'il collait au linteau gris.

Sur la petite table, le verre de cognac qu'il avait posé quand on avait sonné à la porte.

L'adrénaline montait par vagues. La pièce tanguait.

Kovač arriva sur lui.

« Dis-moi où elle est. »

Comme dans un rêve, Herman tendit la main et saisit le verre. Une seconde d'hésitation, puis il le lança de toutes ses forces sur Kovač.

Celui-ci tourna la tête et le verre décrivit un arc de cercle, passant très loin de sa cible.

Le verre se fracassa par terre.

Herman regarda fixement sa tentative ratée de résistance.

Kovač eut un étrange sourire. Puis il se pencha pour ramasser le plus gros éclat, le pied du verre, encore intact. Il se terminait par un bout tranchant qu'il pointa sur lui.

La lumière scintilla dans le cristal brisé.

« Je vous en prie », murmura Herman.

Les riches accords de Bach emplissaient ses tympans quand Kovač marcha sur lui en brandissant le tesson coupant.

JEUDI

101.

Quand Mina se réveilla vers cinq heures pour aller aux toilettes, quelque chose lui manquait. Il lui fallut quelques secondes pour comprendre d'où venait cette impression étrange : le poids qui pesait habituellement sur sa poitrine, pressentiment d'une catastrophe imminente, avait disparu.

Elle l'avait fait.

Elle avait raconté les agressions et les abus d'Andreis, montré les photos secrètes à des tiers. Elle avait ouvertement pris position contre son mari.

Son cœur se mit à battre de plus belle à cette pensée. Difficile de croire qu'elle avait été aussi courageuse. Qu'elle avait fini par oser se lever, pour elle et pour Lukas.

Les photos des violences qu'elle subissait étaient son plus profond secret. Elle avait tellement honte, il était impossible de les montrer à quiconque. Personne ne devait être au courant.

À présent, elle avait fait un pas irrévocable.

Mina se glissa dans les toilettes, puis regagna sa chambre. Le jour commençait à poindre, une aube grise filtrait sous le store. Le soleil allait se lever.

Elle se blottit sous la couette et ferma les yeux. Anna-Maria lui avait assuré qu'elle avait fait le bon choix. Elle n'aurait plus jamais à avoir peur d'Andreis.

Et pourtant, les larmes lui montèrent aux yeux.

Elle avait du mal à le croire vraiment. Qu'elle était en

sécurité. Mais elle se sentait en confiance, plus que depuis des années. Elle faisait confiance à Nora et Leila quand elles lui disaient qu'elle était protégée et qu'Andreis ne parviendrait pas jusqu'à elle.

Leila n'était pas comme les autres policiers qu'elle avait rencontrés. De grands costauds qui avaient essayé de la pousser à témoigner contre Andreis. Ils avaient clairement manifesté leur frustration en voyant qu'elle refusait de collaborer. Parfois, ils levaient les yeux au ciel en soupirant devant ses explications. L'un d'eux lui avait dit qu'elle n'avait à s'en prendre qu'à elle-même, avec ses excuses si limpides que n'importe qui voyait bien qu'elles étaient inventées.

Leila n'était pas comme ça, elle était de son côté, même si elle avait semblé dure au début.

Anna-Maria la soutenait elle aussi. Elle était déjà comme une amie. Mina n'aurait jamais imaginé qu'il y ait tant de personnes prêtes à l'aider.

Elle se releva sur la pointe des pieds et emporta la couette jusqu'au fauteuil, devant la fenêtre.

Ces derniers jours, elle s'était souvent assise là. Cet endroit avait quelque chose d'apaisant, avec cette vue imprenable sur la mer en contrebas. De temps à autre, un bateau traversait le détroit, même si c'était encore tôt dans la saison.

On imaginait facilement comme ce serait beau d'ici quelques mois, quand tout aurait éclos. Des bourgeons en oreilles de souris poussaient déjà sur les bouleaux, et annonçaient en chuchotant un printemps précoce. Quelques semaines de chaleur et ce serait une explosion de fleurs dans la verdure et les cerisiers.

Rien ne sentait aussi bon que les cerisiers en fleur.

Mina remonta la couette sur son menton et s'y blottit. Dehors, les petits oiseaux gazouillaient dans la lueur de l'aube. Ce serait bientôt mai, le plus beau mois de l'année. Les soirées claires allongeaient, il y avait de l'été dans l'air.

Tout allait s'arranger. Elle allait refaire sa vie avec Lukas.

Elle n'aurait plus peur.

102.

La salle de réunion était pleine quand Thomas en franchit le seuil, les yeux collés de fatigue. Encore une nuit où il n'avait réussi à s'endormir qu'aux petites heures du matin. Le manque de sommeil se faisait sentir, et Elin avait été particulièrement geignarde sur le chemin de l'école.

C'était un mauvais matin. Il n'avait toujours pas appelé Pernilla et il savait qu'il lui fallait envoyer un message à sa mère pour arrondir les angles après leur discussion de la veille.

Aram, déjà installé à côté de Staffan Nilsson, le salua de la main. La plupart des renforts s'étaient regroupés à l'autre bout de la table. Thomas ne reconnaissait personne : depuis qu'ils avaient déménagé à Flemingsberg, tout était immense et anonyme.

Aucune amélioration.

« Couché tard ? » demanda Aram quand Thomas s'assit en face de lui.

Ça se voyait donc tant que ça ?

Il allait balbutier une explication quand l'arrivée de Margit le sauva. Elle referma la porte derrière elle tout en tenant en équilibre un gobelet de café sur une pile de documents. Elle fit signe à Nilsson de commencer.

« Dis-nous où nous en sommes », lui demanda-t-elle en alignant les papiers qu'elle avait lâchés en vrac sur la table.

Staffan Nilsson montra les photos de Dino Herco et du

lieu de la découverte de son corps, collées au large tableau blanc. Les agrandissements montraient clairement les lésions au visage et aux poignets. D'autres photos étaient prises un peu plus loin en forêt, où une patrouille accompagnée de chiens avait découvert les traces d'une voiture stationnée. L'empreinte des pneus avait été relevée, mais il y avait des milliers de voitures munies de ce modèle. C'était comme chercher une aiguille dans une botte de foin.

« Commençons par la victime, dit Nilsson. Le corps se trouve actuellement à Solna, à l'institut médico-légal. Malheureusement, ils ont une longue file d'attente en ce moment, il va falloir patienter une bonne semaine pour les résultats de l'autopsie. »

Margit soupira.

« Je suis cependant à peu près certain qu'ils vont confirmer nos propres conclusions, continua Nilsson.

– À savoir ? demanda la chef du service.

– Que le coup de feu a été immédiatement mortel et qu'il a été tiré par quelqu'un qui se tenait à côté de lui ou de biais derrière lui. »

Il n'y avait rien de neuf dans cet exposé. Était-ce une manière pour Nilsson de gérer sa propre frustration devant l'encombrement chronique de Solna ? Tout le monde était à cran à cause du manque de ressources.

« Est-ce que tu peux nous dire quelque chose qu'on ne sait pas déjà ? »

Le ton de Margit était inhabituellement cassant.

« Il ne s'est écoulé que vingt-quatre heures, rétorqua Nilsson. Nous n'avons ni lieu, ni arme du crime, ni balle. » Il se cala au fond de son siège, bras croisés. « À quoi tu t'attendais ? »

Ils n'étaient pas là depuis dix minutes que l'ambiance tournait déjà à l'aigre.

Thomas essaya de forcer ses neurones fatigués à se concentrer. Peut-être faisaient-ils malgré tout fausse route en braquant leurs soupçons sur Kovač ? Il pouvait s'agir d'une action punitive d'un autre groupe de trafiquants de drogue qui voulaient le territoire. Dans ce cas, les assassins avaient plutôt voulu envoyer un message à Kovač en s'attaquant à son homme de confiance.

Mais Leila avait l'air sûre de son fait quand elle avait argumenté en faveur de la piste Kovač. À ses yeux, il n'y avait pas l'ombre d'un doute, il était l'auteur du meurtre de Dino Herco.

Nilsson continuait de rendre compte de ses conclusions tandis que l'attention de Thomas s'envolait.

La voix de Margit le ramena à la réalité.

« Qu'est-ce que tu en dis, Thomas ?

– Pardon ? »

Tout à coup, tous le fixaient.

Margit le fusilla du regard, mais répéta sa question.

« Tu devais te coordonner avec l'Agence de lutte contre la criminalité financière. Ça a donné quelque chose ?

– Tout à fait. J'ai parlé avec la procureure en charge du dossier hier soir », dit-il sans mentionner le nom de Nora.

Margit savait déjà que c'était elle qui dirigeait l'enquête.

« À l'ALCF, ils sont persuadés que c'est Andreis Kovač, le chef d'Herco, qui est à l'origine de ce meurtre, reprit-il. Eu égard à son histoire et à ses relations avec la victime. Ils le décrivent comme un individu sans scrupules et dangereux. J'ai aussi parlé avec les Stups qui ont surveillé Kovač pendant une longue période : ils partagent cet avis. »

Puis il eut un blanc, impossible de se rappeler quoi que ce soit de sa conversation de la veille avec Nora. Ni des conclusions des Stups.

Il fallait qu'il parvienne à dormir une nuit complète, sans quoi il n'arriverait bientôt plus à faire son travail.

Aram lui jeta un regard soucieux.

Sa mémoire se remit en marche.

« La procureure m'a également confirmé que Kovač est gaucher, ce qui correspond aux blessures observées sur le visage de la victime. »

Nilsson se dérida un peu en entendant cette dernière information, qui confirmait sa propre hypothèse.

Margit nota quelque chose.

« Donc ce serait bien que vous l'arrêtiez pour l'interroger au plus vite, conclut-elle.

– Nous faisons de notre mieux », se dépêcha d'assurer Aram, comme s'il n'était pas certain que Thomas sache quoi répondre.

Bosnie, mai 1993

Le regard de Zlatko se ficha au fond de celui de Selma. Elle tenait toujours son portefeuille, bien en vue.

En quelques secondes, il était sorti du lit et l'avait rejointe. Elle se baissa instinctivement, même s'il n'avait pas encore levé la main.

« Qu'est-ce que tu fabriques ? »

La méfiance brillait dans ses yeux.

« Il était tombé, balbutia-t-elle en se creusant pour trouver une explication plausible. Je voulais juste le ramasser. »

Elle le posa sur la commode en essayant de cacher les billets dans sa main gauche.

« Tu m'as pris de l'argent ? »

Pour la première fois de leur mariage, Selma aurait aimé que son mari ait bu outre mesure. Alors, elle aurait pu le quitter, partir de son côté. Elle se serait consolée en se souvenant qu'ils s'étaient aimés jadis, avant la guerre.

Avant que tout ne se transforme en cendres.

C'en était trop.

« Nous partons demain matin, sanglota-t-elle. On ne peut plus rester. On va mourir. »

Il ne comprenait toujours pas de quoi elle parlait.

« Pardon », dit-elle, un sanglot dans la gorge.

Elle entendit le désespoir de sa propre voix.

« Je t'aime encore, murmura-t-elle, et elle savait que c'était vrai. Mais je dois sauver les enfants. »

Dans quelques secondes, il allait perdre le contrôle. Ça ne devait pas l'empêcher de mettre les garçons à l'abri. Même s'il l'assommait à moitié, elle veillerait à ce qu'Emir et Andreis grandissent dans un pays sans guerre ni massacres.

L'amour pour son mari existait encore, malgré tout ce qui s'était passé entre eux depuis un an, mais rien n'était plus fort que l'amour qu'elle portait à ses enfants.

« Nous partons demain matin avec Blanka et Dario, murmura-t-elle. Elle dit qu'on peut rejoindre la Hongrie par la Croatie. Nous allons en Suède, ils nous accueilleront. »

Le regard de Zlatko changea. La colère et l'amertume qui empoisonnaient depuis si longtemps leur relation disparurent. Il l'attira à lui et la berça quelques secondes.

Selma ne savait pas quoi penser.

Allait-elle oser se laisser aller dans ses bras ?

« Dans ce cas, je viens avec vous », murmura-t-il.

Zlatko caressa ses cheveux qui avaient pris ces derniers mois des reflets argentés aux tempes.

« Tu avais raison depuis le début, murmura-t-il. J'étais juste trop têtu pour l'admettre. »

Selma n'arrivait pas vraiment à réaliser que c'était vrai mais, pour la première fois depuis bien des mois, elle versa des larmes, non de tristesse ou d'inquiétude, mais de joie.

« Je n'abandonne pas ma famille, dit Zlatko en la serrant plus fort. On part ensemble demain matin. Une famille, ça reste uni. »

103.

Ulrika n'avait pas réussi à se concentrer de la matinée, alors qu'elle avait beaucoup à faire pour se préparer au procès de l'après-midi. Un de ses clients était mis en examen pour l'attaque d'un fourgon de transport de fonds, et se morfondait en détention préventive.

Dans quelques heures, elle devait prendre sa voiture et descendre au tribunal de Södertörn. D'ici là, il fallait qu'elle fignole sa plaidoirie et vérifie quelques points de jurisprudence.

Nico l'accompagnerait.

On frappa à la porte.

« Oui ? »

Son assistant était sur le seuil, une pile de papiers à la main, sans doute les jugements qu'elle lui avait demandé de repêcher en urgence.

« Pardon, fit-il, à quelle heure partons-nous ?

– Midi et quart. »

Ulrika lui lança un regard noir.

« Tu n'as pas d'agenda pour tenir tes horaires ?

– Si, pardon. »

Nico entra sur la pointe des pieds pour lui remettre les documents. Puis il se retira.

« La porte ! » cria-t-elle derrière lui.

Ulrika savait que son irritation pouvait paraître disproportionnée mais ses nerfs étaient tendus comme une corde de violon. Kovač ne s'était toujours pas manifesté, malgré tous les messages qu'elle avait laissés sur son répondeur.

Elle avait aussi essayé de joindre Herman Wibom, mais personne ne répondait sur son portable. Elle hésitait à appeler sa secrétaire, ne voulant pas éveiller d'inutiles soupçons.

Quand son fixe sonna, elle saisit si violemment le combiné que l'appareil faillit tomber par terre.

C'était le réparateur de machine à laver qui avait un empêchement : était-il possible de reporter à la semaine prochaine ?

Ulrika raccrocha. Puis balaya la pile de jugements que Nico venait d'apporter. Les papiers volèrent dans tous les sens et s'éparpillèrent tels des flocons de neige sur le tapis.

Merde.

Une dernière feuille glissa du bureau et tomba comme une feuille morte.

Où était donc passé Kovač ?

Ulrika saisit son portable et composa une dernière fois son numéro.

« Allô ? » grommela quelqu'un.

Ulrika n'arrivait pas à savoir si elle l'avait réveillé ou s'il était ivre.

« Vous n'avez pas eu mes messages ? s'exclama-t-elle.

– Je dors, dit Kovač. Pas le courage de causer, là. »

La ligne se coupa. Ulrika regarda bêtement l'appareil. Mais pour qui diable se prenait-il ?

Elle saisit un sms :

Rappelez-moi!!!

Trois points d'exclamation, pour souligner la gravité de la situation. Il s'en foutrait probablement, comme il ignorait tout ce qu'il ne jugeait pas digne d'intérêt.

L'impatience la rongeait.

Sans se soucier des feuilles en désordre qui jonchaient le sol de son bureau, elle composa le numéro d'Herman Wibom. Ça sonna dans le vide jusqu'à ce que la boîte vocale prenne le relais. Elle raccrocha sans laisser de message et inspira à fond.

Elle chercha alors le numéro fixe de son cabinet, dont elle composa les sept chiffres.

Sa secrétaire répondit. Ulrika reconnut sa voix, elle avait une bonne mémoire des personnes.

« Je cherche maître Herman Wibom, dit-elle sans se présenter.

– C'est de la part de... ? »

Ulrika hésita. Personne ne pouvait contester qu'elle avait un motif légitime pour contacter Wibom. Elle était le conseil d'Andreis Kovač. Elle pourrait toujours dire qu'elle souhaitait savoir comment allait son fils.

« Ulrika Grönstedt », dit-elle à contrecœur.

Un bref silence.

Ulrika attendit en retenant son souffle. Elle espérait toujours qu'on lui passerait Wibom, que ses pressentiments se révéleraient infondés.

« Je suis désolée, répondit la secrétaire. Il n'est pas là.

– Quand revient-il ?

– Je ne sais vraiment pas, il n'a pas donné de nouvelles de toute la journée. »

104.

Il faisait gris, mais bon. Mina décida d'aller faire un tour avec Lukas.

Elle le borda dans la poussette et s'engagea sur la grand-route. Anna-Maria lui avait parlé du manoir de Solberga, une exploitation familiale au sud de Runmarö qui pratiquait l'agriculture et l'élevage de moutons. Il y avait apparemment une jolie boutique de produits de la ferme. Peut-être y trouverait-elle une belle peau de mouton pour la poussette de Lukas ?

Il s'endormit au bout de dix minutes à peine.

Mina baignait toujours dans le sentiment de confiance éprouvé à son réveil : comme une consolation qui lui faisait chaud au cœur. Elle ne s'était pas sentie ainsi depuis longtemps.

Presque gaie.

Ça faisait du bien de bouger, elle n'avait plus aussi mal aux côtes et son apparence était redevenue normale, pourvu qu'elle utilise un peu de maquillage. Son habituelle séance de jogging lui manquait même. Peut-être pourrait-elle demander à quelqu'un de Friggagården de lui garder Lukas demain matin, pour qu'elle puisse essayer de courir à nouveau ?

Elle franchit le pont vers Storön et continua le long du canal de Runmarö. Il n'y avait personne mais ce n'était pas grave. C'était bon d'être tranquille. Ces derniers jours, il y avait eu des arrivées à Friggagården, il y avait du monde partout.

Son portable sonna au moment où la route s'écartait de l'eau. Mina décrocha sans regarder qui c'était.

Son cœur se mit à battre. Comment avait-elle pu être aussi imprudente ? Effrayée, elle fixa l'écran, avant de s'apercevoir qu'il n'y avait pas de raison d'avoir peur.

Ce n'était pas Andreis qui appelait pour la tracasser, c'était juste son père.

« Salut, papa ! s'exclama-t-elle gaiement. Comment va maman ?

– Mina, ma chérie. »

Sa voix se brisa, elle n'entendit plus que des sanglots.

« Papa ? »

Le bruit de ses pleurs lui glaça le sang.

« Papa ! haleta-t-elle. Qu'est-ce qui s'est passé ?

– C'est maman.

– Quoi, maman ?

– Elle... Elle n'est plus là.

– Qu'est-ce que tu veux dire ?

– Maman est partie il y a une heure. »

Mina tituba. Ça ne pouvait pas être vrai. Elle faisait un cauchemar, comme l'autre jour. En réalité, elle était dans son lit, elle allait bientôt se réveiller et tout serait comme d'habitude.

Comme ce matin, quand elle était presque heureuse.

« Ma chérie, je suis tellement désolé. »

La voix de son père parvint jusqu'à la conscience de Mina.

Elle lâcha la poignée de la poussette et se plia en deux. Son portable lui échappa et tomba par terre.

Non, non, non.

Elle vomit violemment au milieu de la route.

Au loin, elle entendait la voix de son père qui criait son prénom.

« Mina ? Allô ? Tu es toujours là ? »

Mina continua de vomir jusqu'à ce qu'il ne reste plus

rien dans son estomac. À la fin, elle ne rendait plus qu'une glaire translucide qui lui brûlait la gorge.

« Mina ? » appela à nouveau son père.

Lentement, elle se remit à respirer. Elle ramassa le portable et essaya de redresser son dos. Dut s'appuyer à la poussette pour ne pas s'effondrer.

Ça faisait si mal.

« Pardon, parvint-elle finalement à lâcher. J'ai fait tomber mon portable. »

Ses mains tremblaient tellement qu'elle arrivait à peine à tenir le téléphone contre son oreille. Elle força sa voix à lui obéir.

« Qu'est-ce qui s'est passé ? parvint-elle à articuler.

– L'état de maman s'est dégradé cette nuit. J'ai cru qu'ils allaient la sauver : l'autre jour, elle avait été mal, mais son état s'était stabilisé. Mais là, elle a simplement cessé de respirer. »

Mina était incapable de parler.

« Ils n'ont rien pu faire. Les docteurs et les infirmières sont arrivés, mais c'était trop tard. Son infarctus a été trop violent, avec un cœur tellement affaibli. »

Il sanglota.

« Elle est partie à neuf heures moins vingt ce matin. Je suis resté près d'elle depuis. Je ne pouvais pas juste me lever et m'en aller. Je lui ai tenu la main jusqu'à ce qu'ils viennent s'occuper d'elle. »

Mina fixait les restes de son petit déjeuner dans les graviers poussiéreux. Son vomi sentait mauvais et une bouillie rose et grumeleuse avait éclaboussé une de ses bottes. Des pousses d'herbe vert clair dépassaient de ce plâtras dégoûtant.

Des larmes coulaient sur ses joues.

« Maman avait l'air tout à fait paisible dans son lit, chuchota son père. C'est comme si elle avait murmuré ton nom avant de s'endormir. Ta maman a pensé à toi jusqu'au bout. Tu dois toujours t'en souvenir. »

Impossible de réaliser que maman ne l'embrasserait plus

jamais, ne prendrait plus jamais Lukas dans ses bras. Ne la consolerait plus jamais d'une petite tape sur la joue.

Mina transpirait et en même temps tremblait de froid.

« Elle t'aimait, Mina. » La respiration de son père était irrégulière. « Elle n'a pas souffert. Le personnel me l'a assuré, elle n'a pas eu mal. »

La culpabilité vidait les poumons de Mina.

Tout était sa faute.

Si elle ne s'était pas mise avec Andreis, rien de tout ça ne serait arrivé. Il ne serait pas allé menacer papa et maman. Si elle n'avait pas épousé Andreis, maman serait toujours en vie.

Mina manœuvra la poussette et commença à revenir sur ses pas, par là où elle était arrivée quand tout allait encore bien.

C'était fini, à tout jamais.

« Je viens à l'hôpital, dit-elle. Il faut que je la voie une dernière fois.

– Non, tu ne dois pas faire ça. »

Son père avait lâché ça dans un sanglot.

Il avait dit la même chose la dernière fois, et elle l'avait écouté.

À présent, maman était morte, et elle n'avait pas eu le temps de lui dire adieu. Elle ne pouvait plus rester sur cette île, il fallait qu'il le comprenne.

« Il faut que je la voie.

– C'est la seule chose que je te demande. »

Il pleurait à présent à gros sanglots.

« Je ne peux pas te perdre toi aussi. Reste où tu es, promets-le-moi. C'est moi qui vais venir te trouver. Dès que tout sera fini ici. J'arrive dès que possible, au plus tard demain. »

Mina céda à nouveau.

« OK, murmura-t-elle.

– Promis, j'arrive vite, mon cœur. Où es-tu ?

– À Friggagården, sur Runmarö. Juste en face de Stavsnäs. »

105.

Nora avait les épaules raides après plusieurs heures passées à travailler devant l'ordinateur. Mais ça en valait la peine : elle avait passé en revue et analysé d'un point de vue juridique toutes les photos du compte mail secret de Mina.

Ces preuves changeaient tout. C'était plus qu'elle n'avait osé espérer : Kovač avait depuis longtemps dépassé la limite du simple chef d'accusation de violences, il pouvait désormais être mis en examen pour violences conjugales aggravées.

Peine maximale six ans.

Sur ces bases, elle pouvait le faire arrêter et écrouer. Thomas aurait lui aussi accès à ces documents : les charges contre Kovač gonflaient d'heure en heure.

Il était temps de voir Herman Wibom.

Il avait pris rendez-vous avec elle à treize heures, il était maintenant treize heures dix et personne n'avait appelé de l'accueil pour signaler son arrivée. Étrange qu'il n'ait pas prévenu s'il avait un empêchement. Maître Wibom avait communiqué de quoi il s'agissait, une injonction d'éloignement à l'adresse du mari de Mina. Nora était plus que disposée à l'appuyer.

Maintenant, il fallait vraiment qu'il arrive, elle n'avait pas toute la journée. À quatorze heures, elle avait déjà son rendez-vous suivant avec deux comptables, dans le cadre d'une autre affaire.

Elle prit son téléphone mais Wibom ne répondait pas sur son portable. Nora hésita, puis googlisa le numéro de son cabinet, qu'elle appela.

Une femme d'un certain âge répondit à la deuxième sonnerie, et Nora se présenta comme procureure de la Chambre auprès de l'ALCF.

« Sauriez-vous par hasard si Herman s'est mis en route pour venir ici ? demanda-t-elle. Nous avions rendez-vous il y a un quart d'heure.

– En fait, je ne sais pas où il est passé, dit la secrétaire de Wibom, Gunilla quelque chose.

– Ah non ?

– Cela ne lui ressemble pas du tout de ne pas donner de nouvelles. »

Quelque chose dans sa formulation fit réagir Nora.

« Que voulez-vous dire ?

– Il n'est pas venu de la journée, alors que nous avons beaucoup à faire. Il a même travaillé après la fermeture hier soir, ça n'arrive plus très souvent maintenant. »

Elle lâcha un rire nerveux.

« Vous ne lui avez pas parlé aujourd'hui ? demanda Nora.

– Non.

– Vous avez essayé son portable ?

– Oui, mais personne ne répond. »

Nora se leva et s'étira le dos pour stimuler sa circulation.

« J'ai aussi essayé de joindre le portable d'Herman, sans succès », dit-elle en pliant le cou d'avant en arrière plusieurs fois de suite pour assouplir ses muscles.

Elle sentit de gros nœuds sous sa peau en se massant les épaules du bout des doigts. Il fallait qu'elle fasse plus d'exercice, sans quoi elle allait au-devant de problèmes.

« Vous pensez qu'il a pu lui arriver quelque chose ? » demanda la secrétaire.

Elle avait l'air d'avoir déjà réfléchi en ces termes avant que Nora appelle, sans oser vraiment se l'avouer.

« Et si Herman s'était cogné ou était tombé gravement malade ? ajouta-t-elle. Il vit seul, vous le saviez peut-être ? »

Nora ignorait la situation familiale d'Herman Wibom mais, à vrai dire, elle n'était pas particulièrement surprise. Il montrait tous les signes du célibataire endurci.

« Est-ce que quelqu'un pourrait tout de suite aller chez lui voir comment il va ? proposa la procureure. Pour que vous soyez rassurée, je veux dire.

– Je ne sais pas qui a la clé de son appartement.

– Peut-être un voisin pourra-t-il vous aider ? »

Gunilla parut soudain plus résolue.

« Je peux aller sonner chez lui à la fin de ma journée. Ce n'est pas très loin du bureau. Il habite à Vasastan.

– Bonne idée, dit Nora. Merci de me tenir au courant quand vous l'aurez joint. »

106.

À son retour, Mina trouva Friggagården vide. Elle se demanda d'abord où tout le monde était passé, puis se souvint qu'en début de semaine, Anna-Maria avait parlé d'une excursion à Sandhamn. Mina avait décliné, mais visiblement toutes les autres y étaient allées.

Elle mit la poussette à l'abri et souleva Lukas.

Devant ses gazouillis ravis, l'émotion la saisit à nouveau. Maman n'entendrait jamais ses premiers mots, ne verrait jamais ses premiers pas.

Mina ne la reverrait jamais plus.

La porte du bureau d'Anna-Maria était entrouverte. Quand Mina l'aperçut, elle ne put contenir son désespoir. Son visage se défit.

Anna-Maria se précipita. Elle lui prit doucement Lukas et conduisit Mina jusqu'au canapé du salon.

« Qu'est-ce qui se passe ? Dites-moi.

– Maman », murmura-t-elle.

Anna-Maria entreprit d'ôter à Lukas sa combinaison bleu marine. Il avait déjà le visage rouge et commençait à agiter ses petits poings. Une fois débarrassé du vêtement chaud, il sembla à nouveau satisfait.

« Dites-moi ce qui s'est passé, dit-elle.

– Papa a appelé... », commença Mina, incapable d'aller plus loin.

Anna-Maria coucha Lukas dans un coin du canapé de manière à ce qu'il puisse gigoter sans dégringoler par terre.

« Maman est morte », lâcha enfin Mina avant de s'effondrer.

Elle pleurait tant qu'elle en tremblait.

« Comment est-ce arrivé ? finit par demander Anna-Maria.

– Elle est partie ce matin, à l'hôpital Sud, renifla Mina. Papa était auprès d'elle, mais je n'y étais pas.

– Je suis désolée.

– Je n'y étais pas, répéta Mina. Elle est morte sans que je sois avec elle. Je n'ai pas pu lui dire au revoir. »

Anna-Maria posa la main sur son épaule et la serra doucement contre elle. Elle avait elle aussi les larmes aux yeux.

« Vous n'y pouviez rien.

– Vous ne comprenez pas. C'est ma faute si elle est morte. »

Andreis avait fait ça contre ses parents. Contre elle. Elle le haïssait.

« Je n'ai plus la force. Je n'en peux plus, c'est impossible. »

Elle pencha le front vers ses genoux et ferma les yeux. Même quand Lukas était né, elle n'avait pas eu aussi mal.

Anna-Maria la laissa pleurer. Elle la tenait contre elle, tandis que Mina hoquetait et reniflait.

Les larmes et la morve lui coulant du nez, la jeune femme finit par se redresser.

« Ça va aller mieux, peu à peu, lui dit tout bas Anna-Maria. Même si c'est difficile à croire maintenant que c'est tout frais. Mais ça va aller mieux, ce ne sera pas toujours aussi affreux, promis. »

Elle lui tendit un des mouchoirs en papier qu'elle semblait toujours avoir sur elle, et Mina s'essuya le visage.

« Venez vous allonger un moment, dit Anna-Maria.

– Il faut que j'aille auprès de papa. Il a besoin de moi. »

Anna-Maria la regarda.

« Il le veut, vraiment ? »

Mina baissa les yeux.

« C'est encore beaucoup trop dangereux pour vous de

quitter Runmarö, dit Anna-Maria. Il doit bien le savoir, lui aussi.

– Il veut que je reste ici », avoua Mina.

Une brusque fatigue s'abattit sur elle, si violente qu'elle n'arrivait plus à porter sa tête. Son cou lui semblait mince et faible, ses paupières lourdes comme du plomb. Elle avait si froid qu'elle en claquait des dents.

« Vous êtes sous le choc, dit la directrice d'un ton qui ne souffrait pas la contradiction. Vous avez besoin de vous reposer.

– Je dois m'occuper de Lukas », murmura Mina.

Anna-Maria prit le bébé et se leva du canapé. Elle saisit Mina par la main et la releva.

« Allez vous coucher un moment dans votre lit. Lukas peut venir un peu avec moi dans mon bureau. Ne vous inquiétez pas pour lui. »

Mina la suivit comme un robot.

Anna-Maria la coucha et la borda avec une couverture supplémentaire.

« Essayez de dormir un peu, dit-elle en lui tapotant la joue.

– Merci, murmura Mina, les paupières closes.

– Ce n'est pas votre faute, chuchota Anna-Maria avant de refermer la porte derrière elle. Vous n'avez pas à vous reprocher la mort de votre maman. »

Mina savait qu'elle avait tort.

107.

Quand Nora regagna son bureau, il était trois heures et demie. Sa réunion avec les comptables s'était éternisée, puis elle avait passé en revue avec Leila les nouveaux éléments permettant d'écrouer Kovač. Si seulement elles étaient sûres que Mina ne change pas d'avis, Nora était prête à le faire arrêter dès ce soir.

Elle décida d'appeler Thomas pour faire le point.

« Comment ça va ?

– Pas terrible, Kovač reste introuvable. On va sans doute bientôt lancer un avis de recherche.

– Nous devons nous coordonner, je compte déposer une demande pour le faire écrouer. »

Nora lui exposa la situation.

« C'est un homme très demandé. »

Le commentaire ironique de Thomas tomba à plat. Il semblait si fatigué. Nora aurait aimé qu'il existe un moyen simple de le faire aller mieux. Une pilule, un bouton où appuyer. Un philtre magique qui arrange tout.

Il avait vécu tant d'années avec Pernilla. Pourquoi fallait-il que les personnes qu'on aime le plus soient celles qui nous font le plus de mal ?

« Ce dont j'aurais vraiment besoin, c'est de parler à Mina, dit Thomas. J'apprécie les éléments que Leila a partagés avec moi, mais j'ai quelques questions que j'aimerais lui poser moi-même, les yeux dans les yeux. »

Nora se débarrassa de ses chaussures sous son bureau. Elle aurait finalement elle aussi voulu parler une dernière fois avec Mina avant d'ordonner formellement l'arrestation de Kovač.

Priver quelqu'un de sa liberté n'était pas une décision à prendre à la légère, et elle n'avait toujours pas entièrement confiance : Mina aurait-elle la force d'aller jusqu'au bout de sa résolution de témoigner contre son mari ?

« Ça te dirait qu'on y aille ensemble ? proposa-t-elle. C'est urgent ?

– Aujourd'hui, ce serait bien. »

Nora regarda sa montre. Elle n'avait pas d'autres réunions.

« Nous pouvons y aller tout de suite, si tu veux. On va à Runmarö voir Mina, puis on dîne ensemble, histoire de bavarder un peu. »

Elle gardait derrière la tête cette thérapeute conjugale dont Jonas lui avait parlé. Si elle abordait le sujet au téléphone, elle savait exactement comment Thomas réagirait : il rejetterait d'emblée l'idée, sans lui laisser le temps d'argumenter.

Face à face, c'était autre chose : là, elle avait une chance de le persuader d'essayer. Avant qu'il ne soit trop tard.

« Nous pourrions même continuer jusqu'à Sandhamn et dîner à l'auberge, poursuivit-elle. Une soirée dans l'archipel, ça te ferait du bien. Tu peux dormir chez nous si tu ne veux pas faire la traversée jusqu'à Harö. »

À Sandhamn, il baisserait peut-être la garde : Thomas se sentait toujours mieux à proximité de la mer.

« C'est gentil, mais je n'aurai pas le temps.

« Le bifteck maison avec sa sauce béarnaise et ses frites, le tenta-t-elle. Tu feras d'une pierre deux coups si tu m'accompagnes. On prendra le premier ferry demain matin, je dois aussi être tôt au bureau.

– Je ne sais pas.

– Tu as toujours Elin ?

– Non. Pernilla la récupère au centre de loisirs aujourd'hui puisque je l'ai eue plus tôt le week-end dernier.

– Eh bien voilà, décida-t-elle. Il y a aussi autre chose dont je voudrais te parler, en tête à tête. »

Thomas capitula.

« J'ai mon bateau à Stavsnäs, dit-il. On peut s'y retrouver à cinq heures et demie, on passera ensemble à Runmarö, puis on continuera jusqu'à Sandhamn. »

Nora hocha la tête avec satisfaction.

« Bonne décision, dit-elle. À tout à l'heure à Stavsnäs. »

108.

Mina fut réveillée par Anna-Maria, penchée au-dessus d'elle, Lukas dans les bras.

« Quelle heure est-il ? murmura-t-elle.

– Dans les cinq heures. Comment ça va ? »

Mina était si groggy qu'elle ne savait quoi répondre. Puis la réalité la frappa de plein fouet.

Maman était morte.

Pourquoi Anna-Maria la réveillait-elle ? Pourquoi ne pouvait-elle pas juste continuer à dormir ?

« Il faudrait que j'aille faire quelques courses, dit la directrice. Vous auriez la force de vous occuper de Lukas un moment ? Il a mangé, il ne devrait pas tarder à s'endormir. »

Mina hocha faiblement la tête.

« Votre père va essayer de venir ici demain, reprit Anna-Maria. Les autres devraient être revenues de Sandhamn vers sept heures. Mais je serai rentrée bien avant. »

Elle alla délicatement poser Lukas dans son lit. Ses gazouillis repus parvinrent aux oreilles de Mina : une raison de faire l'effort de se lever.

109.

Nora était dans le métro. Elle devait changer à Slussen et prendre la direction de Stavsnäs.

Elle était contente d'avoir réussi à persuader Thomas de venir dîner avec elle à Sandhamn, même si elle se mêlait un peu trop de ses problèmes de couple. Mais elle ne pouvait pas rester là sans rien dire quand elle le voyait si malheureux.

La façon dont il parlait de Pernilla montrait que ses sentiments étaient toujours là, il y avait juste trop de débris qui leur barraient la route.

Elle-même avait été tellement désespérée après son divorce que s'il y avait un moyen de sauver le mariage de Thomas, ça valait la peine d'essayer. Adam avait accepté de garder Julia pour la nuit en échange d'une pizza au choix pour lui et sa petite amie.

Son téléphone sonna. C'était la secrétaire d'Herman Wibom.

« Alors ? demanda Nora. Vous avez trouvé Herman ?

– Non. J'y suis allée, j'ai sonné, mais personne n'a ouvert. »

Gunilla semblait essoufflée.

« J'ai entrouvert la boîte aux lettres, reprit-elle, mais impossible de voir à l'intérieur. Je l'ai appelé par la fente mais il n'a pas répondu.

– Il n'y a pas un membre de sa famille que vous pourriez contacter ?

– Il a une sœur à Karlskoga. Je l'ai déjà appelée, mais elle est sans nouvelles de lui. »

Bientôt vingt-quatre heures que personne n'avait parlé à Herman Wibom.

« Ça m'inquiète, dit Gunilla. Au fait, vous n'êtes pas la seule à le chercher et à demander où il est passé.

– Ah ?

– Ulrika Grönstedt a elle aussi appelé plusieurs fois pour demander de ses nouvelles. »

Nora n'aimait pas l'impression qu'elle avait. Bien sûr, Ulrika Grönstedt pouvait avoir une raison parfaitement légitime de chercher Herman Wibom, mais il y avait trop de choses qui ne collaient pas.

Herman Wibom n'avait pas l'habitude de rater un rendez-vous. Ni de ne pas répondre au téléphone.

« Où êtes-vous, actuellement ? demanda-t-elle.

– Au cabinet.

– Pourriez-vous retourner au domicile de Wibom si je vous envoie une policière, Leila Kacim ?

– Oui, tout à fait.

– Je lui demande de venir tout de suite. »

110.

L'immeuble début de siècle dans Roslagsgatan n'était pas aussi cossu que les élégants bâtiments de la même époque du quartier d'Östermalm, mais Leila n'en trouva pas moins impressionnante la hauteur sous plafond quand elle franchit le porche.

Elle prit l'escalier jusqu'au troisième étage. Une femme d'une soixantaine d'années attendait sur le palier, devant une des portes. Ce devait être Gunilla, la secrétaire de Wibom. Elle avait un chignon et portait un manteau clair en poil de chameau.

« Vous êtes Leila ? » demanda-t-elle dès qu'elle l'aperçut.

La nervosité rendait sa voix stridente. Leila tendit la main pour la saluer avec un sourire qu'elle espérait rassurant.

« Il ne répond pas, dit Gunilla en montrant la porte derrière elle. Je n'ai pas arrêté de sonner. »

Sur une petite plaque en laiton au-dessus de la fente de la boîte aux lettres, son nom était inscrit en lettres élégantes : « H. Wibom ».

« Vous avez vérifié avec les voisins si quelqu'un a un double des clés ? » demanda Leila.

Gunilla s'agrippa de plus belle à son sac à main.

« Non. Pardon. Je n'y ai pas pensé. »

Il y avait trois appartements à chaque étage, celui de Wibom était le plus proche de l'ascenseur. Leila commença par aller sonner en face. Après plusieurs tentatives, il fut évident qu'il n'y avait personne.

Elle continua avec celui d'à côté et sonna à plusieurs reprises.

« J'arrive ! » fit une voix endormie.

La porte s'ouvrit et un jeune homme en tee-shirt apparut sur le seuil. Ses cheveux châtains étaient ébouriffés, il devait sortir d'une sieste. Il finissait de boutonner la braguette de son jean.

Leila montra sa carte de police, expliqua la situation et demanda s'il avait un double des clés de chez Wibom.

« Désolé, dit le garçon qui se présenta comme Dagge. Je n'habite ici que depuis cet automne. Je sous-loue.

« Vous souvenez-vous quand vous avez vu votre voisin pour la dernière fois ? »

Dagge haussa les épaules.

« Je ne sais pas bien, dit-il. Nous avons des horaires assez différents. J'étudie la biologie. Je veille souvent tard le soir et je dors le matin quand je n'ai pas cours. »

Il bâilla en se grattant la nuque.

« Pardon, marmonna-t-il. Je me suis couché tard hier soir. »

Leila réfléchit. En tout cas, ce garçon était chez lui dans la journée, contrairement à la plupart de ses voisins. Si quelque chose d'anormal s'était produit chez Wibom, il avait plus de chances de l'avoir remarqué.

« Est-ce que quelque chose a attiré votre attention ces derniers temps ? demanda-t-elle. Dans l'immeuble ? »

Dagge secoua la tête, presque comme s'il ne comprenait pas bien la question.

« Des personnes inconnues dans l'escalier ? tenta-t-elle. Des bruits inhabituels en provenance de chez votre voisin ?

– Non, ou plutôt, si. »

Leila attendit impatiemment la suite.

« C'est-à-dire... hier soir, Herman a passé de la musique très fort.

– C'est inhabituel ? »

Tout ce qui s'écartait de la norme était intéressant.

« Il est tellement discret. Pour être honnête, je n'avais jamais entendu de bruit provenant de son appartement. C'était vraiment très fort.

« Quel genre de musique ?

– Aucune idée. » Dagge s'excusa d'un geste. « Un truc ancien, presque comme de la musique d'église. »

Gunilla retenait son souffle.

« Est-ce que ça pouvait être de l'orgue ? les coupa-t-elle. Herman aime les fugues de Bach. »

Elle paraissait gênée de s'être mêlée à la conversation.

« Je veux juste dire... alors ça devait être lui qui était chez lui.

– Quelle heure était-il, quand la musique a commencé ? demanda Leila.

– Dix heures, environ. Je n'ai pas trop fait attention. »

Il s'appuya au chambranle de la porte, ce qui permit à Leila d'avoir un aperçu du deux-pièces.

Le ménage ne semblait pas figurer en haut de la liste des priorités de ce garçon. Il y avait ici et là du linge sale par terre, et il flottait une faible odeur de tabac froid.

La cloison de la chambre était mitoyenne à l'appartement de Wibom. C'était de là que le bruit devait provenir.

« Qu'avez-vous fait, quand la musique a commencé ? » l'interrogea Leila.

Dagge ne sembla pas comprendre la question.

« Rien de spécial. J'étais en train de bûcher, alors j'ai mis mes écouteurs et j'ai monté le son de ma musique. Ça ne me dérangeait pas.

– Savez-vous à peu près quand la musique a cessé ?

– Non, désolé. J'ai bientôt un partiel, j'étais concentré sur mes révisions.

– Quand êtes-vous allé vous coucher ?

– Après une heure du matin ? Je ne me souviens pas bien.

– Est-ce que la musique était toujours aussi forte ?

– Je ne crois pas. Il devait l'avoir coupée.

– Puis vous n'avez plus rien entendu ?

– Non.

– De toute la nuit ?
– Rien. »

Alors seulement, il sembla saisir que quelque chose n'allait pas.

« Il est arrivé quelque chose à Herman ? Rien de grave, j'espère ?

– Nous n'arrivons pas à le joindre, dit Gunilla en plongeant les mains dans les poches de son manteau. Il ne répond pas au téléphone et il n'est pas venu travailler aujourd'hui. Ça ne lui ressemble vraiment pas. »

Leila se tourna pour examiner la porte de l'appartement de Wibom : pas de traces d'effraction autour ou au-dessus de la serrure, tout semblait normal.

Sauf qu'Herman Wibom semblait s'être évaporé.

Logiquement, il aurait fallu laisser passer vingt-quatre heures, c'était le délai normal avant qu'une personne soit officiellement considérée comme disparue. Si c'était bien Wibom qui avait passé du Bach la veille au soir, ce que tout semblait indiquer, il ne s'était écoulé que dix-neuf heures depuis son dernier signe de vie.

Peut-être Herman Wibom était-il tout simplement en train de rentrer d'une fête particulièrement arrosée, avec une méchante gueule de bois et un téléphone déchargé, ce qui expliquerait qu'il n'ait pas donné de nouvelles ?

Ça ne cadrait pas du tout avec sa personnalité.

Une petite tache sur le sol de marbre juste devant la porte de Wibom attira son attention. Leila se pencha pour voir.

Brun foncé, couleur sang séché.

Son inquiétude grandit.

Leila sortit son portable et composa le numéro du serrurier qu'elle appelait dans les situations d'urgence.

Bosnie, mai 1993

Selma ne pouvait pas dormir. Elle resta éveillée tandis que ses pensées s'emballaient et que l'angoisse se nichait en son sein. La nuit était bien trop sombre, et elle finit par allumer sa lampe de chevet pour refouler les démons des ténèbres.

Un peu après quatre heures, elle se leva et s'habilla.

Le premier rayon de l'aube pointa tandis qu'elle faisait un tour pour dire adieu à sa maison bien-aimée. Elle passa le bout des doigts sur le dossier du canapé, ce meuble qu'elle avait désiré et acheté à force d'économies. Elle toucha la nappe que sa mère avait brodée et la petite figurine en porcelaine qu'elle avait héritée de sa grand-mère et qu'elle avait pris soin d'empêcher les enfants de casser.

Enfin, elle entra dans la cuisine.

Par la fenêtre, elle vit les couleurs éclatantes du jardin. Existait-il un autre pays au monde où la végétation soit d'un vert plus luxuriant, où les roses poussent aussi splendides, avec des pétales aussi parfaits ?

Selma cligna des yeux pour chasser ses larmes.

Peut-être une autre famille emménagerait-elle ici et prendrait soin de ses belles fleurs ? Selma aurait bien aimé le croire, mais savait qu'il était tout aussi probable qu'un obus détruise tout dans une tempête de feu.

Elle alla chercher ses clés et posa le trousseau sur la table.

À quoi bon les emporter en fermant la porte derrière elle ? Elle ne reverrait plus jamais sa maison.

Le cœur si plein de désespoir qu'il aurait dû se briser, elle ouvrit chaque placard en essayant de tout imprimer dans sa mémoire. Il fallait qu'elle se rappelle comment étaient les choses, elle ne pouvait rien emporter d'autre.

Puis elle alla réveiller Andreis.

Il rechigna, ne voulait pas se lever. Elle réussit à l'habiller dans son sommeil et, dès qu'elle eut fini, il roula sur le flanc et se rendormit aussitôt. Elle prépara un petit casse-croûte avec ce qui lui restait dans le garde-manger et changea une dernière fois la couche d'Emir.

La seule chose qui la faisait tenir était que Zlatko les accompagnait.

Toute l'amertume, toute la colère qui s'étaient accumulées cette dernière année s'étaient dissipées comme la brume dans les champs un matin d'été.

Zlatko arriva dans la cuisine. Il lui caressa la joue. Par la fenêtre, elle vit la voiture de Blanka approcher et entrer dans le jardin.

Selma se demanda si on pouvait mourir de chagrin.

Zlatko souleva Andreis, leur sac, et franchit la porte. Selma le suivit, Emir dans les bras.

111.

Se rendre à l'épicerie de Runmarö depuis Friggagården prenait environ quinze minutes.

Anna-Maria aurait préféré ne pas laisser Mina seule en ce moment, mais les réserves de lait pour Lukas étaient presque finies et ne suffiraient pas pour la nuit : il valait mieux qu'Anna-Maria s'en occupe maintenant plutôt que de laisser Mina s'en apercevoir plus tard dans la soirée.

La jeune femme faisait peine à voir. Ce matin, elle avait pour la première fois eu des couleurs aux joues et un nouvel élan. À présent, elle était pire qu'avant, rendue apathique par le chagrin.

Anna-Maria avait depuis longtemps cessé de croire à une puissance supérieure bienveillante, mais il fallait pourtant qu'il y ait une justice. Mina avait déjà tant subi, il fallait que cela cesse un jour.

Pourquoi Dieu ne pouvait-il pas frapper plutôt le mari de Mina, avant qu'il provoque davantage de malheurs autour de lui ? Pourquoi cet homme avait-il le droit de vivre et d'aller et venir librement, tandis que la maman de Mina était morte et que cette dernière devait se cacher ?

Anna-Maria était seule sur la petite route. Elle glissa les mains dans ses poches et découvrit qu'elle avait dû oublier son portable au bureau où il était en train de charger. Ça n'avait pas d'importance, elle serait bientôt rentrée.

Le gravier crissait sous ses pas. Ça faisait du bien de prendre l'air, après tout ce malheur enfermé entre les quatre murs de Friggagården. Les peines de Mina réveillaient chez elle les souvenirs sombres de la perte de Malin, un chagrin qui ne passerait jamais.

Un petit lièvre traversa la route en sautillant et disparut en direction de la prairie où paissaient des moutons.

Anna-Maria essuya avec rage les larmes qui pointaient.

Ça ne finissait jamais de faire mal, malgré toutes les années passées. Le jour où les urgences avaient appelé était resté à jamais gravé dans sa mémoire, comme un tatouage sur une peau fragile qui refusait de cicatriser.

Le fardeau invisible de la douleur.

Elle s'était précipitée à l'hôpital et avait couru dans les couloirs à la recherche de sa fille, crié en pleurant le prénom de Malin, désespérée, ouvrant au hasard les portes d'autres malades ou blessés.

Quelqu'un avait fini par la guider.

Anna-Maria avait à peine reconnu le visage tuméfié de sa fille étendue devant elle.

Gustav était devenu fou, il avait utilisé un marteau.

Les traces sanglantes sur le corps de Malin témoignaient d'une rage tellement insensée qu'Anna-Maria était incapable de la concevoir. Un mal trop énorme pour être compris.

Qu'un être humain puisse faire ça à un autre être humain.

En arrivant à l'hôpital, Anna-Maria s'inquiétait pour le bébé, que cette petite vie ait été abîmée par ces violences. Elle n'aurait jamais imaginé pire, que ni la vie de l'enfant ni celle de Malin ne puissent être sauvées.

Que tous deux mourraient cette nuit-là.

Ensuite, elle était restée seule avec son désespoir. Le personnel de l'hôpital avait allumé une bougie et joint les mains brisées de Malin sur sa poitrine. Les mains avec lesquelles elle avait tenté de protéger son ventre.

Dans le noir, Anna-Maria aurait presque pu imaginer qu'elle dormait.

Pour la première fois depuis bien des années, le visage

de Malin paraissait paisible, l'angoisse et l'effroi avaient fini par quitter sa fille.

Dans la mort, elle n'avait plus à avoir peur.

La flamme solitaire sur la table de chevet avait vacillé toute la nuit. Les heures avaient passé, la bougie s'était consumée. À la fin, une infirmière lui avait chuchoté qu'il fallait s'en aller, que Malin allait être transférée à la morgue.

Le moment était venu de lui dire adieu.

Anna-Maria pressa le pas. Elle marchait vivement, la poussière volait sous ses pieds. Le soleil avait disparu derrière des nuages de plomb, il allait bientôt pleuvoir.

Mina ne connaîtrait pas le même destin que Malin. Anna-Maria n'avait pas l'intention de le permettre.

Peut-être sa venue à Friggagården obéissait-elle à un dessein supérieur ? Peut-être était-ce pour donner à Anna-Maria l'occasion d'aider une autre jeune femme, quand elle n'avait pas pu aider sa propre fille ?

Même si l'avenir de Friggagården était menacé, elle veillerait à ce que Mina ait une nouvelle vie.

La route tournait.

Un peu plus loin arrivait un homme large d'épaules. Il portait une veste en cuir et avait des cheveux sombres lissés en arrière.

Anna-Maria ne le reconnaissait pas, mais il n'était pas de l'île, ses vêtements détonnaient.

Il y avait presque trois cents habitants sur Runmarö, elle avait l'habitude de croiser des visages familiers sur le chemin de l'épicerie. Le carrefour vers le magasin n'était qu'à quelques centaines de mètres.

Elle sentit pourtant instinctivement un danger, alors qu'il faisait jour et qu'elle savait qu'il y avait des gens par ici. L'homme marchait rapidement, d'un pas déterminé.

Quand elle le vit venir droit sur elle, les poils se dressèrent sur les bras d'Anna-Maria.

112.

« Voilà. C'est fait. »

Le serrurier fit un pas de côté pour laisser passer Leila, qui enfonça la poignée. La porte de l'appartement d'Herman Wibom s'ouvrit sans un bruit. Il faisait sombre dans l'entrée, un silence de mort régnait à l'intérieur.

Gunilla haletait derrière elle.

Leila essaya d'avoir une vue d'ensemble.

Un couloir au papier peint sombre s'enfonçait dans l'appartement, on apercevait au bout l'entrée d'une salle à manger et sans doute un salon. Une porte fermée suggérait une chambre à coucher. Plus loin une dernière porte, la pièce qui jouxtait l'appartement du voisin, là où on avait mis la musique.

Elle était elle aussi fermée.

« Hé ho ? essaya-t-elle. Il y a quelqu'un ? »

Une serviette en cuir usé était appuyée contre un mur, ce devait être celle de Wibom. S'il était sorti de chez lui pour aller travailler, elle n'aurait pas dû être encore là. Un autre signe de sa présence dans l'appartement.

Elle attendit encore un peu.

« Il y a quelqu'un ? »

Un tapis persan dans les tons bleus était étendu dans le couloir. Leila reconnut le motif floral de la maison de ses parents, c'était un magnifique tapis Naïn avec des tiges chantournées élégamment entrelacées. Son père aimait beaucoup ce genre-là.

Plusieurs taches irrégulières brun sombre couvraient le beau motif.

La distance entre les taches indiquait que quelqu'un avait marché vers la porte avec des semelles poisseuses.

Quelqu'un de pressé.

Le serrurier était déjà en train de partir, le bruit de ses pas s'éloignait dans la cage d'escalier. Le porche claqua derrière lui quand il quitta l'immeuble.

Le silence revint.

Leila savait qu'elle aurait dû prendre son téléphone pour demander des renforts. Au lieu de quoi elle sortit son arme de service.

« Restez ici », ordonna-t-elle à Gunilla.

Le corps bourdonnant de stress, elle s'avança sur la pointe des pieds, pistolet levé devant elle.

Elle vérifia la cuisine sans trouver Wibom. Elle s'arrêta devant la chambre à coucher pour se concentrer. Puis elle ouvrit la porte à la volée d'un seul mouvement vif du bras gauche, sans savoir ce qui l'attendait derrière.

Un lit non défait.

Herman Wibom n'avait pas dormi ici cette nuit.

Ne restait plus que la bibliothèque.

113.

Il ne restait plus qu'une cinquantaine de mètres. Anna-Maria eut soudain la certitude que l'étranger qui arrivait vers elle sur la route était Andreis Kovač.

Les yeux bruns profondément enfoncés, la large bouche aux lèvres bien formées, ça ne pouvait être personne d'autre. Il avait découvert où Mina se cachait.

Comment avait-il fait ?

Anna-Maria fouilla dans sa poche à la recherche du portable qui aurait dû être là, mais il était resté à charger dans son bureau.

Elle n'avait aucun moyen d'appeler à l'aide ou de prévenir Mina.

Que faire ?

Elle s'arrêta. Il n'était plus qu'à quelques mètres d'elle.

Anna-Maria le fixait tandis que la terreur s'emparait d'elle.

« Mon Dieu », haleta-t-elle.

À l'instant même où ces mots lui échappaient, elle mesura son erreur. Maintenant il devait avoir compris qu'elle savait qui il était. Et où Mina se cachait.

Qu'avait-elle fait ?

Kovač fit encore quelques pas rapides jusqu'à ce qu'ils soient face à face. Il saisit un de ses poignets, le serrant beaucoup trop fort. Il tordit tant et si bien la peau qu'Anna-Maria grimaça de douleur.

« Je veux voir Mina, dit-il. Montre-moi où elle est. »

Elle le comprit à la vitesse de l'éclair : il ne savait pas où se trouvait Friggagården.

Il n'y avait pas de noms de rues à Runmarö, juste des chalets rouges dispersés ici et là. Pour celui qui débarquait pour la première fois sur l'île, toutes ces maisons se ressemblaient.

Cela pouvait sauver Mina.

Pourvu qu'Anna-Maria soit capable de lui résister.

Elle regarda alentour. La route était toujours déserte, personne en vue sur ce tronçon poussiéreux. D'un côté, des moutons broutaient tranquillement et de l'autre s'étendait une forêt épaisse et inhospitalière.

Personne ne l'entendrait crier.

Kovač tordit un peu plus son poignet, si bien que la vue d'Anna-Maria s'obscurcit.

« Où est-elle ? »

Cette agressivité contenue effrayait Anna-Maria plus que tout. Soudain, elle comprit la terreur de Mina.

Sa propre fille devait avoir connu les mêmes affres. Cette pensée lui donna de la force.

« Non », gémit-elle.

Elle n'allait pas l'aider à tourmenter à nouveau Mina.

« J'appelle la police si vous ne me lâchez pas », parvint-elle à souffler.

Pour Mina, il fallait qu'elle se taise. Pour Malin.

Kovač sourit, découvrant ses dents régulières, comme si elle avait dit quelque chose de drôle. Puis ses yeux se rétrécirent à nouveau.

Son alliance brillait à sa main droite.

« Dis-moi où elle est.

– Lâchez-moi !

– J'ai fait pire pour savoir où se cache Mina. Tu piges pas ? »

Le ton de Kovač était d'une normalité effrayante. Il changea de prise sur sa main droite et lui plia en arrière le petit doigt dans un angle inquiétant.

« Où est-elle ? »

La douleur était terrible. Anna-Maria fut forcée de tomber à genoux en fondant en larmes.

« Je vous en prie », gémit-elle.

Elle s'entendit elle-même hurler quand son petit doigt se brisa aussi facilement qu'un os de poulet.

Il pendouillait inerte sous ses yeux, tenu par la peau.

« Où est-elle ? »

Anna-Maria secoua la tête.

Kovač sortit un couteau et l'approcha tout près du visage d'Anna-Maria. Le métal froid frôla sa peau, la lame lui caressa doucement la joue de la tempe au menton.

« Je te taillade si tu ne me dis pas où elle est.

– Non, pleura Anna-Maria. Je ne peux pas. »

114.

Leila hésita devant la dernière porte close de l'appartement d'Herman Wibom.

Sa bouche s'assécha quand elle remarqua une autre tache rouge sombre juste devant le seuil. Elle avait inspecté toutes les autres pièces sans y trouver aucune trace de l'avocat disparu.

Lentement, elle tira la porte.

Il avait beau rester plusieurs heures avant le coucher du soleil, la pièce était plongée dans la pénombre. Elle était orientée nord-est, et l'immeuble d'en face prenait toute la lumière du soleil. Le mobilier sombre et les rayonnages chargés à craquer renforçaient l'impression d'entrer dans une grotte.

Deux larges fauteuils à oreilles en cuir étaient disposés devant une cheminée.

Leila avança d'un pas et découvrit des éclats de verre par terre.

Il lui fallut quelques secondes pour apercevoir le pied étendu qui dépassait de derrière l'un des fauteuils.

Elle s'approcha. Herman Wibom était étendu sur le dos, les yeux clos, le visage tailladé. Son sang avait coulé par terre et taché le parquet en arêtes de poisson. L'intérieur de ses deux mains était lacéré, comme s'il avait essayé de se défendre à mains nues contre son agresseur.

Était-il encore en vie ?

Leila rangea son arme et s'agenouilla devant le corps inerte de Wibom.

Son visage était blême. Impossible de dire s'il respirait.

Leila tendit deux doigts vers son cou et essaya de sentir un pouls.

« Oh mon Dieu ! »

Gunilla se tenait sur le seuil, les yeux exorbités.

« Est-ce qu'il est mort ? »

Là, quelque chose battait sous les doigts de Leila, mais si faiblement que c'était à peine perceptible.

« Appelez une ambulance ! cria Leila. Il est vivant. »

Soudain, Herman Wibom ouvrit les yeux. Leur blanc était injecté de sang. Il luttait pour dire quelque chose, ses lèvres tremblaient, mais impossible de rien comprendre.

Wibom gémit.

« Que voulez-vous dire ? »

Leila s'approcha, l'oreille contre sa bouche, pour mieux entendre.

« Il est venu ici, finit par murmurer Wibom.

– Qui ?

– Le mari de Mina… sait où elle est. »

Il tenta de lever la main vers Leila, mais ses yeux se révulsèrent et il perdit à nouveau connaissance.

115.

Thomas laissa sa voiture sur le parking de Stavsnäs et se dirigea vers le petit port de plaisance où il amarrait son bateau quand il venait avec en ville.

Il chercha Nora des yeux. Il avait quelques minutes d'avance, elle n'était probablement pas encore arrivée.

Le ferry Waxholm *Söderarm* attendait à quai le bus en provenance de Slussen. Il supposa que c'était celui qu'avait pris Nora.

Thomas gagna le ponton où était amarré son Buster. Le ciel était plombé, il espérait qu'il ne se mette pas à pleuvoir avant leur arrivée.

À cet instant, le bus arriva à l'arrêt.

Thomas aperçut Nora dès l'ouverture des portes. Chargés de sacs et de valises à roulettes, la plupart des passagers se dirigeaient vers le ferry. Ce devait être le dernier de la journée.

Nora lui fit signe mais s'arrêta quand son téléphone sonna. Elle le pêcha au fond de son sac et le pressa contre son oreille avant de continuer dans sa direction.

Soudain, elle se figea, une expression de choc sur le visage. Elle se précipita alors vers Thomas.

« Kovač sait où est Mina, cria-t-elle. Il faut qu'on parte immédiatement ! »

Thomas accosta le long du ponton de Styrsvik et amarra sommairement son bateau. Chaque seconde comptait, vu ce que Leila lui avait dit de Kovač, de ce qu'il avait fait à Wibom.

Les remous produits par le moteur firent tanguer le bateau, qui heurta le ponton.

Nora avait tenté d'appeler Anna-Maria pendant la courte traversée, mais elle ne répondait pas.

Le téléphone de Mina était coupé.

Même par hélicoptère, les renforts n'arriveraient pas à temps.

Le visage blanc, Nora sauta à terre sans attendre que Thomas ait fini le dernier nœud.

Le jour baissait, il y avait de la pluie dans l'air, l'eau était d'un gris de plomb.

Nora avait un peu d'avance que Thomas rattrapa vite. Ils passèrent en courant devant la boutique et continuèrent sur la route qui tournait, découvrant un petit groupe de gens rassemblés au milieu de la chaussée.

Une voiture était garée derrière eux, portière ouverte et moteur au point mort.

Il y avait quelqu'un à terre.

Thomas sentit la montée d'adrénaline. Il accéléra le pas, semant Nora qui ne pouvait pas suivre.

« Je suis policier, lança-t-il quinze mètres avant de les rejoindre. Que se passe-t-il ? »

Un jeune homme en bleu de travail se tourna vers Thomas avec une expression effrayée.

« Elle était couchée là, comme ça, balbutia-t-il. Je crois que je lui ai roulé dessus, je n'ai pas fait exprès. C'était impossible de l'éviter. »

Il s'interrompit, chancelant.

« Elle saigne tellement. Et elle a quelque chose à la main… »

Personne d'autre ne dit quoi que ce soit, mais le petit groupe d'observateurs s'ouvrit pour laisser passer Thomas.

Une femme inconsciente gisait sur le dos dans le gravier. Une de ses joues était tailladée au couteau, du sang avait coulé sur son menton.

Deux doigts de sa main droite dépassaient, retournés en un angle impossible.

Ils étaient brisés comme une voiture n'aurait jamais pu le faire.

Elle ne devait pas être là depuis bien longtemps, son sang n'avait pas eu le temps de sécher.

Elle avait subi une agression bestiale. Et visiblement intentionnelle.

« Ce n'est pas moi, murmura le conducteur. Je le jure, je l'ai à peine effleurée de mon pare-chocs. »

Il se laissa tomber par terre, adossé à la portière de sa voiture, le visage fermé.

Thomas s'accroupit à côté de la blessée pour tâter son pouls, tandis que Nora rejoignait le groupe, hors d'haleine.

« Elle est vivante, dit-il par-dessus son épaule. Mais il faut la transporter à l'hôpital. Quelqu'un a appelé les secours ? »

Nora eut le souffle coupé.

« Mais c'est Anna-Maria, s'exclama-t-elle en regardant alentour. C'est la directrice de Friggagården, le foyer où est Mina. »

Elle tira Thomas par le bras pour qu'il se lève.

« Kovač doit être ici, haleta-t-elle. Qui d'autre aurait blessé Anna-Maria ainsi ?

– Appelez les secours et la police », cria Thomas aux badauds, en repartant au pas de course.

116.

Nora s'arrêta derrière un gros tronc d'arbre à une cinquantaine de mètres du portail blanc de Friggagården.

« C'est là », chuchota-t-elle en montrant une grande maison en bois entourée de quelques chalets plus petits.

Tout paraissait tellement paisible. La plupart des fenêtres étaient sombres.

Thomas plissa les yeux pour essayer d'apercevoir du mouvement à l'intérieur.

« Reste là, dit-il à Nora en saisissant son arme.

– Sois prudent », lâcha-t-elle dans un souffle.

Thomas était bien conscient de la dangerosité de Kovač. Il était armé d'au moins un couteau tranchant. Il avait probablement aussi une arme à feu sur lui.

Dino Herco avait été exécuté d'une balle dans la tête.

Nora lui prit le bras.

« C'est trop risqué. Tu ne veux pas attendre ? »

Il n'y avait pas de temps à perdre. Tous deux savaient que c'était impossible, vu la situation de Mina.

« S'il te plaît ? »

Thomas détacha délicatement la main de Nora et sortit son pistolet de son holster.

« Appelle Leila et demande-lui où en sont les renforts », dit-il avant d'enjamber la clôture basse pour pénétrer sur le terrain, bordé d'un côté par une haie de lilas.

À l'abri des branchages, Thomas se faufila sur l'herbe

humide. Les branches nues se dressaient vers le ciel gris. La haie ne cachait pas grand-chose : il progressait en s'accroupissant de son mieux avec l'espoir de se fondre dans le décor à la faveur de l'obscurité.

Kovač était-il à l'intérieur ? Avait-il trouvé Mina ?

Tout était absolument silencieux : dans le meilleur des cas, cela signifiait que Kovač n'était pas encore arrivé.

Ou que tout était déjà fini.

Thomas évita les allées de gravier et longea la façade principale jusqu'à atteindre la porte d'entrée. Il enfonça délicatement la poignée en espérant que ce soit fermé à clé et qu'ainsi Kovač n'ait pas pu entrer.

La porte s'ouvrit sur un vestibule sombre.

Pas un bruit à l'intérieur de la maison.

Pistolet levé devant lui, Thomas tourna la tête par saccades d'un côté et de l'autre pour tout embrasser du regard.

Une silhouette aperçue du coin de l'œil le fit sursauter, mais ce n'était que son reflet dans un miroir.

Il n'entendait que sa propre respiration. Le ronron d'un réfrigérateur se déclencha quelque part près de lui, ce devait être la cuisine.

Thomas s'avança lentement dans la maison, les muscles tendus à bloc. La cuisine était déserte, ainsi qu'une pièce qui ressemblait à un bureau. Un ordinateur trônait dans un coin, un téléphone portable se rechargeait à côté.

Quelque chose brisa le silence, faisant s'immobiliser Thomas.

Des pleurs d'enfant.

Thomas prit leur direction dans un couloir sombre. Il tourna le coin et découvrit de la lumière qui filtrait d'une porte entrouverte. En s'approchant, il aperçut une femme par l'interstice. Assise dans un fauteuil, elle s'apprêtait à donner le biberon à un bébé.

Ce devait être Mina.

À cet instant, elle aperçut Thomas. Elle sursauta en serrant le bébé contre sa poitrine. Le biberon tomba par terre.

Thomas mit un doigt sur sa bouche et mima « police »,

pour qu'elle n'ait pas peur. En quelques pas rapides, il entra dans la chambre et referma derrière lui par précaution.

« Votre mari est-il ici ? » chuchota-t-il.

Elle porta la main à sa bouche.

« Andreis ? Il est à Runmarö ?

– Vous l'avez vu, aujourd'hui ? » demanda Thomas d'une voix à peine audible.

Elle secoua la tête.

« Suivez-moi. »

Thomas lui prit la main pour la sortir du fauteuil.

« Est-ce qu'il y a un endroit dans la maison où vous pouvez vous enfermer à clé ? demanda-t-il, toujours aussi bas.

– Non. Ah si, en fait. Les toilettes. »

Elle regarda en direction de la porte.

« Allez vous y enfermer avec le bébé. N'ouvrez à personne tant que vous n'entendez pas ma voix. Promettez-moi. »

Thomas attendit le cliquetis du verrou avant de continuer l'inspection de la maison. Une fois terminé le rez-de-chaussée, il se glissa vers l'escalier, mais s'arrêta sur la première marche. Il leva les yeux vers l'étage. Tout était éteint, on ne voyait presque rien dans la pénombre. Si Kovač attendait là-haut une arme à la main, il était complètement à sa merci.

Mais s'il allumait pour mieux voir, Kovač, prévenu de sa présence, risquait de prendre la fuite.

Le radiateur mural gargouilla.

Thomas hésita, puis ôta la sûreté de son arme et s'engagea dans l'escalier obscur.

Bosnie, mai 1993

Dario conduisait. Blanka était sur le siège passager avec dans les bras Nermin, leur fils de cinq ans. Selma, Zlatko et les enfants se serraient sur la banquette arrière.

Lentement, Selma mesura l'ampleur de la catastrophe tandis qu'ils traversaient un village brûlé après l'autre. Les champs qui auraient dû être verdoyants à cette époque de l'année étaient noirs de suie, dévastés, grêlés de trous d'obus. Les arbres fruitiers avaient été changés en moignons carbonisés, le bétail qui d'ordinaire paissait paisiblement dans les pâturages avait disparu.

Des charognes pourrissaient dans des fossés pleins d'eau.

Partout, le long des routes bombardées et défoncées, des soldats barbus aux uniformes boueux. Chaque fois qu'il fallait payer pour franchir un nouveau barrage, la terreur la submergeait.

Ils dépassèrent des colonnes de personnes marchant dans la même direction qu'eux, chargées de balluchons, les yeux vides. Des hommes aux visages gris et ravagés, des mères portant leurs bébés dans les bras. Quelqu'un traînait un malade sur un char à bras, d'autres des vieillards dans des couvertures.

Chaque pas semblait aussi pénible que si c'était le dernier.

Le premier cadavre que vit Selma l'emplit d'effroi, et elle tenta d'empêcher Andreis de regarder. Peu à peu, elle apprit à regarder ailleurs. À la fin, elle n'y faisait même plus attention. La terreur s'était emparée d'elle, il n'y avait plus de place pour autre chose.

Les garçons restaient tétanisés, comme si la panique des adultes était contagieuse.

Le temps passa. Selma n'avait pas de montre mais il commençait à faire sombre. Ils avaient roulé toute la journée, ils n'allaient pas tarder à passer la frontière.

Andreis et Emir s'étaient endormis d'épuisement. Selma avait mal aux jambes à force de rester assise depuis des heures coincée dans la même position. Il faisait chaud sur la banquette arrière.

Elle avait besoin de faire pipi mais savait qu'il était exclu d'arrêter la voiture.

Le soleil allait se coucher quand ils arrivèrent au dernier barrage avant le poste-frontière.

Plusieurs véhicules militaires bloquaient la route. Quatre soldats barbus armés de mitraillettes gardaient le passage, bordé d'épais rouleaux de barbelés. Ils portaient tous des couteaux pendus à la ceinture.

Ils semblaient ivres. L'un d'eux tituba et tira une rafale en l'air, tandis que les autres s'esclaffaient.

Selma n'avait jamais éprouvé pareille terreur.

Dario ralentit et s'arrêta derrière une Volkswagen bleue.

117.

Les marches de l'escalier craquaient. Thomas avait beau poser les pieds aussi doucement qu'il pouvait, chaque pas retentissait comme un coup de feu.

Il s'arrêta sur la dernière marche pour tenter de s'orienter. Il faisait sombre, même si le soleil ne s'était pas encore couché.

Un couloir étroit continuait sur la gauche du palier peint en vert clair. De l'autre côté s'ouvrait un vestibule plus petit avec deux portes closes en vis-à-vis. En face, un balcon avec quelques chaises et une table.

Si Kovač l'attendait, il pouvait être derrière n'importe quelle porte, arme au poing.

Thomas essaya de repérer des bruits étrangers, quelque chose qui détonne, mais il avait beau tendre l'oreille à l'extrême, il ne percevait rien.

Ne venait-il pas d'entendre traîner quelque chose au bout du couloir ?

Il attendit une minute, sans parvenir à savoir s'il avait réellement perçu quelque chose ou si ce n'était que le fruit de son imagination.

La sueur perla à son front tandis qu'il fixait les portes en retenant son souffle.

Kovač n'avait peut-être pas trouvé le chemin de Friggagården, après tout ?

Un claquement de l'autre côté des portes du balcon fit

sursauter Thomas. Puis il comprit que ce n'étaient que les haubans du drapeau qui claquaient dans le vent.

Il attendit encore quelques secondes, puis se glissa jusqu'à la porte la plus proche et l'ouvrit d'un coup. La pièce était vide. Il répéta son geste en face et se trouva de nouveau à fixer une pièce vide.

Dans un coin, le tic-tac de la vieille horloge peinte était beaucoup trop fort.

Thomas décida de se faire connaître.

« Police ! hurla-t-il. Jetez votre arme et sortez ! »

Il régnait toujours un silence qui n'était pas naturel.

Il écouta quelques secondes avant de crier à nouveau :

« Police ! Sortez les mains sur la tête ! »

118.

Mina tremblait encore quand Nora entra dans sa chambre. La couverture sur ses épaules n'y faisait rien.

Une tasse de thé intacte refroidissait sur la table devant elle.

« Comment ça va ? s'enquit Nora en s'asseyant dans l'autre fauteuil.

– Il va nous retrouver, Lukas et moi. Et alors il me tuera. »

Nora prit la main de Mina dans la sienne. Thomas avait fouillé la maison de fond en comble, pièce par pièce. Andreis Kovač n'était pas dans le bâtiment et les renforts étaient arrivés, l'île grouillait de policiers.

Anna-Maria avait depuis longtemps été évacuée par hélicoptère.

« Ça n'arrivera pas, dit Nora. N'ayez pas peur. Je vous promets que nous allons vous protéger, vous et Lukas.

– Il sait où je suis. »

Hélas, Mina avait raison sur ce point.

« Vous ne pouvez pas rester ici, acquiesça Nora. Nous allons trouver un autre lieu où vous pourrez vous sentir en sécurité. »

Mina pressa un de ses poings contre sa bouche et détourna le visage.

Nora l'avait brièvement prévenue de l'agression d'Anna-Maria, mais n'avait pas parlé d'Herman Wibom. La terroriser encore plus n'arrangerait rien. L'attaque de deux personnes de son environnement immédiat aurait pu la conduire à abandonner.

Le téléphone de Nora sonna, c'était Leila. La procureure s'excusa et sortit dans le couloir.

« Comment ça se passe de ton côté ? demanda-t-elle. Tu as trouvé un endroit sûr où déplacer Mina et Lukas ?

– J'ai parlé avec le Groupe de protection des personnes, ils cherchent. »

Leila marmonna quelque chose d'inaudible.

« C'est si difficile que ça ? » pesta Nora.

Elle gagna la fenêtre et appuya le front contre le carreau froid. La nuit était tombée, et des nuages sombres masquaient les étoiles. Les aboiements des chiens policiers qui traquaient Kovač lui parvenaient à travers la vitre.

« Elle ne peut pas rester ici, dit-elle.

– Je sais. Elle va probablement finir pour le week-end dans un hôtel à moitié glauque.

– Elle va aller à l'hôtel ?

– S'ils ne lui trouvent pas une place dans un foyer protégé, d'habitude c'est l'hôtel en attendant. Ils doivent me rappeler dès qu'ils sauront. »

Un mouvement dans son dos la fit se retourner. Mina était sortie de sa chambre.

« Est-ce que vous pourrez m'accompagner ? murmura-t-elle. À l'hôtel ? »

Elle devait l'avoir entendue parler à Leila.

« Je ne veux pas me retrouver toute seule dans un nouvel endroit. S'il vous plaît ? »

Mina la suppliait des yeux.

La proposition vint d'elle-même.

« Je peux la prendre avec moi à Sandhamn. »

Nora s'entendit continuer :

« Elle peut passer la nuit chez moi, dans la chambre d'amis. Ou habiter dans mon ancienne maison, elle n'est pas encore relouée. Là, personne ne la retrouvera, surtout pas Kovač. »

Leila ne dit mot.

« Allô ?

– Tu es sûre que c'est une bonne idée ? dit la policière.

– Tu as une meilleure proposition ? »

Nora inspira à fond.

« Je peux demander à Thomas de nous faire traverser quand il aura fini ici, et de rester pour la nuit, dit-elle. Personne ne la verra quitter l'île, ni ne saura où elle est passée. D'ailleurs, Kovač aura sûrement été interpellé entretemps. Il ne pourra pas rester caché bien longtemps, vu le dispositif policier. C'est comme s'il était déjà arrêté.

– Tu es certaine de vouloir prendre cette responsabilité ? » insista Leila.

Nora revit le visage sans connaissance d'Anna-Maria. Sa joue tailladée et ses doigts brisés.

Herman Wibom gravement blessé à l'hôpital.

Si seulement elle avait réussi à convaincre le tribunal de garder Kovač en détention en février, personne n'aurait été blessé. C'était elle la responsable de cette situation, de toute cette souffrance.

Le silence durait.

« Ça peut marcher, finit par dire Leila. Si tu es vraiment sûre de vouloir ? »

Elle semblait toujours hésiter.

Mina attendait la réponse de Nora, les yeux remplis de larmes.

« Faisons comme ça, trancha-t-elle. J'en parle à Thomas. »

119.

Nora trouva Thomas dans le couloir, devant la salle télé. Il parlait au téléphone. Un murmure apeuré montait des autres femmes qu'on avait rassemblées là à leur retour d'excursion pour les informer de la situation.

« Je me suis concertée avec Leila, dit Nora quand Thomas eut fini. Il semble qu'on ne trouve nulle part de place pour Mina cette nuit, alors je comptais l'emmener avec moi à Sandhamn. »

Thomas fronça les sourcils.

« Chez toi ?

– Elle pourra s'installer dans notre chambre d'amis, ou dans mon ancienne maison. »

Nora entendait bien l'effet que ça faisait. Elle se racla la gorge.

« C'est juste pour cette nuit, le temps qu'on lui trouve un autre foyer protégé.

– Pourquoi tu ferais ça ?

– Elle ne veut pas rester seule. Elle est toute seule, elle a peur, elle est désespérée et il lui est arrivé des choses affreuses ces derniers jours.

– Sérieusement... »

Thomas soupira. Le couloir était plongé dans la pénombre. Il s'adossa au mur et secoua la tête.

« Tu t'impliques trop. Tu n'es pas personnellement responsable de Mina.

– Elle m'a demandé de rester avec elle. Elle n'ose pas aller à l'hôtel toute seule avec Lukas.

– Tu n'es pas policière, tu es juriste. Et tu n'as aucun entraînement au maniement des armes, ni pistolet de service. »

Nora savait qu'il avait raison.

« Tu peux nous y conduire ? proposa-t-elle malgré tout. Personne ne saura où nous sommes. Comment Kovač l'apprendrait-il ?

– C'est une mauvaise idée. »

Thomas joignit les paumes de ses mains devant son visage et souffla par le nez.

« Kovač court toujours, dit-il. Il est extrêmement dangereux. Tant qu'il n'est pas neutralisé, la menace contre Mina et tous ceux qui l'aident doit être prise très au sérieux. Regarde ce qui est arrivé à ses parents. Qu'est-ce que tu feras, s'il vous retrouve ? »

Des aboiements de chiens policiers retentirent à nouveau au-dehors.

« Mina a besoin d'une protection policière », dit Thomas.

Il n'avait pas besoin de lui rappeler la brutalité de Kovač. Pourtant, elle refusait de renoncer. L'idée de devoir annoncer à Mina qu'elle devait partir seule d'ici était trop dure. Son sentiment de culpabilité la submergeait.

« Si tu m'accompagnais et restais pour la nuit, elle l'aurait… »

Nora savait que c'était à la limite du chantage. Elle ne voulait pas voir la déception de Mina, mais l'expression dans les yeux de Thomas ne valait guère mieux.

Elle n'avait pas le courage de lui expliquer pourquoi elle se sentait coupable, mais elle détestait la situation dans laquelle elle venait de se mettre.

« C'est juste pour une nuit, insista-t-elle. Kovač ne saura jamais où elle sera partie. »

Nora posa une main sur l'épaule de Thomas.

« S'il te plaît ? »

120.

Le vent leur soufflait en plein visage quand ils appareillèrent pour Sandhamn. En face de Runmarö brillaient les lumières de Stavsnäs. Quelque chose en Nora lui chuchotait qu'ils prenaient la mauvaise direction. Qu'elle aurait dû rentrer chez elle retrouver sa famille, au lieu d'être dans un bateau glacial avec une boule au ventre.

Mais Mina était blottie à l'arrière dans un blouson de voile emprunté. Elle tenait Lukas dans ses bras et regardait droit devant elle, l'œil vide.

Nora vit ses larmes couler sur la tête du bébé.

Thomas avait fini par accepter de laisser Mina passer la nuit à Sandhamn. Dans le meilleur des cas, ils captureraient Kovač avant l'aube. Un avis de recherche avait été lancé et des chiens le traquaient dans tout Runmarö. Dès qu'on l'aurait trouvé, le danger aurait disparu. Ça ne pouvait pas être bien long.

Tout le monde était d'accord sur le fait que Mina ne pouvait pas rester à Friggagården. Mais Nora s'était presque fâchée avec Thomas avant qu'il ne finisse par accepter son idée.

Ils venaient de passer Eknö, où le panneau éclairé du ponton permettait de s'orienter. Il faisait un noir d'encre. Thomas naviguait à vive allure, concentré, en s'aidant des phares.

Le bateau tangua. Nora frissonnait de froid.

Elle espérait ne pas se mettre en danger en accueillant Mina et son fils chez elle, dans la Villa Brand. Mais elle ne pouvait pas l'abandonner à son sort, alors qu'elle avait à ce point échoué à la protéger de son mari.

La mauvaise conscience lui serrait la gorge.

Si Kovač était resté en détention, rien de tout ça n'aurait eu lieu, pensa-t-elle pour la centième fois. Cet échec était trop lourd à porter sans une forme de compensation.

Jonas devait atterrir en Suède demain matin. Nora comptait attendre qu'il soit rentré pour le mettre au courant. C'était mieux ainsi, elle préférait éviter une discussion avant que Mina soit installée dans la maison.

Les enfants étaient à l'appartement, ils ne risqueraient rien tant qu'ils restaient en ville.

Il n'allait rien se passer, se rassurait-elle.

Elle savait qu'elle avait agi de façon impulsive et écorné la déontologie. Mais il était trop tard pour le regretter.

Les îles défilaient. Tout se fondait en silhouettes sombres contre le ciel nocturne plus sombre encore. Le vent fouettait le visage de Nora.

Enfin, les lumières du chenal de Sandhamn apparurent droit devant. Bientôt arrivés. Nora se détendit un peu. Ils seraient en sécurité sur l'île. Aucune chance que Kovač les retrouve là-bas.

Thomas ralentit à huit nœuds en passant Västerudd où commençait la zone de limitation de vitesse. Dans quelques minutes, ils arriveraient à Kvarnberget et au ponton privé de Nora. Il faisait nuit noire là aussi, mais les voisins avaient un éclairage extérieur jaune qui montrait le chemin.

« Tu t'occupes de l'amarre avant ? » cria Thomas par-dessus le bruit du moteur.

Il ralentit encore pour accoster. Nora alla à la proue pour réceptionner le ponton.

Elle sentait dans son dos la désapprobation de Thomas. Il n'avait pas desserré les dents depuis leur départ de Runmarö.

Pour Mina, se dit-elle. Il fallait qu'elle fasse ça pour Mina.

Et aussi pour elle.

121.

Nora reposa ses couverts dans son assiette. Ils étaient dans la salle à manger de la Villa Brand. Elle n'avait pas grand appétit, mais avait improvisé un dîner avec ce qu'elle avait dans le garde-manger, des pâtes avec une sauce bolognaise en boîte.

Mina y avait à peine touché mais au moins, Thomas avait fini son assiette.

Il allait être neuf heures, elle était si fatiguée que ça sifflait dans sa tête.

« On prépare votre lit, que vous puissiez vous coucher ? » proposa-t-elle à Mina.

Cette dernière semblait encore plus épuisée. Son visage gris pendait presque au-dessus de la table. Lukas s'était depuis longtemps endormi.

Nora hésita. D'un côté, elle trouvait plus sûr d'avoir Mina sous le même toit qu'elle. De l'autre, la jeune femme avait peut-être envie d'être tranquille après cette journée épuisante.

« Il y a plusieurs possibilités, dit-elle. Vous pouvez vous installer avec Lukas dans la chambre d'amis à l'étage, cloison contre cloison avec moi. Ou alors dans la maison de l'autre côté du chemin. Vous la voyez depuis la fenêtre de la cuisine. »

Elle s'efforça de sourire pour l'encourager.

« Si vous préférez aller en face, c'est possible. Dans ce cas,

Thomas pourra y passer aussi la nuit, pour que vous vous sentiez en sécurité. À vous de décider. »

Mina se passa la main sur le front.

« Je crois que je préfère l'autre maison, dit-elle. Si ça va ?

– Tout à fait. L'important c'est que vous vous sentiez bien, et rassurée. »

Nora se leva.

« Alors je propose qu'on y aille tout de suite, pour que vous puissiez vous mettre au lit. »

Nora ouvrit la porte de son ancienne maison et y fit entrer Mina, Lukas dans les bras. Elle alluma dans le vestibule et l'escalier et monta le chauffage.

Elle avait vécu là durant tout son mariage avec Henrik. Pendant presque dix ans, les garçons avaient passé leurs étés sous ce toit. Puis elle avait déménagé dans la Villa Brand, Jonas avait loué son ancienne maison un été et ils avaient formé un couple.

Nora précéda Mina jusqu'à la grande chambre à l'étage, là où elle dormait elle-même autrefois. La maison était beaucoup plus petite que la Villa Brand, et loin d'avoir la même élégance 1900 que cette demeure cossue de gros négociant. Mais elle l'avait toujours adorée.

Mina posa délicatement Lukas sur le lit double. Puis elle alla à la fenêtre regarder le village plongé dans l'obscurité.

« C'est vraiment désert, dit-elle.

– À cette époque de l'année, c'est vide dans presque toutes les maisons. Il n'y a qu'environ quatre-vingt-dix habitants permanents sur l'île. »

Mina passa le doigt sur le rebord de la fenêtre.

« Pas plus ?

– En été, c'est presque trois mille. C'est noir de monde sur le port. Mais on a peine à le croire, un soir comme celui-ci. »

Nora sortit des draps et des serviettes du tiroir de la commode. Elle lissa de la main le motif floral délavé qui lui rappelait Henrik et une autre vie.

« Ici, vous serez en sécurité, dit-elle. Demain, ils vous auront sûrement trouvé un autre logement protégé. »

Mina regarda à nouveau par la fenêtre.

« Ils auront arrêté Andreis bien avant ça », ajouta Nora.

Elle commença à faire un côté du lit. Puis elle souleva Lukas pour passer à l'autre.

Le bébé dormait profondément, tétine dans la bouche et doigts étendus. Il était si joli. Nora lui caressa doucement la joue.

« Je vous promets que nous allons nous occuper de vous et de votre fils. »

Mina renifla.

« Pourquoi vous êtes si gentille avec moi ? »

Nora chercha une réponse.

« Parfois... il faut juste faire ce qui est bien... », murmura-t-elle.

La gratitude de Mina la gênait. La jeune femme croyait qu'il s'agissait de pure gentillesse. Elle ne comprenait pas les vraies raisons. L'échec de Nora, ce sentiment de honte qui ne passait pas.

« Voilà, dit-elle. J'espère que vous allez pouvoir dormir un peu. »

Nora fourra l'oreiller dans sa taie et lissa la couette.

« Ne vous inquiétez pas, ajouta-t-elle. Personne ne sait où vous êtes. Et, encore une fois, Thomas va dormir dans l'autre chambre, pour que vous ne vous sentiez pas seule cette nuit. »

Mina secoua la tête.

« Pas besoin. Ça va aller.

– C'est mieux comme ça.

– Pardon pour tous les soucis que je vous cause », murmura Mina.

Nora eut la gorge nouée.

« Ça va bien se passer, dit-elle doucement. Thomas arrive tout de suite, il devait juste passer quelques coups de fil. »

122.

Mina ferma soigneusement la porte d'entrée derrière Nora, mais laissa le vestibule allumé. Elle regrettait presque : peut-être aurait-il mieux valu malgré tout dormir dans la grande maison avec Nora ?

Mais elle avait tellement envie d'être seule, de ne plus être forcée de croiser des étrangers chaque fois qu'elle sortait de sa chambre.

Les marches de l'escalier grincèrent sous ses pas tandis qu'elle retournait auprès de Lukas. La maison avait trois chambres à l'étage, elle avait la plus grande.

Par sécurité, elle alluma les lampes dans les autres chambres et aux toilettes.

Puis elle se recroquevilla en position fœtale près de Lukas et ferma les yeux. Elle avait beau emplir ses poumons, elle ne parvenait pas à respirer correctement. Son thorax semblait avoir rétréci, comme si un poids l'oppressait et le vidait de son air.

Ce matin, elle avait cru que sa vie allait s'améliorer, que toutes les horreurs possibles avaient déjà eu lieu. Puis de nouvelles catastrophes étaient arrivées.

Maman.

Elle lui manquait tellement.

Il ne restait plus personne désormais, sauf papa. Il fallait qu'elle s'occupe de Lukas, mais qui s'occuperait d'elle ?

Je n'y arriverai pas, se dit-elle, tout en sachant qu'il n'y avait pas d'alternative.

Il *fallait* qu'elle y arrive.

Ses yeux était si gonflés de larmes que la peau tout autour palpitait. Elle avait beau être blottie sous la couette avec une couverture supplémentaire par-dessus, elle tremblait de froid.

Un sanglot la traversa.

Papa.

Nora l'avait bien mise en garde : elle ne devait dire à personne où elle se cachait à présent.

Mais Anna-Maria lui avait dit que son père allait venir demain à Friggagården pour les voir, Lukas et elle. Elle ne pouvait pas le laisser faire le voyage inutilement.

Mina se glissa hors du lit et alla chercher son portable dans son blouson. Il était resté éteint tout l'après-midi. Elle l'alluma et saisit le code. Puis écrivit un court sms à son père pour lui expliquer où elle était passée.

Peut-être pourrait-il venir la voir plutôt ici ?

Il lui manquait tellement que ça lui faisait mal. Ça ne devait pas être beaucoup plus long de venir jusqu'à Sandhamn plutôt qu'à Runmarö. Elle aurait tout fait pour le voir dès demain.

Juste un petit moment.

Mina regagna le lit et tira Lukas vers elle. Il geignit faiblement, mais il fallait qu'elle sente la chaleur de son petit corps. Qu'elle s'accroche à ce qui restait de bien dans sa vie.

Son portable, sur la table de nuit, bipa. Papa devait avoir répondu immédiatement.

Elle se sentit aussitôt mieux.

Les caractères se mirent à vaciller sous ses yeux quand elle lut le message d'Andreis. L'oxygène lui manqua.

Je vais te trouver, petite salope. Tu ne peux pas m'échapper.

123.

De retour à la Villa Brand, Nora trouva Thomas dans la véranda vitrée, une tasse de café à la main. Il semblait avoir terminé ses appels, son portable était sur la table.

Il avait allumé la vieille lampe à pétrole qui était là depuis aussi longtemps que Nora s'en souvienne. Cela lui fit penser à tante Signe, sa voisine chérie dont elle avait hérité la villa.

La flamme vacillait doucement.

Thomas regardait par la fenêtre, les yeux dans le vague, mais se retourna quand elle le rejoignit.

« Comment va Mina ? demanda-t-il.

– Comment dire ? Elle est effondrée. »

Nora se laissa tomber sur le canapé. Elle était si lasse que ses jambes refusaient de la porter, malgré l'adrénaline qui continuait à inonder ses veines.

« Je crois que je vais me prendre un whisky, dit-elle. Tu en veux un, toi aussi ?

– Je ne dirais pas non, mais il ne vaut mieux pas. Alors non merci. »

Thomas lui adressa un sourire las.

« Il faut que je garde la tête claire maintenant qu'on a fait comme tu voulais. Je ne vais pas tarder à la rejoindre en face. »

Il avait raison, mais ça ne plaisait pas à Nora. Elle ne voulait pas qu'on lui rappelle que Thomas devait rester sobre dans l'éventualité où quelque chose se passerait pendant la nuit.

Elle l'avait décidé une bonne fois pour toutes : à présent, Mina était en sécurité. Le contraire était trop affreux pour être envisagé.

Nora gagna le grand vaisselier de la salle à manger. Jonas y rangeait aussi sa petite réserve sur une des étagères. Elle trouva une bouteille à moitié pleine et se servit dans un des vieux verres en cristal de tante Signe.

Elle revint avec s'affaler dans le canapé. L'alcool lui brûla la langue, mais la réchauffa.

Thomas fermait les yeux dans le fauteuil en rotin. Il était aussi épuisé qu'elle.

« Ça aurait été mieux que Mina passe la nuit dans un foyer protégé », dit-il au bout d'un moment.

Nora ne voulait pas non plus qu'on lui rappelle ça.

« Bon, maintenant elle est ici. »

Elle ramena ses pieds sous elle et attrapa un coussin qu'elle cala contre son ventre. Elle se sentait patraque, et but une autre gorgée pour chasser cette impression désagréable.

« Où en sont les recherches ? demanda-t-elle pour changer de sujet. Ils ont trouvé Kovač ?

– Pas encore. »

Thomas se passa les mains dans les cheveux.

« Je viens de parler avec Aram, dit-il. Les chiens ont continué à chercher, sans résultat. Il n'y a pas de traces. La théorie est que Kovač a eu le temps de quitter Runmarö avant le début des recherches. Il n'a probablement pas trouvé Friggagården, tu sais comment c'est sur l'île.

– Le temps lui était compté.

– Il n'est pas idiot, il a dû se douter que quelqu'un allait trouver Anna-Maria sur la route et donner l'alarme.

– Au moins, il ne l'a pas tuée. »

Nora cramponna le coussin de plus belle. Kovač n'avait pas montré la même clémence envers Dino Herco.

« Je me demande pourquoi il l'a laissée en vie, dit-elle.

– Peut-être qu'un promeneur est arrivé, ou qu'une voiture lui a fait peur.

– Il n'a pas non plus tué Wibom. Tous deux sont des témoins potentiels.

– Impossible de dire pourquoi il agit comme ça.

– Peut-être que ça n'avait pas d'importance, dès lors qu'il avait obtenu l'information qu'il voulait ? réfléchit tout haut Nora. Ou alors il a perdu le contrôle à tel point qu'il ne pense plus qu'à Mina, plus rien d'autre ne compte. Il n'agit plus de façon rationnelle. »

Thomas haussa les épaules.

« La peine de prison est plus longue pour meurtre que pour violences, dit-il en tendant la main vers son portable. Il le sait certainement.

– Où est-il passé, à ton avis ? »

Le regard de Nora glissa vers la mer. Il faisait trop sombre pour rien voir, mais elle connaissait par cœur le paysage qui s'étendait derrière les vitres lisses. Les îles qu'elle voyait depuis son enfance, les vieux pontons alignés.

Elle s'était toujours sentie en sécurité dans cet environnement, n'avait jamais eu peur du noir.

« S'il est malin, il s'apprête à quitter le pays, répondit Thomas. Peut-être essaie-t-il de gagner les Balkans, où il a de l'argent et des contacts. »

La honte que Kovač soit encore en liberté taraudait Nora. Mais le filet se resserrait. Il n'y échapperait pas.

« Pourvu qu'on le prenne vite », dit-elle.

Thomas avait le visage détourné. La lueur de la lampe projetait la longue ombre de son profil sur le mur.

« Je l'espère aussi. »

VENDREDI

124.

Le téléphone sonna au moment où Thomas refermait derrière lui la porte de l'ancienne maison de Nora.

La nuit avait été calme, il avait réussi à dormir quelques heures, même si ce n'était qu'une somnolence inquiète, étendu sur le couvre-lit. L'adrénaline le faisait tenir, il n'était pas aussi fatigué qu'il aurait dû, vu la situation.

Mina et Lukas dormaient encore. Il n'était que sept heures du matin. Il ne pleuvait pas encore, mais le ciel était nuageux.

C'était Aram.

« Une patrouille a vu un type qui correspond au signalement de Kovač devant l'appartement de son frère », dit-il.

Bien sûr, Kovač n'était pas stupide au point de rentrer chez lui dans ces circonstances. Mais il fallait bien qu'il aille quelque part, même s'il aurait dû se douter que le domicile d'Emir était lui aussi sous surveillance.

Ou pas. Un homme en fuite ne fait pas toujours aussi attention qu'on pourrait le penser.

« Nous préparons une intervention, dit Aram. Dans le meilleur des cas, on l'aura en cellule avant le déjeuner aujourd'hui. »

Thomas passa le portable dans son autre main.

S'ils étaient sur le point d'arrêter Kovač, plus besoin de s'inquiéter pour la sécurité de Mina ou de Nora. Il pouvait bien les laisser quelques heures pendant la journée.

« Je rentre tout de suite, dit-il.

– D'accord. »

Thomas allait ranger son téléphone quand il sonna de nouveau. C'était Leila Kacim.

« Nous avons une preuve scientifique qui lie Kovač à l'agression d'Herman Wibom, commença-t-elle. Les techniciens ont trouvé son empreinte digitale sur un tesson de verre et sur la poignée de la porte d'entrée.

– Tu as des nouvelles de Wibom ? demanda Thomas.

– Pas très bonnes. »

Thomas se dirigea vers le ponton sans passer chez Nora. Il l'appellerait depuis son bateau.

« J'ai eu le rapport de l'hôpital, continua Leila. Wibom a perdu beaucoup de sang, et il a également fait une crise cardiaque.

– Quand pensent-ils qu'on pourra l'entendre au sujet de son agression ?

– On ne peut pas le dire. Il est en soins intensifs, inconscient. »

Bosnie, mai 1993

La Volkswagen bleue s'était arrêtée à quelques mètres devant eux.

Selma entendit un des soldats crier au conducteur que tout le monde devait descendre. Au bout de seulement quelques secondes, il agita son arme et tira en l'air. Puis il la braqua sur le chauffeur.

« Qu'est-ce qui se passe ? murmura Selma à Zlatko.

– Je ne sais pas. »

Le front de Zlatko était couvert de sueur, il n'arrêtait pas de serrer et d'ouvrir les poings. Heureusement, les enfants dormaient toujours.

Selma tendit le cou entre l'appuie-tête et le pare-brise pour mieux voir. Ils avaient déjà versé tellement de pots-de-vin aux différents barrages. Pourvu que l'argent qui leur restait suffise.

Le chauffeur de l'autre voiture sortit en levant les mains devant lui. Il avait la quarantaine et une épaisse moustache noire. De l'autre côté descendirent une femme du même âge et une jolie jeune fille de treize ans.

Ses cheveux brun clair étaient attachés en queue-de-cheval, et elle serrait fort la main de sa mère.

L'officier, qui ne devait pas avoir plus de vingt ans, fit un geste vulgaire et sans équivoque. Puis, avec son arme, il fit signe aux femmes de rejoindre les soldats.

La jeune fille se mit à pleurer en se cramponnant à sa mère.

« Je vous en prie », dit le père.

Il sortit de sa poche une liasse de billets.

« Tenez, c'est tout ce que nous avons, supplia-t-il. Prenez tout, mais laissez ma femme et ma fille. Ayez pitié. »

L'officier prit l'argent, comme si c'était dans l'ordre des choses. Il se détourna et sourit aux autres soldats. La mère le regarda en hésitant, puis son mari, comme si elle ne savait pas s'ils étaient à présent libres de remonter dans leur voiture et de continuer leur route.

L'officier se retourna alors et déchargea son arme automatique dans la poitrine de l'homme.

« Oh mon Dieu ! » gémit Selma.

La femme poussa un cri et se jeta à genoux près de son mari. Un des soldats l'attrapa et la traîna vers un bosquet.

La jeune fille fixait le sang qui jaillissait encore de la poitrine de son père. Puis elle poussa un cri d'animal blessé.

Un autre soldat l'emmena.

Blanka pleurait en silence en pressant le visage de Nermin contre sa poitrine pour qu'il ne voie pas.

« Il faut faire quelque chose, sanglota Selma.

– Chut, ne dis rien », souffla Zlatko.

L'officier s'était retourné et se dirigeait vers leur voiture.

125.

Nora frappa chez Mina avec de quoi préparer un petit déjeuner et un sac de provisions qu'elle était allée acheter à l'épicerie Westerberg.

Mina n'avait pas bien meilleure mine que la veille. Elle n'avait pas repris de couleurs, mais parvint à se fendre d'un sourire fragile quand Nora lui demanda comment elle allait.

Elles s'installèrent à la cuisine, où Nora fit du café et sortit de quoi petit-déjeuner. Mina tritura les sandwichs que Nora avait préparés et en avala quelques minuscules bouchées.

La journée grise qui commençait n'aidait pas à alléger l'atmosphère.

Mina serrait les bras autour de son corps, malgré le gros pull de laine qui lui descendait jusqu'aux cuisses.

« Vous avez froid ? lui demanda Nora. Je peux monter le chauffage, si vous voulez ?

– Je veux bien. Pardon, je suis tout le temps gelée.

– Vous n'avez pas besoin de vous excuser. »

Nora se leva pour régler le radiateur de la cuisine sur vingt-trois degrés.

« Vous pouvez faire la même chose partout si vous voulez, dit-elle en lui montrant le thermostat, avant de se rasseoir. Au fait, vous avez bien dormi ?

– Pas très bien. »

Nora non plus n'avait pas beaucoup dormi. Elle s'était

sans arrêt réveillée, le cœur battant et les draps trempés de sueur. Des silhouettes insaisissables l'avaient pourchassée dans son sommeil.

Elle venait de parler à Leila qui lui avait donné des nouvelles d'Herman Wibom. Thomas avait lui aussi appelé pour dire qu'il était rentré tôt en ville et reviendrait dans la journée si Mina était toujours là.

« Malheureusement, ils n'ont pas encore localisé votre mari, dit-elle à Mina. Mais ils vont l'arrêter, c'est une question d'heures. Thomas nous tiendra au courant. Ils comptent le trouver aujourd'hui. »

Mina hocha la tête sans rien dire. Les assertions de Nora n'avaient pas l'air de beaucoup la consoler.

Fallait-il l'informer de l'état d'Anna-Maria ?

La directrice était gravement choquée, on avait opéré ses doigts brisés pendant la nuit. Mais elle avait eu la force d'identifier son agresseur comme Andreis Kovač.

Nora décida d'attendre que Mina aborde elle-même le sujet.

Elle se leva pour déballer le sac de provisions. Elle posa le pain sur le plan de travail. Rangea le lait, de quoi tartiner et une boîte d'œufs dans le réfrigérateur.

« Ce serait bien que Lukas et vous restiez à l'intérieur aujourd'hui, dit-elle par-dessus son épaule. Par mesure de sécurité. Vous comprenez bien que vous ne pouvez dire à personne que vous vous trouvez à Sandhamn ? »

Mina mordit dans son sandwich sans répondre.

« Mina ? »

Nora ferma la porte du réfrigérateur et se retourna.

« Vous en avez déjà parlé à quelqu'un ?

– Non. Enfin si… »

Mina fit tourner sa tasse de café.

« À qui ? »

Mina ne voulait pas croiser le regard de Nora.

« J'ai envoyé un sms à papa pour qu'il sache où nous étions », dit-elle tout bas.

Mina tira sur les manches de son pull, l'air malheureux.

« Pardon. »

Gronder cette pauvre fille ne servirait à rien. Ce qui était fait était fait, les reproches n'arrangeraient rien.

« Ce n'est sûrement pas grave, mentit Nora. Mais vous ne devez absolument rien dire à personne d'autre tant que votre mari n'est pas localisé et arrêté. Il faut être prudente.

– C'est promis. »

126.

Stefan Talevski referma la porte et se dirigea vers sa voiture. Il avait espéré se mettre en route beaucoup plus tôt, mais il avait eu beaucoup de formalités et de questions à régler avant de pouvoir quitter la maison pour se rendre à Sandhamn.

Le temps s'écoulait à la fois vite et lentement. Il était épuisé, et pourtant il n'avait pas réussi à fermer l'œil de la nuit.

Aujourd'hui, les pompes funèbres allaient procéder à la levée du corps de Katrin à la morgue.

Penser à sa mort lui coupa le souffle encore une fois. Sa vue se voila. Il dut s'arrêter au milieu de l'allée et poser son gros sac sur le gravier pour s'appuyer à la façade.

Stefan frappa du poing contre sa paume jusqu'à avoir plus mal aux mains qu'au cœur. Il lui fallut pourtant plusieurs minutes pour se ressaisir et réussir à hisser le sac dans la voiture.

La vue brouillée par les larmes, il s'installa au volant. Stefan les essuya du revers de la main et démarra pour sortir à reculons de l'allée du garage.

Il conduisait par à-coups, déconcentré, et rata le premier stop à la sortie de la zone résidentielle.

Sa petite fille était seule dans l'archipel. Cette fois, pas question qu'on l'empêche de les voir, elle et Lukas.

Elle n'aurait plus à lutter seule.

Il avait fait une promesse à Katrin sur son lit de mort, et rien ne pourrait l'empêcher de la tenir. Quoi qu'il arrive, il serait là pour Mina et Lukas. Andreis ne les atteindrait pas.

Quelle autre raison de vivre lui resterait-il sinon ?

Katrin n'était plus. Rien de ce qu'il pourrait dire ou faire n'y changerait jamais rien. Elle ne reviendrait jamais.

Stefan rejoignit l'autoroute, direction Gustavsberg. La circulation était heureusement clairsemée. Le ferry partait à dix-huit heures, c'était le dernier de la journée. Il ne fallait pas qu'il le rate.

Bientôt, il allait revoir sa fille et son petit-fils chéris.

Il arriva au rond-point de Mölnvik et ralentit à cinquante. Dans le rétroviseur, il vit une BMW noire freiner derrière sa Passat.

Stefan clignota à droite et se plaça sur la file qui tournait vers Stavsnäs. De là, il en avait pour vingt minutes au maximum.

Il était en route. Mina n'aurait plus à faire face toute seule à ces horreurs.

127.

Nora était à la cuisine avec une tasse de café.

À la lumière du jour, elle se sentait mieux. La peur de la veille s'était un peu apaisée, elle ne sursautait plus au moindre bruit. Mais elle ne tenait pas en place plus de quelques minutes. Elle s'était connectée pour essayer de travailler à distance, mais la concentration lui faisait défaut.

Par la fenêtre, elle voyait son ancienne maison, de l'autre côté du chemin.

Il n'avait pas encore été possible de trouver mieux pour Mina qu'une chambre d'hôtel impersonnelle. Elle avait plusieurs fois parlé à Leila au cours de l'après-midi : la balance penchait pour laisser Mina et Lukas passer une seconde nuit ici.

Mais il n'y avait pas vraiment de danger. Thomas comptait bientôt arrêter Kovač. Il fallait qu'elle pense en ces termes.

Il pleuvait, un vent du nord froid sifflait aux coins de la maison.

Après le petit déjeuner, Mina avait dit qu'elle allait se reposer et Nora avait décidé de la laisser tranquille. Mina savait où la trouver si elle avait besoin de parler. Parfois ça faisait du bien de ne pas être en compagnie des autres.

Par précaution, Nora lui avait envoyé quelques sms au cours de la journée et chaque fois, Mina avait répondu que tout allait bien.

Thomas n'avait toujours pas donné de nouvelles alors

qu'il lui avait promis de la tenir informée. Nora sortit son portable et composa son numéro.

« Vous l'avez trouvé ? demanda-t-elle dès qu'il eut décroché.

– Non. »

Ne pouvaient-ils pas l'arrêter, qu'on en finisse avec cette tension nerveuse ?

« Nous le pensions chez son jeune frère Emir, mais c'était faux. »

Nora prit un torchon pour essuyer un plan de travail déjà luisant.

« En revanche, nous avons une percée dans l'enquête sur le meurtre de Dino Herco, dit Thomas. Nous avons trouvé sur une de ses chaussures une empreinte digitale qui appartient à Emir. Nous l'avons arrêté. »

Si Emir était peu ou prou comme son frère, il ne dirait pas un mot de plus que le strict nécessaire. Ulrika Grönstedt allait sans doute lui dégotter un défenseur de la même farine qu'elle, qui ferait tout son possible pour mettre des bâtons dans les roues de la procédure.

« Comment s'est passée l'intervention au domicile de Kovač ? » demanda Nora.

Une perquisition avait été effectuée dans la maison de Trastvägen.

« Il n'était pas là. »

Thomas avait l'air stressé.

« Nous allons l'arrêter, ce n'est qu'une question de temps. Nous avons du monde partout où il a ses habitudes.

– OK. »

Elle raccrocha et rangea son portable, puis retourna sur la véranda avec son café. La vitre était zébrée par la pluie, le rocher gris en contrebas de la maison lisse et glissant.

Sans relogement rapide, Mina allait encore rester là cette nuit. Alors il faudrait qu'elle appelle Jonas pour lui expliquer pourquoi elle ne pouvait pas rentrer à la maison.

Elle entendait déjà ses reproches.

128.

Mina regardait fixement son portable sur la table de la cuisine. Elle osait à peine croire le sms que papa venait de lui envoyer.

Il serait bientôt là. Ils ne seraient plus seuls.

Il demandait l'adresse. Soudain, le fait qu'il n'y ait pas de noms de rues à Sandhamn lui parut comique. C'était comme à Runmarö. Andreis ne la trouverait jamais ici, même s'il essayait.

Ce dernier n'avait pas envoyé d'autres sms depuis la veille. Mais elle sursautait chaque fois que son portable bipait.

Il était en fuite, il n'avait pas le temps de s'occuper d'elle pour le moment, se rassurait-elle.

Je t'attends au débarcadère, se dépêcha-t-elle d'écrire avant de saisir son blouson au vol.

Le bateau arrivait à dix-neuf heures, c'était dans quinze minutes.

Elle glissa ses pieds dans ses chaussures avant d'enfiler à Lukas sa combinaison. Il faudrait qu'elle le porte, la poussette était restée à Runmarö. Ça ne faisait rien, pourvu qu'elle puisse revoir son père.

Certes, Nora lui avait dit de ne pas sortir, mais elle n'en aurait que pour quelques minutes de courir au port le chercher. Nora lui en avait indiqué la direction hier soir.

Mina ne savait pas comment expliquer le chemin, à moins d'y aller elle-même.

Elle referma la porte derrière elle. Avec un peu de chance, Nora ne remarquerait même pas qu'elle s'absentait quelques minutes. Nora était si gentille, Mina ne voulait pas l'inquiéter pour rien. Elle allait juste montrer le chemin à son père.

Il y avait du crachin, l'air était gris, mais peu importe. Bientôt, ils seraient à nouveau réunis.

129.

Thomas était de retour à l'hôtel de police. Ils avaient reçu de nouvelles informations sur la localisation de Kovač, qui s'étaient également révélées fausses.

Ce n'était pas bon. Jusque là, Thomas était convaincu qu'ils le retrouveraient dans la journée. Maintenant, il fallait réévaluer la sécurité de Mina et Lukas.

Nora l'avait tenu au courant. Mina allait passer une deuxième nuit à Sandhamn.

Il se frotta les yeux et vida le gobelet de café froid qui restait sur son bureau. Il n'avait pas arrêté de la journée, et pourtant il avait l'impression de ne pas être à la hauteur.

Il gagna le bureau de Margit, qui paraissait complètement absorbée par quelque chose sur son écran.

« Vous avez eu Kovač ? fit-elle sans lever les yeux.

– Non.

– Il ne pourra pas se cacher bien longtemps. C'est une question de temps. »

Elle fit pivoter son fauteuil de bureau vers Thomas.

« Tu ne veux pas rentrer dormir quelques heures ? Tu as l'air d'en avoir besoin. »

Thomas hésitait à aborder la question de la protection personnelle de Mina, restée chez Nora, et décida de s'abstenir.

Il aurait fallu du personnel pour la faire bénéficier d'une surveillance vingt-quatre heures sur vingt-quatre, mais le manque de ressources ne le permettait pas. Le plafond des heures supplémentaires était dépassé depuis longtemps, et les effectifs étaient chroniquement au bord de la rupture depuis la réorganisation de la police. Le meurtre de Dino Herco et la traque de Kovač à Runmarö n'avaient rien arrangé.

Il savait exactement ce que Margit dirait en apprenant qu'il s'était proposé lui-même pour veiller sur Mina à Sandhamn. Maintenant, il était trop tard pour aborder le sujet.

Le danger était loin d'être imminent. Même Kovač n'était pas assez bête pour rester dans la région de Stockholm avec toute la police à ses trousses. Mais Thomas ne voulait pas laisser Nora et Mina se débrouiller seules. Il ne voulait pas prendre de risques, même s'il comptait avoir bientôt la situation sous contrôle.

Thomas bâilla. Une nouvelle nuit blanche ne lui disait rien qui vaille.

« Rentre chez toi, Thomas, répéta Margit. Tu as vraiment l'air décavé. »

130.

Mina ne pouvait pas quitter son père des yeux. Il était assis en face d'elle, de l'autre côté de la table de la cuisine, Lukas dans les bras, et Mina aurait voulu crier de joie. À nouveau réunis.

Et pourtant, elle était au bord des larmes. Elle aurait elle aussi voulu être sur les genoux de papa et s'entendre dire que tout allait bien se passer.

Un jour, elle lui demanderait de parler des derniers instants de maman, quand il était auprès d'elle, mais elle n'en avait pas encore le courage.

Ils avaient partagé une omelette que Mina avait préparée. Pour éviter d'avoir à dîner avec Nora, elle lui avait envoyé un sms, prétextant vouloir se coucher tôt. Elle savait qu'elle aurait dû la prévenir de la présence de son père, mais ne savait pas trop comment l'expliquer. La dérobade était plus facile, même si elle ne pourrait plus le cacher quand Thomas arriverait, un peu plus tard.

Lukas adressa un sourire sans dents à son grand-père, et la gorge de Mina se noua. C'était son portrait craché, le même sourire en coin.

Il était à elle et à elle seule.

Elle ne laisserait jamais Andreis l'avoir.

Mina tendit la main au-dessus de la table et serra celle de son père. Le parfum de son eau de rasage lui rappelait leur maison de Körsbärsvägen. La salle de bain qu'elle disputait à sa mère quand elle était ado.

Maman.

« Merci d'être venu », chuchota-t-elle.

Papa embrassa Lukas sur le front et le berça doucement.

« Ne t'inquiète pas, dit-il. Maintenant, je reste avec vous, et tout va s'arranger. »

Mina aurait tellement aimé le croire.

Lukas bâilla de toutes ses gencives roses. Il commençait à être tard, bientôt vingt-deux heures. Il faisait presque nuit dehors, et il était grand temps de le mettre au lit.

La fatigue faisait aussi cligner les yeux de Mina, elle avait veillé la nuit précédente jusqu'au petit matin. Mais cette nuit, elle arriverait peut-être à dormir, sachant son père dans la chambre voisine.

Un bruit de l'autre côté de la porte les fit réagir.

Quelqu'un secouait la poignée.

« Qu'est-ce que c'est ? » demanda son père en fronçant les sourcils.

La poignée bougea de nouveau.

131.

Thomas se sécha la bouche avec une serviette et repoussa son assiette.

« Merci, dit-il. Ça fait du bien, un repas chaud. J'en avais vraiment besoin. »

Si la chose était possible, il avait l'air encore plus laminé que la veille.

« Il faut que tu te nourrisses, dit Nora. Tu n'as sûrement rien avalé de la journée, si je te connais bien. »

Elle avait préparé un ragoût de viande et mis le couvert dans la salle à manger en allumant les bougies des vieux candélabres en argent. L'idée était de créer une atmosphère chaleureuse, mais Thomas paraissait encore plus pâle dans leur faible lueur, le visage presque verdâtre.

Mina avait envoyé un sms : elle voulait se coucher tôt et préférait se passer de dîner. Nora n'avait pas insisté.

Elle posa à son tour ses couverts et frissonna. Il y avait un courant d'air à la fenêtre quand le vent du nord soufflait. Il avait forci et faisait rageusement claquer les haubans du drapeau.

C'était un soir à rester blotti à la maison.

« Tu dois vraiment rentrer en ville tôt demain matin ? demanda-t-elle. Tu ne peux pas faire une bonne nuit pour une fois ?

– Tu sais comment c'est, au début d'une enquête. »

Thomas gratta le fond de son assiette avec sa fourchette.

« Il faut que tu fasses attention à toi. »

Il y avait tant de choses qu'elle aurait voulu dire à Thomas. La vie était courte et fragile, et il était déjà si usé.

Mauvais moment, mauvais endroit.

« Au fait, qu'est-ce que Jonas a dit quand tu lui as parlé de Mina ? demanda Thomas. Qu'elle habitait dans ton ancienne maison ? »

Nora aurait préféré qu'il ne pose pas cette question.

Jonas avait été aussi fâché qu'elle le craignait. Ils s'étaient disputés, il lui avait reproché d'être irresponsable, de faire passer les autres avant sa propre famille.

À quoi bon retourner le couteau dans la plaie ?

« Il a réagi à peu près comme toi au début, dit-elle en faisant tourner son verre. Je le rappellerai plus tard. »

Elle s'était permis un verre de vin rouge avec le repas. Thomas s'en était tenu à l'eau.

À présent, il regardait avec envie le placard d'où Nora avait sorti le whisky la veille.

« Tu voudrais quelque chose ? proposa-t-elle.

– Peut-être un petit digestif. »

Il se passa la main sur la nuque et cligna plusieurs fois des yeux.

« Je sais que je ne devrais pas, mais je suis si fatigué… »

Nora consulta sa montre.

« Tu peux bien rester encore un peu avant de passer en face, dit-elle. Mina est déjà au lit. »

Thomas lui avait dit qu'Aram et lui estimaient que Kovač avait fui à l'étranger à cette heure-ci. Qu'il n'y avait pas de danger immédiat.

« Tout est sous contrôle », tenta-t-elle de sourire.

132.

« Tu attends de la visite ? demanda tout bas le père de Mina.

– Non. »

Nora l'avait prévenue que Thomas dînerait avant de venir. D'ailleurs il avait sa clé.

Mina fixa la porte.

La poignée fut à nouveau secouée.

Son père se leva et lui tendit Lukas. Il gagna la porte de la cuisine, mais s'arrêta sur le seuil et tendit l'oreille.

Un bruit devant la fenêtre incita Mina à regarder de l'autre côté. Il faisait nuit noire dehors, elle n'avait pas tiré les rideaux.

N'importe qui pouvait voir à l'intérieur.

Nora lui avait dit d'être prudente mais Mina n'avait pas pensé aux fenêtres quand le soleil s'était couché et qu'elle avait allumé les lumières.

Comme si son père avait lu dans ses pensées, il éteignit dans la cuisine.

« Qu'est-ce que tu fais ? chuchota Mina.

– Je vais voir qui c'est. »

Le vestibule était déjà plongé dans l'obscurité. Il avança sur la pointe des pieds jusqu'à la porte d'entrée et se pencha pour jeter un coup d'œil par le carreau.

On voyait à peine à travers le verre sombre.

« Il n'y a personne, chuchota-t-il en direction de Mina.

– Chut. »

Mina entendait un autre bruit, des pas sur le gravier. Le petit terrain autour de la maison de Nora n'avait pas de pelouse.

Quelqu'un bougeait dehors.

Son père était toujours dans le vestibule, mais le regard de Mina se porta vers l'autre porte. La cuisine avait deux entrées. Celle côté sud donnait sur une petite véranda vitrée. Elle était allée s'y asseoir avec une tasse de thé dans l'après-midi en contemplant les maisons désertes du village.

La véranda avait de belles baies chantournées qui devaient dater de la construction de la maison, dans les années vingt. De fins cadres de bois vitrés laissaient entrer la lumière du sol jusqu'au toit.

Certes, la porte d'entrée était fermée, mais celles de la véranda étaient vieilles et fragiles. Une personne athlétique n'aurait pas de mal à les enfoncer en quelques coups de pied bien placés.

Quelqu'un de fort comme Andreis.

Mina fixait les portes de la véranda tandis que les secondes passaient. Lukas sentit son angoisse et se mit à geindre dans ses bras. Elle le serrait fort, mais n'arrivait pas à le lâcher.

Le gravier crissa de nouveau.

Une ombre grandit devant les yeux de Mina. Une silhouette vêtue de noir monta sur le perron et croisa son regard.

À la lueur du réverbère, elle vit qui c'était.

Mina entendit les battements de son cœur.

Il l'avait trouvée.

« Il est là », essaya-t-elle de crier.

Bosnie, mai 1993

Andreis fut réveillé par les coups de feu. Il se redressa, engourdi, en essayant de comprendre ce qui se passait. Maman ne remarqua pas qu'il était réveillé. Son visage était livide, elle murmurait pour elle-même des prières incohérentes. Elle tenait dans ses bras Emir, toujours endormi.

Papa était crispé de l'autre côté d'Andreis. Sa chemise était trempée et son front dégouttait de sueur.

Oncle Dario était en train de baisser la vitre de sa portière. Un soldat barbu s'approcha et lui hurla de descendre.

Il jura et cogna la carrosserie avec son arme.

« Il va te tuer toi aussi, pleura tante Blanka en tendant une main pour le retenir.

– Reste là », dit Dario en ouvrant sa portière.

Andreis remarqua qu'il laissait les clés de la voiture sur le contact.

Le soldat désigna papa.

Maman était effondrée, les lèvres tremblantes.

Papa embrassa Andreis sur le front.

« Occupe-toi bien de ta mère », chuchota-t-il avant de descendre de voiture.

Par la portière ouverte, Andreis entendit sans la voir une fille crier de désespoir. Ça venait d'un bosquet, un peu plus loin.

Puis il découvrit le bonhomme qui gisait par terre, la poitrine en sang. Ses yeux regardaient fixement devant lui, sa bouche entrouverte. Andreis avait déjà vu des cadavres pendant le voyage et à la télé. Ça l'effrayait, mais pas autant que les mots de papa.

Un coup de vent fit entrer dans la voiture une odeur de sang et de métal qui lui donna la nausée.

« Vos papiers ! » éructa le soldat à papa et Dario qui attendaient devant lui.

Emir se réveilla et se mit à pleurer. Cela tira maman de sa paralysie. Elle se mit à le bercer pour le faire taire.

Un des soldats réagit à ce bruit et se pencha pour voir dans la voiture. Maman se recroquevilla sur Emir et lui fourra un sein dans la bouche pour le forcer à se taire.

Du coin de l'œil, Andreis vit le soldat passer son chemin.

L'officier lut lentement les papiers de Dario, puis les lui rendit sans un mot.

Puis il tendit la main vers ceux de papa.

133.

Mina regardait fixement la grande silhouette de l'autre côté des portes de la véranda. Andreis l'avait retrouvée. Ça aurait dû être impossible, et pourtant il n'était qu'à quelques mètres.

« Papa, murmura-t-elle en serrant Lukas dans ses bras. Il est ici. »

Lukas se mit à pleurer.

Andreis captura son regard. Elle voyait sa bouche bouger sans pouvoir comprendre ce qu'il disait.

Le temps s'arrêta.

Puis il prit son élan et enfonça la porte. Le bruit du verre était si fort ! Les cadres en bois se brisèrent comme des allumettes.

Pourtant, ce n'est qu'en sentant l'air froid s'engouffrer que Mina réalisa qu'Andreis était effectivement entré.

Elle savait qu'elle aurait dû fuir, emmener Lukas et courir pour sauver sa vie, mais elle était incapable de bouger.

Ses muscles refusaient de lui obéir.

Andreis respirait fort.

« Tu croyais que je te laisserais prendre mon fils ?

– Je t'en prie, murmura Mina.

– Tu me connais mieux que ça. »

Il tendit la main vers elle.

« Donne-moi Lukas. »

Mina recula de quelques pas.

« Non ! »

La voix d'Andreis se durcit.

« Passe-moi Lukas, que je n'aie pas à te faire de mal.

– Tu ne l'auras pas ! »

Lukas avait cessé de crier, il geignait contre sa poitrine, comme si lui aussi comprenait le danger.

« Je vais quitter le pays, dit Andreis. Donne-moi le garçon.

– Non. »

Andreis glissa la main dans sa poche et en sortit un pistolet noir luisant qu'il pointa sur Mina.

« Je t'avertis », dit-il tout bas.

Il arrivait sur elle. Mina recula encore, jusqu'à être acculée au plan de travail.

Il faisait sombre dans la maison, mais la lueur des réverbères suffisait pour voir son visage.

Des yeux sans pitié.

Andreis leva le pistolet.

« Je vous tue, toi et le garçon, si tu ne me le donnes pas tout de suite. »

Mina ferma les yeux quand le coup partit.

134.

La brusque détonation fit bondir Thomas. Sa réaction fut instinctive. Sans réfléchir, il se précipita vers la porte.

Ça ne pouvait venir que de l'ancienne maison de Nora.

Thomas ouvrit d'un coup le portail et secoua la porte d'entrée. Fermée. Tout était sombre à l'intérieur.

Nora le rattrapa.

« Thomas, cria-t-elle. La porte de la véranda ! »

Ils coururent de l'autre côté. Il y avait des éclats de verre sur le perron et le gravier. Les portes-fenêtres étaient démolies.

Où était Mina ?

« Oh mon Dieu… », gémit Nora.

Elle tomba à genoux.

« Kovač a dû les retrouver. Il l'a abattue. »

Thomas la remit sur ses pieds.

« Va chercher ton portable et appelle Leila, lui intima-t-il. Dépêche-toi. Si Kovač est là, il faut faire venir des renforts. »

Nora le dévisageait, en état de choc. Elle n'enregistrait pas ce qu'il disait.

« Pas le moment de flancher. Prends ton téléphone et appelle des renforts. »

Il la poussa vers le portail puis se retourna vers la véranda. On apercevait quelque chose à l'intérieur, une forme par terre.

Le corps de Mina ?

Thomas ôta la sécurité de son pistolet, les doigts moites.

Voilà moins de vingt-quatre heures, il avait poursuivi Kovač à Runmarö. Avec la même décharge d'adrénaline.

Des pleurs d'enfant lui parvinrent de l'intérieur de la maison. Si le petit était seul avec Kovač, tout pouvait arriver. Devait-il entrer, ou attendre les renforts ?

Si Mina était encore en vie, il n'avait pas le choix.

Thomas se glissa à l'intérieur et se plaqua contre le mur.

« Police ! hurla-t-il. Jetez votre arme et sortez les mains en l'air. »

Des secondes interminables passèrent.

« Police ! hurla de nouveau Thomas.

– Ne tirez pas ! » fit une faible voix d'homme.

Thomas s'approcha et s'accroupit près de l'entrée sombre de la véranda. Il fallut quelques instants à ses yeux pour s'habituer à l'obscurité, puis il distingua les contours d'un homme étendu à terre. Une grande flaque rouge était en train de se former sous son corps.

Ça sentait le sang et la poudre.

Il comprit lentement que Mina s'était laissée glisser par terre, Lukas dans ses bras. Elle le berçait en silence.

Une autre personne était adossée à la cloison du salon. L'homme regardait fixement devant lui. Un fusil était posé près de lui.

L'odeur de poudre venait de là.

Le père de Mina ouvrit la bouche quand Thomas s'approcha.

« J'étais forcé de le tuer, dit-il d'une voix rauque. Sinon, il aurait abattu ma fille. »

Bosnie, mai 1993

Selma avait le souffle coupé tandis que l'officier parcourait les papiers de Zlatko.

Impossible de distinguer à quelle armée il appartenait. Il y avait tant de factions et de groupes paramilitaires qui sévissaient dans le pays. Elle ne voyait pas la différence entre les différents seigneurs de la guerre.

« Mon Dieu, faites qu'il ne soit pas abattu », murmura-t-elle pour elle-même.

Elle avait souvent eu peur de Zlatko cette année, mais il restait son dernier rempart. Sa loyauté la faisait tenir : qu'il ait finalement choisi de venir avec elle et les garçons pour que la famille reste unie au moment de fuir.

Les cris qui sortaient du bosquet la déchiraient.

Elle aurait juste voulu que cette pauvre jeune fille se taise. Chaque nouveau cri tendait davantage l'atmosphère. Et lui rappelait le sort qui les attendait peut-être, elle et Blanka.

« Donnez-nous tout votre argent et vos bijoux », cracha l'officier aux deux hommes.

Zlatko et Dario lui donnèrent tout ce qu'ils avaient.

L'officier tourna la tête vers les femmes dans la voiture. Blanka tendit ses bagues. Selma se dépêcha d'ôter sa bague de fiançailles et son alliance pour les lui remettre. Le petit pendentif doré qu'elle portait toujours au cou suivit le même chemin.

Le plus important était de sauver les enfants. Tout le reste n'était pas essentiel. Ses fils devaient avoir une chance de faire leur vie dans un pays épargné par la guerre. Andreis et Emir devaient avoir un avenir.

Un coup de feu fit sursauter Selma. Les cris cessèrent dans le bosquet.

Oh mon Dieu.

L'officier toisa Zlatko du regard.

« C'est tout ?

– Oui, je le jure. »

Un couteau lança un éclair dans la main droite de l'officier. Il le pressa contre le cou de Zlatko.

« Ne me mens pas. »

Zlatko tomba à genoux.

« Nous n'avons rien d'autre, supplia-t-il. Je le jure sur la tombe de ma mère. Vous avez eu tout ce que nous possédons. »

Le soldat fit glisser le couteau sur le visage de Zlatko, la lame était si proche qu'elle touchait ses poils de barbe.

Un éclair : il avait planté la pointe dans l'œil droit de Zlatko.

Zlatko hurla de douleur.

Pour se retenir de crier elle aussi, Selma se mordit la lèvre si fort qu'elle la perça.

« Est-ce qu'on a tout eu ? éructa l'officier à Dario, sans retirer son couteau.

– Papa ! » hurla Andreis, à côté de Selma.

Dario hocha la tête, en état de choc.

Le ciel s'illumina alors d'obus. La radio grésilla à la ceinture de l'officier.

Un des soldats cria qu'il fallait partir.

L'officier sortit le couteau de l'œil.

Il l'inclina juste un peu, puis l'enfonça profondément dans la jugulaire de Zlatko. Un arc de sang jaillit sur la route poussiéreuse. D'un geste élégant, il retira le couteau au moment où le corps sans vie de Zlatko s'effondrait.

« Vous pouvez y aller », dit-il à Dario en essuyant la lame sur son pantalon.

Bouche bée, Selma fixa les bandes sanglantes sur le tissu.

Andreis hurlait à tue-tête à côté d'elle sur la banquette. Il tenta de sortir de la voiture pour se jeter auprès de Zlatko, mais Selma le retint si fort qu'elle lui enfonça les ongles dans le bras. Malgré ça, il se débattit à coups de pied pour se dégager.

Dario tituba vers la voiture et réussit à tourner la clé et à démarrer le moteur.

Andreis mordit Selma pour qu'elle le lâche, mais la voiture roulait déjà. Il se jeta vers l'arrière, le visage écrasé contre la vitre.

Ils quittèrent la Bosnie au son des cris désespérés d'Andreis.

« Papa, papa, papaaaa… »

LUNDI

135.

Ulrika adressa un salut crispé à la réceptionniste du cabinet d'avocats et se dépêcha de gagner son bureau. Il lui avait fallu prendre sur elle pour se comporter comme d'habitude. Elle n'avait pas l'intention de laisser ne serait-ce qu'entrevoir combien les événements du week-end l'avaient secouée.

Ce dont Andreis Kovač s'était rendu coupable.

Ses pires appréhensions s'étaient vérifiées.

Hier, elle avait passé la journée à ressasser fébrilement tout ce qu'elle avait dit et fait ces dernières semaines pour s'assurer que personne ne pourrait lui reprocher quoi que ce soit dans l'exercice de son rôle d'avocate. Déjà que le *managing partner* du cabinet avait convoqué une assemblée générale aujourd'hui à dix heures.

On frappa à la porte. C'était Nico.

« Putain, ce truc ! » s'exclama-t-il.

Ulrika arrangea sa mimique.

« De quoi tu parles ?

– De Kovač, bien sûr. Tu n'as pas vu les titres ? "Dramatique fusillade dans l'archipel" ! Les journaux en font des tonnes, nous devrions peut-être poster quelque chose sur les réseaux sociaux ? »

Il eut un grand sourire.

« Andreis Kovač est mort », fit remarquer Ulrika.

Nico ne semblait pas particulièrement ennuyé. Il s'assit dans un des fauteuils, en face d'elle.

« Il semble que le père va avoir besoin d'un bon avocat, nous devrions peut-être lui proposer nos services ? »

Ulrika le fusilla du regard.

« Un peu de respect, pour l'amour du ciel !

– Tu crois qu'il va aller en taule ? Le père, je veux dire ? »

Ulrika n'y avait pas songé un seul instant. Mais l'affaire était assez simple.

« Il va probablement être relaxé, au motif de légitime défense, dit-elle. Dans le pire des cas, il écopera d'une courte peine de prison. »

Ulrika effleura ses tempes du bout des doigts, ses maux de tête la prenaient déjà, alors qu'elle n'était arrivée que depuis dix minutes. Elle avait besoin de deux Doliprane, et aurait voulu que Nico disparaisse de son bureau.

Elle aurait dû rester chez elle aujourd'hui.

« Le père a apporté un fusil de chasse à Sandhamn, dit Nico. Cela peut être interprété comme le signe qu'il avait depuis le début l'intention d'assassiner son gendre. »

Ulrika poussa un soupir las.

Il y avait beaucoup de circonstances atténuantes à invoquer : Stefan Talevski n'avait jamais eu l'intention de tuer Andreis. Il voulait seulement protéger sa fille et son petit-fils. S'il n'était pas intervenu, Kovač aurait abattu Mina.

Un avocat habile réussirait sans difficulté à persuader un jury de relaxer Stefan Talevski. Ou du moins de ne lui infliger qu'une peine conditionnelle.

« La défense ne manquera pas de témoins pouvant attester que Kovač avait menacé Mina et ses parents, objecta-t-elle.

– Le tribunal voudra peut-être faire un exemple ? » suggéra Nico.

Ulrika n'avait pas la force d'écouter ses spéculations.

« J'ai à faire », dit-elle en se mettant à fouiller ostensiblement dans sa serviette.

Nico disparut. Ulrika sortit ses cachets contre les maux de tête.

Les actes de Kovač étaient incompréhensibles et encore moins pardonnables. Elle avait appris qu'Herman Wibom était décédé des suites de son agression, tout comme Katrin Talevski, la mère de Mina.

La directrice de Friggagården était gravement blessée et sans doute traumatisée.

Le client d'Ulrika semait derrière lui la mort et la désolation.

Son regard glissa vers la photo de Fiona sur son bureau. Malgré elle, les mots amers de Stefan lui revinrent.

« Comment pouvez-vous défendre une personne aussi abjecte ? Comment pouvez-vous vivre avec ça ? »

136.

La porte de la chambre d'Anna-Maria était fermée. Nora frappa doucement avant d'entrer.

La directrice de Friggagården était couchée, les yeux clos. Sa main droite était bandée, et un gros pansement lui barrait la moitié de la joue. Elle était sous perfusion.

« C'est vous ? » fit Anna-Maria quand Nora franchit le seuil.

Son étonnement était palpable.

« Je dérange ?

– Pas du tout. Entrez. »

De sa main valide, Anna-Maria lui fit signe d'approcher. Elle était étonnamment semblable à elle-même, après tout ce qu'elle avait traversé.

Nora tira une chaise et s'assit. Elle était en congé maladie pour toute la semaine et se sentait encore secouée, mais avait décidé d'aller au plus vite parler à Anna-Maria.

« Comment vous sentez-vous ? demanda-t-elle précautionneusement.

– Bouleversée. »

Elle remonta un peu sa couverture.

« Je suis contente qu'il soit mort. C'est terrible de dire ça, mais c'est la vérité. »

Nora ne la contredit pas.

« Ils disent que mes doigts vont guérir, continua Anna-Maria. C'est le plus important. Je reçois des antibiotiques par intraveineuse, contre l'infection. »

Elle effleura le bandage sur sa joue.

« Et on verra pour le reste ce que ça donne, murmura-t-elle.

– Vous êtes si courageuse... »

Anna-Maria n'avait jamais dit à Kovač où était Friggagården. Alors qu'il l'avait tailladée jusqu'à ce qu'elle perde connaissance.

« Je ne pouvais pas le laisser la trouver.

– Allez-vous reprendre votre travail de directrice de Friggagården ? demanda Nora.

– Absolument. »

Anna-Maria se redressa dans le lit.

« J'ai l'intention de me battre pour le foyer tant que j'en aurai la force. »

C'était la raison de la venue de Nora. Ce qu'Anna-Maria lui avait dit de l'appel d'offres communal l'avait profondément émue.

« J'ai parlé à une bonne amie de la fac de droit, dit-elle. Elle travaille dans un des meilleurs cabinets d'avocats de Stockholm.

– Ah ? »

Anna-Maria semblait ne pas comprendre où Nora voulait en venir.

« Elle est experte en appels d'offres publics, dit Nora. Son cabinet a un programme *pro bono*.

– Qu'est-ce que c'est ?

– Cela signifie qu'ils prennent en charge des questions particulièrement sensibles sans se faire payer. Pour la bonne cause. »

Cela aussi, c'était pour Nora une forme de compensation au fait qu'elle avait été incapable de maintenir Kovač en prison. Elle avait également une dette envers Anna-Maria.

« Mon amie est prête à s'occuper de votre cas, dit-elle. Elle peut vous aider contre la commune, si vous souhaitez faire appel à elle. »

Anna-Maria mit sa main valide devant sa bouche.

« Sans que ça me coûte rien ? murmura-t-elle.

– Oui. Ce sera gratuit.

– Vous ne savez pas combien c'est important pour moi. Pour nous. »

Nora tenta de sourire.

« Alors je vais lui écrire qu'elle a une nouvelle cliente, répondit-elle. Comme ça, elle pourra vous contacter. »

Nora se leva pour prendre congé. L'infirmière lui avait enjoint de ne rester que quelques minutes, la patiente était toujours fatiguée.

Elle descendit en ascenseur jusqu'à l'entrée et se dirigea vers le parking. Jonas l'attendait, au volant.

« Comment ça s'est passé ? demanda-t-il alors qu'elle prenait place sur le siège passager.

– Ça lui a fait plaisir. »

Nora pensait qu'il allait démarrer, au lieu de quoi il se pencha pour lui tapoter doucement la joue.

« Tu aurais pu te retrouver à sa place à l'hôpital, dit-il tout bas. Ne t'expose plus jamais à un tel danger. »

Nora se cala contre l'appuie-tête. La visite avait été éprouvante.

Jonas avait raison. Elle avait agi sans réfléchir, même si tout partait de bonnes intentions.

Son sentiment de culpabilité ne voulait décidément pas se dissiper.

En voyant Anna-Maria alitée, sa honte avait empiré. Même si Andreis Kovač était mort, la vie des personnes à qui il avait fait si mal était changée à jamais.

C'était encore de sa faute s'il avait été libéré en avance. Il faudrait qu'elle apprenne à vivre avec ça le restant de ses jours.

Elle aurait voulu rentrer chez elle et se blottir dans le canapé, avec suffisamment de vin rouge pour faire taire ses palpitations et ne pas avoir à choisir.

Comment ferait-elle pour retourner travailler dans seulement une semaine ?

« On peut y aller ? » demanda-t-elle en tentant de retenir ses larmes.

137.

Thomas attendait Pernilla devant l'immeuble de Götgatan. Ils devaient se retrouver à dix heures, il avait quelques minutes d'avance.

Le porche s'ouvrit, laissant sortir un homme et une femme de son âge. Ils marchaient avec une petite distance entre eux. Dans la même direction, mais pas ensemble.

Thomas ne put s'empêcher de se demander s'ils étaient venus ici pour la même raison que lui. Si ce couple sortait de chez cette thérapeute que Pernilla et lui devaient consulter.

Ils ne semblaient pas beaucoup plus heureux pour autant.

Il n'était pas très enthousiaste : l'idée de mettre à nu son intimité devant une parfaite inconnue le mettait profondément mal à l'aise. Il s'y était d'abord opposé. Mais Nora l'avait persuadé.

– Pense à Elin, avait-elle argumenté. Même si Pernilla et toi n'arrivez pas à vous retrouver, vous devez réussir à vous parler. Vous ne pourrez jamais couper le lien qui vous unit. Pas tant que vous élèverez ensemble un enfant.

Thomas restait dubitatif.

– Vois ça comme une chance pour vous deux de devenir de meilleurs parents pour votre fille, avait insisté Nora.

Il avait fini par accepter d'essayer.

À son grand étonnement, Pernilla avait immédiatement dit oui.

Peut-être était-ce là un signe qu'il lui fallait donner sa

chance à cette thérapie ? Ne pas rester bloqué dans les vieux schémas. Pour une fois, Pernilla et lui étaient d'accord sur quelque chose.

Le soleil chauffait, il faisait bon. Thomas vit Pernilla arriver dans la foule, sans manteau.

Elle était légèrement bronzée, et avait de nouvelles boucles dans les cheveux.

De loin, elle ressemblait à la femme dont il était jadis tombé amoureux un soir où il sortait avec Nora et Henrik. Il se sentait comme la cinquième roue du carrosse, Pernilla aussi.

Il était tombé comme un fruit mûr.

Pernilla le salua de la main et le rejoignit.

« Salut, Thomas », dit-elle.

Elle hésita quelques secondes, puis il eut droit à une timide accolade.

Il huma son parfum, cette impression de fraîcheur qui émanait d'elle tout naturellement. Elle était toujours aussi belle que lors de leur première rencontre.

« On monte ? » dit Pernilla en ouvrant la porte.

Thomas hocha la tête et la suivit.

ÉPILOGUE

Mina ouvrit le portail et entra avec la poussette dans le cimetière. Les lilas étaient en fleur, il ne restait plus que quelques semaines avant la Saint-Jean.

Lukas dormait profondément.

Mina gagna lentement la tombe de sa mère. La stèle n'avait pas encore été dressée, mais la concession était couverte de bouquets fanés. Ils avaient choisi un joli endroit, à l'ombre d'un grand bouleau pleureur.

Mina tomba à genoux. Elle ramassa quelques feuilles mortes et posa des fleurs fraîches sur la tombe. Quelques brins d'herbe poussaient déjà dans la terre.

« Pardon, maman », chuchota-t-elle.

Pour Lukas, il fallait qu'elle soit forte. Et aussi pour papa, il avait besoin de son soutien pendant son procès. Elle l'avait trouvé fatigué la dernière fois qu'elle était allée le voir à la maison d'arrêt. Le visage gris et amaigri. Ses vêtements de détention verts pendaient sur son corps.

Mina passa les doigts sur la terre noire.

Ce n'était pas la faute de papa si Andreis l'avait suivi jusqu'à Sandhamn et, de cette façon, avait trouvé sa nouvelle cachette. Elle ne le lui reprocherait jamais. Papa avait tout sacrifié pour protéger sa fille et son petit-fils.

Papa l'avait sauvée plus d'une fois.

Il avait fini par lui dire que c'était lui qui avait anonymement informé les autorités des affaires d'Andreis. En tant que comptable, il avait compris qu'Andreis était passible de prison pour fraude fiscale. Il avait compris l'importance capitale des informations que lui avait envoyées Mina, quand elle avait photographié le carnet noir qu'Andreis avait oublié un soir où il était ivre.

Papa avait tout fait pour l'aider, et avait payé un prix terriblement élevé.

Son procès serait bientôt passé, et il serait libéré, comme le leur avait assuré leur avocat. Puis ils recommenceraient. Ils apprendraient à vivre sans maman, mais aussi sans les menaces, la violence et la peur permanente de l'agression.

Une autre vie.

Son portable bipa dans son sac à main. Mina sursauta, même si elle n'avait plus à craindre les messages d'Andreis. L'habitude était si profondément ancrée.

Elle cligna des yeux pour chasser ses larmes et sortit son téléphone.

Il lui fallut quelques secondes pour reconnaître le numéro.

Ça venait d'Emir, le petit frère d'Andreis. Il avait été arrêté pour le meurtre de Dino Herco, mais relâché. Emir avait tout mis sur le dos d'Andreis, et il n'y avait pas assez de preuves pour l'inculper, quand Andreis pouvait servir de bouc émissaire.

Mina fixa son téléphone. Les caractères se brouillèrent.

Lukas appartient à notre famille.

POSTFACE

Sous protection a commencé par l'image d'une maman avec une poussette qui court pour sauver sa vie. Le récit s'est peu à peu construit sur fond d'un passé en Bosnie. Écrire ces deux histoires qui se tressent dans le livre a été un voyage passionnant, instructif et parfois profondément bouleversant.

Comme toujours, j'ai pris quelques libertés. Lors de crimes impliquant des proches interviennent normalement des policiers spécialement formés, mais j'ai laissé ici Nora et Leila s'en occuper. J'ai aussi résumé un certain nombre de mesures policières et laissé l'Agence de lutte contre la criminalité financière prendre une plus grande part que dans la réalité à une enquête sur des crimes violents.

J'endosse l'entière responsabilité d'éventuelles autres erreurs, mais j'espère qu'elles ne sont pas trop nombreuses.

Beaucoup de personnes m'ont généreusement aidée pour ce livre, et je veux les remercier ici :

La juge Cecilia Klerbo qui a supervisé les aspects juridiques du récit.

Le commissaire Rolf Hansson, qui a répondu à d'innombrables questions sur le travail policier.

Negra Efendić, journaliste primée du *Svenska Dagbladet* (« Le quotidien suédois »), qui a regardé de près l'histoire parallèle en Bosnie.

L'avocat Henrik Olsson Lilja, qui m'a épaulée sur des questions concernant le rôle de l'avocat de la défense et les règles déontologiques du barreau.

L'ambassadeur Björn Lyrvall, qui a vécu à Sarajevo et a pris une part active au processus de paix en 1995-1997.

L'inspecteure Annika Teckner, qui m'a expliqué la nouvelle organisation de la police et le travail à Flemingsberg.

Le directeur de banque Peter Einarsson, de la Svenska Handelsbanken, qui a vérifié la réglementation sur le blanchiment d'argent et l'évasion fiscale.

Camilla Sten, la meilleure pour renvoyer les ballons d'essai.

Ce roman policier est le résultat d'un travail d'équipe – sans ma fantastique éditrice Karin Linge Nordh et le meilleur correcteur de Suède, John Häggblom, ce livre aurait été tout à fait différent, et beaucoup moins bon. Grand merci, c'est un vrai privilège de pouvoir travailler avec vous, comme avec la phénoménale Sara Lindegren et toute l'équipe de chez Forum.

Annika, Sissel et vous tous chez Bindefeld, merci pour votre brillant engagement.

Anna Frankl, tu es mon roc. Merci à toi, à Joakim Hansson et à toute la bande de Nordin Agency qui diffusez mes livres dans le monde entier.

Pour finir, à ma famille : Lennart, Camilla, Alexander et Leo. Je vous aime.

Sandhamn, le 4 avril 2018
Viveca Sten

DU MÊME AUTEUR

Aux Éditions Albin Michel

LA REINE DE LA BALTIQUE, 2013.

DU SANG SUR LA BALTIQUE, 2014.

LES NUITS DE LA SAINT-JEAN, 2015.

LES SECRETS DE L'ÎLE, 2016.

AU CŒUR DE L'ÉTÉ, 2017.

RETOUR SUR L'ÎLE, 2018.

DANS L'OMBRE DU PARADIS, 2019.

AU NOM DE LA VÉRITÉ, 2020.

Composition : Nord Compo
Impression : CPI Firmin-Didot en mai 2021
Éditions Albin Michel
22, rue Huyghens, 75014 Paris
www.albin-michel.fr
ISBN : 978-2-226-43825-6
N° d'édition : 23225/01 – N° d'impression : 163934
Dépôt légal : juin 2021
Imprimé en France